서운한 거짓말

2

지은이 | 류재현
펴낸이 | 권순남
펴낸곳 | 마롱
디자인 | 지안
편 집 | 연보화
마케팅 | 유소정

1판1쇄 인쇄일 | 2022년 9월 21일
1판1쇄 발행일 | 2022년 10월 7일

등록일자 | 2008년 1월 7일
등록번호 | 제310-2008-00001호

주소 | 서울시 노원구 상계 1동 1049-25 신영산업 BD 602호
대표전화 | 02-2091-0291
팩스 | 02-2091-0290
이메일 | marubooks@mayabooks.co.kr

979-11-368-2580-3 (04810)
979-11-368-2578-0 (set)

값 9,000원

* 저자와 협의하여 인지를 붙이지 않습니다.
* 잘못된 책은 교환하여 드립니다.

서운한 거짓말

2

류재현 지음

MARONG ROMANCE STORY

차례

007	…	제11장. 뜻밖의 사실
047	…	제12장. 엉킨 실타래
085	…	제13장. 과거의 잔상
125	…	제14장. 사랑이라는 이름으로
163	…	제15장. 벗겨진 가면
203	…	제16장. 드러나는 진실
239	…	제17장. 가족을 찾아서
275	…	제18장. 제자리로
315	…	제19장. 밝혀지는 거짓말
353	…	제20장. 모든 일은 순리대로
395	…	에필로그
428	…	작가 후기

제11장
뜻밖의 사실

현관으로 스윽 들어온 송 여사가 서운을 가만히 살폈다.
"혹시 태영이랑 만난다는 아가씨인가요?"
"아, 안녕하세요. 이서운이라고 합니다."
"반가워요. 난 태영이 엄마예요. 이쪽은 태영이 형수."
"네, 처음 뵙겠습니다."
예고도 없는 그의 어머니와의 만남에 서운은 진땀이 났다. 어떻게 이렇게 꼬일 수가 있을까. 하필 그도 없는데 그의 집에서 맞닥뜨리다니 운이 너무 없었다. 그녀는 간절한 마음으로 태영이 빨리 오기를 기다렸다.
여진이 넓은 거실을 눈으로 휘둘러보더니 서운에게 시선을 고정시켰다.

"설마 지금 혼자 있는 건가요?"

"예, 본부장님은 거의 다 도착했다고 연락 받았습니다."

"아무도 없는 집에 들어와서 기다릴 정도면 도련님과 꽤 가까운 사이인가 보네요."

묘하게 여진의 말투에서 가시가 느껴져 서운은 마른침을 삼켰다. 아무런 준비도 없이 그의 가족들 앞에 서 있으려니 마치 발가벗겨진 느낌이었다. 기분이 썩 달갑지 않았다.

거실 소파에 앉은 송 여사가 당황해 서 있는 서운의 얼굴을 점수를 매기듯 쳐다봤다.

"이리 와서 앉아요."

"예."

서운이 자리에 앉자 여진이 송 여사의 옆에 앉았다.

"우리가 갑자기 쳐들어와서 많이 놀랐을 거예요. 밑반찬만 조용히 두고 가려고 왔는데 손님이 계실 줄 몰랐어요. 미안해요."

"아닙니다."

"태영이한테 만나는 사람 있다는 말을 듣고 누군지 많이 궁금했는데 이렇게 만나니 속이 시원하네요. 물론 태영이한테 말도 없이 찾아왔다고 한 소리 듣겠지만요."

"저기, 말씀 편히 하십시오."

"앞으로 다시 보게 되면 그땐 편히 하죠."

송 여사가 가볍게 정리하자 서운은 어색하게 고개를 끄덕였다. '다시 보게 되면'이라는 말이 어쩐지 묘한 뉘앙스로 다가왔다. 그와 계속 만나게 된다면 그때 가서 여자 친구로 인정해 주겠다는 소리인가. 신경이 예민해지니 들리는 소리 하나하나에 의미를 두고 있다.

"부모님은 뭐 하세요?"

담담하게 묻는 말에 서운은 목이 타는 것 같아 침을 삼켰다.

"아버지는 돌아가셨고 엄마는 식당을 하고 계십니다."

"…그래요?"

아주 짧은 침묵 후에 나오는 건조한 반응에 서운은 기분이 가라앉았다. 굳이 표정을 보지 않아도 두 사람이 어떤 시선으로 보고 있는지 알 것도 같았다. 얼핏 형수라는 여자의 입에서 코웃음 소리가 들린 것 같기도 했다.

도대체 왜 이런 상황에 이런 꼴로 앉아 있어야 하는 건지 자괴감이 들었다. 지금은 단지 그와 사귀는 중일 뿐이고 앞날에 대해서 아무런 이야기도 한 바가 없는데 말이다. 겨우 부모님에 대해 말했을 뿐인데 이런 반응이라니. 고아였다는 사실을 알면 어떻게 나올지 그저 헛웃음만 나왔다.

송 여사가 막 더 물으려는 찰나 밖에서 비밀번호를 누르는 소리가 들렸다. 그리고 태영이 급하게 들어오는 기척이 들렸.

환하게 웃으며 들어오다 태영은 거실에 앉아 있는 송 여사와 여진을 보고 그대로 굳었다. 그는 두 사람 앞에서 불편하게 앉아 있다 일어서는 서운의 안색부터 살폈다. 굳어 있는 그녀의 표정만으로도 어떤 상황인지 짐작하고도 남았다. 예고도 없이 찾아온 어머니에게 뭉근하게 화가 일어났다.

"어머니가 말도 없이 여긴 어쩐 일이세요?"

"몰래 반찬만 가져다 놓고 가려다 딱 들켰지 뭐냐."

"어머니."

감정을 누르고 낮게 부르는 소리에 그가 화를 눌러 참고 있다는 것이 느껴져 송 여사가 여진에게 눈치를 주며 자리에서 일어났다.

"얘, 나도 놀랐어. 지금 막 가려던 참이었으니 너무 기분 나빠 하지 마."

"나중에 얘기해요."

송 여사가 나가려다 말고 서운에게 웃으며 인사를 건넸다.

"만나서 반가웠어요."

"네, 안녕히 가세요."

송 여사가 미소를 지으며 여진과 함께 밖으로 나갔다. 두 사람을 배웅하다 서운은 여진과 눈이 마주쳤다. 날카롭게 쏘아보는 시선에 달갑지 않은 감정이 담겨 있었다.

문이 닫히자 그제야 긴장이 풀렸다. 한바탕 태풍이 휘젓고 지나간 기분이었다. 실상 두 사람이 머문 시간은 얼마 되지 않았는데 마음이 불편해선지 1분이 1년처럼 길게 느껴졌다.

"후우……."

저도 모르게 한숨을 내쉬며 돌아서자 태영이 인상을 찌푸린 채 보고 있었다.

"미안해. 갑자기 찾아오실 줄 몰랐어."

"어쩔 수 없는 상황이었잖아요."

"많이 놀랐지? 하필 나도 없는데 혼자 불편했겠다."

"일찍 와서 구해 줬잖아요. 옷 갈아입고 나와요. 야채랑 씻어났어요."

서운은 일부러 더 가볍게 그를 보며 웃었다.

"금방 나올게."

태영이 방으로 들어가자 그녀는 피곤한 얼굴로 식탁 의자에 앉았다. 그와 연애만 하려고 했는데 상황이 이상한 쪽으로 흐르고 있었다. 갑자기 벌어진 상황이 짜증이 나면서도 그의 어머니에게 어떻게 보였을까 궁금했다.

그 형수라는 여자의 눈빛은 유성이라는 여자의 눈빛과 크게 다르지 않았다. 하나같이 자신이 그와는 어울리지 않는다는 눈빛을 하고 있었다. 생각을 곱씹다 보니 기분이 더 바닥으로 가라앉는다.

"진짜 결혼이라도 하겠다고 나서면 사람 잡겠네."

서운은 진저리를 치며 밀려드는 잡생각들을 떨쳐 버렸다.

돌아가는 차 안에서 여진은 슬쩍 송 여사의 의중을 떠봤다.

"어머님, 좀 아니지요?"

"아직 무슨 사인지도 모르니 섣불리 단정 짓지 말자."

송 여사가 눈을 감고 침묵해 버리자 여진은 그녀의 기분을 살폈다. 말은 않지만 서운이라는 여자가 양에 차지 않는 것이 분명했다.

거실에서 태블릿을 보고 있다 태환은 막 거실로 들어오는 송 여사와 여진에게 고개를 들었다.

"어디 다녀오세요?"

"태영이네 잠깐 다녀왔다. 나 피곤해서 잠깐 쉬마."

"그러세요."

송 여사가 안방으로 들어가자 태환은 여진을 따라 방으로 들어갔다.

"어머니 기분 별로이신가?"

"아마 그러실 거예요. 방금 도련님 집에서 도련님이 만난다는 여자를 봤거든요. 도련님도 안 계시는데 집주인 행세를 하고 있더라고요."

"그래?"

여진이 작정하고 떠들어 댔지만 태환은 대수롭지 않게 대답했다.

"당신이 보기엔 어때?"

"도련님이랑은 안 어울려요."

생각할 가치도 없다는 듯 단호한 대답이 바로 나왔다.

"어떤 면에서 그렇게 생각해?"

"일단 집안도 너무 기울고 그 아가씨 자체도 그냥 너무 평범했어요. 아버지가 돌아가시고 어머니가 식당을 하신다는데 돌아오는 동안 어머님께서 한 마디도 안 하시는 걸로 보아 마음에 안 드시는 것 같았어요. 아무튼 도련님에겐 두루 너무 부족해 보였어요. 도련님이 오래 끌지 않고 정리하시겠죠."

단정 짓는 소리에 태환이 피식 웃었다.

"왜 웃어요?"

"헤어지길 바라는 사람처럼 보여서 말이야."

"당연한 거 아니에요? 상대가 너무 형편없잖아요."

"뭐가? 아버지가 안 계신 게? 아니면 어머니가 식당을 하시는 게? 둘 다 문제 될 거 없고, 그 아가씨 태영이 본부 직원이라고 그랬어. 그 정도면 실력은 입증된 거 아닌가? 아가씨가 괜찮고 두 사람이 서로 좋아하면 그만인 거지. 다른 외적인 게 뭐 그리 중요해서 당연히 헤어질 거라고 믿는 거야?"

적나라하게 찌르고 들어오는 소리에 여진은 흠칫 놀라 눈을 떴다. 하지만 곧 정색하며 반박했다.

"그래도 어느 정도 집안이 균형은 맞아야죠. 아무나 집안에 들일 수는 없잖아요."

"그 논리대로라면 유성이는 그냥 합격이겠네?"

"여보!"

유성의 이름만으로 발작하듯 여진이 발끈했다.

"그 앤 도련님이 싫다고 했잖아요? 여자로 보지도 않는다는데 어떻게 짝이 돼요? 도련님이 마음이 있어야 결혼도 하는 거죠."

"그래서 태영이가 조건 없이 그 아가씨랑 만나는 거잖아. 그렇게 파르르하니까 이상한데? 설마 당신, 태영이가 아무도 만나지 않기를 바라는 거야?"

"지금 무슨 소리를 하는 거예요? 내가 왜요!"

"아니라면 나서지 마. 태영이 일은 태영이가 알아서 할 거니까. 태영이가 누굴 만나서 결혼하든 그건 당신이 반대하고 찬성하고 할 문제가 아니야."

"나는 그냥 도련님이 걱정돼서 그러는 거죠."

여진이 빤히 보는 태환의 시선을 피하며 대답했다.

"당신이 걱정해야 할 사람은 태영이가 아니라 나야. 그러니까 선 넘지 마. 당신이 태영이한테 과하게 신경 쓰는 거 나 조금 질투 나거든. 거슬리기도 하고."

마지막 말이 주는 뉘앙스가 묘하게 달라 여진은 살짝 긴장해서 태환의 표정을 살폈다. 태환이 가늠하기 어려운 표정으로 침대로 가 버리자 그의 뒷모습을 쳐다보는 여진의 눈빛이 가늘어졌다.

옷을 갈아입고 나온 태영이 라텍스 장갑을 끼고 요리를 시작하자 서운은 옆에서 바로바로 뒷정리를 했다. 야무진 정리 솜씨를 발휘하는 서운을 보며 태영이 부드럽게 웃었다.

"우리 환상의 복식조 같은데?"

"나중에 치우려면 심란하니까 바로바로 치우는 게 속 편해요."

"그건 습관인가?"

"엄마한테 어렸을 때부터 등짝을 얻어맞아 가면서 몸에 밴 거예요. 엄마 성격이 워낙 깔끔하셔서 설거지하고 그냥 놔뒀다간 이따만 한 손바닥으로 바로 스매싱을 날리시거든요. 눈물이 쏙 빠지게 아파요."

"사랑의 매네?"

"그니까 그게 때리는 입장에선 사랑의 맨데, 맞는 입장에선 사랑 말고 다른 감정이 더 담긴 것 같아요."

서운이 떨떠름한 투로 대답하다 쿡쿡 웃었다.

"어머니랑 사이가 좋은가 봐?"

"둘밖에 없으니까요. 아버지 살아 계실 때도 셋이서 알콩달콩했어요."

"그래서 이렇게 성격 좋게 컸나 보네."

"나 성격 좋다고 누가 그래요?"

"아니야?"

"아닐걸요? 나 한 성깔 해요. 마음에 안 들면 신경질도 내고, 싫은 사람하고 한 판 뜨기도 하고, 한 번 아니다 싶으면 다시 쳐다보지 않을 정도로 독해지기도 해요. 나 순둥이 아닌데. 에이, 연애 중이라 안 보이나 보다."

"안 잘리려면 조심해야겠네."

턱에 힘을 주며 센 척하는 표정이 해맑아 보여 태영은 픔 웃기만 했다.

가지런하게 고기와 채소를 겹겹이 두른 밀푀유 전골을 식탁으로 옮기며 두 사람은 자리를 잡았다.

"얼른 먹어. 배고프겠다."

서운이 고기와 야채를 소스에 찍어 맛보며 만족스럽게 웃었다.

"맛있어요. 요리 잘하는 애인 두니 좋네요."

"평생 부려 먹어도 좋아. 이서운 한정 종신으로 계약해 줄게."

"그럴 수 있다면요."

의도한 건 아니겠지만 그녀의 대답에서 묘한 거리감이 느껴져 태영의 미간이 살짝 좁혀졌다.

식사를 마치고 두 사람은 레몬차를 가지고 거실 바닥에 나란히 기대앉았다.

서운은 태영의 몸에 비스듬히 기대 눈을 감았다. 단단하고 따뜻한 몸에 기대고 있으니 오늘 하루 유난했던 긴장과 피로가 풀리는 것 같았다.

"오늘 많이 놀랐지?"

"솔직히 식겁했죠. 금방 도착한다기에 당연히 당신이 온 줄 알고 얼빠진 얼굴로 웃고 있었는데 어머님이 서 계셔서 얼마나 놀랐는지 몰라요."

"그래, 그랬을 거야. 나도 깜짝 놀랐으니까."

다시 생각해도 서운이 어머니 앞에서 벌서고 앉아 있는 모습이 아찔했다.

"근데 집에다 내 이야기 한 거예요?"

"응. 어머니가 자꾸 여자를 만나 보라고 하셔서 사귀는 사람 있다고 했어."

"그래서 그렇게 보셨구나. 아무튼 이 집에서 들켰으니 어머님께 첫인상부터 제대로 마이너스네요."

"많이 불편했어?"

"좀 그랬어요. 우리 만난 지 얼마 되지도 않았는데 막 부모님은 뭐 하시는지 물어보시고 며느릿감으로 평가하듯 보셔서 당황스러웠어요. 나중에 오해 없게 잘 말씀드려 주세요."

태영의 한쪽 눈썹이 살짝 경사를 그렸다.

"오해?"

"네. 그런 거 아니니 걱정하지 않으셔도 된다고요."

"그 말, 나랑 결혼까지는 생각이 없다는 말이야?"

그의 말투가 서늘해지자 서운은 살짝 놀랐지만 곧 신중하게 말을 골랐다.

"우리 이제 서로 알아 가고 있는데 결혼은 너무 먼 얘기잖아요? 한 번도 생각해 본 적이 없어요."

"그럼 지금부터 생각해."

"진심이에요?"

"당연히 진심이지. 나 너랑 연애만 할 생각 없어."

"하지만 분명 연애만 하기로……."

"연애부터 하자고 했지, 연애만 한다고 한 적 없어."

그가 정색하고 하는 말에 서운은 그날의 대화를 떠올렸다. 그래, 그렇게 두루뭉술하게 대화가 흘러갔던 것 같다. 그저 하는 소린 줄 알았는데 의도적이었나. 그녀는 도리어 놀란 눈으로 그에게 물었다.

"설마 나랑 결혼까지 생각하는 거예요?"

"그래."

"왜요? 서로에 대해서 얼마나 안다고……. 그건 너무 빠르잖아요."

"오래 만나야만 그 사람에 대해서 아는 건 아니지. 난 널 볼 때마다 마음을 굳혔어."

"하지만 난 결혼은 생각 없어요."

"어째서?"

심각하게 묻는 말에 어떻게 말할까 고민하다 직접적인 길을 택했다.

"부담스러워서요."

"내가 부담스러워?"

"연애는 일대일로 동등하게 하는 것이니 당신이 부담스럽진 않아요. 당신이 본부장인 건 중요하지 않으니까. 하지만 결혼은 다른 문제죠. 당신 집안은 버겁고 부담스러워요. 난 우리 부모님이 세상에서 가장 존경하는 분들이고, 우리 엄마가 식당 하는 거 부끄러워한 적 없어요. 그래서 누구도 우리 부모님을 무시한다면 참을 수 없을 것 같아요."

그녀의 입장이 너무 이해가 되고도 남아 태영은 잠시 말을 하지 못했다. 아까 어머니와 여진의 앞에서 자존심이 상했을 거라 생각하니 미안하고 안쓰러웠다.

"그건 나라도 그런 마음일 것 같아. 하지만 그런다고 해서 결혼을 생각하지 않겠다는 건 아니야."

"그냥 이렇게 연애만 하면 안 될까요?"

"미안한데, 난 이미 너와의 결혼을 꿈꾸고 있어. 널 내 인생의 마지막 여자로 결정했단 말이야. 난 너랑 끝까지 갈 거야."

그의 고백이 부담스러우면서도 살 떨리게 설레는 모순은 또 뭘까. 좋은데 부담스럽고 그런데도 떨리고……. 감정이 뒤죽박죽이다.

연애를 시작하면서 이중인격자처럼 이중성만 늘어 간다. 그와의 결혼이라……. 그게 과연 가능하기나 할까.

"그러니까 이제부터라도 날 네 마지막 남자로 봐줘. 난 이서운을 사랑해. 그렇기 때문에 네 가족과 너와 관련된 모든 것들을 다 귀하게 생각해."

"하지만."

"나 설득하지 마. 안 바뀔 거니까. 충동적으로 그런 결정할 만큼 어리지도 않고 생각이 없지도 않아. 난 어떤 상황이 벌어져도 너 안 놓칠 거고 네가 봐줄 때까지 기다릴 거야. 그러니 달아날 궁리부터 하지 마."

너무 확고한 결심에 서운은 크게 흔들렸다. 연애라는 이름으로는 고민할 필요도 없는 것들이 결혼이라는 이름 안에서 어깨를 짓누르는 부담감으로 둔갑을 했다. 연애라는 이름으로 그를 맘껏 사랑할 수 있는데 굳이 결혼을 욕심내서 그를 잃어버릴까 두려웠다. 자연히 방어적이 될 수밖에 없었다.

"시간이 필요하면 얼마든지 줄게. 하지만 내게서 달아난다는 답지는 없어."

태영은 서운이 다른 생각을 하지 못하게 확실하게 못 박았다.

서운은 대답 대신 침묵을 지켰다. 차라리 이렇게 확고하게 말해 줘서 고마운 건가. 느릿하게 걷고 싶은데 손을 잡고 달리려 하는 남자 때문에 떨리면서도 고민이 됐다. 그가 결혼까지 생각해 줘서 고마우면서도 어쩔 수 없는 현실들이 발목을 잡았다. 그 누구도 엄마를 무시하고 마음 아프게 하면 견디지 못할 것 같았다.

그리고 그보다 더 머리를 짓누르는 건 고아였다는 사실이었다.

버려진 건 자신의 잘못도 아닌데 죄지은 사람처럼 처분만 바라는 그런 위치에 서고 싶지 않았다.

그에게 비밀을 두고 싶지 않지만 끝내 그 말은 하지 못하는 것을 보면 그 사실이 평생 아물지 않은 상처가 되어 아킬레스건으로 남아 있기 때문이었다. 당연하게 그에게 솔직하지 못한 것이 내내 찜찜함으로 남았다. 거기까지 생각이 미치자 다시 서운의 표정에 짙은 그늘이 졌다.

서운은 뒤죽박죽된 마음을 다스리려 레몬차를 한 모금 삼켰다. 시큼한 레몬 향이 정신 차리라고 톡톡 머리를 건드려 주는 것 같았다.

※

토요일 오전 서운은 일어나자마자 대충 세수만 하고 엄마에게 내려갔다. 오랜만에 늦잠을 잔 데다 차가 막혀 집에 도착해 보니 어느새 점심시간이었다. 짐을 대충 던져 놓고 엄마를 찾아 식당으로 갔다.

"엄마!"

"너 잘 왔다. 그거 삼 번 테이블로 날라."

다짜고짜 서빙을 하라는 소리에 서운은 반사적으로 움직였다. 음식을 가져다주고 빈 쟁반을 들고 주방으로 들어갔더니 엄마가 바쁘게 찌개를 끓이고 있었다.

"홀 이모 어디 갔어?"

"급체해서 새벽에 응급실 갔다 왔다기에 나오지 말고 쉬라고 했어."

"하필 제일 바쁜 토요일에 일이 생겼네. 나 무지무지 반갑지?"

"말이라고 해? 지금이 제일 바쁠 때라 정신이 하나도 없어. 반찬값 한다고 생각하고 몸으로 때워."

"홀은 나한테 맡기고 조 여사님은 주방에만 신경 쓰셔. 내가 싹 다 날라 버릴 테니까."

씩씩한 표정으로 막 내어놓은 찌개랑 반찬을 쟁반에 담기 시작하는 모습을 보며 영선이 피식 웃었다.

두 시간 정도가 지나자 그제야 태풍이 휩쓸고 지나간 것처럼 조용해졌다. 서운이 마지막 손님이 남기고 간 테이블을 정리하자 영선은 바삐 서운이 좋아하는 김치찌개를 끓였다.

"배고프지? 얼른 밥 먹자."

"안 그래도 뱃가죽이 등에 붙게 생겼어."

"아침 안 먹고 온 거야?"

"먹고 오면 늦을 거 같아서 그냥 왔지. 쫄쫄 굶은 딸 부려 먹어서 더 미안해 죽겠지?"

"얼른 밥이나 처먹어. 왜 굶고 다니고 난리야."

"그러게. 근데 어떻게 된 게 굶어도 살은 일도 안 빠지나 몰라."

곱게 눈을 흘기는 엄마에게 헤 웃어 보이며 서운은 막 끓인 찌개를 맛봤다.

"김치찌개엔 역시 돼지고기가 들어가야 예술이야."

"엄마 솜씨가 예술인 거야."

"어련하시겠어요? 아까 손님 많은 거 보니 알겠더라고. 우리 조 여사 대단해!"

서운이 엄지를 척 추켜올려 주자 영선이 눈을 흘기며 피식 웃었다.

"내내 야근했다며. 급한 일은 다 끝난 거야?"

"어제까지 해치워서 제출했어."

"그러고 보니 얼굴이 좀 상한 거 같기도 하고?"

영선이 얼굴을 가까이 들이밀며 서운의 얼굴을 살폈다. 서운이 일부러 뒤로 물러나며 너스레를 떨었다.

"훠이, 훠이. 식사 방해하지 말고 얼른 식사나 하셔. 엄마도 남 배부르게 하느라 여태 굶었잖아."

"그러고 돈 버는 거니까 배 안 고파."

"배가 안 고프긴. 지금까지 내내 앉지도 못하고 동동거렸으면서."

서운이 닦달하는 소리가 듣기 좋아 영선은 부드럽게 웃으며 식사를 했다.

"너 이사한 집도 가 봐야 하는데 짬이 안 나네. 전 집보다 더 좋은 거 맞아?"

"응. 훨씬 안전하고 좋아."

"다행이다. 불안했는데 한시름 놔도 되지?"

"당연하지. 내 걱정 말고 엄마나 문단속 잘하고 지내. 이상한 아저씨들 집적거리면 바로 신고해 버리고. 아니면 차라리 제대로 된 아저씨 만나 연애를 하든가."

"김치찌개에 이상한 게 들었나, 왜 헛소리를 하고 그래? 네 아빠 서운하시겠다."

"그런가?"

이제 예순에 접어든 나이에 혼자 있는 엄마가 안쓰러워 좋은 사람을 만났으면 좋겠다 싶으면서도 막상 아버지를 생각하면 또 복잡해진다.

"늙은 엄마 연애시키지 말고 너나 연애 좀 해."

"나 연애해."

"해?"

"응, 하고 있어."

"지난번에 헤어졌다고 하지 않았어? 다시 만난 거야?"

"아니. 그 사람하고는 완전히 끝났고 다른 남자가 있어. 그전 사람 정리하면서 도움을 받았는데 어쩌다 보니 내가 또 연애를 하고 있더라고."

"능력 있네, 내 딸!"

영선이 반가워하며 웃었다.

"지난번엔 연애라고 하기도 좀 그랬지. 데이트도 제대로 못 해 봤다면서? 인연이 아니었던 거지. 그래, 지금 남자는 좋은 사람이야?"

"응, 좋은 남자야."

영선은 대답을 하는 서운의 표정에 주목했다. 그러고 보니 미세하게 서운의 분위기가 바뀐 것 같기도 했다.

"이번에도 연애만 할 거야?"

"나도 잘 모르겠어."

늘 그럴 거라고 딱 잘라 대답하더니 머뭇거리는 걸 보니 새로웠다. 서운이 만난다는 남자가 새삼 궁금해졌다.

"그 사람이 결혼까지 생각해 보라고 하더라고."

"남자가 푹 빠졌나 보네. 그래서 뭐라고 했어?"

"대답 안 했어. 생각할 시간을 주겠다고 해서 그냥 그러고 있는 중이야."

"넌 어때? 그 남자가 결혼까지 생각할 정도로 좋은 거야?"

"좋긴 해. 그 사람이랑 같이 있으면 설레."

솔직하게 털어놓는 표정에서 영선은 서운의 마음을 읽었다.

"많이 빠졌네? 이런 모습 처음인 거 같은데? 어떤 놈이 내 딸을 이렇게 홀려 놨는지 궁금하다."

"우리 회사 본부장님이야."

"본부장이라고?"

"응. 놀랍지? 여러모로 다 가진 남자야."

서운의 말에서 만난다는 남자가 능력 있고 집안도 좋다는 것을 눈치챌 수 있었다.

"그래서 기죽어?"

"그렇다기보다는 내가 많이 부족한 거 같아서 생각이 복잡하긴 해."

"너 절대 부족하지 않아. 그러니 복잡할 거 없어."

무조건적인 내 편. 역시 엄마는 이래서 좋다.

"맞아. 엄마 딸인데 부족할 리 없지. 안 그러우?"

"다시 보니 좀 부족한 거 같기도 하고."

"저기요, 어머니?"

진지하게 걱정하다 옆길로 새는 것마저도 정이 느껴져 마음이 뽀송해진다. 집에 오길 잘했다.

저녁 식사 시간에도 식당은 정신이 없었다. 혼자서 홀을 메운 손님들을 다 커버하는 게 쉬운 일은 아니었다. 새삼 홀 이모의 능력에 엄지 척을 해 주고 싶었다.

식사 시간이 지나자 홀을 꽉 채웠던 손님들이 썰물처럼 밀려가고 오늘의 마지막 고비를 넘겼다. 마지막 식탁까지 정리를 마치고 서운은 의자에 앉았다. 오랜만에 혹사당한 몸이 욱신거리는 것 같았다. 운동 제대로 했다.

주방에서 밖으로 나가는 엄마를 따라 서운은 뒤로 나갔다. 역시나 서운을 보고 놀라 경계하는 길고양이 세 마리가 밥을 먹고 있었다.

"잘 먹여서 다들 토실하네. 지난번 봤을 때보다 살이 올랐어."

"잘 먹여야지. 당장 내일 어찌 될지 모르는 아이들이니 이 밥이 마지막 밥이 될지 모르잖아. 눈에 보일 때마다 잘 먹이고 있어."

"엄마가 있다는 건 이래서 좋은 거라니까."

엄마가 까 준 캔을 다 먹고 건사료를 오독오독 씹어 먹는 길냥이들을 물끄러미 바라보며 서운은 다시 감상에 젖었다. 밥을 주고 보살펴 줄 누군가가 있다는 것이 얼마나 축복인지 저 아이들은 알까. 백번을 생각해도 그때 엄마를 만난 건 가장 큰 행운이었다.

식당으로 들어와 엄마랑 저녁을 먹고 서운은 휴대폰을 확인했다. 점심때 태영에게 전화가 왔었는데 일하느라 정신이 없어서 받지 못했다. 나중에 다시 걸려고 했지만 엄마랑 이야기하느라 걸지 못했다.

부재중 전화가 다시 쌓여 있는 걸 보니 많이 기다리고 있는 모양이다. 혹시 화라도 났을까 싶어 걱정이 되었다.

막 태영에게 전화를 걸려고 하는데 식당 문이 열리며 누군가가 들어왔다. 주방에서 정리를 마친 영선이 나와 양해를 구했다.

"죄송한데 오늘 영업 끝났습니다."

"밥을 먹으러 온 게 아닙니다."

조금 이상한 기분이 들어 서운이 고개를 들어 중년의 남자를 살폈다. 아버지 또래로 보이는 아저씨가 뭔가 할 말이 있는 표정으로 머뭇거리며 서 있었다. 내적 갈등이 일어나는지 혼자 인상을 찌푸렸다 폈다 고심하는 게 역력히 보였다.

서운은 살짝 불안한 마음이 들어 엄마 옆에 서서 휴대폰을 주머니에 넣었다. 그리고 남자를 똑바로 쳐다봤다.

"다른 용건이 있으신가요?"

서운이 잔뜩 경계하는 말투로 묻자 남자가 결심을 굳혔는지 한숨을 내쉬며 영선을 쳐다봤다.

"제수씨, 나 정태 친구 성식이라고 합니다."

나쁜 의도로 찾아온 건가 싶어 바짝 긴장했다가 생각지도 않은 아버지의 이름이 튀어나오자 두 사람은 약속이나 한 듯 시선을 교환했다가 남자를 쳐다봤다.

"아버지 친구시라고요?"

"그래, 화성 건설 현장에서 같이 일했어. 네가 서운이구나. 네 아버지가 네 이야기를 많이 해서 알고 있었다."

정확히 제 존재까지 알고 있는 것으로 보아 거짓말은 아닌 것 같았다.

"일단 앉으세요."

영선이 자리를 권하자 성식이 의자에 앉았다. 음료수 한 잔을 내어놓고 서운은 엄마와 함께 건너편에 앉았다. 영선이 침착하게 용건을 물었다.

"갑자기 찾아오셔서 놀랐습니다. 그런데 무슨 일로 저를 찾아오신 건가요?"

"수십 번 고민했지만 역시 제수씨에게 사실을 말해야 할 거 같아서 왔습니다."

"사실이라니요?"

조용하게 묻는 얼굴을 보며 성식은 어두운 얼굴로 입을 열었다.

"정태, 사고로 죽은 거 아닙니다."

'대체 이게 무슨 소리지?'

제대로 들은 것이 맞는지 확인하듯 서운과 영선이 서로를 마주 봤다. 어떻게 이런 일이 있을 수 있는지 곧이 믿기지도 않았다.

그때 휴대폰 진동이 울렸다. 태영이였다. 서운은 얼른 통화 버튼을 긋고 작은 소리로 용건만 빠르게 말했다.

"미안해요. 나중에 전화할게요."

그의 대답을 들었는지도 기억나지 않았다. 지금은 그와 통화를 할 상황이 아니었다. 휴대폰을 내려놓는 손이 덜덜 떨렸다. 역시나 엄마도 손을 떨고 있었다.

"방금 뭐라고 하셨습니까? 그이가 사고로 죽은 게 아니라고요?"

"사고로 죽은 건 맞지만 그 사고, 누군가가 고의로 낸 것이 분명합니다."

"그럼 누가 일부러 애 아빠를 죽였단 말인가요?"

"아마 그럴 겁니다. 아니, 틀림없어요."

성식이 흥분해서 대답하자 서운은 충격을 받고 금방이라도 쓰러질 것처럼 얼굴이 하얗게 질린 엄마의 손을 붙잡았다.

"무슨 근거로 그런 말씀을 하시는 건가요?"

서운이 겨우 짜낸 소리로 묻자 성식이 길게 한숨을 내쉬며 입을 열었다.

"정태가 죽기 이 주쯤 전에 같이 일하던 경수라는 아이가 현장에서 자재에 깔려 크게 다쳤습니다. 안전시설도 제대로 설치하지 않고 공사를 한 탓에 발생한 사고인데도 보상이 제대로 이루어지지 않았습니다. 거기다 회사 측에서 사고가 밖으로 나갈까 염려하며 덮으려고만 하자 화가 난 정태가 본사의 공사 책임자에게 따졌습니다. 그랬더니 도리어 숙련되지 않은 근로자를 탓했다고 하더군요."

성식이 하는 얘기를 들으며 서운은 자주 엄마의 안색을 살폈다. 평소엔 억척스러울 정도로 씩씩한 엄마였지만 지금은 금방이라도 쓰러질 것처럼 불안해 보였다.

"그러던 중 원래 쓰기로 한 건물 자재가 아닌 함량 미달의 불량 자재가 들어오자 정태가 다시 책임자에게 따졌습니다."

"건설 회사에서 공사비를 줄이려고 암암리에 인증받을 때와 다른 제품을 쓴다는 말은 뉴스에서 봤어요."

"맞아. 인증은 값비싼 친환경 자재로 받아 놓고 실제로 현장에선 저렴한 자재를 사용해 생산비를 낮추는 꼼수를 쓴 거지. 근데 그것도 어느 정도 것이어야 하는데 너무 형편없는 싸구려 자재를 들여온 거라 다들 놀랄 수밖에 없었지."

뉴스에서나 들었던 이야기를 직접 듣다 보니 화가 났다. 당연히 현장 책임자인 데다 올곧은 성격인 아버지가 가만히 두고 보진 않았을 것이다.

"항의해도 소용없었겠군요."

서운의 추측에 성식이 고개를 끄덕거리며 인정했다.

"그래, 본사에서 도리어 잘리기 싫으면 조용히 있으라고 협박했다고 하더라. 회사 이미지 먹칠하지 말라고 말이야. 자기도 윗선에서 시키는 거라 어쩔 수 없다면서 딱 잘랐다고 했어."

"정말 어이가 없네요."

"분위기가 험악해지자 내가 정태를 말렸다. 어차피 우리 힘으로 안 되는 거니까 그냥 눈감자고 말이야. 나중에 문제가 터지면 지들이 터질 거니까 상관하지 말자고 설득했는데 안 듣더라. 건설 회사 개망신하는 게 문제가 아니라 부실 자재로 애꿎은 사람들이 죽을 수도 있는데 어떻게 가만히 있냐고 흥분하는데 나도 할 말이 없더라."

"아버지라면 그러셨을 거예요."

누구보다도 자신의 현장에 애정을 가지신 분이니 부정한 일을 그냥 넘어가지 않으셨을 것이다. 이야기를 듣다 보니 더 아버지가 자랑스럽고 그리웠다.

"문제는 네 아버지가 죽기 하루 전이었어. 며칠 동안 말도 없이 뭔가 생각만 하는 것 같더니 아무래도 사장을 직접 만나 해결해야겠다고 하더라. 공사 책임자가 길길이 날뛸 것도 걱정되고 사장을 만난다고 해도 뾰족한 수도 없을 것 같아 말렸더니 사장하고는 말이 통할지도 모른다고 하더라. 사장이 자기 말을 들어줄 수밖에 없는 약점을 쥐고 있다면서 말이야."

"약점이요?"

"그래, 그게 뭔지는 나한테도 말을 안 해 줘서 몰라. 그냥 좀 확신에 차 있는 얼굴이었어. 비장해 보이기도 하고 말이야."

말을 하다 말고 성식은 잠시 뜸을 들였다.

"근데 내가 그때 말렸으면 네 아버지 죽지 않았을 거다. 사장을 만나고 온 다음 날 아침에 갑자기 현장에서 네 아버지가 추락했으니 말이야."

서운은 엄마의 손이 심하게 떨리는 것을 보며 등을 쓸어 주었다.

"그냥 사고가 아닌 건가요?"

묻는 소리가 떨려 나왔다. 아침에 웃으면서 나가셨던 아버지가 몇 시간이 지나지도 않아 사고로 중태에 빠졌다는 말을 들었을 때의 악몽이 다시 떠올라 괴로웠다.

"건설 현장에서는 사고가 다반사라 정확히 정태가 어떻게 떨어졌는지 알 수 없으니 단순한 실족에 의한 추락 사고로 몰고 가는 분위기였어. 그런데 정태가 올라갈 이유가 전혀 없는 곳에서 떨어진 것이 아무래도 이상한 거야. 그래서 단순 사고가 아닐 수도 있다고 항의했더니 사측에서 일 크게 만들지 말라고 협박을 하더라."

"사람이 사경을 헤매는데 그까짓 건설사 이미지가 더 중요한 건가요?"

서운이 참다못해 따졌다. 듣고 있으려니 속에서 천불이 일었나.

"어렵게 따온 수주고 촉박한 기간 내 완공을 해야 해서 막무가내로 밀어붙이는 데만 혈안이 된 거지. 그때 근로 여건이 정말 열악해서 공사 내내 근로자들의 불만이 많았어."

"정말 나쁜 곳이네요. 까발려서 망신을 주고 싶어요."

"왜 아니겠냐? 우리도 다 그러고 싶었지만 목구멍이 포도청이라 욕이 나오는 상황에서도 꾸역꾸역 참을 수밖에 없었어."

그때만 생각하면 신물이 올라오는 듯해 성식은 인상을 썼다.

"솔직히 그때도 수상하다 생각했다가 그냥 넘어갔는데 두 달 전쯤에 그때 현장에서 같이 일했던 동료들과 술을 한잔하다 네 아버지 얘기가 나왔어. 그날 사고 얘기를 하다 갑자기 만식이라는 친구가 네 아버지가 떨어지기 전에 누구랑 같이 있는 걸 봤다고 하는 거야."

"그게 누군데요?"

"안전모를 쓰고 있었지만 행색이 근로자는 아니었고 처음 보는 남자였다고 했어. 근데 두 사람 분위기가 심상치 않아 보였다고 하더라."

들을수록 의심 가는 구석이 많아 기분이 가라앉았다. 만일 정말로 아버지가 실수로 추락한 것이 아니라 누군가에게 당하신 거라면 이대로 둘 순 없었다.

성식은 서운의 옆에서 말없이 눈물만 훔치는 영선을 딱한 시선으로 봤다.

"솔직히 이 말을 해야 하나 고민이 많았다. 가게 앞을 지키고 서서 너랑 네 엄마 볼 때마다 얘길 하려고 했다가 그냥 돌아선 적도 많아. 어쩌면 정말 단순한 사고일 수도 있는데 내가 괜한 소리를 해서 두 사람 상처만 헤집어 놓는 건 아닌가 싶어서 이 근방을 서성이면서도 차마 마지막 용기가 나지 않더라."

"아니에요, 아저씨. 잘 오셨어요. 만에 하나 아버지가 억울한 일을 당하셨는데 모르고 산다면 너무 잘못인 거잖아요."

"그래, 나도 그래서 결심을 한 거야. 그동안 전화해 놓고 말도 않고 끊어서 미안하다."

"전화요?"

순간 서운의 머리에 번개처럼 지난 일들이 스치고 지나갔다.

"혹시 휴대폰 뒷자리 3325가 아저씨 번호예요?"

"그래, 나다. 막상 걸어 놓고 나니 어떻게 얘길 해야 할지 몰라 그냥 끊어 버리곤 했어. 이상한 사람이라고 생각했지?"

"잘못 걸린 전화는 아닌 것 같은데 좀 이상하다고는 생각했어요. 사실 아버지 기일날도 그렇고 누군가 보고 있다는 느낌을 받았는데 그게 다 아저씨였군요?"

"그래, 다 나다. 놀라게 해서 미안하다."

서운은 그제야 편하게 한숨을 내쉬었다. 엄마가 걱정할까 봐 말은 안 했지만 식당 앞에서 몇 번 느꼈던 이상한 기운도, 말도 않고 그냥 끊어 버린 전화도 다 불안하고 찜찜했었다. 지금에라도 의문이 풀려서 안도가 됐다.

"아저씨, 용기 내 주셔서 감사합니다."

"이제 어떡할 거냐?"

"일단 알아볼 수 있는 것부터 알아봐야죠. 근데 그 사장 이름이 뭔가요?"

"당시 공동대표 체제라 사장이 둘이라고 들었는데 한 명은 지금 건설 일을 그만둬서 이름을 모르겠고 다른 한 명이 지금의 유성건설 최영환 사장이야."

"유성건설이라고요?"

유성건설이라는 말에 서운은 미간을 찌푸렸다. 상호가 낯설지 않았다. 언젠가 화신의 입에서 나왔던 이름이었다. 태영과 함께 있던 최유성의 아버지다. 이렇게 엮일 줄이야.

"아버지가 둘 중 누굴 만났는지는 모르는 거네요?"

"그렇지."

"그럼 일단 유성건설 사장님을 만나 보는 수밖에 없겠군요."

"아마 최 사장 만나기 쉽지 않을 거다. 비서 선에서 다 자를 거야."

"방법을 찾아봐야죠."

서운이 단호하게 말했다. 조그마한 단서라도 될 만한 것들은 뭐든 찾아야 하니 무슨 수를 써서라도 만나고 말 것이란 오기가 생겼다.

"그래, 그럼 나는 돌아가마. 제수씨, 불쑥 찾아와서 이런 말이나 해서 미안합니다."

"아니에요. 고맙습니다."

"굉장히 놀라고 충격일 줄 알지만 그냥 모른 척하기엔 너무 석연찮은 구석이 많아서 마냥 덮어 둘 수가 없었어요. 두 사람이 안다고 뾰족한 수가 나오는 것도 아니고 더 속만 상하겠지만 그래도 알리는 게 맞다고 생각했습니다. 그래도 괜히 내 마음의 짐만 나눠 준 것 같아 미안하네요."

"그이가 억울한 일을 당했다면 당연히 알아야지요. 미안해하지 마세요."

엄마를 붙잡고 한참 동안 위로를 하던 성식이 돌아가자 두 사람은 한동안 말없이 넋 나간 얼굴로 앉아만 있었다. 갑자기 들은 사실이 너무 엄청나서 어떻게 해야 할지 엄두가 나지 않았.

내내 숨죽여 눈물을 삼키던 영선이 조심스럽게 물었다.

"사장을 만난다고 답이 나올까?"

"적어도 아버지가 누굴 만났는지는 알 수 있겠지. 정확하게 대상을 좁혀 놓고 단서를 찾아보는 수밖에."

"난 좀 무서워. 만일 그 사장이 시켜서 네 아버지가 그렇게 된 거라면 너도 위험해질 수 있잖아."

"그래도 가만히 있을 수는 없잖아. 뭐라도 해야지. 지금은 그 생각밖에 없어."

"나 너까지 잘못되면 못 살아."

"걱정 마, 엄마. 그럴 일 없어."

서운은 영선의 손을 붙잡고 강한 척 굴었다. 속으로는 당연히 무섭고 떨렸지만 지금 가장 지옥을 헤매고 있을 엄마를 안심시키는 것이 우선이었다.

"엄마, 아버지 유품 가지고 있는 거 있어?"

"유품은 왜?"

"혹시 아버지 사고에 관련된 단서가 있나 싶어서 말이야."

"옷이랑은 다 태워서 없고 물품 몇 개만 있어."

"아버지 휴대폰은?"

"없어. 사고 나고 병원에 갔을 때도 휴대폰은 없었어. 병원으로 옮길 때 떨어졌나 했지."

"일단 아버지 유품부터 봐야겠어. 그만 집으로 가요."

서운은 영선을 부축해서 식당을 나섰다. 다리가 후들거렸지만 엄마 앞에서 약한 모습을 보일 수 없어 이를 악물었다.

하지만 집으로 가는 어깨가 천근만근 무겁기만 했다. 큰소리는 쳤지만 어디서부터 풀어 가야 할지 너무 암담하고 머리가 아팠다.

※

본가로 온 태영은 서운에게 올 전화를 기다리느라 휴대폰을 뚫어지게 쳐다보며 인상을 찌푸렸다. 집으로 내려간 후 몇 번이나 걸었는데도 받지 않아 사람 미치게 하더니 겨우 받고서는 다시 건다는 말만 하고 끊어 버렸다. 그러고는 아직까지 소식이 없다.

당연히 무슨 일인지 걱정도 되고 계속 연락 한 통 없는 것에 서운하고 화도 났다. 대체 무슨 일일까. 일부러 전화를 피하는 건 아닐 텐데 연락이 없으니 답답해서 돌 지경이었다.

손가락으로 이마를 짚고 인상을 쓰고 있는데 노크 소리가 들렸다. 고개를 들자 송 여사가 안으로 들어오고 있었다.

"엄마랑 얘기 좀 해."

대충 무슨 소리를 할지 알 것 같아 태영은 송 여사의 건너편에 앉았다.

"서운이에 대해서 뭐가 궁금하신 건가요?"

"어떻게 알았어?"

"저녁은 핑계고 그게 궁금해서 오라고 하신 거잖아요."

"눈치 빠른 건 인정한다만 그렇게 미리 방어적으로 나오지 마. 무서워, 얘."

"하실 말씀 있으면 하세요."

서운과 하루 종일 연락이 되지 않은 탓에 심기가 날카로워져 나가는 말에도 날이 섰다. 당연히 송 여사는 태영의 상태를 알지 못했다.

"그 애 그냥 가볍게 만나는 거지?"

"어머니 기준에 가볍게라는 건 어떤 건데요?"

"뭐, 그냥 연애만 하는 사이였으면 해서 하는 말이야."

송 여사가 허심탄회하게 속마음을 드러내자 태영은 미간을 찌푸렸다.

"어머니, 그 여자 제 아파트에서 보셨잖아요. 제가 가볍게 만나는 여자를 집으로 불렀겠어요? 제 집에 온 여자, 그 여자가 처음입니다. 마지막이 될 거구요."

"어머, 얘! 너무 그렇게 딱 자르지 마."

"저 서른다섯이고 연애 따로 결혼 따로 안 합니다. 그 사람이랑 처음부터 연애만 할 생각 없었고 만나고부터는 더 그럴 생각 없어요."

"그래도 결혼은 좀 그렇잖아. 아버지 체면도 생각해야지."

"며느리 들여 집안 세 늘리실 거 아니잖아요? 그냥 사람 하나만 보면 되죠. 어머니 솔직하신 분이니까, 조건 다 내려놓고 그 사람만 봤을 때도 영 별로셨어요?"

단도직입적으로 묻는 소리에 송 여사는 살짝 인상을 찡그렸다.

"솔직히 애는 수수하고 솔직해 보여서 나쁘지 않았어. 근데."

"어머니가 보신 대로 솔직하고 착한 사람이에요. 꼬여 있지도 않고 매사 긍정적이고 열심히 사는 사람이고요. 제가 다 필요 없이 그 여자에게 빠진 데에는 그럴 만한 이유가 있기 때문이에요. 그러니 그냥 이서운 자체만 예쁘게 봐 주세요."

태영이 설득했지만 송 여사는 못내 양에 차지 않은 표정이었다. 태영의 성격을 모르는 것은 아니지만 그 아이에 대한 아들의 마음이 생각보다 너무 단단해서 난감했다. 속물이라고 비난을 한다고 해도 너무 기우는 결혼은 조금 받아들이기 버거웠다. 그건 그쪽도 피차 마찬가지일 것이다.

"그 애도 같은 생각이야?"

"……"

"그 애랑 결혼까지 얘기가 된 거야?"

"얘긴 했어요."

"그래서 그러자고 해?"

"…싫다고 하더라고요."

"뭐? 싫대?"

뜻밖의 전개에 송 여사가 한 대 얻어맞은 표정으로 물었다.

"뭐야, 너 까인 거야? 왜? 대체 왜 싫대?"

"어머니는 좋아하셔야 하는 거 아니에요?"

"그건 그렇지만 네가 까였다는 게 말이 안 되잖아."

"왜 말이 안 돼요? 거절은 저만 할 수 있는 게 아니잖아요. 그 사람도 어머니와 같은 이유로 얼마든지 결혼이 부담스럽고 싫을 수 있죠. 그래서 까였어요."

"어머, 애, 엄만 좀 충격이다. 그 애 좀 마음에 들면서도 어이없다."

송 여사가 가감 없이 감정을 드러냈다.

"둘 중 하나만 하세요."

"좀 자존심 상하잖아. 그래도 그 애가 네 배경을 보고 옆에 있는 건 아닌 것 같아서 안심이긴 하다. 그래서 그냥 연애만 하기로 한 거지?"

"아뇨. 저는 꼭 결혼할 거라고 했어요."

"어머, 애!"

"저 설득하려 하지 마세요. 저 아버지 말도 안 듣는 거 아시잖아요. 저랑 평생 살 여자 제가 선택할 거니까 반대하지 마시고 받아 주세요."

"그게 그렇게 쉬운 일이 아니잖아."

송 여사가 끝내 받아들이지 않자 태영은 마지막 카드를 꺼냈다.

"저 그 여자 놓치면 평생 여자 안 만나고 혼자 살 거예요."

"어머! 야!"

끝까지 고상함을 놓지 않던 송 여사의 입에서 불이 뿜어져 나왔다. 그녀는 끝내 태산처럼 끄떡도 않는 아들을 쏘아보며 씩씩거렸다.

"망할 놈이 빽하면 협박이야. 자식이 벼슬이야?"

"아니니까 어머니한테 제 여자 잘 봐 달라고 이렇게 부탁드리는 거잖아요."

"흥! 때렸다 구슬렸다 잘도 엄마를 들었다 놨다 하는구나. 너 이러는 거 아버지한테 다 이를 거야."

"아버지가 반대하셔도 소용없어요."

"이놈이 진짜! 아, 혈압 오르니 오늘은 그만하자. 나 아직 그 애 허락한 거 아니야."

송 여사가 손으로 부채질을 해 대며 자리에서 일어났다. 그녀는 태영을 괘씸한 눈초리로 째려보다 밖으로 나갔다. 작전상 후퇴한 거지만 다음에 또 붙는다고 한들 승산이 있을 것 같지는 않았다. 절망감에 그녀는 고개를 절레절레 흔들었다.

태영이 돌아가자 태환은 거실에 뚱한 표정으로 앉아 있는 송 여사에게 다가갔다.

"기분이 별로세요?"

"태영이 때문에 미치겠어."

"왜요? 그 아가씨 때문에요?"

"왜 아니겠니? 얘, 네가 좀 말려 봐."

"어머니가 보기에도 그 아가씨 영 아니에요?"

"뭐, 애는 가식 없고 싹싹해 보이더라. 근데 그게 다는 아니잖아."

송 여사가 떨떠름한 투로 대답했다. 태환은 서운에 대해 말하는 어머니의 표정에 집중했다.

"집안이 걸리시는 거예요?"

"좀 그렇잖아. 여진이랑도 비교되고. 우리가 조심한다고 해도 그 애 혼자 자격지심도 생길 거고. 아무래도 서로 불편하지 않겠어?"

태환은 잠시 침묵을 지키다 입을 열었다.

"집안 좋고 성격 개차반인 사람보다는 낫잖아요?"

"그건 당연히 그렇지."

"다 만족할 수 없다면 중요한 것만 보면 되죠. 태영이 그 아가씨 많이 사랑해요. 아마 포기 안 할 거예요."

"그러니 미치겠다는 거 아니니? 빠져도 단단히 빠졌던데 어째야 할지 모르겠어. 아우, 머리 아파."

"태영이가 알아서 하게 두세요."

"결혼하겠다고 그러잖아."

"그럼 하게 두면 되죠."

"얘! 남의 일 아니고 네 동생 일이야."

송 여사가 발끈해서 지적했지만 태환은 엷게 웃을 뿐이었다.

"어머니, 태영이 이길 자신 있으세요?"

"없지."

"그럼 태영이 안 보고 살 자신 있으세요?"

"어머, 얘! 그걸 말이라고 하니? 끔찍한 소리 하지 마."

"그럼 태영이 선택 존중해 주세요. 그 아가씨를 먼저 보지 마시고 태영이를 먼저 보시란 말이에요. 태영이 그 아가씨에게 진심이에요. 그저 스치는 연애 아니라고 했어요. 태영이 절대 못 말리실 거예요. 그러니 적당히 져 주세요. 그것이 아들도 지키고 어머니 자존심도 지키는 거예요."

"니들 둘이 짰니?"

송 여사가 뚱한 얼굴로 트집을 잡았다. 아들놈들 입에서 나오는 소리가 어째 모범 답안처럼 똑같은지 답답하고 소외감이 느껴졌다.

"저는 태영이가 좋은 사람 만나 행복했으면 좋겠어요."

"그건 당연히 나도 그렇지."

"제 눈엔 지금 태영이 얼굴 어느 때보다 행복해 보여요. 어머니 눈엔 안 보이세요?"

송 여사가 입을 일자로 다문 채 실룩거렸다. 그러고 보니 무뚝뚝하고 뻣뻣하던 놈이 요즘 표정도 부드러워지고 많이 달라지긴 했다.

"그것이 그 아이 때문이란 말이지?"

삐뚜름한 표정으로 생각에 잠겨 있던 송 여사가 떨떠름하게 입맛을 다셨다.

"그 애 한번 자세히 봐야겠다. 뭐, 다 마음에 들 수는 없을 테니까 접을 건 접어야지."

"잘 생각하셨어요."

"애 자체도 별로면 정말 뜯어말릴 거야."

"좋은 사람일 거예요. 태영일 변하게 했잖아요."

태환의 설득에 송 여사는 마지못해 고개를 끄덕거렸다. 다소 아쉽긴 해도 태영이 끝까지 그 애가 아니면 안 된다고 버티면 결국 말리지 못할 것임을 알고 있다. 말린다고 들을 놈도 아니고, 잘못 건드렸다가 다시 미국으로 나가 버리면 그보다 최악은 없다. 그녀는 미간을 잔뜩 모은 채 고개를 저었다.

고민하는 송 여사를 두고 태환이 방으로 들어가자 여진이 화장대 앞에 앉아 있었다.

"당신은 도련님이 그 아가씨랑 결혼하는 거 찬성이에요?"

"반대할 이유가 없지."

"그게 도련님을 위하는 거라고 생각해요?"

"당연하지. 태영이가 선택한 여자니까. 그러니까 당신도 어머니한테 이상한 소리 지껄여서 바람 넣지 마."

"내가 무슨 바람을 넣었다고 그래요?"

여진이 태환의 눈을 피하며 대답했다.

"아니면 됐어. 피곤하네."

여진은 거울을 통해 휠체어 바퀴를 끌고 침대로 가는 태환을 못마땅한 눈초리로 쏘아봤다.

행여 서운에게 전화가 올까 봐 토요일 밤을 뜬눈으로 지새운 태영은 일요일 오전이 지나도록 연락이 없자 신경이 날카로워졌다. 이쯤 되니 무슨 일이 생긴 것 같아 걱정이 되어 미칠 것 같았다.

결혼까지 생각하라는 말에 부담을 갖고 거리를 두려고 일부러 그러는 것은 아닐 것이다. 그렇게 생각하면서도 오만 가지 잡다한 생각이 다 들었다. 일부러 전화를 걸지 않는 건지 불안하고 서운하기도 했다. 마지막 통화를 했을 때 목소리가 안 좋게 들렸던 것도 걸렸다.

고작 하루가 지났을 뿐인데 폐인이 된 기분이었다. 연락이 되지 않으니 아무것도 할 수가 없었다. 그녀가 아니고선 아무것도 하지 못하는 바보로 만들어 놨으니 이서운은 그에 상응한 책임을 져야 한다. 그는 다시 휴대폰을 노려봤다.

"제발 전화 좀 해, 이 여자야."

마음 같아서는 당장이라도 그녀의 어머니가 계시는 곳으로 쫓아 내려가고 싶은 심정이었다.

그렇게 하루가 다 가도록 서운에게 연락이 없자 태영은 슬슬 화가 올라왔다. 이쯤 되니 고의적으로 연락을 피하는 것 같기도 했다.

밤 10시가 지나자 그는 장식장에서 위스키를 꺼내 들었다. 술이라도 한잔하지 않으면 당장 서운을 찾아 나갈 것 같았다.

막 위스키를 잔에 따르려는데 초인종이 울렸다. 이 시간에 올 사람이 없는데 누군가 싶어 그는 인터폰으로 방문객을 확인했다. 그러다 깜짝 놀라 빠르게 문을 열었다. 놀랍게도 문 앞에 서운이 서 있었다.

"이서운."

감정을 누르며 낮게 부르다 그는 서운의 상태가 심상치 않음을 깨닫고 흠칫 놀랐다.

"왜 그래?"

금방이라도 쓰러질 것처럼 위태롭게 서 있던 서운이 태영의 얼굴을 보더니 그대로 의식을 잃었다.

"서운아!"

태영은 얼른 쓰러지는 그녀를 붙잡았다. 서운의 몸이 불덩이인 것을 확인하고 그는 서운을 번쩍 안아 들고 침실로 데리고 갔다.

서운을 침대에 눕히고 그는 급하게 김 박사에게 전화를 걸어 왕진을 요청했다. 의식을 잃고 좀체 깨어나지 않은 창백한 얼굴을 보니 미칠 것 같았다.

'어째서 이런 모습으로……. 도대체 무슨 일이 있었기에.'

김 박사가 올 때까지 기다리는 시간이 지옥 같았다. 당장이라도 서운이 잘못될까 봐 겁이 났다. 초인종 소리가 나자 그는 반사적으로 튀어 나갔다.

서운의 진찰을 마친 김 박사가 고개를 끄덕이며 일어섰다.

"안정제를 놨으니 아침까지는 푹 잘 거야."

"왜 그러는 겁니까?"

"극도의 스트레스로 인한 탈진 상태야. 딱히 다른 곳에 이상이 있는 것은 아니니 잘 쉬게 하고 잘 먹게 하면 곧 괜찮아질 거야."

"고맙습니다, 박사님."

서운을 보며 묻고 싶은 게 많은 눈치였지만 김 박사는 말없이 태영의 어깨를 두들겨 주며 밖으로 나갔다.

김 박사를 보내고 태영은 깊은 잠에 빠져든 서운의 옆에 앉았다. 깨끗한 수건에 물을 적셔 와서 이마의 땀을 닦아 주다 서운의 얼굴을 자세히 살폈다. 겨우 이틀을 못 봤을 뿐인데 얼굴이 많이 상해 있었다.

혹시 자신 때문에 극도로 스트레스를 받은 건가 의심하다 곧 접었다. 다른 무슨 일이 있는 것이 분명했다. 집에 갈 때까지만 해도 멀쩡했으니 집안일일 것이다. 대체 무슨 일이기에 이렇게까지 지치고 수척해진 얼굴로 찾아왔단 말인가.

그래도 그녀가 제집으로 가지 않고 자신을 찾아와 줘서 고맙고 다행이었다. 혼자 집에서 쓰러져 있을 것을 생각하는 것만으로도 끔찍했다.

연락이 안 될 때는 환장할 것 같더니 그래도 이렇게 눈앞에 두고 있으니 마음이 놓였다. 그녀와 닿지 못한 이틀 동안 거의 폐인이 될 뻔했다.

그는 이마로 흘러내린 머리카락을 귀 뒤로 넘겨 주며 서운의 이마에 입술을 내렸다. 자신에게 와 줘서 고맙고, 얼른 깨어나라는 위로의 입맞춤이었다.

제12장
엉킨 실타래

 얼마나 오랫동안 잠이 들었는지 모르겠다. 눈꺼풀을 들어 올리고 익숙한 천장을 확인한 서운은 다시 눈을 감았다. 무슨 정신으로 여기까지 왔는지 기억도 나지 않았다.

 약 기운 때문인지 약간은 나른한 정신으로 그녀는 휴대폰으로 시간을 확인했다. 아침 9시가 넘은 것으로 보아 월요일이 분명했다. 회사에 나가야 하는데 몸에 힘이 하나도 없었다.

 '출근했겠지?'

 겨우 몸을 일으켜 침대 헤드에 기대앉아 있는데 문이 열리고 태영이 들어오자 깜짝 놀랐다.

 "아직 출근 안 했어요?"

 "안 했어. 유미강 대리에게 연차 내 달라고 연락했으니 오늘은 그냥 쉬어."

"당신은요? 얼른 가야죠."

"안 가. 너 이대로 두고 못 가."

단호한 소리와 함께 태영이 침대에 앉아 서운의 이마에 손을 얹었다.

"괜찮아요."

"거짓말."

"정말 멀쩡해요."

"네 마음이 멀쩡하지 않잖아. 어제 얼마나 놀랐는지 알아?"

"미안해요."

"이틀 동안 연락도 안 되더니 밤에 오자마자 쓰러져 버리고, 대체 무슨 정신으로 그 상태로 찾아온 거야?"

벼르고 있었는지 걱정과 안도가 뒤범벅된 나무람이 터져 나왔다.

"보고 싶어서 왔어요."

"……."

"집에서 나왔는데 아무 생각이 안 들었어요. 그냥 당신이 너무 보고 싶었어요. 나도 여기까지 무슨 정신으로 왔는지 모르겠어요."

"넌 정말 날 미치게 하는 재주가 있어."

태영이 서운의 팔을 잡아당겨 덥석 그녀를 끌어안았다.

서운이 조심스럽게 그의 등을 어루만졌다. 그의 품에 안기니 비로소 누군가에게 위로받는 기분이 들었다.

이틀 동안 엄마랑 둘 다 반쯤 넋이 나간 사람처럼 아무것도 하지 않았다. 하지만 이대로 엄마를 혼자 두는 것이 걸려서 엄마 앞에서 맘껏 울 수도 없었다. 일단 제 기분은 접어 두고 최대한 엄마가 기운 차릴 수 있게 보살펴야 했다.

그러면서도 계속 한숨이 새어 나왔다. 둘이 감당하기엔 너무도 큰일을 어떻게 해야 할지 감조차 잡히지 않았다.

그럴 때마다 태영이 미치게 보고 싶었다. 그의 넓은 가슴에 안겨 숨고 싶고 울고도 싶었다. 집에서 나서는 순간 녹초가 된 몸이 저절로 그에게 움직였다. 서운은 그의 얼굴을 올려다보며 조용히 웃었다.

"얼굴 보니 좋네요."

웃는 얼굴에 서글픔이 잔뜩 담겨 있어 태영은 살짝 미간을 찌푸리며 그녀를 다시 안았다.

주말 내내 한숨도 못 잤는지 서운이 다시 잠들자 태영은 조용히 밖으로 나갔다. 서재 컴퓨터로 급한 결재를 처리한 후 그는 주방으로 나갔다. 아침에 급히 사 온 전복을 썰어 넣고 전복죽을 끓이기 시작했다.

죽을 그릇에 담고 막 서운을 깨우러 가려는데 방문이 열리고 서운이 나왔다. 기운이 하나도 없어 보이는 얼굴이지만 그래도 어젯밤보다는 얼굴색이 나아 보였다.

"앉아. 밥 먹자."

서운이 식탁에 놓인 죽을 보며 놀란 눈을 떴다.

"나 때문에 죽 끓인 거예요?"

"당연하지. 죽은 내 취향 아니야."

"직원들이 제가 하늘 같은 본부장님을 출근도 못 하게 하고 이렇게 부려 먹는 줄 알면 아마 기절할걸요?"

"다른 사람들 기절하는 건 관심 없어. 너나 픽픽 쓰러지지 마. 어제 나 정말 간 떨어지는 줄 알았어."

"미안해요."

"그럼 그거 다 먹어."

태영이 수저를 건네주자 서운은 피식 웃으며 수저를 받았다. 그리고 김이 모락모락 나는 전복죽을 한술 떠서 입에 넣으며 조용히 음미했다.

"입 안이 깔깔해서 모래알 같겠지만 그래도 먹어야 해."

"그럴게요. 맛있어요."

서운이 수저로 다시 죽을 떠서 입에 넣었다.

태영은 그녀가 먹는 모습을 말없이 지켜봤다. 말은 그렇게 했지만 제대로 들어갈 리 없을 것이다.

죽을 먹다 말고 서운이 태영을 빤히 봤다.

"왜?"

"왜 무슨 일이냐고 안 물어요?"

"기다리고 있는 중이야."

"끝까지 말 안 하면요?"

"그럼 하는 수 없고. 내키지 않는데 억지로 말할 필요는 없어."

어떨 땐 도망갈 틈도 없이 몰아붙이면서 이럴 땐 또 강요하지 않는다. 장담하건대 진태영은 이서운을 가장 잘 다루는 남자일 것이다.

"집으로 돌아가신 아버지 친구분이 찾아오셨어요."

"아버지 친구? 인사차 오신 거야?"

태영에게 아버지에 대해서는 처음 이야기하는 것이라 서운은 잠시 숨을 골랐다.

"우리 아버지, 삼 년 전 내 생일날 공사 현장에서 사고를 당하셨어요. 며칠 동안 의식이 없으시다가 결국 그대로 하늘로 가셨어요."

처음 알게 된 사연에 태영의 미간에 주름이 깊게 졌다. 불의의 사고로 아버지를 잃은 서운의 가슴이 얼마나 미어졌을지 통증이 진해져 와 심장이 먹먹해졌다. 어떤 말로 위로를 해야 할지 감이 오지도 않았다.

"그런 일이 있었던 건 몰랐어. 많이 힘들었겠다."

"너무 갑작스런 일이라 엄마랑 한동안 힘들었었죠."

그때를 떠올리는 것조차도 통증이 느껴져 서운의 표정에 슬픔이 배었다. 그러다 그녀는 걱정스럽게 자신을 살피는 태영의 시선을 느끼고 무겁게 입을 열었다.

"근데 그때 아버지 사고, 그냥 사고가 아니라고 하셨어요."

"뭐?"

놀란 태영의 표정이 심각하게 굳었다. 하얗게 질려 쓰러진 서운의 모습으로 보아 가벼운 일은 아닐 거라 생각했지만 이건 상상 이상의 충격이었다. 아버지가 사고로 돌아가셨다는 것도 충격일 텐데, 그 사고가 단순 사고가 아니라니. 어젯밤 서운의 모습이 충분히 납득이 되고도 남았다. 정신을 잃을 정도의 충격을 받고도 자신보다 어머니를 돌봤을 서운을 생각하니 태영은 마음이 찢어질 듯 아파 왔다. 하지만 지금은 서운의 이야기에 집중해야 했다. 겨우 용기를 내 말을 꺼내 준 서운에게 태영이 조용히 물었다.

"단순 사고가 아니라면?"

"아저씨 말로는 아버지가 누군가에게 살해당했을 수도 있다고 했어요."

말을 하는 서운의 목소리가 떨렸다. 손 역시 떨렸다. 그녀는 충격을 받은 얼굴로 자신을 응시하는 태영을 가만히 마주 봤다. 태영이 자리에서 일어섰다.

태영의 손에 이끌려 거실로 온 서운은 그가 내준 따뜻한 차를 마시며 마음을 진정시키려 애썼다.

태영은 재촉하지 않고 그녀를 기다려 주었다. 이윽고 한숨을 길게 내쉰 서운의 입에서 성식이 찾아왔던 이야기가 흘러나오자 그는 숨을 죽이고 경청했다. 그녀의 입에서 나온 익히 아는 이름에 흠칫 놀라기도 했다.

서운의 이야기를 다 듣고 태영은 잠시간 침묵했다. 그러다 이내 서운을 보며 미간을 찌푸렸다.

"충격이 컸겠다."

걱정이 가득 담긴 시선에 서운이 조용히 고개를 끄덕였다.

"처음엔 화가 났다가 무섭기도 했다가 나중엔 슬펐어요."

"충분히 그랬을 거야."

"아버지가 그렇게 돌아가신 것도 모르고 지낸 게 죄송했고 막상 뭘 어디서부터 풀어야 할지 몰라 막막했어요. 차라리 몰랐으면 좋았을 거란 생각에 자괴감이 들다가도 무엇보다 내가 할 수 있는 게 거의 없다는 사실에 화가 났어요."

답답해하는 마음이 이해가 되고도 남아 태영의 미간에 골이 더 깊게 팼다.

"어떻게 할 생각이야?"

"우선은 아버지가 돌아가시기 전에 만난 사람이 누군지부터 알아야겠어요. 아버지와 무슨 말을 했는지도요."

"아버님이 누구의 약점을 쥐고 있는지 알아내는 게 관건이군."

"그렇다고 하더라도 직접적으로 아버지를 돌아가시게 한 증거가 될 수는 없겠지만 일단 단서가 되는 건 다 찾고 싶어요. 결국 아무것도 찾지 못할 수도 있지만 그렇다고 해도 아무것도 안 하고 있을 수는 없어요."

"당연히 그래야지."

태영은 서운에게 힘을 실어 주었다. 누구라도 그런 소리를 듣고 가만히 있지는 못할 것이다.

"대신 그거 나랑 같이해."

"예?"

"내가 도와줄 테니까 혼자 하지 말라고. 만에 하나 정말로 아버님이 누군가에게 당하신 거라면 너도 위험해질 수 있어. 그러니 혼자는 안 돼."

"…알았어요."

"유성건설 사장님은 내가 자리를 만들어 줄게."

서운의 눈이 의미심장하게 그를 똑바로 응시했다.

"왜?"

"집에서 오는 내내 어떻게 해야 그 사람을 만날 수 있을까 머리가 터지게 고민했는데 너무 쉬워서요."

"그러니까 혼자 하지 말라는 거야."

서운이 한쪽 눈썹을 들어 올리며 가늘게 쳐다봤다.

"또 왜?"

"유성건설 사장님이 지난번 봤던 최유성이라는 여자의 아버지라고 알고 있는데, 둘이 무슨 사이 아닌 거 맞죠?"

"갑자기 왜 생사람을 잡는 거야? 그 앤 어머니 친구의 딸일 뿐이야."

"흐음, 그래요?"

"그래."

"그 여자 눈빛은 아닌 것 같던데? 그날 나를 아주 잡아먹을 것처럼 보던데?"

"나랑은 상관없어. 맹세해."

태영이 정색하며 결백을 주장하다 갑자기 피식 웃자 서운이 발끈했다.

"그 웃음 뭐예요?"

"귀여워서."

"귀……. 내가요?"

"그래, 유성이 신경 쓰는 게 귀여워. 질투하는 거 보니 기분도 좋고."

"질투는 무슨, 내가 언제요?"

서운이 딱 잡아떼며 시선을 돌리자 태영이 서운의 손을 잡았다. 커다란 손에 쏙 들어간 두 손이 유난히 작게 보였다.

"아버지 문제 잘 해결될 거야. 그러니 지치지 마."

"…그래요, 고마워요."

서운이 그의 양손 안에서 꼼지락대며 손가락으로 그의 손바닥을 긁었다.

"나 솔직히 엄마랑 같이 있으면서 막막하고 무서웠어요. 그래서 당신 생각 많이 했어요. 이럴 때 당신이 있어서 참 든든하고 좋았어요. 그래서 무작정 당신을 보러 왔어요."

"다음부턴 그냥 날 불러. 어제처럼 사람 간 떨어지게 하지 말고."

"그렇게 많이 놀랐어요?"

"말이라고 해? 이틀 동안 연락 한 통 없어 사람 애먹이더니 밤에 오자마자 쓰러지니 어떻게 안 놀라겠어? 화나고 걱정됐던 마음이 쏙 들어가더라고."

"쓰러지길 잘했네요."

태영이 눈에 힘을 주며 으르렁댔다.

"그런다고 안 혼낼 줄 알아?"

"어, 갑자기 어지럼증이. 나 좀 누워야겠어요."

서운이 일어나 도망가려 하자 태영이 그녀를 낚아채 끌어안았다. 커다란 품에 그녀를 가두고 그가 낮게 중얼거렸다.

"너 잘못되는 줄 알고 미치는 줄 알았어. 제발 다신 그러지 마."

"미안해요."

서운은 두 손으로 그의 등을 힘껏 껴안았다. 그러자 태영의 팔에 더 힘이 들어갔다. 숨이 막힐 정도로 힘껏 조이는 힘에서 진심으로 자신을 위한 마음이 느껴졌다. 다행이었다. 그를 사랑해서… 그가 사랑해 줘서.

한참을 그의 품에 안겨 있다 서운은 그에게 물었다.

"근데 정말 하루 통째로 날려도 돼요?"

"급한 일은 재택으로 처리하고 있으니 상관없어."

"역시 높으신 분이라 좋네요. 난 방 과장님이 도끼눈을 뜨고 기다리실 텐데."

태영의 한쪽 눈썹이 삐딱하게 올라갔다.

"방 과장님이 괴롭혀?"

"대놓고 괴롭히는 것은 아닌데, 또 아닌 것도 아닌 것 같고 애매하네요."

"그래?"

"방 과장님이 길 대리랑 잘 아는 사이라서 아무래도 미운털이 박힌 것 같긴 해요. 어쩔 수 없죠, 뭐."

서운이 대수롭지 않게 웃으며 창가로 가 섰다.

태영은 확 트인 전망을 내려다보며 생각에 잠긴 그녀에게 다가갔다. 그는 방 과장을 떠올리며 찬 시선을 떴다.

※

다음 날 일찍 출근한 서운은 미강이 출근하자마자 밖으로 끌려 나갔다.

"너 어제 무슨 일 있었던 거야?"

"일은 무슨. 그냥 몸이 좀 안 좋아서 못 나왔어."

서운이 대수롭지 않은 얼굴로 잡아뗐지만 미강이 의심을 풀 리 없었다.

"몸이 얼마나 안 좋으면 본부장님이 대신 연차를 내 달라고 하냐? 거기다 본부장님이랑 둘이 나란히 안 나와 놓고 그 말을 나보고 믿으란 말이야?"

"그냥 집에 일이 좀 있었어. 몸이 너무 안 좋아서 못 일어난 것도 사실이고. 주사 맞고 자느라 너한테 연락할 정신이 없어서 그 사람이 대신 전화한 거야."

"집에 일은 뭐야? 어머니한테 무슨 일 있어?"

"그런 거 아니야. 나중에 정리가 되면 얘기해 줄게. 지금은 나도 머릿속이 좀 복잡해."

미강이 눈을 가늘게 뜨고 살피더니 한발 물러섰다. 아닌 척하고 있지만 서운의 표정이 썩 좋지만은 않아 보였다.

"어제 방 과장님 날씨 흐림이었냐?"

"요즘 계속 우거지상이잖아. 너 안 나온 걸로 한마디 찍기는 하더라만 다른 일에 바빠서 정신이 없어 보이더라고. 어제 누가 지나가는 말로 너랑 본부장님이 나란히 안 나와서 둘이 무슨 일 있는 거 아니냐고 농담을 던지는데 속으로 식겁했어 야."

"욕봤다."

"너 정말 별일 없는 거지?"

"골치 아픈 일이 있긴 한데 잘 해결될 거라 생각하고 있어."

"그래, 뭔 일인지 모르지만 믿으면 믿는 대로 되더라. 힘내라."

서운은 미강을 보며 배시시 웃었다. 화신이랑 미강이처럼 무작정 편을 들어 주는 친구들이 하나도 아니고 둘씩이나 있다는 사실이 새삼 복 받은 것 같았다. 거기다 태영은 말할 것도 없다.

사무실로 들어가자 휴대폰에 태영이 보낸 메시지가 들어 있었다. 그녀는 휴대폰을 들고 복도 계단으로 가서 전화를 걸었다.

-최 사장님 오늘 오후 5시에 잠깐 시간 되신다는데 괜찮겠어?

"조퇴하고 가야죠."

연차를 낸 후라 바로 조퇴를 하는 것이 좀 걸렸지만 지금은 제 사정에 맞출 상황이 아니었다.

-같이 가고 싶은데 나는 그때 회의가 있어. 어쩌지?

"혼자 갔다 올게요. 그게 나을 거 같아요."

-알았어. 그럼 최 사장님께 말씀드려 놓을게.

"고마워요."

-잘 다녀와. 무슨 일 있으면 바로 연락하고

"알았어요."

통화를 마치고 사무실로 들어오는 가슴이 조금 떨렸다. 쉽지 않을 것 같던 첫 단추를 태영의 도움으로 쉽게 채우긴 했지만 막상 최 사장을 만나러 가려니 긴장이 됐다. 자리에 앉아서 모니터를 응시하며 그녀는 최영환 사장에 대해서 생각했다.

"이 대리 요즘 무슨 일 있어?"

떨떠름한 표정으로 묻는 방 과장의 눈치를 뒤로하고 서운은 약속한 시각에 늦지 않게 유성건설로 갔다.

태영이 미리 연락을 해 둔 덕에 로비에서부터 비서실까지 일사천리로 통과됐다. 보통 사람이라면 함부로 대면하기도 힘든 사람을 이렇게 쉽게 만날 수 있다니. 태영의 존재가 새삼 대단하게 와 닿았다. 그런 남자와 사랑하는 사이라는 사실을 지금은 그냥 고마워만 하기로 했다.

"이서운 씨, 사장님께서 기다리고 계십니다."

단정한 차림을 한 비서의 안내로 서운은 사장실로 들어갔다. 바짝 목이 탔지만 호흡을 크게 하며 마음을 차분하게 진정시켰다.

"안녕하세요. 이서운입니다."

"거기 앉아요."

사장이라는 투명한 명패가 놓인 자리에서 영환이 일어서며 서운을 맞았다.

검정색 가죽 소파에 앉으면서 서운은 상석에 앉는 영환을 살폈다. 생각보다 키가 크고 차가워 보이는 인상이었다. 실수는 용납하지 않을 것처럼 단호해 보이기도 했다.

비서가 차를 두고 나가자 영환이 차를 한 모금 마시고는 단도직입적으로 물었다.

"그래, 날 보자고 한 이유가 뭔가?"

어차피 그의 시간을 오래 뺏을 수 없을 것임을 알기에 서운은 주저 없이 용건을 꺼냈다. 막상 오기 전까지는 떨렸지만 아버지를 생각하니 마음이 차분히 가라앉았다.

"혹시 이정태 씨를 아십니까?"

"이정태? 기억이 나지 않는데."

"삼 년 전, 화성 주상복합 건설 현장에서 사고로 돌아가셨습니다."

"그렇게 얘기하니까 기억나는군. 추락 사고로 돌아가신 근로자가 한 사람 있었던 걸로 기억하네."

"그분이 제 아버지십니다."

"아버지 일은 안타깝게 됐네. 그런데 내겐 무슨 볼일인가?"

영환이 지체없이 묻자 서운은 서늘한 시선으로 그를 똑바로 쳐다봤다.

"혹시 저의 아버지께서 돌아가시기 전에 아버지를 만나신 적이 있으십니까? 삼 년 전, 오월 육 일입니다."

"난 자네 아버지를 만난 적이 없네."

기억을 더듬을 필요도 없다는 듯 바로 나오는 대답에 서운은 제법 놀랐다.

"만나신 적이 없다고요?"

"그래. 난 이정태란 사람을 만난 적이 없어."

단호한 대답에 서운의 머리가 빠르게 돌아갔다. 미리 준비한 거짓말은 아닌 것 같았다.

"제가 오늘 사장님을 찾아온 이유는 아버지가 돌아가시기 전날 사장님을 만났다는 말을 들어서였습니다."

"무슨 일인지 모르겠지만 나는 아니네."

"그 당시에는 공동대표 체제였다고 알고 있는데 혹 다른 사장님이 누구신지 알려 주시겠습니까?"

"내가 아니니 길 의원을 만났을 수도 있겠군."

"길 의원이요?"

"그때 나랑 공동대표로 있었던 사람이 길갑수 의원이네. 건설 바닥에서 잔뼈가 굵은 사람이 지금은 어울리지도 않게 정치를 하고 있지."

생각지도 않은 이름에 서운은 순간 아무 생각도 할 수 없었다. 둔기로 뒤통수를 한 대 얻어맞은 기분이었다. 촉이 나간 백열등처럼 머릿속이 암전 상태가 되고 아버지가 마지막에 만난 사람이 길갑수 의원이라는 사실만이 메아리처럼 울렸다.

"길 의원은 자네도 알겠지?"

"압니다."

안다 뿐이겠는가? 한때는 아버지였던 사람인데. 평생 엮일 일이 없기를 바랐는데 아버지 일로 엮일 줄은 몰랐다. 지독하게 얽힌 인연에 서운의 안색이 확 나빠졌다. 부디 최악의 상황은 아니기를 저절로 바라게 됐다.

영환이 차를 한 모금 삼키면서 서운의 창백한 얼굴을 쳐다봤다. 뭔가 크게 놀란 것 같은데 냉정을 찾으려고 애쓰는 모습이 안쓰러워 보였다.

"진 본부장이랑 만나는 사이라고 하던데."

서운은 대답 없이 그를 가만히 바라봤다. 무슨 소리를 하려는지 알 수 없으니 자연 경계가 됐다. 그는 최유성의 아버지니까.

"실은 내 딸이 오랫동안 진 본부장을 좋아하고 있다네. 내 귀한 딸의 마음을 받아 주지 않은 진 본부장이 사귀는 사람이라기에 자네가 몹시 궁금했던 참이네."

영환은 태영의 이야기를 살짝 불편해하는 서운의 표정을 읽고 더 말하지 않았다. 아무래도 그녀 역시 유성의 존재를 알고 있는 듯했다. 그렇다면 당연히 듣기 거북할 것이다.

"혹시 내게 더 묻고 싶은 것이 있나?"

"없습니다. 시간 내주셔서 감사합니다. 그만 일어나 보겠습니다."

"도움이 못 돼 미안하군."

"아닙니다. 도움이 됐습니다. 감사합니다."

서운이 정중하게 인사를 건네고 돌아섰다. 영환은 탁자에 놓인 서운의 명함을 집어 들고 그녀의 뒷모습을 쳐다봤다.

사장실에서 막 나오자 비서실 문을 열고 유성과 혜연이 들어왔다. 서운은 흠칫 놀랐지만 이내 차분한 얼굴로 비서에게 인사를 건네고 비서실을 나가려 했다. 하지만 서운을 단번에 알아본 유성이 그녀를 잡았다.

"잠깐만요."

서운이 돌아보자 유성이 서운의 앞에 섰다. 짙은 향수 냄새가 확 풍겼다. 혜연이 영문을 모르는 얼굴로 뒤에서 지켜보고 있었다.

"이서운 씨 맞죠?"

"그런데요?"

"이서운 씨가 여긴 어쩐 일이에요?"

"사장님께 용건이 있어서 왔습니다."

"그쪽이 울 아빠한테 무슨 용건이 있어요?"

다분히 무시하는 말투에 서운의 눈빛에 슬쩍 날이 섰다. 그녀는 똑바로 유성을 응시했다.

"그걸 그쪽에게 설명해야 할 이유는 없는 것 같은데요. 궁금하면 사장님께 물으시죠."

유성의 눈썹이 모아지고 인상을 찌푸리자 서운은 살짝 묵례를 하고 비서실을 나갔다.

"뭐야! 저거."

유성이 기분 나쁜 투로 서운이 나간 문을 쏘아봤다. 혜연이 유성을 툭 건드렸다.

"아빠 손님한테 왜 그래?"

"저 여자가 태영 오빠랑 만나는 여자야."

"뭐?"

혜연이 눈을 동그랗게 뜨고 물었다. 유성의 반응이 조금 넘친다고 생각했는데 태영이 사귄다는 아가씨라니, 제대로 볼 걸 그랬다. 유성이 성질 급하게 사장실 안으로 들어가자 혜연도 따라 들어갔다.

"왔니?"

"이서운이 아빠를 왜 찾아온 거예요?"

"죽은 제 아버지에 대해서 궁금한 게 있어서 왔다 간 거다."

짜증이 가득 찬 얼굴로 보던 유성의 표정이 순간 멈칫했다. 자신의 물음에 대답하는 투가 영 마음에 들지 않았는데 대화 내용이 그랬다니 할 말이 없었다.

서운에 대해 좋은 마음일 리 없을 것임을 알기에 영환은 부러 서운에 대해서 말을 아꼈다.

"해성이는 언제 오는 거야?"

"식당으로 바로 온다고 했어요. 참, 아까 그 애 가까이서 보니 어때요?"

혜연이 묻는 소리에 영환이 슬쩍 유성의 눈치를 보다 대답했다.

"당신처럼 차분한 성격이었어. 가벼워 보이지도 않고 예의도 바른 아가씨더군. 태영이랑 잘 어울려."

"아빠!"

"이놈아, 아빠 눈에는 그렇게 보이는 걸 어떡해?"

"그래도 그러면 안 되죠. 저 아직 태영 오빠 포기 안 했으니까 배신하지 마세요."

"너 그러다 처녀 귀신으로 늙어 죽어."

"상관없어요."

"저, 저, 속 없는 놈이 부모 앞에서 하는 소리 좀 봐. 네가 그렇게 애 같으니까 태영이가 널 동생으로만 보는 거야."

"아빠아!"

유성이 소리를 지르자 혜연이 영환의 팔을 툭 치며 눈치를 줬다.

"당신도 참. 유성이 성격 알면서 왜 약을 올려요?"

"답답하니까 그러지. 내가 아니라면 행복하라고 잘 보내 주는 것도 성숙한 사람의 그릇이야. 뭐든 잡는 것보다 놓는 것이 더 어려운 법이니 이참에 그런 것도 좀 배우면 좋잖아."

"자존심이 상해서 저도 그러려고 애써 봤어요. 근데 이십 년 넘게 품어 온 마음이라 쉽게 놔지지가 않는단 말이에요."

유성이 답답하다는 얼굴로 찡그리자 혜연이 그녀를 달랬다.

"하필 그 아이를 만나서 애 기분만 가라앉았네. 당신, 끝났으면 어서 일어나요. 유성이 기분 전환해야 하니까 맛있는 거 사 줘요."

"그럽시다. 우리 유성이 먹고 싶은 거 다 사 줄 테니까 그만 기분 풀어."

두 분이 돌아가면서 다독이자 더 꽁해 있을 수 없어 유성은 입술을 비죽이고 말았다.

서운이 막 회사 밖으로 나오자 기다렸다는 듯이 자동차 경적 소리가 울렸다. 무심코 돌아보던 서운의 입가에 미소가 걸렸다. 태영이 차 옆에 서 있었다. 태영이 슬쩍 고갯짓을 하자 서운은 웃으며 그에게 다가갔다.
"언제 왔어요?"
"십 분 전에."
서운은 차에 타 안전벨트를 맬 때까지 기다려 주는 그에게 물었다.
"끝나자마자 바로 온 거예요?"
"응. 혹시 놓치나 싶어서 얼마나 마음 졸였는지 몰라."
"전화하면 되잖아요."
"감격 먹으라고 서프라이즈 하고 싶었거든."
"감동이 두 배인 건 맞네요. 맛있는 밥 사 줄게요."
"기다리고 있던 참이야."
누가 먼저인지 모르게 정을 흘려 가며 대화를 주고받는 눈빛들에서 꿀이 묻어났다.
"막 나오는데 최유성 봤어요."
"그래?"
"어머니랑 같이 왔더라고요. 가족끼리 사이가 좋은가 봐요. 처음 스치듯 봤을 때도 느꼈는데 어머니랑도 꽤 다정해 보였어요."
"나 여사님이 자식에 대한 애정이 넘치시거든. 유성이도 제 엄마라면 깜박 죽고. 모녀가 사이가 좋아."

"잘 아네요?"

"어머니 친구분이잖아."

삐딱하게 묻는 소리에도 그가 남의 말 하듯 건조하게 대답하자 서운은 괜히 그를 건드리고 싶었다.

"시비 비슷하게 걸던데요? 나한테 감정이 안 좋은가 봐요. 난 누군지도 모르는데 누구 때문에 알지도 못하는 사람에게 미운털부터 박힌 거 같아요."

"나랑은 상관없는 일이야."

태영이 시치미를 뚝 떼며 딴청을 피우자 서운은 눈을 곱게 흘기며 태영을 째려봤다. 시선을 느낀 그가 억울하다는 표정으로 항의하자 쿡쿡 웃어 버렸다.

"난 이서운한테 떳떳하지 않을 이유 없어. 그러니 생사람 잡지 마."

"그래도 난 막 잡고 싶은데? 달달 볶고 싶어서 드릉드릉해져요."

"잡아먹고 싶단 말이면 언제든 오케이야."

능숙하게 받아치는 소리에 서운은 벙찐 표정으로 대꾸했다.

"우리 본부장님께서 언제 이렇게 능청이 느셨을까?"

"누구 덕분에. 그보다 최 사장님하고 얘긴 잘됐어?"

기분 좋게 웃던 서운의 입가에서 미소가 스르르 사라졌다. 그녀는 잠시 생각을 정리했다.

"최 사장님이 아니었어요."

"그럼 다른 사장을 만난 거야?"

"네."

"그래도 누군지는 확실해졌네. 이제 남은 사장만 만나면 되는 건가? 누군지 최 사장님한테 들었지?"

"길갑수 의원이에요."

"길갑수? 시의원 길갑수?"

"맞아요. 시의원이 되기 전에 건설업을 했었대요. 지금도 지분을 가지고 있고요."

"좀 뜻밖의 인물이네. 최 사장님 통해서 길 의원과 자리를 만들어 볼게."

"생각 좀 해 보고요."

당연히 그래 달라는 말이 나올 줄 알았는데 의외의 대답에 신호를 기다리던 태영이 서운을 돌아봤다. 서운이 복잡한 표정으로 그를 마주 봤다.

"길갑수 의원이 길기준 대리 아버지예요."

마음에 안 든다는 듯 태영의 미간이 좁혀졌다.

"반갑지 않은 인물과 이상하게 엮이네."

"그러게요."

대답하는 서운의 표정이 착잡하게 변했다. 길갑수 의원이 기준의 아버지이면서 또 한때는 자신의 아버지이기도 했다는 사실을 알면 그는 어떤 표정을 지을까.

길갑수 의원에 대해서 사실대로 말하고 싶은데 역시나 입이 떨어지지 않았다. 그에게 거짓말을 하기 싫은데 자꾸 이상한 쪽으로 일이 꼬여 가니 기분이 가라앉았다.

의도와 달리 자꾸 그를 서운하게 하는 거짓말들이 하나씩 쌓여 가는 것이 마음에 들지 않아 서운의 얼굴에 그늘이 짙게 졌다.

태영이 갑자기 말이 없어진 그녀를 돌아봤지만 서운은 알지 못했다. 그의 시선이 실처럼 가늘어지며 그녀의 안색을 살폈다.

태영과 저녁을 먹고 집으로 가는 동안 서운은 별말이 없었다.
서운의 집에 도착하자 태영은 시동을 껐다.
"차 한잔 마시고 갈게."
"그래요."
현관문을 열자 센서 등이 켜지면서 어둡던 방을 일시적으로 환하게 밝혔다. 서운은 불을 켜고 주방으로 가서 물을 끓였다.
태영은 침대에 앉아 말없이 서운이 하는 양을 지켜봤다. 애써 아닌 척하지만 그녀의 기분이 가라앉아 있다는 것을 벌써 눈치챘다. 그는 서운이 건네는 머그잔을 받아 탁자 위에 두고 그녀에게 손을 뻗었다.
"이리 와."
서운이 순순히 다가와 옆에 앉았다.
"아버지 일 때문에 기분이 별로인 거야?"
"그래 보여요?"
"이마에 써 있어."
서운이 멋쩍게 피식 웃었다.
"모를 줄 알았는데."
"지금 내 눈은 이서운 한정으로 초능력을 발휘하고 있으니 모를 리 없지. 그리고 모르나 본데, 너 표정 너무 정직해."
"그럼 좀 모른 척해 주지 그래요?"

"그러려고 했는데 좀 걱정이 돼서 말이야. 뭐가 문제야? 길기준 아버지랑 만날 일이 심란해서 그러는 거야?"

"그것도 있고……."

다른 이유가 더 있다는 뉘앙스에 태영은 그녀가 더 말하기를 기다렸다. 하지만 서운은 대화를 자르듯 웃어 버렸다.

"나한테 할 이야기 있으면 해."

"…나중에요. 지금은 정리가 안 되네요. 정리되면 할게요. 늦었는데 그만 가서 쉬어요."

서운이 자리에서 일어나자 태영은 그녀에게 더 물으려다 말았다. 지쳐 보이는 얼굴을 보니 오늘은 그냥 쉬게 두는 것이 나을 것 같았다. 무슨 일로 자신에게 주저하는지 궁금했지만 그녀를 믿고 기다리기로 했다.

"일단 쉬어. 너무 지쳐 보여, 지금."

"그래야겠어요. 조심히 가요."

태영이 신발을 신으려다 말고 서운의 어깨를 잡고 입술을 가볍게 훔쳤다.

"생각이 복잡할 땐 생각을 하지 않는 것도 방법이야."

"……."

"잘 자."

태영이 부드럽게 웃으며 돌아섰다. 그러나 서운이 갑자기 뒤에서 껴안자 그는 그대로 굳었다.

"이서운."

나지막이 부르는 소리에도 서운은 대답도 하지 않고 그를 안고

만 있었다. 태영은 돌아서지 않고 가만히 그녀에게 안겨 있었다.

서운이 놓아주자 그는 돌아서서 서운의 얼굴을 찬찬히 바라봤다. 서운이 올곧은 시선으로 그를 마주 봤다.

"사랑해요."

진심이 깃든 고백에 태영의 눈빛이 한층 더 짙어졌다. 그는 가만히 서운을 끌어안고 그녀의 뒤통수를 쓸어 주었다.

"집에 가고 싶지 않지만 참을게. 오늘은 푹 자."

서운은 느릿하게 고개를 끄덕였다. 그의 커다란 손길이 이상할 정도로 바닥을 치는 기분을 평온하게 만들어 주고 있었다.

그의 품에서 다시 깨달았다. 이젠 그가 없으면 안 된다는 사실을……. 그를 잃고서는 살 수가 없다는 것을.

※

미강과 점심을 먹고 사무실로 들어오는 길에 서운은 막 로비로 들어오는 방 과장과 부딪쳤다.

"과장님, 점심 맛있게 드셨어요?"

모르는 척했다간 또 지랄할 거 같아서 미강이 형식적인 인사말을 던졌다.

"그래, 둘은 맛있는 거 먹은 얼굴인데?"

"그냥 백반 먹었어요."

미강이 대꾸하자 방 과장이 대뜸 서운에게 말을 걸었다.

"이 대리 요즘 얼굴 좋아 보이네. 몰래 연애라도 하나?"

무슨 의도로 하는 소린지 감이 안 잡혀 서운은 그냥 웃는 둥 마는 둥한 얼굴로 방 과장을 쳐다봤다. 방 과장이 제 할 말만 하고 스윽 두 사람을 지나쳐 갔다. 언뜻 방 과장이 코웃음을 치는 것 같기도 하다.

"뭐냐, 저거? 지금 너한테 시비 터는 거 맞지?"

눈치 빠른 미강이 방 과장의 뒤통수를 째려보며 투덜거렸다.

"어째 우리 과장님 갈수록 밉상이 돼 가는 거 같지? 승신 못 할까 봐 애가 닳더니 좀 이상해진 거 같지 않아?"

"그러게. 좀 걸리네."

아닌 게 아니라 표정이 별뜻 없이 지나가는 말로 하는 것 같지는 않았다. 방 과장한테 특별히 밉보일 짓을 한 적이 없는데 왜 그러는지 모르겠다. 역시 길기준 때문인가?

"진짜 몰래 귀뜀이라도 해 주고 싶다. 너한테 그러면 안 된다고 말이야. 나중에 얼마나 피똥을 싸려고 저러실까, 참. 안타깝기까지 하네."

미강의 신랄한 소리에 웃고 말았지만 기분은 개운하지 않았다.

자리로 돌아와 막 오후 일과를 시작하려는데 휴대폰 진동이 울었다. 처음 보는 번호였다. 받을까 말까 고민하다 통화 버튼을 그었다.

"여보세요."

-최유성이에요.

생각지도 않은 이름에 아주 잠깐 기분이 멍했다. 이 여자가 내 전화번호를 어떻게 알지? 싶다가 이내 최영환 사장에게 명함을 준 사실을 떠올렸다. 서운은 곧바로 자리에서 일어나 복도로 나갔다.

"그런데요?"

-우리 좀 볼까요?

"내가 그쪽을 봐야 할 이유가 있나요?"

당돌하게 치고 들어왔다가 서운이 차갑게 자르는 말투에 좀 놀랐는지 상대 쪽에서 잠시 침묵을 지켰다.

그때 건너편에서 태영이 나타나자 서운은 그를 가만히 바라봤다. 자신을 발견하자마자 뚫어지게 쳐다보며 애정 어린 눈빛을 쏘아 대는 그에게 슬쩍 미소를 보여 주었다. 태영이 입 모양으로 누구냐고 묻는 것 같았지만 그녀는 그냥 미소만 짓고 얼버무렸다. 그가 눈을 가늘게 뜨고 보더니 본부장실로 들어갔다.

-물어볼 것도 있고 할 이야기도 있으니 좀 봐요. 내가 회사 근처로 갈게요.

서운은 바로 대답하지 않았다. 그녀가 자신을 만나려는 이유는 굳이 듣지 않아도 알고 있었다. 당연히 최유성을 따로 봐야 할 이유가 없었다.

하지만 유성이 원하는 대답을 들을 때까지 전화를 끊을 생각이 없어 보이자 무슨 얘기를 하려는지 갑자기 궁금해졌다.

"굳이 회사로 올 필요는 없어요."

퇴근 후에 약속을 잡고서야 통화를 끝내고 사무실로 들어왔다. 어디서 보고 있기라도 한 것처럼 태영에게 카톡이 왔다.

[근사한 곳에서 저녁 먹을까?]

서운은 코를 찡긋거리며 답 메시지를 보냈다.

[약속이 생겼어요]

[누구. 남자?]

[여자요]

[음, 요즘엔 여자도 불안한데.]

그의 농담에 피식 웃으면서 서운은 유성을 만나러 간다는 말을 하려다 참았다. 아마 펄쩍 뛸 게 분명했다. 일단은 유성이 무슨 소리를 하려고 보자는 건지 궁금했고, 확실하게 말해 두고 싶기도 했다.

[나중에 말해 줄게요]

[그래. 끝나고 전화해.]

카톡을 끝내고 그녀는 모니터를 노려보며 인상을 찌푸렸다.

"이 대리, 나 좀 보지."

방 과장이 부르는 소리에 서운은 자리에서 벌떡 일어섰다. 방 과장에게 가는 길에 미강이 오만상을 찌푸리며 소리 없이 구시렁거렸다.

※

유성이 기다리고 있다는 카페는 인테리어부터 예사롭지 않은 고급스러움이 묻어나는 카페였다. 직원에게 안내되어 자리로 가자 명품으로 치장을 한 유성이 기다리고 있었다.

"앉아요."

"날 보자고 한 용건이 뭔가요?"

직원에게 차를 주문하고 서운은 빠르게 용건을 물었다. 불편한 자리에 오래 있고 싶지 않았다.

"성격이 급한 편인가 봐요?"

"편한 상대에겐 안 그래요."

'이것 봐라?'

튕기듯이 쳐 내는 방어에 유성의 눈이 날카롭게 빛났다. 자신이 무슨 말을 하려는지 미리 다 알고 잔뜩 경계를 하는 것처럼도 보였다.

직원이 차를 가지고 오자 두 사람은 잠시 말없이 다른 곳을 응시했다.

"태영 오빠 어머니랑 우리 엄마가 친구 사이라 나 오래전부터 오빠 좋아했어요."

서운은 아무 말 없이 차를 한 모금 마셨다. 비싼 돈값 하느라 차 맛은 더럽게 좋았다.

"오빠한테 여자가 생겼다기에 누군지 많이 궁금했어요. 어떤 대단한 여자기에 내가 갖지 못하는 태영 오빠 마음을 단번에 사로잡았는지 알고 싶었거든요. 솔직히 좀 실망했지만요."

고의적으로 긁는 것을 알고 있기에 서운은 표정의 변화 없이 유성을 보기만 했다. 아무래도 오늘은 일진이 별로 안 좋은 날인 모양이다.

"태영 오빠랑 연애만 하는 거죠?"

"그걸 최유성 씨한테 대답해야 할 이유가 있나요?"

"뭐, 대답하지 않아도 상관없어요. 어떻게 오빠를 잡았는지 모르지만 쉽게 떨어질 거라 생각은 안 하니까. 그래도 결혼까지는 힘들

거예요. 오빠네 집안 아무나 들어갈 수 있는 곳이 아니니까. 혹시나 헛된 꿈을 꾸고 있을까 봐 미리 알려 주는 거예요."

불쾌한 짜증이 스멀스멀 올라왔지만 서운은 그냥 찬 시선으로 보기만 했다. 자신을 찾아오기까지 얼마나 절실했는지 알겠지만 유치한 수작을 어디까지 하는지 두고 볼 심산이기도 했다.

"나 오빠 포기하지 않을 거예요. 그 말을 해 주고 싶어서 보자고 했어요."

당당하게 할 말을 다 하고 보는 도전적인 눈빛에 서운은 피식 웃었다.

"태영 씨가 그냥 여동생이라고 하던데 왜 그런지 알 것 같네요."

"뭐라고요!"

유성이 발끈하며 한쪽 눈썹을 치켜올렸다. 태영이 자신을 동생으로밖에 보지 않는다는 사실을 서운의 입으로 확인받는 것에 자존심이 확 상했다. 게다가 그녀가 태영의 이름을 부르는 것이 부러워 화도 났다.

"무슨 마음인지는 알겠는데 번지수가 틀렸잖아요. 포기하지 않겠다는 말은 그 사람에게 직접 해야죠. 설마 내가 전달해 주기를 바라는 건가요?"

"이봐요, 이서운 씨!"

"그 사람 마음을 얻고 싶으면 그 사람을 공략하세요. 피곤하게 나한테 이러지 말고요. 나랑 헤어지게 하는 것이 목적이 아니라 그 남자를 얻는 것이 목적이라면 그게 맞는 거죠. 나랑 헤어진다고 그 사람이 유성 씨한테 가는 건 아니잖아요?"

구구절절이 자존심을 건드리는 소리에 유성은 이를 악물었다.

"자신만만하네요. 오빠랑 끝까지 갈 자신이 있다는 건가요?"

"끝까지 갈지 아닐지는 아무도 모르는 거죠. 서로 마음이 변치 않으면 끝까지 갈 수도 있고 마음이 변한다면 헤어질 수도 있는 거니까요. 앞날은 아무도 알 수 없으니 그냥 지금에 최선을 다할 뿐이에요."

"여유 있는 척하는 건가요? 아니면 여유가 있는 건가요?"

"최유성 씨한테 내가 척해야 할 이유는 없겠죠. 더 할 말 없으면 일어날게요. 앞으로 이렇게 보는 일은 없었으면 좋겠네요."

서운은 미련 없이 자리에서 일어섰다. 아버지 일로 예민해진 데다 방 과장까지 긁어 심기가 편치 않은 참이라 유성에게 다소 모나게 말이 나갔지만 어쩔 수 없었다.

"그 말을 들으니 더 확신이 생기네요. 난 절대 오빠 포기 안 해요."

"그러세요, 그럼."

그녀와 더 마주하는 것만으로도 스트레스로 머리가 터질 것 같아 서운은 그대로 밖으로 나갔다.

"가진 것도 없는 게 뭐가 저렇게 당당해? 하여간 없는 것들이 주제 파악도 못 한다니까. 정신을 못 차리나 본데 태영 오빠 어머니가 절대 받아 주실 리 없으니 꿈 깨는 것이 좋을걸?"

기를 죽여서 스스로 물러나게 만들어 보려는 심산이었는데 생각보다 만만치 않은 여자였다. 본전도 못 찾은 것이 분해 유성은 서운이 나간 곳을 노려보며 씩씩거렸다.

버스를 기다리려다 그냥 택시를 잡아타고 서운은 눈을 감았다. 신경을 곤두세웠더니 두통이 이는 것 같았다.

누구나 탐내는 남자를 얻으려니 참 넘어야 할 산도 많다. 앞으로 이런 유쾌하지 않은 자리를 얼마나 더 겪어야 할까 생각하니 스트레스가 켜켜이 쌓이는 듯했다. 그녀는 오른쪽 관자놀이를 엄지로 꾸욱 누르면서 인상을 찌푸렸다.

집에 돌아오기 무섭게 서운은 욕실로 가 샤워부터 했다. 구정물을 뒤집어쓴 것 같은 기분을 털어 버리려 샤워기 밑에 한참을 서 있었다.

배가 고픈 것도 같았지만 정말 아무것도 하고 싶은 의욕이 없었다. 그녀는 그대로 침대 이불을 들추고 안으로 들어갔다. 그러고는 곧 잠들어 버렸다.

얼마나 지났을까, 휴대폰 진동 소리에 정신이 들었다. 태영에게서 전화가 들어오고 있었다. 생각보다 꽤 잤는지 밖은 이미 어둠이 짙게 깔려 있었다. 그녀는 부르르 떨고 있는 휴대폰을 쳐다보다 통화 버튼을 그었다.

"여보세요."

-어디야?

"집에 왔어요."

-걱정했잖아. 왜 전화 안 했어?

"오자마자 잠들었나 봐요. 미안해요."

-밥은 먹었어?

"아직이요."

―시간이 몇 신데 굶고 그래? 혼내 주고 싶게 만드네.

유성을 만나고 온 일로 그에게 투정을 부릴까 싶었는데 걱정이 한 바가지인 소리에 그냥 웃고 말았다.

"먹을 거니까 걱정하지 말아요. 나 밥순이잖아요. 안 굶어요."

―지금 갈까?

"아뇨. 너무 늦었어요."

뭔가 털어 내는 듯한 인상에 태영은 잠시 침묵을 지켰다.

―오늘 누구 만났는지 물어봐도 돼?

"…당신도 아는 사람이요."

―내가 아는 사람? 우리 어머니를 만났을 리는 없고……. 설마 유성이 만났어?

"맞아요. 최유성 만났어요."

―네가 유성일 왜 만나? 왜 나한테 말하지 않았어?

"만나자고 해서 만났고 이럴까 봐 말 안 했어요."

서운이 담담한 투로 대답했지만 태영은 속이 탔다. 어쩐지 예감이 좋지 않더라니 유성이 그녀를 붙잡고 뭐라고 했을지 몰라 미칠 것 같았다.

―유성이가 뭐라고 한 거야?

"당신 오랫동안 좋아했다면서 절대 포기 안 한다고 하던데요?"

―그래서 뭐라고 했어?

"그러라고 했어요."

―…….

휴대폰 너머에서 아무 소리도 건너오지 않자 서운 역시 아무 말도 하지 않았다. 그러다 이내 생각을 고쳐먹었다. 그의 잘못도 아닌데 그를 불편하게 하고 싶지는 않았다.

"난 괜찮으니 신경 쓰지 말아요. 최유성 만나고 왔다는 사실 나중에 알게 되면 기분 나쁠까 봐 얘기한 것뿐이에요. 배고프니까 밥 먹어야겠어요. 푹 쉬고 내일 봐요."

-그래, 알았어.

곧바로 통화가 끊기자 서운은 휴대폰을 멍하니 보다 자리에서 일어났다. 배가 고프긴 한데 뭐가 들어갈 것 같진 않았다. 밥 달라고 시위를 하는 배 속을 진정시키기 위해 냉장고에 넣어 뒀던 빵을 꺼내 대충 끼니를 때우고 양치를 했다.

오자마자 몇 시간 집중해서 자서인지 다시 잠이 올 것 같진 않았다. 갑자기 술 생각이 나 그녀는 냉장고 문을 열었다. 지난번에 사둔 맥주 캔이 보였다.

막 캔을 꺼내려는데 초인종 벨이 울렸다. 이 밤에 찾아올 사람이 없는데 누군가 싶어 인터폰을 확인하고 그녀는 곧바로 문을 열었다. 놀랍게도 태영이 서 있었다. 계단을 뛰어 올라왔는지 숨이 거칠어져 있었다.

"이 시간에 왜 온 거예요?"

"너 지금 안 보면 죽을 거 같아서 왔어."

"들어와요."

현관으로 들어오기 무섭게 태영이 돌아서는 서운을 뒤에서 껴안았다.

"미안해."

"괜찮다니까 그러네요."

"안 괜찮은 거 알아. 미안해."

서운은 잠시 뻣뻣하게 서 있다 그의 손등을 부드럽게 두드렸다. 자신의 기분이 상했을까 봐 전화 끊기 무섭게 달려온 남자 때문에 뾰족뾰족 모가 나 있던 못난 마음이 매끄럽게 둥글어지고 있었다.

서운은 그의 손을 풀고 돌아서서 태영의 눈을 똑바로 바라봤다.

"나도 할 말 다 하고 왔으니 괜찮아요. 이게 다 잘난 남자를 애인으로 둬서 그런 거니 감수해야죠."

"유성인 나한테 여자 아니야. 그랬던 적 한 번도 없어."

"알아요. 뭐 거절당하고 자존심 상해 가면서도 포기가 안 될 만큼 당신이 좋은가 보죠."

"나랑은 상관없는 일이야."

행여 신경 쓰고 속 끓일까 봐 단호박처럼 정리를 해 주니 오해를 할 수가 없었다.

"그냥 내가 좀 더 나은 사람이었다면 당신에게 더 좋았겠단 생각이 들었어요. 집에다 말하기도 떳떳했을 테고……."

"그 말 나 좀 화나려고 하는데. 난 한 번도 네가 나한테 부족한 사람이라고 생각한 적 없어."

태영이 정색하고 부인하자 화를 내는 눈빛마저도 섹시해 보였다.

"그냥 내가 은연중에 그런 생각을 하고 있었나 봐요."

태영이 서운의 양어깨를 붙잡으며 진지하게 두 눈을 사로잡았다.

"그런 생각 하지 마. 다른 사람은 중요하지 않아. 우리 마음만 변함없으면 되는 거니까. 넌 나만 봐. 다른데 눈 돌리지 말고."

"알았어요."

서운의 표정이 부드럽게 풀리자 그제야 태영은 길게 안도의 한숨을 내쉬었다.

"진짜 이서운, 사람 안달하게 만드는 재주 있어."

"딱 한 남자에게만 먹힌다는 건 비밀인데."

"당연히 그래야지. 다른 놈도 안달하게 했다간 나한테 죽는 수가 있어."

"무서워라. 어떻게 죽일지 한번 보고 싶기도 하네."

서운이 일부러 돌아서며 그를 자극했다. 그러나 이내 거대한 힘에 들리더니 침대로 내동댕이쳐지자 놀라 눈을 댕그랗게 떴다.

몸을 일으키기도 전에 태영이 위로 올라와 두 팔을 눌렀다. 그가 금방이라도 목덜미를 물을 것처럼 으르렁댔다.

"원한다면 지금 당장 보여 줄게."

"아니, 아니, 다음에요."

위험하게 빛나는 눈빛을 감지하며 서운은 그에게서 빠져나가려고 버둥거렸다. 하지만 태영이 놔줄 리 없었다.

괜히 그를 자극했나 싶어 눈알을 또르륵 굴리며 빠져나갈 궁리를 하다 그녀는 힘껏 그를 밀치고 빠져나가려고 했다. 하지만 맹수와 같은 태영이 그녀를 꽉 잡아 누르고 다리 사이를 벌리고 자리를 잡자 결국 항복을 외쳤다.

"잘못했어요. 한 번만 봐줘요!"

태영이 눈을 가늘게 뜨며 어떻게 할지 고민하는 척했다.

"이 자세 나한테 너무 불리한데, 어떻게 좀 해 주면 안 될까요?"

"그냥은 안 돼."

"그럼 뭘 해 줘야 해요?"

"성의를 보여야지. 내가 만족할 만하게."

"이렇게요?"

서운이 양손으로 그의 옷깃을 잡아당겨 입술을 물었다. 그걸로는 어림도 없다고 말하려는 찰나 그녀의 혀가 대범하게 안으로 들어왔다.

부드럽고 말랑한 살덩이가 입 안을 헤집는 감각을 숨죽여 느끼며 태영은 바짝 긴장했다. 그러다 탐색을 마치고 나가려는 혀를 독수리가 먹이를 낚아채듯 힘껏 낚아챘다.

"훗!"

혀뿌리까지 통째 삼켜 버릴 정도로 거칠게 빨아들이는 힘에 서운의 몸이 크게 떨렸다. 한 치의 틈도 없이 맞물린 두 개의 입술이 서로를 집어삼키려는 듯 떨어질 줄 몰랐다.

이윽고 그가 놓아주자 서운이 격한 숨을 토해 내며 웃었다.

"이제 됐죠?"

"응, 됐어."

"그럼 이제 놓아줘요."

"미안한데 이젠 내가 안 되겠어."

"이건 반칙… 윽!"

그가 귓불을 깨물자 서운은 크게 몸을 비틀었다. 혀가 점점 아래로 내려가고 빠른 속도로 잠옷 단추를 풀어 헤치는 손길에 서운은 그를 말리기를 포기했다. 오늘은 꼼짝없이 한 번의 진한 도발로 그의 인내심을 무너뜨린 대가를 치러야 할 것 같았다.

며칠 굶주린 짐승처럼 제 살 내음에 흥분하는 그를 보니 덩달아 흥분이 됐다. 이 남자를 흥분시킬 수 있다는 희열과 함께 강한 수컷이 주는 자극이 버무려져 자신도 미처 몰랐던 여자의 감각들이 오소소 일어났다.

그녀가 행여 다른 생각을 할세라 그가 답삭 가슴을 물자 서운은 오롯이 그에게 집중할 수밖에 없었다. 어느새 상의를 모두 벗겨 버린 그가 아래쪽으로 손을 내리자 서운의 몸이 곧 일어날 일에 대한 기대감으로 흥분됐다.

어느새 그의 손에 거추장스러운 옷가지들이 모두 떨어져 나가자 서운은 그의 얼굴을 똑바로 보기 민망해 시선을 그의 맨가슴에 두었다. 탄력 있는 구릿빛 가슴 근육이 남자의 섹시함을 한층 더 부각시켜 주고 있었다.

그녀가 손바닥으로 가슴 중앙을 쓸며 손을 내리자 태영이 숨을 참는 것이 느껴졌다. 솔직한 남자의 반응에 용기를 얻은 손이 조금 더 아래로 내려갔다. 잔뜩 흥분된 그의 상태를 알려 주는 존재에 서운의 손이 슬그머니 다시 후진했다. 하지만 그가 물러나려는 손을 붙잡고 누르자 크게 꿈틀거리는 움직임이 적나라하게 느껴졌다.

"늘 이렇게 건드려 놓고 빠져나가지. 하지만 오늘은 안 돼."

작정한 것처럼 그가 서운의 다리를 벌리고 아래를 힘껏 움직이자 금방이라도 들어오고 싶어 하는 그가 가감 없이 느껴져 온몸에 짜릿하게 전류가 흘렀다.

그녀만큼이나 마음이 급한 그가 더 참지 못하고 찢듯이 바지와 속옷을 벗어 던졌다.

"아무 생각 못 하게 해 줄게."

귓가를 간질이며 속삭이더니 그가 혀로 귀를 스윽 핥았다. 간지러움을 참지 못하고 크게 바르작거리는 그녀를 붙잡고 그가 한 번에 깊숙이 치고 들어왔다.

몸이 한껏 열리는 느낌을 고스란히 느끼며 서운은 그를 껴안았다. 그의 맨 등을 손톱으로 누르며 그녀는 그가 움직이는 대로 흔들렸다. 오늘은 일진이 별로 좋지 않다 생각했는데 그로 인해서 극적인 반전이 일어나고 있었다.

제13장
과거의 잔상

 다음 날 태영은 출근하자마자 유성에게 전화를 걸었다. 하지만 유성은 전화를 받지 않았다. 제 전화라면 받지 않을 리 없기 때문에 태영은 그녀가 일부러 피하는 것임을 눈치챘다. 한 번만 더 서운을 만나면 가만두지 않겠다고 경고할 생각이었기에 제멋대로 구는 유성이 마음에 들지 않았다.

 어젯밤 집에 가라는 서운의 말을 듣지 않고 기어이 같이 출근을 했다. 다행히 서운의 기분은 한결 나아 보였다. 아버지 일 때문에도 속이 시끄러울 텐데 다른 일로 신경 쓰게 한 것이 더 미안했다.

 아침까지 같이 있었으면서 그는 습관적으로 다시 서운에게 카톡을 보냈다.

[컨디션 괜찮지?]

[어떨 거 같아요?]

[나 어제 나름 참은 거였는데.]

[헐! 안 참으면 사람 잡겠네요. 앞으로 조심해야겠어요.]

[하지 마. 진짜 안 참는 수가 있어.]

반은 협박조로 으르릉거리면서도 서운이 피식 웃는 모습이 그려졌다.

[일하세요, 본부장님.]

[사랑해.]

[…내가 더요.]

태영은 서운의 마지막 메시지를 몇 번이나 눈으로 읽으면서 흐뭇한 미소를 지었다. 자신을 누구보다 잘 다룰 줄 아는 여자였다. 그래서 그녀에게서 헤어 나올 수가 없다. 덕분에 기분 좋게 하루 일과를 시작할 수 있었다.

하지만 그 기분은 반갑지 않은 방문객으로 깨졌다. 어머니와 점심을 먹기로 약속이 되어 있던 터라 좀 일찍 일어나려던 참이었는데 조 비서가 안으로 들어왔다.

"어머님께서 찾아오셨습니다."

"어머니께서요?"

조 비서가 나가자 송 여사가 웃으며 안으로 들어왔다.

"식당에서 만나자니까 갑자기 여긴 어쩐 일이세요?"

송 여사에게 묻다가 태영은 송 여사를 따라 들어오는 유성을 보고 인상을 구겼다.

"오빠, 나도 왔어."

"시간이 좀 남아서 네 사무실 구경 좀 하려고 들렀어. 오전에 유성이 만났는데 오고 싶다고 해서 같이 왔는데, 괜찮지?"

"안 괜찮아요. 네가 뭔데 여길 와!"

태영이 유성을 보며 싸늘하게 나무라자 유성이 송 여사를 방패 삼아 서운한 표정을 지었다.

"사람 무안하게 왜 그렇게 차갑게 대해? 우리가 밥도 같이 못 먹을 사인 아니잖아."

"그래, 얘. 너답지 않게 왜 그래? 내가 같이 오자고 했는데 유성이한테 미안하잖아."

태영은 매몰찬 시선으로 유성을 쏘아봤다.

"일단 나가요."

"벌써? 뭐가 그렇게 급해?"

"식사 안 하실 거예요?"

"그래, 알았어. 가면 되잖아. 얘가 오늘따라 왜 이리 까칠하게 굴어?"

태영이 먼저 나가자 송 여사는 하는 수 없이 유성과 함께 밖으로 나갔다. 하필 점심시간이라 슬슬 직원들이 나오기 시작했.

자신에게 인사를 건네며 송 여사와 유성을 힐끔힐끔 쳐다보는 직원들의 시선을 느끼며 태영은 화를 눌러 참았다. 굳이 묻지 않아도 무슨 소리를 지껄여 댈지 불을 보듯 뻔했다.

제발 이 소리가 서운의 귀에 들어가지 않기를 바랄 뿐이었다. 설령 서운이 안다고 해도 오해할 일은 없겠지만 이런 상황 자체가 미안하고 싫었다.

그는 은근슬쩍 옆으로 와 서는 유성을 차갑게 노려보다 엘리베이터 문이 열리자 송 여사와 함께 먼저 들어갔다.

엘리베이터 문이 닫히자마자 기다렸다는 듯이 여직원들의 입방아가 시작됐다.

"분명히 어머니랑 애인이겠지? 엄청 예쁜데? 집안도 빵빵해 보이고 본부장님하고 완전 어울리잖아."

삼삼오오 태영과 유성에 대해서 떠드는 소리를 들으며 미강이 서운의 표정을 살폈다. 태영이 엘리베이터에 타기 전부터 나와 있던 참이었다.

"아는 여자야?"

"응, 밥이나 먹으러 가자."

서운이 대수롭지 않은 얼굴로 뚱한 표정으로 서 있는 미강의 어깨를 잡아끌었다.

점심을 먹는 동안 송 여사는 태영의 눈치를 살폈다. 말도 없이 유성을 데리고 온 것 때문에 화가 났는지 한 마디도 하지 않고 밥만 먹고 있으니 속이 터질 것 같았다.

그녀는 뻔히 태영의 눈치를 읽었으면서 제 앞에서 애써 밝은 모습을 보이는 유성을 안쓰럽게 쳐다봤다. 아무리 노력해 봤자 태영의 마음은 이미 물 건너간 지 오랜데 자존심도 센 애가 쉽게 마음을 접지 못하는 것이 짠하고 답답했다.

이럴 줄 알았으면 유성이 같이 가고 싶다고 했을 때 그냥 자를 걸 그랬다. 별생각 없이 데리고 와서 셋 다 기분이 별로니 괜한 짓을 한 것 같았다. 태영이 이렇게까지 싫은 내색을 할 줄은 미처 몰랐기에 당황스럽기도 했다. 아무튼 판단 한 번 잘못해서 아들 앞에서 눈칫밥을 먹고 있으려니 괜히 서럽고 부아도 났다.

앞에 병풍처럼 앉아 있는 아들놈을 지그시 째려보며 송 여사는 한숨을 내쉬었다. 이렇게 무뚝뚝한 놈이 연애는 어떻게 하는지 몰래 들여다보고 싶은 충동이 일었다.

"저 잠깐만 실례할게요."

유성이 잠시 자리를 비우자 송 여사는 그제야 태영을 나무랐다.

"엄마 체하겠어, 애."

"소화제 사 드세요."

"말하는 것 좀 봐. 너 지금 나한테 시위하는 거지?"

"그러게 왜 쓸데없는 짓을 하세요?"

"아는 동생이랑 밥 한번 먹는다 생각하면 되잖아."

"그건 유성이가 저한테 마음이 없을 때나 가능한 이야기죠."

태영이 야박하게 자르자 송 여사는 고개를 절레절레 흔들었다. 혹시라도 태영이 유성을 달리 생각할 여지가 있나 확인하고 싶은 마음도 있었는데 이건 뭐 씨알도 먹히지 않는다.

"네가 이렇게까지 싫어할 줄은 몰랐어."

"어머니한텐 죄송한데, 제가 이렇게 해야 유성이도 단념하기가 더 쉬워요. 그러니까 어머니도 유성이에게 쓸데없는 여지 주지 마세요."

"알아들었어."

태영의 마음이 백번 이해되고 남아 송 여사는 수긍할 수밖에 없었다.

"그럼 그 애랑 언제 밥 한번 먹어."

"좋게 봐주실 거 아니면 싫어요."

"얘가 보자 보자 하니까. 너 이럴수록 그 애가 더 미워지려고 해. 싫은 소리 하려고 굳이 밥까지 먹자고 하겠어?"

태영이 처음으로 눈빛에 날을 없애고 송 여사를 쳐다봤다.

"자리 만들어 볼게요."

서운의 얘기에 부드럽게 표정이 풀리는 아들을 보며 송 여사는 곱게 눈을 흘겼다.

유성이 돌아오고 식사가 끝나자 세 사람은 자리에서 일어났다.

"어머니, 오늘 점심은 어머니가 사 주세요."

"알았어."

송 여사가 계산대로 앞서가자 태영이 유성과 함께 먼저 밖으로 나갔다. 그에게 한 소리 들을 것을 각오하고 있었기에 유성은 태영을 빤히 쳐다봤다.

"할 말 있으면 해."

"네가 서운이 왜 만나?"

"그냥 오빠가 빠졌다는 사람이 어떤 여자인지 궁금해서 그랬어."

"네가 무슨 자격으로 그 여자를 평가한다는 거야?"

"그새 이럴 줄 몰랐는데 입이 생각보다 가벼운가 봐?"

"말조심해. 네가 함부로 까 내릴 사람 아니야."

"오빠 진짜 내가 아는 사람이 맞나 싶다. 이서운이라는 여자가 오빠를 이렇게 만드는 거야?"

"경고하는데 그만 까불어. 이런 유치한 짓도 하지 말고. 그런다고 서운이 안 흔들려. 내가 그렇게 두지도 않을 거고. 그러니까 헛수고 그만하고 정신 차려. 제발 네 마지막 자존심은 지켜."

각오하고 온 자리였기에 무슨 소리를 해도 참을 생각이었지만 속은 문드러지고 있었다. 자존심이 조각조각 나는 상처를 느끼며 유성은 그를 원망스럽게 쳐다봤다.

그때 송 여사가 밖으로 나오자 유성은 눈물이 나오려는 것을 참고 표정을 싹 바꾸며 송 여사의 팔을 잡았다.

"어머니, 우리 쇼핑이나 하고 가요."

"그래, 그러자. 기분 전환 좀 하고 가자. 우린 여기서 따로 갈 테니까 넌 그만 회사로 들어가."

"그러세요, 그럼."

태영은 두 사람을 배웅하고 회사로 길을 잡았다. 혹시나 서운이 보지 않았을까 신경이 쓰였다. 오해를 하진 않겠지만 기분은 좋지 않을 것임을 알기에 마음이 편치 않았다.

그녀와 둘이서만 사랑하고 싶은데 주변에서 신경 쓰게 하는 일들이 생기니 피곤하고 지쳤다. 행여 서운이 지칠까 두렵기도 했다.

마음 같아서는 얼른 결혼해서 옆에 묶어 두고 싶지만 서운이 아직까지 결혼에 대해서 별다른 답을 주지 않고 있기에 마음만 급했다.

사무실로 들어오는 길에 태영은 미강과 함께 커피를 마시면서 걸어오고 있는 서운을 발견했다. 미강이 무슨 말을 하는지 듣는 서운의 표정에 그의 시선이 고정됐다. 알은체를 하고 싶었지만 직원들이 많아 그냥 지나칠 수밖에 없었다.

그의 차가 지나가자 미강이 먼저 알아봤다.

"어, 본부장님이네?"

서운의 고개가 따라왔다.

"근데 아까 그 여자 누구야?"

"어머니 친구분 딸이래."

"어머니 친구 딸이 여긴 왜 와? 그 어머니도 없이?"

"밥 먹으러 왔나 보지."

서운이 시큰둥한 투로 대답했다. 미강 도사의 날카로운 촉이 발동됐다.

"뭐야? 찜찜하게. 본부장님 설마 양다리는 아니지?"

"아니야. 그 여자 혼자 어렸을 때부터 좋아하나 봐."

"너 있는 거 몰라?"

"알아."

"아는데 저런다고?"

"포기 안 한다더라."

미강이 홱 인상을 쓰며 돌아봤다.

"만났어?"

"응. 보자고 하더라고."

"미친, 그래서 뭐래? 포기 안 할 테니까 알아서 떨어져 나가래?"

"뭐, 대충 그런 소리지."

"뭐 그런 또라이 같은 여자가 다 있어? 널 얼마나 만만하게 봤으면 그딴 소리를 지껄여? 본부장님은 그 여자한테 확실히 마음 없는 거 맞지?"

"맞아."

서운이 단호하게 대답하자 미강은 조금 마음이 놓였다.

"그래서 넌 뭐라고 했는데?"

"알아서 하라고 했어."

"너무 시크한 거 아니냐?"

"그럼 뭐라고 해? 끝까지 해 본다는데."

"그러다 집에서도 그 여자 밀어붙이고 본부장님 곤란하게 되면 어쩌려고?"

"그 사람 마음이 흔들리면 어쩔 수 없는 거지."

대답은 그렇게 했지만 생각만으로도 짜증이 나 저절로 인상이 써졌다.

"이게 생각보다 강심장이네. 그만큼 본부장님을 믿는 거야, 아님 자신이 있는 거야?"

"나도 몰라. 그냥 되는대로 살래. 그런 일로 흔들릴 사랑이라면 진짜가 아닌 거지."

말은 그렇게 했지만 유성의 존재가 전혀 신경이 쓰이지 않을 리 없기에 미강은 실눈을 뜨고 서운의 기분을 살폈다. 날카로운 신경 더듬이가 몇 개 돋아져 있는 것이 보였다.

그녀가 본부장을 사랑하는 건 눈에 확실히 보였지만 그렇다고 마냥 매달리는 것은 아니어 보여 마음에 들었다. 아마도 서운과 미래까지 생각하는 그와 달리 서운이 지금의 연애에만 충실하기 때문일 것이다. 이런 점이 본부장을 더 안달하게 만드는 것임을 안다.

서운의 입장에선 지금도 충분히 그에게 거의 전부를 다 보여주고 있지만 언제든 빠져나갈 수 있는 비상구 하나는 만들어 놓고 있는 것이 보인다.

본부장이 그녀에게 진심이라면 부디 서운에 대해서 어떤 사실을 알아도 변함없이 사랑해 줄 수 있는 남자이길 바랐다. 그라면 아닌 척 구는 서운의 상처를 보듬어 줄 수 있기를.

두 사람이 막 로비로 들어오는데 서운의 휴대폰이 울렸다. 미강이 곁눈질로 보고 눈을 가늘게 떴다.

"나 먼저 올라갈 테니까 여기서 받고 와."

미강이 서운의 등을 밀고 엘리베이터 앞으로 가자 서운은 로비를 걸으며 전화를 받았다.

"여보세요?"

-혹시라도 봤을까 싶어서. 어머니랑 유성이 왔었어.

"봤어요."

-신경 쓰는 거 아니지?

"아무렇지 않으니까 걱정 말아요."

서운이 가볍게 대답하자 태영이 피식 웃는 소리가 들렸다.

-너무 그러니까 서운한데?

"그럼 화낼까요?"

-놉! 참아 줘. 퇴근하고 집에서 영화 볼까?

"오늘 가 봐야 할 곳이 있어서 좀 늦을 거 같아요."

-어디?

"나중에 얘기해 줄게요"

-오케이. 나한테 비밀 만들지 마. 다녀와서 전화해.

통화를 끊고 서운은 엘리베이터가 있는 곳으로 다시 걸어갔다. 엘리베이터 앞에 모여 있던 여직원들 입에서 태영과 유성에 대한 이야기가 흘러나왔다. 젊은 본부장의 연애에 관심이 많은 직원들에게 유성의 방문이 어지간히 화젯거리인 모양이었다. 당연히 그걸 노리고 온 것이겠지만.

서운은 제 눈을 똑바로 보며 태영을 절대 포기하지 않겠다고 했던 유성을 떠올리며 인상을 찌푸렸다. 오늘 그녀의 행동은 분명 자신을 도발하기 위해서였을 것이다.

누군가를 사랑하면 길이 아님을 알면서도 기어이 끝까지 가는 어리석은 마음을 알기에 한편으로는 그녀가 딱하기도 했다. 그런다고 그를 포기할 생각은 털끝만큼도 없지만 이런 유쾌하지 않은 상황을 계속 겪어야 하는 것은 썩 마음에 들지 않았다. 갑자기 급격한 피로감이 몰려왔다.

시의회 건물 앞에서 서운은 잠시 숨을 골랐다. 올까 말까 참 많이 망설였는데 결국은 올 수밖에 없었다. 그녀는 호흡을 가다듬고 의회 계단을 올라갔다.

"어떻게 오셨습니까?"

단정한 차림의 비서가 용건을 물었다.

"길갑수 의원님을 뵙고 싶어서 왔습니다. 이서운이라고 합니다."

"잠시만 기다려 주세요."

비서가 안으로 들어갔다 바로 나왔다. 한 소리를 들었는지 얼굴 표정이 썩 좋지 않았다.

"죄송한데 의원님께서 지금 바쁘셔서 면담이 어려울 것 같습니다."

"죄송합니다만 다시 한번 여쭤봐 주시겠습니까?"

"의원님께서는 지금……."

"양이라고 전해 주십시오. 부탁드립니다."

포기하지 않고 밀어붙이는 서운에게 비서가 불편한 인상을 쓰면서 안으로 들어갔다. 하지만 처음과는 완벽하게 반전된 표정으로 다시 나왔다.

"들어오시랍니다."

"고맙습니다."

서운은 비서에게 인사를 건네고 안으로 들어갔다. 의원실 문을 열자마자 길 의원이 벌떡 일어나 서운에게 다가왔다.

"이게 누구냐? 네가 정말 양이냐?"

"안녕하세요. 오랜만에 뵙습니다."

"정말 몰라보게 자랐구나. 아가씨가 다 됐어."

길 의원은 서운에 대한 반가움을 숨기지 않았다. 아이를 그렇게 파양하고 내내 마음에 남았던 터였기에 제 발로 찾아온 그녀가 너무 반갑고 신기했다.

차를 들고 온 비서가 두 사람 앞에 차를 내려놓으며 힐끗 길 의원의 표정을 봤다. 귀찮음이 가득한 얼굴로 아무나 들여보내지 말라고 단칼에 거절하더니 양이라는 이름에 표정이 백팔십도 달라졌다. 그녀는 서운이 누군지 궁금해 나가면서 고개를 갸웃거렸다.

"그래, 그동안 어떻게 지냈느냐?"

"다행히 다른 분들께 입양이 되어 잘 컸습니다."

"그래, 정말 다행이구나. 널 생각하면 늘 미안하고 가슴이 아팠다. 그때 일은 입이 열 개라도 할 말이 없어. 정말 미안하다."

서운은 그냥 희미하게 어색한 미소를 지을 뿐이었다. 그래도 끝까지 당당하게 굴던 기준의 어머니보다 길 의원이 미안하다고 해 주니 조금은 위로가 되었다.

"기준이랑 있었던 일은 대충 들었다. 네가 마음고생이 심했겠구나."

"그렇게 다시 볼 줄 몰라서 좀 놀랐습니다."

당연한 것이겠지만 서운이 초지일관 거리감을 두고 사무적인 말투로 대답하자 길 의원은 자신이 불편할 수밖에 없는 그녀의 마음이 이해되면서도 조금 서운했다.

"기준이랑 같은 회사에 다닌다고?"

"네."

"힘들었을 텐데 반듯하게 잘 자라 주었구나. 이리 널 보니 정말 반갑고 좋다."

서운은 엷게 미소를 지었다. 그녀는 비서가 내려놓고 간 차를 한 모금 마시고 내려놨다.

길 의원이 봐도 봐도 신기한지 서운을 보며 흐뭇하게 웃고 있었다.

"실은 의원님께 여쭤볼 것이 있어서 왔습니다."

"그래, 궁금한 게 뭐냐?"

"삼 년 전 화성 건설 현장에서 돌아가신 이정태 씨를 아십니까?"

인자하게 웃던 길 의원이 얼굴 근육이 눈에 띄게 굳었다.

"네가 그 사람을 어떻게 아느냐?"

"그분이 제 양아버지세요."

제대로 놀랐는지 길 의원의 표정이 거북이 등껍질처럼 딱딱해졌다.

"전혀 몰랐구나. 그런데 나한테 묻고 싶은 것이 뭐냐?"

"아버지께서 돌아가시기 전날 마지막으로 당시 사장님이셨던 의원님을 뵈러 갔다고 들었어요. 무슨 말씀을 하셨는지 알고 싶어서 찾아왔습니다."

길 의원이 차를 한 모금 마시더니 서운의 얼굴을 똑바로 봤다.

"이정태를 알고는 있지만 죽기 전날 보지는 않았다."

당연히 만났을 거라 확신했는데 아니라는 소리에 서운은 당황했다.

"의원님을 만나러 가셨다고 들었는데 아닌가요?"

"누구한테 무슨 소리를 들었는지 모르겠지만 난 이정태를 만나지 않았다. 혹시 최 사장을 만났는지 모르겠구나."

"최영환 사장님은 아버지를 아예 본 적이 없다고 하셨습니다."

"그래? 그럼 누군가 네게 잘못된 정보를 알려 준 거겠지. 사고로 아까운 사람을 잃었다고 생각했는데 그가 네 양아버지라니 세상 참 좁구나. 어렵게 찾아왔을 텐데 도움이 못 돼서 미안하다."

"아니에요."

서운은 기운 없이 대답했다. 막다른 벽에 부딪친 기분이었다.

"이렇게 보내기 시운한데 지녁이나 먹을까?"

"죄송해요. 약속이 있어서요."

"그래? 그럼 다음에 언제든 시간 되면 연락 다오."

"알겠습니다. 바쁘신데 시간 내주셔서 감사합니다."

"당연히 시간을 내야지. 나는 널 아직도 딸로 생각한다."

"고맙습니다. 그럼 가 볼게요. 안녕히 계세요."

서운이 일어서자 길 의원이 문 앞까지 나와서 배웅했다. 서운을 보며 내내 웃던 얼굴이 문을 닫고 돌아선 순간 삽시간에 굳었다. 이정태가 서운의 양아버지였다는 사실이 충격이었다. 그는 창백해진 얼굴로 인상을 찌푸렸다.

서운은 의회 건물을 나오자마자 엄마에게 전화를 걸었다.

"길갑수 의원 만나고 나오는 길이야. 응. 근데 아버지를 만나지 않았다네."

-둘 다 만난 적이 없단 말이야?

"응. 두 분 다 돌아가시기 전에 아버지를 만나지 않았대."

-이상하네. 그럼 성식 아저씨가 뭔가 잘못 알고 있었던 거 아닐까?

"글쎄, 그럴지도 모르지. 아버지 유품에도 딱히 단서가 될 만한 것들이 없었으니까 그 아저씨가 뭔가 착각했을 수도 있을 것 같아."

-그래, 알았어. 손님 오셨으니까 다음에 통화하자.

엄마랑 통화를 마치고 서운은 의회 건물을 쳐다보며 미간을 모았다. 아버지 이름을 듣고 크게 놀라던 길 의원의 표정이 걸렸다. 허를 찔린 듯한 그 표정은 뭔가 아버지와 썩 좋은 관계는 아니었을 거란 생각이 들었다.

어쩌면 정말 단순한 사고였을 수도 있겠지만, 그렇지 않다면 진실을 밝혀야 하는데 실마리를 잡을 수 없으니 답답하기만 했다. 그녀는 소득 없이 돌아서며 착잡하게 걸음을 옮겼다.

명옥은 밥을 먹는 둥 마는 둥 하다 수저를 내려놓는 길 의원을 이상한 눈초리로 봤다.

"다 먹은 거예요?"

"입맛이 없어."

"왜요? 무슨 일 있었어요?"

명옥이 눈치를 살피며 묻자 길 의원이 물을 한 모금 마셨다.

"오늘 의원실로 양이가 찾아왔었어."

명옥의 눈썹이 확 치켜 올라갔다.

"그 애가 거긴 왜 와요!"

명옥의 입에서 대번에 싫은 소리가 튀어나오자 짐작했던 반응에 길 의원은 인상을 찌푸렸다.

"그 애의 양아버지가 삼 년 전 건설 현장에서 죽은 직원이더라고. 뭐 물어볼 게 있다고 찾아왔는데 깜짝 놀랐지 뭐야."

"그렇게 보고 싶어 하더니 엄청 반가웠겠네요?"

"당연히 반가웠지. 반듯하게 잘 자랐더라고. 걱정했는데."

아직도 그 애를 걱정하는 소리에 명옥의 인상이 딱딱하게 굳었다.

"보고 싶은 애를 봤으니 원 풀어서 좋을 텐데 왜 밥은 먹다 말아요?"

비아냥이 가득한 말투에 길 의원이 버럭 화를 냈다.

"거 어지간히 좀 깐죽거려. 집 나간 개도 걱정되는 게 인지상정인데 일 년이나 딸로 키웠다 보낸 애 걱정되는 게 당연한 거 아냐? 여자가 마음을 곱게 써야지, 왜 그렇게 끝까지 못되게만 굴어? 사람답게 좀 굴어!"

"왜 나한테 신경질이에요?"

"그렇게 모질게 군다고 당신이 그 애 버린 게 정당화되기라도 하는 거야!"

"여보!"

"뭘 잘했다고 큰소리야!"

길 의원이 벌떡 일어나 세게 문을 닫고 방으로 들어가 버리자 명옥은 닫힌 문을 노려보며 씩씩거렸다.

"그 애 말만 나오면 집안 분위기가 이 모양이니 내가 어떻게 좋아할 수가 있어!"

그녀는 길 의원이 먹다 남긴 밥을 노려보며 인상을 찌푸렸다.

극구 아니라고는 하지만 그때 양이를 선택한 것이 고백도 못 해 보고 놓쳐 버린 첫사랑을 떠올리게 해서라는 것을 알고 있었다.

술에 잔뜩 취해 들어온 날 잠이 든 양이를 붙잡고 혼자 중얼거리며 고백하는 소리를 듣는 순간 피가 거꾸로 솟았다. 자신과 결혼해 살면서도 마음 한편에 다른 사람의 아내가 된 짝사랑을 잊지 못하는 것을 알았을 때 배신감에 치를 떨어야 했다.

당연히 양이가 예뻐 보일 리 없었다. 집에만 들어오면 양이를 끼고 웃는 걸 볼 때마다 죽여 버리고 싶은 충동을 느꼈다. 양이를 보는 눈빛에 꿀이 뚝뚝 떨어질 때마다 가증스러움에 속이 메슥거렸다. 양이를 통해 그 여자를 보고 있는 것이 분명했다.

그래서 결국 참지 못하고 거짓말로 도벽이 있다고 양이를 파양하자고 했었다. 살려면 그 애를 눈앞에서 치워야만 했다. 안 된다고 펄쩍 뛰던 남자 앞에서 거의 미친년처럼 길길이 날뛰면서 그대로 두면 자신이 저 애한테 무슨 짓을 할지 모른다고 협박을 했었다.

신경이 날카로워질 대로 날카로워진 자신에게 행여 양이가 다치기라도 할까 봐 어쩔 수 없이 파양에 동의한 것을 알고 있다. 그 후로도 그 아이를 한 번도 잊지 못한다는 사실 또한 알고 있었다. 그 아이와 함께 그 여자도 잊지 못하는 것이겠지.

지난 일을 다시 떠올리니 또 배신감과 분노가 치밀었다. 그 애가 없을 때엔 아무 문제 없었는데 그 애가 나타나면서 집안 분위기가 다시 엉망이 되어 버렸다.

말대꾸 한번 않던 아들놈이 그 애 때문에 핏대를 세우고 대들지를 않나, 잘한 것도 없는 남편이란 작자는 적반하장으로 독한 여자라고 몰아세우기만 한다. 시작은 자기가 했으면서 왜 파양의 죄를 자신에게만 뒤집어씌우는지 어이가 없었다. 시의원을 만들려고 얼마나 허리를 굽혀 가며 내조를 했었는데, 공도 모르고.

이 모든 것이 다 그 애 때문이다. 그 애가 나타나지 말았어야 했다. 순조롭고 평온했던 우리 삶에 다시 나타나 평화를 깨뜨린 건 순전히 그 애 잘못이다. 그 애가 정말 사라져 버렸으면 좋겠다. 명옥은 허공을 노려보며 입술을 깨물었다.

❀

해성이 혜연과 차를 마시고 있는 유성의 앞에 앉았다.
"누나, 내일 시간 돼?"
"시간 되면 어쩌려고?"
"친한 선배가 누나 소개시켜 달라고 귀찮게 해서 말이야."
"시간 없어."

그녀가 단번에 털 줄 알았기에 해성은 능청맞은 얼굴로 다시 들이댔다.

"아이, 왜 그러셔. 널린 게 시간뿐인 사람이. 태영 형만큼이나 멋진 형이야. 내가 어지간하면 말 안 하는데 그 형은 정말 놓치기 아까운 사람이란 말이야."

"그렇게 좋으면 너나 해."

"남자라니까!"

"암튼 노 땡큐야."

씨알도 안 먹히게 구는 태도에 해성이 혜연에게 도움의 눈길을 보냈지만 혜연도 고개를 절레절레 흔들 뿐이었다.

"내 얼굴 봐서 그냥 나와서 밥 한 번만 먹으면 안 돼?"

"나 내일 태영 오빠 집에 가야 해."

"거긴 또 뭐 하러 가? 진짜 내 누나지만 징그럽다. 싫다는데 왜 그렇게 괴롭혀?"

"오버하지 마. 어머니 보러 가는 거야."

"그러니까 누나가 태영 형 어머니를 왜 보러 가냐고? 어머니한테 점수라도 따면 태영 형 마음 잡아 주신대? 제발 정신 좀 차려라, 누나야. 엄마, 좀 말려요."

혜연이 한숨을 내쉬며 말렸다.

"그래, 이제 그만해."

"태영 오빠 귀찮게 하는 거 아니야. 그냥 만약을 위해서 어머니한테 점수 좀 따 놓으려고 그러는 거야."

"그러다 태영이 정말 그 여자하고 결혼한다고 하면 어쩔래?"

"그럼… 축하해 주고 마는 거지 뭐."

의외로 쿨한 대답에 혜연이 해성과 마주 봤다.

"정말이야?"

"내 마음이 쉽게 포기가 안 되니까 이렇게라도 하는 거지만 오빠가 끝내 다른 여자가 좋다면 뭐 어쩌겠어?"

"그럴 마음이면 지금부터 모양 좋게 먼저 털면 되잖아."

"그게 안 되니까 이러는 거잖아. 진짜 자존심 상하는데 그게 안 되니까. 혹시라도 어머니께서 그 여자 반대하실지도 모르니까 일단 끝까지 해 보는 거지."

"그래서 기어이 바닥을 보시겠다고? 누나 정말 딱하다."

해성이 고개를 절레절레 흔들었다. 그만 갔으면 좋겠는데 기어이 부서질 때까지 부딪쳐 보겠다는 고집을 말릴 수가 없었다. 사랑이 일대일이 아니면 누군가에게는 이렇게 지옥이다.

"좋아. 그럼 그 형과의 약속은 나중으로 미뤄 놓을게."

"괜히 실수하지 마. 나 태영 오빠랑 잘될 수도 있으니까."

"노노, 그럴 확률 단 일도 없으니까 김칫국 드링킹하지 마셔."

"이 자식이!"

유성이 버럭 화를 내자 해성이 빛의 속도로 달아났다.

"저게 꼭 염장을 질러."

"근데 그 서운이라는 애 직접 만나 보니 어떻든?"

혜연이 호기심을 가지고 물었다.

"좀 재수 없었어."

"그렇게 별로였어?"

"가진 것도 없이 당당하더라고. 내 느낌인데 그 여자보다 태영 오빠가 그 여자를 더 좋아하는 것 같았어. 그래서 더 자존심 상해."

"엄마 보기에도 야물어 보이긴 했는데 태영이가 빠질 만한 구석이 있나 보네."

"오빠 포기 안 한다고 했더니 그러라고 하는 것이 꽤 자신만만

해 보였어. 짜증 나."

유성이 인상을 찌푸리며 툴툴거렸다.

혜연은 유성을 달래며 남편의 사무실에서 잠깐 봤던 서운을 떠올렸다. 언뜻 보기엔 차분하고 신중해 보였다. 인상은 극히 평범해 보이는 아이였는데 어떤 점에 태영이 그렇게 반했는지 새삼 궁금했다.

※

저녁을 먹고 서운은 후식으로 포도를 씻어서 유리그릇에 담아 거실로 가지고 갔다. 휴대폰으로 뉴스를 읽던 태영이 서운이 옆에 앉자 바짝 제 옆으로 끌어당겼다.

서운은 태영의 휴대폰을 같이 들여다보며 그가 읽고 있던 기사를 봤다.

"화재 사고네요?"

"응. 생각보다 다친 사람이 많은 모양이야. 불량 자재 사용으로 스프링클러가 제대로 작동하지 않아 그 피해가 더 크다고 하는데 답답한 일이지."

고개를 쑤욱 내밀며 본격적으로 기사를 읽던 서운의 표정이 심각하게 변했다.

"여기… 아버지가 사고로 돌아가셨던 그 건물이에요."

"정말이야?"

"네, 불량 자재 건으로 사장을 만나러 갔다고 들었어요. 결국 이렇게 되는군요. 정작 사고 친 사람들은 멀쩡하고 죄 없는 사람들만 죽었으니 화가 나네요."

"본격적으로 조사 들어간다고 했으니 제대로 밝혀지길 바라야지."

"그 조사라는 거 별로 믿음은 안 가지만 그렇게라도 기대하는 수밖에 없겠네요. 제발 다들 양심적으로 좀 살았으면 좋겠어요."

아비지 생각에 괜히 울컥한 기분이 들어 말에 살짝 가시가 박혔다.

태영이 그녀의 어깨를 쓸어 주며 마음을 어루만져 주었다. 서운은 괜히 그에게 미안해 포도를 한 알 따서 건넸다.

"달아요."

"먼저 먹어 봐."

"기미 상궁이에요?"

서운이 피식 웃으며 포도를 입에 넣었다. 그 순간을 놓치지 않고 태영이 그녀의 입술을 물고 포도 알을 빼앗아 갔다.

서운이 벙찐 얼굴로 놀라서 보자 그는 포도 알을 씹으며 맛있다는 표정으로 씨익 웃었다.

"와, 순식간에 당했네. 먹으라고 해 놓고 뺏어 가는 건 뭐예요?"

"그렇게 억울하면 다시 줄게."

"예?"

서운이 놀라기도 전에 태영이 포도 알을 입에 물고 다시 서운의 입술을 훔쳤다. 그러고는 쏘옥 포도 알을 입에 넣어 주었다.

서운이 포도 알을 이로 터뜨리자 상큼한 과즙이 입 안에 퍼졌다.

"달지?"

"좋은데요? 근데 이거 다 이렇게 먹을 건 아니죠?"

"안 돼?"

"그건 좀 위험한 거 같은데요?"

"하여간 눈치도 빨라."

단순히 포도 알만 주고받고 끝날 것이 아니기에 태영은 눈치 빠른 서운을 실눈으로 쳐다봤다. 그는 서운의 어깨를 끌어당겨 짧게 입을 맞췄다. 포도 향이 은은하게 느껴지는 것이 좋았다. 그는 서운의 이마에 입을 맞추고 귓가에 은근하게 속삭였다.

"주말에 여행 가자."

"여행이요?"

"응. 다른 사람 눈치 안 보고 둘만 있을 수 있는 곳으로 가고 싶어."

그러고 보니 그와 여행을 간 적이 없다. 회사에 몰래 비밀 연애를 하느라 거의 집에서 만나고 있었으니 그가 답답해할 만도 했다.

"어디로 갈 건데요?"

"가급적 서울에서 먼 곳으로."

"길에다 너무 시간 버리는 건 좀 아까운데 적당한 곳으로 가요."

"좋았어. 참, 어머니가 밥 한번 먹자고 하셨어."

"갑자기요?"

뜻밖이라 서운은 조금 놀랐다. 점잖고 교양 있는 분이라 내색하진 않으셨지만 자신을 태영의 짝으로 부족하다 여기는 눈치는 있었다.

서운이 조금 긴장하자 태영이 그녀의 어깨를 쓸어내렸다.

"어머니가 보자고 하시는 건 긍정의 의미로 받아들여도 돼. 그러니 너무 걱정하지 마."

"저 별로 마음에 들어 하지 않으실 거라 생각했는데 좀 의외여서요."

"어머니한테 너 아니면 평생 혼자 산다고 했어."

"헐! 이 남자가 나 아주 눈 밖에 나게 하려고 작정했어요?"

"우리 어머니는 내가 제일 잘 알아. 결국 통했잖아?"

어이없이 보는 서운의 얼굴을 마주 보며 태영이 승리의 미소를 지었다.

"하지만 난 좀 그런데……."

서운이 조금 부담스러워하는 기미를 내보이자 태영은 살짝 미간을 모으며 그녀에게 집중했다.

"아직도 생각 중이야?"

"……."

"여전히 나랑 결혼 생각까지는 없다는 거지? 달리 말하면 같이 살고 싶을 정도로 사랑하진 않는다는 건가?"

"그거 아니란 거 알면서 그런다."

"얼마든지 생각해. 시간이 더 필요하다면 기다려 줄게. 하지만 그 고민 끝의 답은 나여야 해. 난 너랑 결혼할 거니까."

"자신만만하네요?"

"당연하지. 그렇게 되도록 내가 완전 잘할 거거든. 그러니까 좀 봐주라."

 진지한 얼굴로 떼쓰는 모습에 서운의 가슴이 두근거렸다. 답을 정해 놓은 사람처럼 그가 자신에게는 무조건인 것이 좋았다. 호의가 계속되면 권리인 줄 안다고, 처음에는 그의 올곧은 사랑이 그저 신기하고 감사했는데 언제부턴가 당연하다는 듯 받아들이고 있다.

 그에게 답은 주지 않았지만 어차피 그도 답을 알고 있을 것이다. 결국 그를 선택하리라는 것을…….

 그래도 그의 어머니를 정식으로 만나는 건 아직 조심스러웠다. 뭔가를 숨기는 것 같은 기분이 가시처럼 늘 걸려 있다.

 서운은 태영 몰래 짧은 한숨을 내쉬었다. 둘이 죽어라 사랑만 해도 좋을 텐데 굳이 어떤 관계를 형성해야 할까 싶다가도 그래서 욕심이 나기도 했다.

 어쨌거나 어머니께서 보자고 한 것은 감사한 일이다. 그의 여자로 당당하게 인정받고 싶은데 가진 게 그에 대한 마음뿐이라서 죄송하기도 하다.

 그래도 그를 위해서, 아니 자신을 위해서 한번 부딪쳐 보고 싶다. 바야흐로 고백의 시간이 다가오고 있었.

※

 인터폰으로 유성을 확인하고 여진이 인상을 찌푸렸다. 그녀는 현관으로 들어오는 유성에게 인사도 건네지 않고 송 여사를 부르러 갔다.

송 여사가 늘 그렇듯 사람 좋은 얼굴로 유성을 반겼다. 태영이 마음을 받아 주지 않으니 거리를 두는 게 맞았지만 혜연의 딸인 데다 여전히 살갑게 구는 그녀에게 모질게 대하기가 어려웠다.

"너 요즘 내 딸 하기로 했니? 오늘은 무슨 일이야?"

"엄마가 물김치 담갔다고 갖다 드리라고 하셔서요. 어머니 물김치 좋아하신다면서요?"

"그래, 고맙구나."

송 여사가 물김치를 받아 여진에게 건넸다. 여진은 떨떠름한 표정을 감추고 물김치를 주방으로 가지고 갔다. 유성이 작정이라도 한 듯 송 여사를 공략하는 것이 마음에 들지 않아 눈살이 찌푸려졌다.

용건이 끝났으니 그만 가 주면 좋으련만 유성은 아예 거실 소파에 눌러앉아 송 여사와 잡담을 나눴다. 처음부터 김치가 목적이 아닌 속내가 너무 확연히 보여 여진은 코웃음을 쳤다.

아마도 태영이 만나고 있는 여자의 조건이 별로라 어머니에게 희망을 걸고 있는 모양인데 어림없다. 뜻대로 되게 둘 생각이 전혀 없으니까. 방으로 들어가려다 말고 여진은 일부러 두 사람이 앉아 있는 거실로 갔다.

유성이 못마땅한 얼굴로 여진을 쏘아보며 하던 말을 이어 갔다.

"그 여자 어떤 점에 그렇게 빠졌는지 몰라도 태영 오빠가 너무 아까워요. 어머니도 그렇게 생각하시죠?"

"그럼 뭐 하니? 태영이가 저렇게 완강하게 나오는데."

송 여사가 떨떠름한 얼굴로 한숨을 내쉬었다. 여진이 틈새를 파고들었다.

"그러지 마시고 그 아가씨 한번 만나서 자세히 살펴보세요. 도련님이 좋아할 만한 이유가 있겠죠. 의외로 장점이 많은 아가씨일 수 있으니 정식으로 보시는 게 어떠세요?"

분명 서운의 존재가 반가울 리 없는 여진이 그렇게 나오자 유성은 자신을 견제하려는 것임을 알고 여진을 날카롭게 쏘아봤다.

"실은 그렇지 않아도 태영이에게 그 애와 자리 한번 만들어 보라고 했어."

"어머니, 받아들이시게요?"

유성이 깜짝 놀라 목소리 톤이 올라갔다. 송 여사는 마지막으로 믿었던 보루인데 서운을 만나 본다는 말에 배신감마저 들었다.

"아유, 그럼 어떡하니? 그 애가 아니면 안 된다는데. 그놈 고집을 무슨 수로 꺾겠어? 어린애도 아니고 죽어도 그 애가 좋다는데 봐서 애만 괜찮다면 한 수 접어야지."

"어머니 그래도 그건 아니잖아요. 집안 체면이 있는데."

"집안 체면도 중요하지만 그보다 아들이 더 중요하지 않겠니? 삼 년 만에 겨우 돌아온 아들인데 저 좋다는 여자 반대해서 등 돌리는 것보다는 낫겠지."

조목조목 틀린 소리는 아니지만 마지막 기댈 곳이 삐걱거리자 유성은 크게 당황했다. 그녀는 송 여사의 옆에서 소리 없이 입술 꼬리를 올리는 여진을 죽어라 노려봤다.

송 여사가 갑자기 시무룩하니 말이 없어진 유성을 달랬다.

"혜연이 딸이니까 널 내 딸로 생각해서 하는 소린데, 태영이 그만 놔 버려. 너처럼 예쁘고 사랑스러운 애가 뭐가 아쉬워서 널 쳐다보지도 않는 놈한테 공을 들이고 그래? 내 아들이니까 참지, 내 딸이었으면 너 진즉에 뜯어말렸을 거야."

"엄마도 계속 말씀하셨지만 제가 단념이 안 돼서 그러는 거예요."

"그래, 그 마음 알아. 뜻대로 된다면 사랑이 왜 힘들겠니? 하지만 내가 볼 때 태영이 그 애하고 절대 안 헤어질 거야. 그러니 예쁜 마음 그만 다치고 접어 버려, 유성아."

"어머니!"

송 여사가 유성의 양손을 잡아 쥐면서 토닥거렸다.

"지금은 태영이가 아니면 죽을 거 같지만 시간이 지나면 그때 왜 그랬나 싶을 거야. 너만 좋아해 줄 남자 금방 나타날 거니까, 네가 먼저 태영이 차 버려."

송 여사가 따뜻한 말로 위로했지만 유성은 울고 싶었다. 어릴 적 태영을 처음 봤을 때부터 입버릇처럼 크면 그와 결혼할 거라고 노래를 불렀다. 어리다고 한 번도 여자로 봐주지 않은 그에게 여자가 되기 위해 얼른 어른이 되고 싶었다.

너무 오랫동안 한 사람만 마음에 담아 왔기에 비우는 법을 알지 못했다. 그래서 마냥 기다리는 방법을 택한 건데 이제 그마저도 안 된다고 하니 대로변 한가운데에서 길을 잃어버린 기분이었다.

울컥 눈물이 차올랐지만 여진이 승자의 미소를 지으며 지켜보고 있다는 것을 알기에 유성은 이를 악물었다. 다른 사람도 아니고 도여진 앞에서 이런 꼴을 당한 것이 더 치욕스럽고 자존심이 상해 죽고 싶을 정도였다.

 유성이 사형선고라도 받은 얼굴로 힘없이 돌아가자 여진은 10년 묵은 체증이 내려간 것처럼 속이 시원했다.
 어릴 적부터 태영을 좋아했다고 처음부터 자신을 못마땅하게 본 것은 둘째 치고, 자신이 태영과 태환을 저울질했던 과거의 치부를 알고 있기에 시한폭탄과도 같은 존재였다. 그런 그녀가 태영의 짝으로 이 집에 들어오는 꼴을 가만히 두고 볼 생각은 당연히 없었다.
 태영이 다른 여자를 만나는 것은 마음에 들지 않지만 일단은 진드기 같은 최유성을 떨쳐 낼 수 있으니 다행이었다. 나머지는 차차 처리하면 될 것이다.
 그녀답지 않게 콧노래를 부르며 방으로 들어가자 책을 읽고 있던 태환이 의미심장한 눈빛으로 고개를 들었다.
 "기분이 좋아 보이네?"
 "그래 보여요?"
 여진이 웃으며 대꾸했다.
 "유성이 잘라 내니 기분이 좋은가 봐?"
 조용한 말투와 달리 눈빛에 비난이 담겨 있어 여진이 발끈했다.
 "무슨 말이 그래요? 내가 언제요?"
 "유성이 앞에서 일부러 어머니한테 그 아가씨 만나 보라고 한 거잖아. 속으로는 원하지도 않으면서."

"지, 지금 무슨 소리를 하는 거예요? 원하지 않다니요? 당연히 도련님이 잘되길 바라고 하는 소리죠."

여진이 당황해서 자신을 방어했지만 태환은 서늘한 표정으로 책을 덮었다.

"좀 솔직해져 봐. 태영일 위해서 유성일 밀어낸 것이 아니잖아. 그 아가씨를 돕기 위해서 그런 것도 아니고. 다 당신을 위해서잖아."

"무슨 소리를 하는지 모르겠어요. 당신, 갑자기 왜 그래요?"

"아니, 당신은 내가 무슨 소리를 하는지 알고 있어. 당신한텐 결국 최유성도, 이서운도 다 아니지. 그냥 태영이 곁에 아무도 없기를 바라는 거니까."

"여보! 무슨 근거로 날 모함하는 거예요? 정말 기가 막혀."

여진이 펄쩍 뛰었지만 태환은 그녀를 비웃으며 냉정하게 비수를 꽂았다.

"유감스럽게도 모함이 아니지……. 당신이 아직도 태영이에게 미련을 못 버렸으니까."

"다, 당신이 어떻게!"

여진이 귀신을 보듯 놀라서 태환을 쳐다봤다.

"왜 그렇게 놀라? 내가 모를 줄 알았어?"

"……"

"끝까지 모르길 바랐다면 그렇게 내 앞에서 감정을 흘리고 다니지 말았어야지."

"어, 어디까지 알고 있는 거예요?"

"당신이 태영이를 만나면서 그 사실을 속이고 나한테 접근했던 것까지, 다."

그가 그 사실을 알고 있을 거라고는 꿈에도 생각한 적 없기에 여진은 당황해서 어쩔 줄 몰랐다. 창백해진 그녀의 안색을 보며 태환이 냉소했다.

"그렇게 질린 얼굴을 하니 미안해지는군. 끝까지 모른 척해 줄 걸 그랬나 봐. 그런데 몇 번 경고를 했는데도 당신이 자꾸 선을 넘어서 말이야."

"무슨 오해를 하고 있는지 몰라도 난 두 사람 사이에서 저울질한 적 없어요. 도련님을 먼저 만난 건 사실이지만 당신을 더 사랑해서 선택한 것뿐이에요."

"내 조건을 더 사랑한 거겠지. 태영이가 아버지 회사에 관심이 없다고 했으니까 날 선택한 거잖아?"

"절대 아니에요. 난 당신을 더 사랑했어요. 믿어 줘요."

여진이 그의 손을 잡고 사정했지만 태환은 싸늘하게 여진의 손을 털었다. 그러고는 차갑게 내뱉었다.

"네가 태영이랑 만났다는 사실을 알았다면 그런 미친 선택은 하지 않았을 거야. 너 때문에 내가 내 동생한테 무슨 짓을 했는지 알아?"

"그건… 도련님이 말하지 말라고 해서 어쩔 수 없었어요."

"핑계 대지 마. 네가 우리 형제 사이에서 무슨 짓을 했는지 알았을 때 얼마나 피가 거꾸로 솟았는지 알아? 미리 알았더라면 그날 술에 취해서 태영일 붙잡고 너와 결혼하고 싶다는 주접을 떨진 않았겠지."

술기운에도 그 말을 들은 태영이 충격을 받은 얼굴로 잠시 말이 없었던 것을 기억한다. 인사불성이 되어 여진이 없으면 죽을 거 같다는 말을 떠들어 댔으니 차마 말을 할 수 없었을 것이다.

"도진이에게 태영이 미국으로 떠난 이유를 들었을 때 내가 얼마나 죽고 싶었는지 알아? 태영이에게 미안한 만큼 널 죽이고 싶었어."

"여, 여보……."

태환이 차가운 가면 속에 감춰 둔 분노를 터뜨리자 여진의 얼굴이 하얗게 질렸다.

"그래도 빌어먹을 내가 당신을 사랑했으니까 결혼 후 나한테 헌신적인 당신을 보며 그 일을 덮으려 했어. 태영이에겐 정말 미안하지만, 당신이 나를 더 사랑해서 어쩔 수 없이 그 애에게 상처를 줬다고 믿었단 말이지."

"저, 정말이에요."

"아니. 그런 줄 알았는데 태영이 돌아오면서부터 그 믿음은 산산조각이 났어. 날 더 사랑한다고 믿었던 당신이 태영이를, 내 동생을! 도련님이 아닌 남자로 보고 있다는 사실을 깨달았을 때 내가 얼마나 비참했는지 알아? 사고로 내가 병신이 되니까 태영일 놓친 게 후회가 된 모양이지?"

여진의 관심이 도가 넘는 것을 깨달았을 때 피가 거꾸로 솟았다.

"그런 당신을 보며 하루에도 몇 번씩 속이 뒤집어졌지만 가족들끼리 불화를 만들지 않으려 애쓴 태영일 위해 조용히 당신이 정신을 차리기를 기다렸어. 그런데 결국 여기까지 오게 만드는군."

여진은 싸늘하게 고개를 돌리는 태환을 붙잡고 사정했다. 한 번도 자신을 그런 눈으로 본 적이 없기에 그의 냉대에 억장이 무너졌다. 그가 손을 놓고 돌아서 버릴까 봐 위기감에 정신을 차릴 수 없었다.

"당신에게 말 안 하고 속인 건 미안하지만 당신에 대한 마음은 진심이에요. 제발 믿어 줘요."

"내가 본 것이 있는데 당신을 어떻게 믿지?"

"시키는 대로 다 할게요. 그러니 한 번만 용서해 줘요."

여진이 눈물로 사정하자 태환은 말없이 그녀를 쏘아봤다.

"난 당신한테 몇 번 경고를 했고, 이번이 마지막 경고야. 나한텐 들켰지만 어머니한테 들켰다간 넌 끝이야. 그러니 알아서 정신 줄 챙겨. 일 만들지 말란 말이야."

태환이 여진의 손을 팽개치고 밖으로 나가 버리자 여진은 바닥에 주저앉았다. 태영에게 여자가 생긴 일로 신경이 곤두선 탓에 태환이 옆에서 그런 시선으로 보고 있는 줄 전혀 몰랐다.

미리 눈치를 챘어야 했는데 태영에게 신경 쓰느라 태환의 경고를 가볍게 넘긴 것이 큰 실수였다. 늘 조용하고 뭘 해도 그저 웃어만 주는 사람이라 크게 신경 쓰지 않았는데 그가 자신의 과거를 모두 알고 있었다는 사실이 절망적이었다.

한 번도 본 적이 없던 냉랭한 눈빛을 보니 어쩌면 그에게 버림받을 수도 있겠다는 생각이 들었다. 여진은 태환이 나간 곳을 보며 눈물을 흘렸다.

※

 서울을 떠나 찾아간 곳은 속초 바닷가였다. 금요일 퇴근하자마자 출발해서 중간에 저녁을 먹고 숙소인 호텔에 도착할 때는 이미 밤이 되었다.
 그대로 자기엔 서운해서 짐을 대충 풀고 두 사람은 바닷가를 거닐면서 밤바다를 구경했다. 달빛에 비친 까만 바다가 아름다우면서 무섭기도 했다.
 바닷가라 역시 밤엔 조금 싸늘한 한기가 스며들었다. 그가 어깨를 감싸 주자 서운은 그의 품에 숨듯이 양팔로 그의 허리를 껴안고 포옥 안겼다.
"좋은데?"
"운전하느라 피곤하지 않아요?"
"전혀. 지금 너무 좋아. 늘 이러고 싶었거든."
"미안해요."
 회사에 알리지 말고 비밀 연애를 하자고 했기에 밖에서 마음껏 그와 함께할 수 없었다. 그래서 좋아하는 그의 마음이 와닿았다. 새삼 아무 불평 없이 제 뜻을 따라 준 그가 고맙고 또 미안했다.
"아는 사람 없으니 좋다."
"그러게요. 딴 세상 같아요."
 여행을 많이 해 보지 않아서 여행의 참맛을 알지 못했는데 늘

북적대던 도시를 떠나서 그와 단둘이 다른 세상에 와 있는 기분이 새로운 감동을 불러왔다.

새삼 아무도 없는 곳에서 둘만 살아도 좋겠다는 생각이 들었다. 날마다 그와 같이 밥을 먹고 잠을 자고 사랑을 하고 아이를 낳고…….

거기까지 생각하다 서운은 자신이 그와의 결혼을 꽤 많이 원하고 있다는 사실을 깨달았다. 입으로는 연애까지만 하자고 하면서 이미 속으로는 그보다 훨씬 앞서 나가고 있었다.

발목을 잡는 것들은 여전하지만 그래도 그를 놓치면 살 수 없을 것 같은 생각이 점점 커져 갔다. 앞으로 그보다 더 좋은 남자를 만날 수 없을 거란 확신도 들었다.

'정말 내가 이 남자를 욕심내도 될까?'

서운은 그윽한 눈빛으로 그를 봤다.

"왜?"

"갖고 싶어서."

조금은 대범한 대답에 태영의 눈이 커졌다. 어깨를 감싼 팔에 힘이 들어갔다.

"역시 오길 잘했어. 이서운이 이렇게 말랑해지다니."

"나 당신한텐 많이 말랑했는데?"

서운이 살짝 억울하단 투로 투덜거리며 입술을 내밀자 태영이 참지 못하고 그녀의 양 볼을 붙잡고 쪽 소리가 나게 입술을 부딪쳤다.

다른 때와 달리 서운은 놀라지 않고 그를 보고 싱긋 웃었다. 바닷가에 혼자 있는 건 아니었지만 서로 각자의 연인들에게 열중하느라 아무도 신경 쓰지 않았다.

바닷물에 홀린 건지 서운이 양팔로 그의 목을 감고 뒷발을 들고 그에게 키스했다. 살짝 놀라면서도 신선해서 태영은 그녀가 하는 양을 가만히 지켜봤다. 그러다 서운의 혀가 입술을 톡톡 건드리자 기다렸다는 듯이 그녀의 허리를 감고 또 혀를 감았다.

한 치의 틈도 없이 맞물린 두 사람의 몸이 바다와 함께 출렁거렸다. 뜨겁게 서로의 입 안을 오가던 두 개의 혀가 서로를 더 구속하려고 기 싸움을 펼쳤다.

그러다 서운의 허리에서 등을 쓸어 올리던 태영의 손이 옷 안으로 쓰윽 들어가자 서운이 그의 귓가에 속삭였다.

"들어가요."

그를 말리지 않으면 멈추지 않을 것 같아 서운은 거친 숨을 몰아쉬는 그를 달래며 숙소를 향해 걷기 시작했다. 손을 꼭 붙잡고 점점 걸음이 빨라지는 그의 보폭에 맞게 걸으며 그녀는 속으로 웃음을 삼켰다.

그와 둘만의 여행은 더할 나위 없이 좋았다. 아는 사람이 있을까 염려할 필요도 없이 밖에서도 마음껏 애정 표현을 할 수 있으니 해방된 것 같은 자유가 느껴졌다.

전날 바닷가에서부터 시작된 열기가 숙소까지 연결되어 그와 새벽녘까지 몸을 섞었다. 덕분에 정신없이 잠에 취해 실오라기 하나 걸치지 않은 몸으로 그의 맨살을 느끼며 눈을 떴다. 그런 적이 처음도 아닌데 장소가 달라 그런지 기분도 더 색달랐다. 마치 신혼여행을 온 것 같은 착각이 들었다.

서운은 10시가 넘었는데도 피곤해서 눈을 뜨지 못하는 그의 얼굴을 감상했다. 어제 장시간 운전을 하고 온 데다 열정적으로 자신을 안느라 힘을 쏟은 탓에 피곤하기도 할 것이다.

신기하게도 늘 어제보다 오늘이 더 잘생겨 보이는 걸 보면 병이 제대로 깊은 듯하다. 이제는 그의 목소리와 행동, 자신을 안는 그의 몸짓 하나까지도 다 각인되어 버렸다. 그래서 이 남자가 없이는 살 수가 없을 것 같다. 언제 이렇게까지 사랑이 깊어 버렸을까.

사랑을 하더라도 줏대 있게 자존심은 지키면서 하고 싶었는데 그런 이성적인 사랑은 처음부터 사랑이 아닌 것이다.

그를 사랑하지만 결혼 상대자로는 욕심내지 못하고 망설였는데 언제부턴가 다른 누구에게도 뺏기고 싶지 않은 지독한 욕심이 생겨 버렸다. 그 욕심이 또 지독한 소유욕으로 자라 그에게 집착할까 봐 무섭기도 했다.

다시는 버려지고 싶지 않아 연애에 늘 이성적이었던 자신을 이렇게 변하게 만들었으니 이 남자는 그에 대한 책임을 져야 한다.

서운은 숨을 고르게 내쉬며 잠을 자고 있는 태영의 얼굴에 손을 올렸다. 그가 깰까 봐 만지지는 못하고 그의 얼굴선을 손으로 훑어 내렸다. 그의 숨결이 손바닥에 닿자 기분 좋은 미소가 번졌다.

이렇게 무방비 상태로 잠이 든 모습은 또 처음이기에 잡아 놓은 제물처럼 그녀는 그를 맘껏 감상했다.

맨살인 남자의 가슴 근육이 고르게 올랐다 가라앉으며 서운의 시선을 사로잡았다. 서운은 조심스럽게 고개를 바짝 들고 유혹하는 그의 돌기를 손바닥으로 굴려 보았다. 잠결에 의식이 없을 텐데도 성이 난 것처럼 더 꼿꼿해지는 것이 신기했다.

그의 숨소리가 불규칙해졌다고 느끼는 순간 갑자기 강한 힘에 의해 몸이 돌려졌다. 순식간에 그의 아래에 깔리게 되자 서운의 눈이 댕그랗게 커졌다.

아직은 잠에 취해 보이는 눈동자에 정염을 담은 태영이 위험하게 으르렁거렸다.

"이렇게 깨우면 침대에서 벗어날 수 없을 텐데 각오한 거지?"

"깨우려던 건 아니었는데……."

깊이 잠들어 보여 쉽게 깨지 못할 거라 생각했는데 굳이 잠든 호랑이를 깨운 것 같아 서운은 조금 위기감을 느꼈다. 이대로 다시 잡히면 아침은커녕 점심도 못 먹을 것 같아 서운은 그를 달랬다.

"배고파요."

"나도 고파."

"우리 밥부터 먹어요."

웃으며 달래는 얼굴을 실눈으로 쏘아보다 그가 잠시 생각에 잠기는 듯 보였다.

"밥 먹고 해도 되잖아요? 그리고 여기까지 왔는데 구경도 해야죠."

"그래야지."

"그럼 그만 풀어 줘요. 아이, 착하다."

아이 다루듯 어르는 소리에 태영의 한쪽 눈썹이 지긋하게 올라갔다 내려왔다. 그는 은근슬쩍 빠져나가려는 서운의 양팔을 위로 붙잡아 올리고 새하얗게 부풀어 있는 그녀의 가슴을 덥석 물었다.

"태, 태영 씨."

"미안. 하고 먹자."

"이 짐승!"

서운이 주먹으로 그의 등을 때렸다. 그에 자극받은 태영이 웃으며 그녀의 가슴 끝을 이로 깨물자 서운의 입에서 신음 소리가 터져 나왔다. 그를 밀어내려다 그녀는 포기했다. 괜히 아침부터 그를 건드렸으니 감수할 수밖에 없었다. 어차피 구경하려고 온 여행도 아니었으니 무슨 상관이랴 싶었다.

제14장
사랑이라는 이름으로

송 여사와 만나기로 한 날은 아침부터 심장이 떨렸다. 무슨 옷을 입을까 몇 번을 고민하다 가장 단정해 보이는 옷으로 골라 입고 화장도 엷게 공들여 했다. 처음 보는 것은 아니지만 정식으로 인사를 드리는 것은 처음이라 무조건 잘 보이고 싶었다.

준비를 마치자 기다렸다는 듯이 태영에게 전화가 왔다.

-밑에 있어. 내려와.

"알았어요."

서운은 거울 속의 제 모습을 보면서 크게 심호흡을 한 후 밖으로 나갔다.

차에 기대서서 기다리고 있던 태영이 서운의 모습을 보고 다정하게 웃었다. 서운이 조수석에 앉아 안전벨트를 매자 운전석으로 들어온 태영이 팔불출처럼 보며 웃었다.

"예쁘다."

"어머니 눈에도 그래야 할 텐데. 당신 눈은 믿을 수 없어요."

"어머니도 같으실 거야. 내 어머니니까."

태영이 긴장을 풀어 주려 했지만 약속 장소에 점점 가까워지자 어쩔 수 없이 다시 긴장이 됐다. 살면서 이렇게 긴장을 해 본 적이 있을까 싶을 정도였다.

조용한 분위기의 한정식집에서 직원을 따라 예약된 방으로 들어가자 서운은 목이 탔다.

아까부터 그녀를 지켜보던 태영이 그녀의 손을 잡으며 다독거렸다.

"너무 어려워 말고 친한 친구 어머니 만난다 생각해."

"그럴게요."

서운은 그의 응원에 힘을 입어 최대한 마음을 편히 먹으려고 노력했다. 그를 사랑하는 만큼 잘 보이고 싶은 마음에 자꾸 긴장이 됐지만 어차피 끝까지 제 편인 태영이 옆에 있으니 마음이 조금 편안해졌다.

그때 송 여사가 안으로 들어오자 그녀는 자리에서 일어서서 정중하게 고개를 숙였다.

"또 보네요?"

"네, 안녕하세요."

우아한 표정으로 자리에 앉으며 송 여사가 나란히 앉아 있는 서운과 태영의 그림을 감상했다. 서운을 보는 눈에서 꿀이 뚝뚝

묻어나는 아들을 보니 어차피 이 싸움은 승산이 없다는 것을 확실히 깨달았다. 그렇다면 방법이 없었다. 아들을 잃느니 아들이 사랑하는 여자까지 얻는 수밖에.

"지난번엔 너무 경황없이 헤어져서 오늘 차분히 얼굴 좀 보려고 불렀어요."

"어머니, 말씀 편히 하세요."

"맞아. 지난번에 다시 보면 그때 말을 편하게 한다고 했지? 결국 이렇게 다시 보네."

송 여사가 싱긋 웃더니 태영을 가늘게 노려봤다.

"솔직히 그땐 다시 볼 일이 없을 줄 알았는데, 팔불출 같은 아들 놈이 네가 아니면 평생 혼자 산다고 협박을 해서 말이야."

솔직하고 화끈한 입담에 서운은 살짝 당황했지만 이내 조용히 웃었다. 다행히 송 여사의 눈빛이나 말투에 가시는 없었다. 생각했던 것보다 권위적이지도 않았다. 덕분에 마음이 조금 편해졌다.

"태영이 본부 직원이라고?"

"예, 같은 본부에 근무하고 있습니다."

"회사에 둘이 연애하는 거 알려지면 곤란하지 않나?"

"서운이가 말하지 말자고 해서 비밀 연애하고 있어요. 난 밝히고 싶은데."

"너야 상관없지만 서운인 곤란할 수 있지."

송 여사가 태영의 불만을 일축하며 편을 들어 주자 서운은 조용히 웃었다.

"태영이 본부장으로 어때? 젊은 것이 꼰대짓 하는 거 아니야?"

"그 반대예요. 권위 의식도 없고 직원들에게도 고루 평판이 좋으세요."

서운이 태영을 칭찬하고 나서자 송 여사는 괜히 기분이 좋아졌다.

"얘, 가만히 보니 니들 둘이 닮았다. 둘 다 팔불출 같아."

"칭찬으로 들을게요."

태영이 서운의 대답을 가로채며 서운을 돌아보며 웃었다. 서운을 다정하게 챙기는 태영을 지켜보며 송 여사는 조용히 웃음을 삼켰다.

주문한 식사가 나오자 송 여사는 서운을 가만히 지켜봤다. 조건이 많이 달리기는 하지만 그를 상쇄시킬 만한 장점도 있으니 그녀에 대한 인상은 나쁘지 않았다.

일부러 꾸민 것이 아닌 몸에 밴 예의와 질문에 대한 정돈된 대답이 마음에 들었다. 경박해 보이지 않는 차분한 태도와 현명함도 마음에 들었다.

무엇보다 태영이 환하게 웃는 모습을 보니 좋았다. 저렇게 밝게 웃는 모습을 본 적이 언제였나 싶을 정도다. 저렇게 좋다는데 굳이 반대를 할 필요가 있을까 싶었다.

오늘 서운을 보기로 한 건 잘한 선택이었다. 좀 더 지켜보면 보다 많은 장점을 볼 수 있지 않을까 싶었다. 송 여사는 일부러 많은 질문을 서운에게 던졌고 서운은 침착하게 자신의 생각을 대답했다.

태영은 어머니가 서운에게 마음을 열고 있음을 느끼고 한결 편안한 표정으로 두 사람을 지켜봤다.

어머니가 자신을 위해 편견 없이 서운을 봐 주고 있는 것이 고마웠고, 스스로 어머니에게 점수를 따고 있는 서운도 대견하고 예뻤다.

걱정을 많이 했는데 그의 어머니와 함께한 시간이 꽤 편안하고 좋아 서운의 표정도 한결 편해졌다. 태영의 힘이겠지만 자신을 태영의 여자 친구로 인정해 주는 것 같아 세상을 다 얻은 기분이었다.

화기애애한 분위기 속에서 후식으로 나온 차까지 마시며 담소를 나누고 세 사람은 기분 좋게 밖으로 나갔다.

"어머나, 송 여사님 아니세요?"

미소를 머금으며 송 여사의 뒤에서 나오던 서운의 얼굴이 얼음처럼 굳었다. 그 얼음이 파사삭 산산조각으로 깨지는 환상이 눈앞에 그려지며 서운의 눈동자가 정지됐다.

송 여사의 앞에서 웃고 있는 사람은 기준의 어머니 강명옥이었다.

"강 여사님이 여긴 어쩐 일이세요?"

아무것도 모르는 송 여사가 반갑게 인사를 받았다.

"친구와 저녁 약속이 있었어요."

명옥이 유독 친한 척을 하며 태영의 옆에 서 있는 서운을 정면으로 쳐다봤다. 서운의 얼굴이 창백해진 것을 확인하고 그녀는 미소를 지었다.

친구와 차를 마시다가 룸에서 나오는 송 여사를 따라 나오는 서운을 발견하고 어이가 없었다. 잘못 봤나 싶어 재차 확인해도 분명히 이서운이었다. 그리고 서운의 옆에 있는 사람은 진태영 본부장이 틀림없었다.

아무리 생각해도 이해가 되지 않았다. 이서운이 어떻게 송 여사와 함께 있을 수 있는지. 게다가 본부장과는 또 무슨 사인지.

어쨌든 이 좋은 기회를 그대로 날려 버릴 수 없어 송 여사가 나가기 전에 재빨리 일어나 세 사람에게 다가온 참이었다.

명옥은 자신을 본 순간 귀신을 본 것처럼 표정이 얼어붙는 서운을 여유롭게 쳐다보며 송 여사에게 물었다.

"어머, 아드님과 저녁 약속이 있으셨나 봐요?"

"네. 아들 여자 친구와 저녁 먹었어요."

"여자 친구요?"

명옥은 놀란 마음을 감추고 표정 관리를 하며 노골적으로 서운을 쳐다봤다. 그리고 딱하다는 눈빛으로 태영에게 말을 걸었다.

"진태영 본부장님이시군요?"

"네. 안녕하세요."

"그렇지 않아도 한번 보고 싶었어요. 우리 기준이 잘 좀 부탁드려요."

명옥이 기준의 어머니라는 사실을 안 태영의 얼굴이 차갑게 굳었다. 그는 슬쩍 서운의 눈치를 살폈다. 역시나 표정이 좋지 않았다.

서운은 제발 이 지옥 같은 시간이 빨리 끝나기를 바랐다. 하지만 모처럼 좋은 기회를 잡은 명옥이 그냥 놓아줄 리 없었다.

"이렇게 다시 보다니 뜻밖이구나."

명옥이 기어이 의미심장한 눈빛으로 서운에게 알은체를 하자 서운은 모든 것이 와르르 무너지는 기분이 들었다. 그녀는 일부러 자신을 곤혹스럽게 만들고 있는 명옥을 차가운 눈빛으로 쏘아봤다. 웃고 있는 명옥의 눈빛에서 악마가 보였다.

"강 여사님이 서운일 아세요?"

역시나 송 여사가 호기심을 보였다. 명옥을 찬 시선으로 쳐다보던 태영 역시 뜻밖이라는 얼굴로 명옥을 주시했다.

"아주 잘 알죠. 이 애가 송 여사님 아드님과 친한 사이인 줄은 몰랐네요. 참 세상이 좁아요. 호호호."

명옥이 이 상황을 즐기고 있는 것은 분명했다. 그럴수록 서운의 기분은 처참하게 바닥을 치고 있었다.

서운은 명옥이 곧바로 자신이 고아였다는 사실을 밝힐 거라는 생각에 아랫입술 속살을 피가 나게 깨물었다. 각오한 일이었지만 이렇게 밝혀지길 원한 적은 단언컨대 없었다. 이건 정말 너무 최악이었다. 신이 있다면 이럴 수는 없다.

명옥이 막 회심의 일격을 가하려는 순간 다른 손님들이 나오자 송 여사가 자리를 정리했다.

"그럼 강 여사님, 저희는 먼저 가 볼게요. 다음에 봐요."

금방이라도 폭죽을 터뜨릴 것처럼 웃으며 서운의 반응을 즐기던 명옥이 좀 더 피를 말리기로 작정했는지 송 여사에게 간살스럽게 웃으며 대꾸했다.

"그래요, 송 여사님. 곧 연락드릴게요."

송 여사가 먼저 움직이자 서운은 태영과 함께 송 여사를 따라 나갔다. 명옥의 비웃는 시선이 얼굴에 박혔지만 서운은 그녀에게 눈길을 주지 않았다. 스트레스를 심하게 받았더니 구역질이 치밀어 오르는 것 같았다. 명옥 앞에서 동요하는 모습을 보이기 싫어 그녀는 최대한 찬 시선으로 앞만 응시했다.

'건방진 것이 끝까지 도도한 척은.'

명옥이 끝까지 자신을 무시하는 서운의 뒤통수를 노려보며 혀를 찼다.

송 여사와 진태영 앞에서 수모를 주고 싶었지만 지금은 다른 일행이 기다리고 있어 중요한 사실을 터뜨리기에 적절하지 않아 참았다. 게다가 제 앞에서 건방지고 당당하게 굴던 서운이 불안해하는 얼굴을 좀 더 즐기고 싶은 욕구도 한몫했다.

어쩌면 저렇게 당당한 척 굴어도 막상 두 사람과 헤어지고 나면 곧바로 아무 말도 말아 달라고 사정할지 모른다.

하지만 눈감아 줄 생각은 없었다. 무슨 기술로 본부장이라는 대어를 꼬였는지는 몰라도 송 여사에게 점수를 따는 꼴을 봐줄 생각은 추호도 없다. 기준을 지점으로 밀어내고 집안 분위기를 살얼음판으로 만들어 놓은 주제에 감히 송 여사네 아들과 사귀고 있었다니 기도 안 찬다.

'주제를 알아야지.'

명옥은 서운이 나간 곳을 비웃다 이내 표정을 바꾸며 기다리는 일행에게 걸어갔다. 앞으로 벌어질 재미난 일에 벌써부터 웃음이 새어 나왔다.

 태영은 서운과 함께 송 여사의 차가 주차된 곳까지 함께 걸었다.
"어머니, 저분하고 친하세요?"
"왜?"
"그냥 거리를 좀 두셨으면 해서요. 서분 아들한테 좀 문제가 있었어요."
"그냥 봉사 모임 회원이야. 친근하게 굴긴 하는데 솔직히 나도 저 여자 별로야. 좀 진실하지 않다고 해야 할까? 속을 내비치지 않으면서 약간 사람 간을 보는 느낌이라 좀 그래. 볼 때마다 이상하게 비꼰다고 혜연이도 되게 싫어해. 어머, 내가 서운이 앞에서 너무 흉을 봤나?"
"아니에요."
 서운이 조용히 웃자 송 여사는 살가운 얼굴로 웃었다.
"다음엔 집에서 한번 보자. 태영이 아버지도 너 궁금해하셔."
"네, 알겠습니다."
 대답은 그렇게 했지만 마음은 천 근의 바위를 매단 것처럼 무거웠다. 강명옥만 나타나지 않았더라면 오늘 세상에서 가장 행복한 미소를 짓고 있었을 텐데. 지금은 마음이 지옥이었다.
"조심히 들어가세요, 어머니."
 태영이 문을 열어 주자 송 여사는 두 사람에게 눈인사를 건네며 차 안으로 들어갔다.

송 여사를 태운 차가 멀어지자 태영은 서운의 어깨를 감싸 안았다.

"가자."

주차장에서 서운의 집으로 가는 동안 서운은 아무 말이 없었다.

운전을 하며 태영은 그녀의 기분을 살폈다. 생각보다 더 착잡해 보이는 얼굴에 그의 미간에 골이 생겼다.

"길기준 어머니 때문에 기분이 가라앉은 거야?"

"그렇게 만날 줄은 몰랐어요."

"그러게. 나도 좀 놀랐어."

그러고는 다시 대화가 끊겼다. 서운이 뭔가를 골똘히 생각하는 것 같아 그는 일부러 그녀를 방해하지 않았다. 어머니를 만나서 긴장하느라 더 피곤한 건가 싶기도 했다. 서운의 집 앞에 도착하고서야 그는 서운을 돌아봤다.

"피곤할 텐데 들어가서 쉬어."

"할 말이 있어요."

비장한 말투로 돌아보는 얼굴이 무척이나 그늘져 보여 태영은 조금 놀랐다. 뭔가 무거운 분위기가 느껴져 그는 시동을 끄고 그녀에게 집중했다.

"나랑 결혼까지 할 생각이라고 했죠?"

"응. 그리고 답을 아직 기다리고 있어."

"그 답을 하기 전에 먼저 고백할 게 있어요."

"말해."

서운은 크게 한숨을 내쉬었다. 강명옥을 만난 이상 더는 숨길 수 없기에 말해야겠다고 오는 내내 마음을 다잡았지만 막상 얘기를 꺼내려니 떨리고 불안했다.

"내가 연애만 하자고 했던 건… 내 조건이 당신에게 너무 기울기 때문이었어요."

"네 조건은 문제 되지 않는다고 했을 텐데."

"아뇨. 문제가 될 거예요."

"내가 아니라는데 왜 그러는 거야?"

"나… 입양아예요."

"뭐?"

생각지도 않은 소리에 태영의 표정이 굳었다. 너무 놀라 어떻게 반응해야 할지를 까먹은 사람처럼 그는 서운을 보기만 했다.

"태어나자마자 은혜원이란 곳에 버려졌고 다섯 살에 입양이 되었다가 일 년 후 파양되었어요. 그리고 그 후로 지금의 부모님을 만났어요. 그러니까 고아였던 거죠."

"왜 그런 말을 지금 하는 거야?"

"솔직히 말하고 싶지 않았어요. 그래서 당신과 연애만 하려고 했었고요. 근본도 모르는 날 당신 집안에서 받아 줄 리 없잖아요."

인상을 찌푸린 채 태영은 고해 성사하듯 풀어내는 서운의 이야기를 말없이 경청했다.

"감당하기 힘들까 봐 당신을 욕심내지 않으려고 했는데 당연하게 그게 안 됐어요. 그래서 괴로웠어요. 당신과 결혼까지 생각해 보라고 그랬죠? 그 전에, 이런 나라도 괜찮은지 먼저 묻고 싶어요."

"상관없어."

역시나 태영의 입에서 주저 없이 단호한 대답이 흘러나왔다.

"그렇게 간단하게 대답하지 말아요. 당신은 상관없을지 몰라도 당신 부모님은 용납하지 않으실 거예요."

"받아들이시게 설득시키면 돼. 그리고 입양아란 사실을 굳이 얘기할 필요는 없잖아."

"아뇨, 어머니께서 곧 아시게 될 거예요."

"무슨 소리야?"

"아까 만난 길기준의 어머니가 다섯 살에 날 입양했다가 파양한 사람이거든요."

"뭐? 그럼!"

"맞아요. 기준 씨가 입양되기 전에 내가 그 집의 딸이었어요. 도벽을 이유로 일 년 만에 파양되긴 했지만요."

"어떻게 그런 말도 안 되는 일이!"

태영의 입에서 격한 화가 터져 나왔다. 처음엔 놀랐다가 나중엔 너무 어이가 없어 숨이 턱 막혔다. 어린 나이에 두 번이나 버려졌던 서운이 받았을 상처를 감히 추측도 할 수 없어 분노가 치밀었다.

"애가 장난감도 아니고 일 년 만에 파양이라니. 사람도 아니잖아."

"당신을 처음 본 날 기준 씨를 만나러 나갔다가 그 자리에 함께 있는 그의 어머니를 보고 기절할 뻔했어요. 바로 돌아 나오긴 했는데 너무 충격이 커서 제정신이 아니었어요. 그래서 당신 차를 보지 못했던 거예요."

처음 본 날 그래서 그렇게 울었던 거였던가. 반쯤 넋이 나간 얼굴로 명함을 내밀던 기억이 어제의 일처럼 생생했다.

"아무것도 모르는 기준 씨에게 이유를 설명하고 일방적으로 이별을 선언했어요. 그래서 기준 씨가 받아들이지 못하고 난폭하게 굴었던 거였어요."

태영은 입을 굳게 다물고 말이 없었다.

"아마 그 사람이 어머니께 나에 대해서 떠들어 댈 거예요."

"이해가 안 되는데. 상식적인 사람이라면 네게 미안해야 하는 거 아니야?"

"상식적인 사람이라면 아이를 그렇게 파양하지 않았겠죠. 난 아무것도 훔치지 않았어요. 기준 씨 일로 사무실로 찾아와서 나중에서야 진짜 파양 이유를 물었더니 내가 누군가를 닮아서 견딜 수 없었다고 하더라고요."

"진짜 가관이군."

한 아이에게 돌이킬 수 없는 상처를 준 이유치고는 너무 하찮고 같잖아 태영의 표정이 노기로 변했다.

흉터가 다시 벌어지고 상처가 올라오는 것처럼 속이 쓰려 서은은 입술을 깨물었다.

"그런다고 달라지는 건 없어. 네가 누구든 상관없어."

그가 어떤 반응을 보일까 가슴을 졸였기에 태영의 한마디에 속에서 울컥 감정이 올라왔다.

"고마워요. 그렇게 말해 줘서."

왈칵 눈물이 쏟아지려 해 서운은 빠르게 눈을 깜박거렸다.

"하지만 결혼은 다른 문제죠. 당신만 상관없어서 될 일이 아니잖아요."

"그래서 어쩌겠다는 거야? 나랑 결혼은 못 하겠다는 거야?"

"난 당신이 나 때문에 부모님과 반목하는 거 원치 않아요."

"이서운."

"현실적으로 정말 괜찮은 건지 생각해 봐요. 최악의 경우 부모님이 끝까지 반대하시면 당신이 잃을 게 너무 많아요. 그런 상황은 내가 감당 못 할 거 같아요. 난 당신과 연애만 해도 충분해요."

자신을 위해서 한발 뒤로 물러서는 서운에게 태영은 뭉근하게 화가 올라왔다. 자신을 걱정하는 마음에서 그러는 것을 모르지 않으면서도 끝까지 더 욕심내지 않는 것이 서운했다. 말로는 자신에게 시간을 주고 싶다는 거지만 그녀 역시도 시간을 갖고 싶어 하는 것이 보였다. 그는 잠시 굳은 표정으로 정면을 노려봤다.

"미안해요. 내가 부족해서."

"너 나한테 부족한 사람 아니야. 단 한 번도 그렇게 생각한 적 없어."

"…조심히 가요."

서운이 부드럽게 미소를 지어 보이며 차에서 내렸다.

태영은 그녀를 붙잡으려다 말았다. 자신에게 마지막으로 돌아설 수 있는 기회를 주는 것이 화가 났지만 그녀의 표정이 너무 아파 보여 화를 낼 수도 없었다. 자신에게 고백하면서 다시 지난 상처를 헤집어 냈을 것이기에 속이 말이 아닐 것이다. 그래서 그녀를 끝까지 몰아세우고 싶지 않았다.

룸미러로 서운이 원룸 안으로 들어간 것을 확인하고 태영은 시동을 다시 켜고 그녀의 집에서 멀어져 갔다.

송 여사는 모처럼 가족들이 모인 자리에서 서운을 만나고 온 이야기를 했다.

"애는 생각보다 괜찮았어요. 낄티도 없고 가볍지도 않고 가식적이지도 않았어요."

"태영이가 어련히 알아서 찾았겠어요?"

태환이 거들며 여진을 돌아봤다. 그의 눈치를 느끼며 여진은 일부러 표정 관리를 했다.

"솔직히 집안은 좀 걸리지만 태영이가 그 애와 결혼까지 생각하고 있다니 눈 딱 감고 집에 들여도 되지 않을까 싶어요."

"그 아이가 당신 눈에 꽤 괜찮았던 모양이군."

진 회장이 송 여사의 태도 변화에 웃음을 보였다.

"뭐, 사돈 덕 보고 살 것도 아니고 태영이가 저렇게 좋다는데 어쩌겠어요. 그래도 번듯한 부모 밑에서 가정 교육은 잘 받고 자란 것 같으니 받아 줘야죠."

"잘 생각하셨어요, 어머니."

송 여사가 알아서 서운을 정리해 줄 거라 믿었는데 도리어 서운을 받아들이자 여진은 기분이 나빴다. 하지만 태환의 옆이라 그런 내색을 하지 않으려 용을 썼다.

화기애애한 분위기 속에서 태영과 서운의 이야기가 한창일 때 송 여사의 휴대 전화가 울렸다.

"어? 이 시간에 올 전화가 없는데 누구지?"

휴대폰을 들고 확인하던 송 여사의 표정이 살짝 찌푸려졌다. 액정에 뜬 이름은 강명옥이었다.

"이 여자가 또 무슨 일이지?"

그녀는 시큰둥한 표정으로 통화 버튼을 그었다.

"강 여사님이 이 시간에 어쩐 일이세요?"

-실은 아까는 그냥 고민만 하다 돌아왔는데 입을 다물고 있는 게 도리가 아닌 듯해서 연락을 드렸어요.

"무슨 말씀이세요?"

-아까 진 본부장 옆에 있던 이서운이라는 아이 말인데요. 두 사람 깊게 만나는 사인가요?

"네, 그런데 강 여사님이 왜 그게 궁금하신 거죠?"

뱅뱅 돌리는 말투에 송 여사가 살짝 미간을 찌푸리며 물었다.

-그럼 그 아이가 고아라는 사실도 알고 계신가요?

"방금 뭐라고 하셨어요? 고아라니요?"

송 여사가 깜짝 놀라 곧바로 물었다.

-에휴, 역시 모르셨군요. 서운이 그 아이 제가 예전에 봉사 활동 다녔던 은혜원이라는 보육원 출신이에요.

"뭐라고요! 그게 사실인가요?"

송 여사의 언성이 높아지자 따로 얘기를 나누고 있던 진 회장과 태환 부부가 놀라서 쳐다봤다.

"강 여사님, 방금 하신 말씀 사실입니까?"

-역시 모르셨군요. 이럴까 봐 고민 끝에 연락드렸어요. 그 중요한 사실을 감추다니. 그 애가 좀 음흉한 구석이 있어요. 진 본부장은 알고 있는지 모르겠네요. 분란을 일으킨 것 같아 괜히 죄송하네요. 그래도 송 여사님을 위해서 말씀드려야 한다고 생각했으니 오해 말아 주세요.

"오해라니요. 고맙습니다. 네, 일단 제가 확인해 볼게요."

침착한 척했지만 큰 충격에 동요한 마음이 수화기 너머 그대로 전해진 모양이었다. 통화 끝에 전해진 명옥의 웃음소리가 편안했다. 하지만 얼이 나간 송 여사는 눈치채지 못한 채 서둘러 전화를 끊었다.

전화 한 통화에 분위기가 확 달라지자 가족들의 시선이 모두 송 여사에게 쏠렸다.

"얘, 나 물 한 잔만 다오."

"예, 어머니."

여진이 재빨리 일어나 주방에서 물을 가지고 와 건넸다. 물을 벌컥벌컥 마시고 송 여사가 길게 한숨을 내쉬었다.

"어머니, 무슨 전화였기에 그러세요?"

태환이 걱정이 가득한 얼굴로 물었다.

"서운이 그 애가 고아라는구나. 세상에……."

"고아요? 갑자기 그게 무슨 소리세요?"

"보육원에서 입양된 거래. 부모가 누군지도 모르는 아이란 말이야."

조금 전까지 서운에게 호의적이던 송 여사의 눈빛에 찬기가 서리자 태환은 적잖이 당황했다.

생각할수록 서운이 괘씸해 씩씩거리며 숨을 고르던 송 여사가 곧바로 태영에게 전화를 걸었다.

-예, 어머니.

"너 지금 당장 집으로 와!"

송 여사는 할 말만 하고 전화를 끊어 버렸다. 서운이 고아라는 사실을 감쪽같이 속인 일이 용서가 되지 않아 속이 부글부글 끓었다.

송 여사가 비운 물컵을 가지고 주방으로 가는 여진의 입꼬리가 슬며시 올라갔다. 적절한 시기에 찬물을 끼얹어 준 강 여사라는 사람이 고마워 웃음이 났다.

서운을 이용해 유성을 내치고 그 후에 조용히 트집을 잡아 서운까지 잘라 내려고 했었다. 갑자기 어머니가 서운을 받아들이려 하자 무척 당황스러웠는데 다시 이런 반전이라니. 잘 만들어진 영화가 따로 없었다.

태환이 경고했지만 태영의 곁에 다른 여자가 있는 꼴을 견딜 수 없었다. 그렇다고 태환을 두고 그와 어떻게 해 볼 작정도 아니었지만 그냥 태영이 다른 여자를 만나는 것이 싫었다. 미쳤다고 해도 어쩔 수 없었다.

이제 가만히 있어도 어머니가 알아서 서운을 처리해 줄 거니 굿이나 보고 떡이나 먹으면 된다. 태영의 옆에 있는 골치 아픈 두 여자를 모두 쳐 낼 수 있다는 생각에 오랜만에 속이 시원해졌다.

밤늦은 송 여사의 호출에 태영은 바로 본가로 갔다. 수화기 너머로 넘어오는 어머니의 목소리만 들어도 그녀가 서운에 대해서 알게 됐다는 것을 눈치챌 수 있었다. 태영은 이기적이고 못된 강명옥에게 욕이 치밀어 올랐다.

바로 거실로 들어가자 송 여사가 차가운 얼굴로 그를 맞았다. 태환이 눈짓으로 송 여사가 화가 났음을 알려 주었다. 여진은 주방 안쪽에 서서 거실 쪽으로 귀를 기울이고 있었다.

태영이 소파에 앉기 무섭게 송 여사가 추궁했다.

"서운이 걔 아주 깜찍한 애더구나."

"무슨 소리세요?".

"그 애, 고아라는 사실을 속이고 너한테 접근한 거잖아?"

"누가 속여요? 알고 있었어요."

"뭐? 알고 있어? 그런데도 그 애랑 결혼하겠다는 말이 나와?"

송 여사는 서운이 태영을 속이지 않았다는 사실보다 그 사실을 알면서도 태영이 그 애를 두둔하는 것에 더 화가 났다.

"그게 어때서요? 고아인 게 서운이 잘못입니까?"

"그 애 잘못은 아니지만 이건 아니지. 근본도 모르고 그 아이 몸속에 어떤 인간의 피가 흐르고 있는지도 모르는데 어떻게 집에 들여? 너 지금 제정신이냐?"

"저 제정신이고 서운이 포기 안 합니다. 어머니 서운이 직접 보시고도 그런 말씀 나오세요? 누구의 피인지가 무슨 상관입니까?"

"왜 상관이 없어? 단순히 집안이 기운 것과 고아라는 건 엄연히 다른 사실이야. 그러니 그 아이랑 더 깊게 나가지 마!"

불과 몇 시간밖에 지나지 않았건만 송 여사의 실망스런 태세 전환에 태영의 눈빛이 싸늘하게 식었다.

"서운인 태어나자마자 버려진 죄밖에 없어요. 그게 이렇게 죄인 취급을 당해야 할 일인가요?"

"그 애가 버려진 건 유감이지만 우리 집 며느리로 들일 수는 없어. 그 애가 고아라는 사실은 왜 말하지 않았어?"

"중요하다고 생각하지 않아서예요. 그런다고 해서 달라질 건 없으니까요. 하지만 말씀드릴 생각이었어요."

"언제! 강 여사가 말하지 않았다면 감쪽같이 모를 뻔했잖아!"

강 여사라는 소리에 태영의 눈썹이 날카롭게 치켜 올라갔다.

"그 강명옥이라는 사람이 어머니에게 왜 그런 소릴 지껄였을 것 같아요? 어머니를 위해서요? 천만에요. 서운이가 고아라고 밝히면서 자신이 한 짓은 말하지 않던가요?"

"무슨 소리를 하는 거야?"

"그 여자가 다섯 살 때 서운일 입양했다 말도 안 되는 이유로 일 년 만에 파양한 사람이에요. 서운이 때문에 자기 아들이 지점으로 내려갔다고 멋대로 오해하고 어머니께 일러 앙갚음을 하고 있는 거라고요. 어머니께 자신이 서운일 파양했다는 얘긴 했을 턱이 없겠죠?"

"뭐, 뭐?"

태영이 격한 어조로 따지고 들자 송 여사는 인상을 찌푸렸다. 늦은 시간 굳이 전화까지 해서 그런 사실을 알려 준 것이 이상하다 생각하긴 했지만 그런 사연이 있을 줄은 몰랐다. 관상은 과학이라고 했던가. 정말 처음부터 죽 별로인 여자다.

"아무리 그래도 난 찜찜해서 그 아이 며느리로 받아들일 수 없어."

송 여사가 여전히 완강하게 나오자 태영은 말없이 그녀를 쳐다보다 단호하게 선언했다.

"전에도 말씀드렸지만 서운이 아니면 전 결혼 안 합니다. 다른 여자도 안 만날 거예요. 어머니께서 끝까지 반대하시면 서운이랑 미국으로 나갈 겁니다."

"너 지금 날 협박하는 거야!"

"협박이 아니라 사실을 말씀드리는 거예요. 서운이 누구의 핏줄인지는 저한테 아무런 상관이 없어요. 전 서운이와 결혼할 거고, 우리 아이를 낳을 겁니다. 그러니 저 영원히 안 볼 거 아니시면 몰래 서운이 불러서 설득시킬 생각하지 마세요. 서운이가 사정해도 절대 안 놓칠 거니까요."

최후의 통첩을 날리듯 한 자, 한 자 강조하는 그에게 송 여사는 어처구니가 없어 입을 떡 벌렸다. 쉽지 않을 거라 생각은 했지만 이렇게 꽉 막힌 벽처럼 단단하게 그 앨 감싸고 나올 줄은 몰랐다. 도대체 어떻게 이렇게까지 빠져들 수 있는지 궁금하기조차 했다.

"어머니가 아니어도 자신의 처지 때문에 서운이 저하고 결혼은 안 된다고 버티는 중이에요. 하지만 전 절대 서운이 포기하지 않을 거예요. 왜냐고요? 전 이서운을 잃고는 살 수 없으니까요. 서운이보다 제가 더 그 여자 사랑해요. 그러니까 어머니께서 한 번만 더 마음을 바꿔 주세요. 부탁드릴게요."

서운이 결혼은 안 하겠다고 버틴다는 소리에 송 여사는 마음이 조금 누그러졌다. 적어도 고아라는 사실을 숨기고 집안에 들어오려는 건 아니라 다행이었다. 실제로 그 애를 봤을 때도 그런 약은 생각을 할 아이로는 보이지 않았다.

"가겠습니다. 어머니 생각 바뀌시면 연락 주세요."

태영이 할 말을 마치고 나가 버리자 송 여사는 두 손으로 머리를 싸맸다.

"아이고, 머리야."

"어머니, 태영이 마음 돌릴 수 없을 것 같은데 그냥 받아 주세요."

"얘, 아무 소리 하지 마. 골 울려."

송 여사가 태환에게 손을 저으며 듣기를 거부했다.

태환은 아무 말 없이 앉아 있는 아버지의 안색을 살폈다. 속마음을 알 수 없는 표정으로 진 회장이 미간을 찌푸렸다.

주방에서 여진은 여진대로 하얗게 질렸다. 이서운에 대한 태영의 사랑이 너무도 확고하고 진실되어 보여 그녀는 충격을 받았다. 자신과 만났을 때와는 비교도 할 수 없는 마음이었다. 이미 그의 마음이 돌아올 수 없는 강을 건넌 것 같아 절망적이고, 그의 사랑을 온몸에 받고 있는 서운이 부러우면서도 미워 눈을 질끈 감았다.

✿

 태영을 그렇게 보내고 한숨도 자지 못하고 출근했더니 머리가 아팠다. 일을 하다 말고 머리가 지끈거려 서운은 옥상으로 올라갔다. 시원한 바람이라도 쐬면 나을까 싶었다.
 마침 아무도 없어 그녀는 옥상 맨 끝에 서서 무심하게 바삐 움직이는 아래를 내려다봤다. 찬 바람을 맞으니 조금 정신이 일일해지는 것도 같았다.
 하지만 뒤죽박죽된 머릿속은 여전히 난장판으로 방치되어 있었다. 어차피 그에게 알려야 할 일이었기에 후회는 없었지만 그가 멀어질까 봐 두려웠다. 그가 어떤 결정을 내리든 다 받아들여야 한다고 수백 번 마음먹었지만 막상 돌아서면 견딜 수 있을지 자신이 없었다.
 하지만 그런 마음을 그에게 들키고 싶진 않았다. 최악의 상황이 된다고 하더라도 매달리지 않을 것이다. 그렇게 독하게 마음먹으면서 버티려니 생병이 나는 것 같았다.
 서운은 한참 동안 바람을 맞고 서 있다 17층으로 내려갔다. 피곤한 얼굴로 사무실을 향해 걷는데 본부장실에서 태영이 나왔다.
 서운은 얼른 그의 안색을 살폈다. 역시나 잠을 못 잤는지 얼굴색이 좋지 않았다. 미안함이 다시 고개를 들었다. 그녀는 그를 보지 못한 것처럼 외면하고 사무실로 들어가려고 했다.
 "이서운 대리."

차갑게 부르는 소리에 서운이 돌아봤다. 지나가던 직원 하나가 화가 난 듯한 그의 목소리에 놀라 힐끗 돌아봤다.
"잠깐 봅시다."
그가 뒤도 돌아보지 않고 본부장실로 들어가 버리자 서운은 하는 수 없이 그를 따라갔다.
막 비서실 문을 여는데 조 비서가 보이지 않았다. 오늘도 연차인가?
태영이 본부장실 문을 연 채 서늘한 눈빛으로 보고 있었다.
"들어와."
그의 분위기가 평소와 사뭇 달라 서운은 말없이 그를 지나쳐 안으로 들어갔다. 동시에 등 뒤로 문이 닫히고 잠기는 소리가 들렸다.
서운이 놀라 돌아보자 태영이 바로 앞에 섰다. 놀란 눈으로 올려다보는 서운의 눈을 그가 빨아들일 듯한 눈빛으로 붙잡았다. 조금 화가 난 듯도 보였다.
"내가 부모님하고 반목하는 걸 원치 않는다고 했지?"
"……."
"그럼 아무 데도 가지 말고 내 옆에 있어."
서운이 대답하지 않고 보기만 하자 그의 눈빛이 위험한 빛을 띠었다.
"경고하는데, 나한테서 떨어질 생각 하지 마."
"나중에 얘기해요."
서운은 그를 지나쳐 나가려 했다. 그런 이야기를 하기엔 지금은 때와 장소가 모두 적절하지 않았다.

 하지만 문이 열리자마자 태영이 강한 힘으로 문을 눌러 닫아 버리자 서운이 놀라 돌아봤다.

"왜 이래요?"

"내 얘기 안 끝났어. 어젯밤에 어머니께 불려 갔어. 네 말대로 길기준 어머니가 미리 친절하게 다 일렀더라고."

 서운의 눈동자가 딱딱하게 굳었다. 기어이 이렇게까지 하는 그 여자가 너무 밉고 소름이 끼쳤다. 그녀는 바짝 긴장한 채 태영의 반응을 기다렸다. 분명 좋은 소리가 나왔을 리 없다.

"어머니께 너 아니면 안 된다고 말씀드렸어. 어머니는 내가 설득할 거야. 그러니까 날 생각한답시고 내 손 놓을 생각 하지 마."

"태영 씨."

"만약 그랬다간 제대로 내가 망가지는 꼴을 보게 될 거야. 나한테 생각할 시간 따윈 필요 없어. 너한테도 시간 따위 안 줄 거야. 그러니까 나 믿고 무조건 내 옆에 있어. 다 내가 해결해."

 한일자로 굳게 다물린 서운의 입술이 움찔거렸다. 그녀는 눈물이 가득한 눈으로 그를 쳐다봤다.

 어쩌면 이런 것을 바랐는지도 모르겠다. 그가 끝까지 이렇게 단호하게 잡아 주기를 간절히 바랐었다. 혹여 안 되겠다며 손을 놔 버리면 어쩌나 죽도록 불안했다.

 자신이 뭐라고 이렇게까지 하는지. 그에게 고맙고 미안해서 서운의 눈에서 끝내 눈물이 흘러내렸다.

 태영이 미간을 찌푸리며 엄지로 서운의 눈물을 닦아 주었다.

가슴이 터질 것 같았다. 그녀를 보는 시선에 애정과 안쓰러움이 담겼다.

"바보."

그는 계속해서 맑은 눈물을 퍼 올리는 눈동자를 들여다보며 천천히 입술을 내렸다.

태영의 품에서 떨어져서 서운은 거울을 보며 얼굴을 확인했다. 눈가가 붉은 것이 울었던 게 티가 났다. 그녀는 최대한 울었던 흔적을 지우려고 애썼다.

"조 비서님이 안 보이네요?"

"한 시간 외출이야. 금방 돌아올 거야."

"신기하게 딱 그때 만났네요."

"어차피 지금 넌 여기 있었을 거야. 부르려고 했으니까. 이렇게 죽을상 하고 있을까 봐 퇴근 시간까지 기다리기 싫었거든."

사랑을 하면 눈에 보이지 않는 것까지 보이는 능력이 생기는 모양이다.

"난 분명히 말했어. 그러니까 쓸데없는 생각으로 널 괴롭히지 마."

"그래도 되는 거죠?"

"그래도 돼. 너 내 여자니까."

서운이 보스스 웃었다.

"걱정했는데 그렇게 말해 줘서 고마워요. 솔직히 내가 누구든 상관없다고 받아 주기만 하면 그냥 뻔뻔해지기로 작정하고 있었어요. 나중에 마음이 변해서 안 되겠다고 해도, 그땐 나도 안 된다고 진드기처럼 붙으려고요."

"듣던 중 반가운 소린데, 그럴 일은 없어."

"그래서 더 고마워요."

서운이 사랑이 가득한 눈빛으로 그를 바라봤다.

"당신 콩깍지가 평생 안 벗겨졌으면 좋겠어요."

"그건 너한테 달렸어. 네가 내 눈앞에만 있으면 콩깍지가 벗겨질 일은 없어."

"노력할게요."

"난 무슨 일이 있어도 너랑 결혼할 거야. 네가 아니면 누구도 내 아이들의 엄마가 될 수 없어."

아이라는 말이 감정을 건드렸다. 그와 결혼을 하고 그의 아이를 낳는 일이 막연하게 기대가 되었다. 그녀는 대답을 기다리는 태영의 얼굴을 지그시 바라봤다.

"내가 아니면 망가져 버리겠다는 협박이 통했어요. 사실 당신이 망가지기 전에 내가 먼저 무너질 거라는 거 알아요."

서운이 늘 마지막 한 발만은 온전히 다가오지 않는다는 느낌을 받았었는데 지금은 오롯이 자신을 보고 있는 것이 좋아 태영의 눈가가 짙어졌다.

"부모님은 걱정이 되지만 견뎌 볼게요. 어머님을 뵙지 않았다면 이런 마음 갖지 못했을 텐데, 뵙고 나니 용기가 생겼어요. 내 부족함을 다른 쪽으로 채울 수 있게 노력해 볼게요."

"넌 나를 조율하는 능력이 있어. 어젠 물러서려는 모습으로 사람 환장하게 만들더니 지금은 또 미친놈처럼 웃게 만들잖아."

"당신한테만 먹히는 거죠. 그러니 평생 가스라이팅 당해 줘요."

"얼마든지."

"이젠 정말 나가 봐야 해요."

자리를 비운 지 30분이 돼 가니 혹시 방 과장이 찾았을까 걱정이 됐다. 조 비서가 오기 전에 나가야 한다는 생각 때문에도 마음이 급했다.

"퇴근하고 봐."

"그래요."

태영이 서운을 가볍게 품으로 끌어안았다가 놓아주었다. 서운은 그에게 피식 웃어 주며 문을 열었다. 나가려다 말고 그녀는 태영을 돌아봤다.

"나도 당신과 결혼하고 싶어요."

기다렸던 대답을 들은 태영의 입가에 선명하게 미소가 번지는 것을 확인하고 그녀는 본부장실을 나갔다.

다행히 조 비서는 아직까지 돌아오지 않았다. 그녀는 도둑고양이처럼 주변을 살피며 밖으로 나가 빠른 걸음으로 사무실로 들어갔다. 잔뜩 흐렸던 날이 개듯 지끈거렸던 두통이 말끔히 사라졌다.

점심시간에 미강과 함께 밖으로 나가다 서운은 누군가 보는 시선에 고개를 돌렸다. 여직원 하나가 눈이 마주치자 화들짝 고개를 돌리는 것이 느껴졌다. 조금 이상한 기분이 들어 서운은 그들을 계속 쳐다봤다. 그러다 스르르 돌아보는 여자와 다시 눈이 마주쳤다. 우연이 아니라는 확신이 들자 그녀는 둘이 소곤거리며 걸어가는 여직원을 계속 쳐다봤다.

"왜?"

"그냥, 내 말을 하는 거 같아서."

미강이 서운이 보는 쪽으로 고개를 죽 내밀었다.

"아는 직원들이야?"

"아니, 얼굴은 오며 가며 본 것 같긴 한데 모르는 직원들이야."

"그냥 이쪽을 본 거 아니야?"

"그럴지도 모르겠다."

그렇게 말은 했지만 기분은 찜찜했다. 분명 자신을 겨냥한 시선이었다. 살짝 기분은 나빴지만 붙잡고 물어볼 수도 없으니 그냥 무시하는 수밖에 없었다.

하지만 기분 나쁜 예감은 틀리지 않았다. 점심 먹고 들어와 양치를 하고 자리에 앉는데 잠깐 누구 좀 보러 간다던 미강이 인상을 쓰고 와서 어깨를 건드렸다.

"왜?"

"잠깐 얘기 좀 해."

금방 업무 시작 시간이지만 미강의 표정이 좋지 않아 보여 서운은 두말 않고 그녀를 따라갔다. 미강이 사람의 왕래가 드문 강당 계단으로 서운을 데리고 갔다.

"무슨 일인데 그래?"

"방금 인사과 순영 언니가 불러서 갔다 왔는데 사내에 너에 대해서 이상한 소문이 돈다고 말해 주더라."

"무슨 소문?"

"네가 길기준하고 사귀다가 본부장님이 오면서 길기준을 차고 본부장님한테 꼬리를 치고 다닌다는 거야."

기도 안 차 서운의 눈살이 심하게 찌푸려졌다.

"도대체 누가 그런 소리를 떠들고 다니는 거야?"

"누구 입에서 시작된 소린지는 순영 언니도 모르고, 말이 돈 지는 며칠 됐나 봐. 쉬쉬하면서 도는가 본데 순영 언니가 내 최측근이잖아. 사실이냐고 묻는데 말도 안 된다고 욕을 한 사발 해 주고 오는 중이야. 진짜 어떤 못된 주둥이가 나불거리고 다니는지 잡기만 하면 몽둥이로 입을 쳐 버리고 싶어."

자신보다 더 흥분해서 미강이 떠들었지만 서운은 아무 말도 하지 않았다. 누가 의도적으로 악의적인 소문을 퍼뜨리는지 추측해 봤지만 딱히 잡히는 사람이 없었다. 자신과 기준의 관계를 아는 사람이라면 미강을 제외하고는 방 과장과 기준밖에 없다. 태영과 사귀는 사실을 아는 사람은 역시 미강을 제외하고는 기준밖에 없다. 설마…….

"한 시 넘었으니까 일단 들어가자."

서운은 씩씩대고 있는 미강을 다독여서 복도로 나갔다. 그런데 재수 없게도 딱 방 과장과 정면으로 마주쳤다.

"이 대리, 내가 생각해서 하는 말인데 처신 좀 조심하는 게 좋겠어. 괜히 오해 살 짓을 해서 다른 직원들 입방아에 오르내릴 필요는 없잖아?"

비아냥이 가득 담긴 소리에 서운이 차갑게 맞받아쳤다.

"다른 직원들에게 오해 살 짓 한 적 없습니다."

"그래? 뭐, 이 대리 입장에선 그렇게 말할 테지. 거, 이 대리 때문에 괜히 죄 없는 본부장님까지 구설수에 오르지 않게 조심 좀 해. 그 불똥 엄한 사람한테 튀면 무슨 민폐야?"

방 과장이 서운의 소리는 듣는 체 마는 체하며 제 할 말만 하고 가 버리자 미강이 흥분했다.

"저 미친 방 씨가 뭐라고 씨부리고 가는 거냐? 그래도 자기 과 직원인데 어디서 개소리를 듣고 왔으면 걱정하고 편들어 주진 못할망정 얻다 대고 지랄이야! 뭐 이런 거지 같은 일이 다 있어!"

"됐어, 흥분하지 마. 미강아, 먼저 들어가. 나 조금만 있다가 갈게."

"같이 있어 줘?"

"아니야. 통화할 곳이 있어서 그래. 나 이런 일로 타격 안 받아. 진짜 괜찮으니까 들어가."

"그럼 통화만 하고 바로 들어와."

미강일 먼저 들여보내고 서운은 비상구 계단으로 가서 기준에게 전화를 걸었다. 기준에게 먼저 전화를 걸 일이 생길 거라곤 생각하지 않았는데 이런 일이 터지다니 욕이 터져 나오려고 했다.

신호음이 몇 번 가지 않고 기준이 전화를 받았다.

-무슨 일이야?

꽤나 놀랐는지 목소리가 조금 상기된 것 같았다. 하지만 서운의 목소리는 분노로 더없이 차분했다.

"회사에 이상한 소문이 돌고 있는데, 기준 씨 짓이야?"

-갑자기 무슨 소리야? 소문이라니?

"내가 본부장님 때문에 기준 씨를 버렸다고 소문이 났어."

-뭐! 누가 그런 말을 해?

"정말 모르는 일이야?"

 서운이 냉소하자 기준이 펄쩍 뛰었다. 액정에 이서운이란 이름이 뜨자 눈을 의심할 정도로 좋아 휴대폰을 들고 밖으로 뛰어나왔는데 갑작스런 전개에 그는 크게 당황했다. 영문도 모르고 나쁜 놈이 된 것이 억울하기도 했다.

-나 아니야. 처음 듣는 소리야. 내가 왜 그런 소문을 내! 나 너한테 그렇게 나쁜 놈 아니야. 너 난처하게 할 짓 안 해.

"내가 기준 씨랑 만났던 거 아는 직원이 없는데 그럼 방 과장님이 지어낸 거란 말이야?"

-그건…….

갑자기 기준이 침묵하자 서운은 화를 누르며 기다렸다.

-아는 사람이 한 명 더 있어.

"그게 누구야?"

-박주현.

"박주현이라고?"

 생각지도 않은 이름에 서운은 인상을 구겼다.

-그 애가 그랬다고 확신할 수는 없지만, 너한테 주현이랑 만난 거 들키고 일방적으로 정리해서 좀 안 좋게 끝났어. 그래서 너한테 감정이 안 좋을 거야.

"정말 어이가 없네."

-미안해. 내 잘못이야.

"알았어. 내가 확인할게."

-잠깐만!

서운이 전화를 끊으려고 하자 기준이 다급하게 불렀다. 서운은 수화기를 다시 귀에 댔다.

-진태영 본부장과 사귄다는 거 사실이야?

"사실이야."

단호한 대답에 수화기 너머로 기준이 낙담의 한숨을 내쉬는 것이 전해졌다.

-혹시라도 네 마음이 변하기만을 기다렸는데 난 이제 진짜 안 되는 거니?

"미안해, 기준 씨. 나 본부장님 많이 사랑해."

-그래? 결국 그렇게 되는구나.

서운의 입에서 본부장을 사랑한다는 소리를 듣자 기준은 모든 것이 끝났다는 절망감을 느꼈다.

"끊을게."

서운이 통화를 끊자 기준은 잠시 정신이 나간 사람처럼 휴대폰만 쳐다봤다. 진태영에게서 둘이 만난다는 말을 들었을 때 애써 믿지 않았다. 하지만 서운의 입으로 직접 확인하고 나니 온몸에서 기운이 빠졌다.

서운과 악연으로 엮인 운명이 원망스럽고 서운의 마음을 앗아

간 진태영이 부럽고 미웠다. 그날 그녀에게 그런 짓을 하지 않았더라면 달라졌을까 생각하니 죽고 싶도록 그날의 행동이 후회스러웠다. 이젠 완전히 그녀를 잃었다는 상실감에 기준은 고개를 떨어뜨렸다.

기준과 통화를 마치고 서운은 직원 연락망을 뒤져 주현의 전화번호를 찾았다. 그리고 곧바로 전화를 걸었다.
-여보세요?
"기획과 이서운입니다. 지하 커피숍에서 지금 잠깐 볼까요?"

곧 들어온다던 서운이 들어오지 않자 미강은 걱정이 되어 밖으로 나갔다. 워낙 감정을 밖으로 드러내지 않는 성격이라 괜찮은 척하지만 괜찮을 리 없을 것이다. 어디 구석에서 혼자 삭이고 있을까 염려가 됐다.

인간의 세 치 혀가 가장 무섭다고 했던가. 누군가의 입에서 시작된 작은 거짓말이 입에서 입을 건너면서 살이 붙어서 서운이 마치 꽃뱀이나 되는 것처럼 소문이 부풀어 있었다. 누군지 잡으면 목을 졸라 버리고 싶을 정도였다.

서운을 못 찾고 사무실로 들어가려다 미강은 태영이 엘리베이터에서 내리는 것을 목격했다. 순간 몸이 저절로 움직이고 있었다.
"본부장님."
"유미강 대리?"

"네, 서운이 일로 잠시 드릴 말씀이 있습니다. 아무래도 본부장님께서도 아셔야 할 거 같아서요."

항상 밝은 성격이던 미강의 표정이 썩 좋아 보이지 않자 태영은 미강을 곧바로 본부장실로 데리고 갔다. 그는 자리에서 일어나는 조 비서에게 아무도 들이지 말라고 얘기했다. 그리고 자리에 앉자마자 용건을 물었다.

"내가 알아야 할 일이 뭐죠?"

"회사에 이상한 소문이 돌고 있습니다."

"서운이에 대한 겁니까?"

"네, 서운이와 본부장님 그리고 길기준 대리에 관한 겁니다."

기준의 이름이 나오자 태영의 눈가가 날카롭게 변했다.

미강은 낮에 순영 언니에게 들은 이야기와 추가로 소식통을 통해서 들은 내용들을 태영에게 전부 털어놨다. 방 과장이 서운에게 모욕을 준 내용까지도 빠뜨리지 않았다.

태영은 굳은 얼굴로 미강의 말이 끝날 때까지 아무 말도 하지 않았다.

이야기를 끝내 놓고 미강은 슬쩍 그의 눈치를 살폈다. 서운이 알면 괜한 소리를 했다고 뭐라 할 것이 뻔하지만 이렇게 산불처럼 무섭게 번지는 소문들은 본부장 선에서 움직이는 것이 진화가 빠르다.

"서운이 지금 어디 있습니까?"

"어디 있는지 모르겠습니다. 곧 들어온다고 먼저 들어가라기에 들어왔는데 아무리 기다려도 오지 않아서 찾으러 나온 참입니다."

"일단 알았습니다. 알려 줘서 고맙습니다, 유 대리."

"아닙니다."

그냥 일어나려다 미강은 온 김에 그동안 하고 싶은 이야기까지 하기로 작정했다.

"서운이에 대해서 어디까지 알고 계신지는 모르겠습니다만 서운이 반듯하고 착한 앱니다. 본부장님도 잘 아실 거예요."

"당연히 알고 있습니다."

"서운이 밝고 당차 보여도 상처가 많은 아이예요. 사람에게 다시 상처받고 싶지 않아서 본부장님께 주저하기도 할 거예요. 하지만 장담하건대 서운이 본부장님 많이 사랑합니다."

"압니다."

"예? 알고 계세요?"

미강이 놀라 물었다. 설마 서운이 입양아라는 사실도 알고 있단 말인가? 그 답은 태영이 직접 했다.

"유 대리가 궁금해하는 그거 알고 있습니다. 그 일로 서운이 상처 주는 일 없을 겁니다. 놓치는 일도 없을 거예요."

"역시 시원시원하십니다."

미강이 급밝은 얼굴로 태영을 보며 웃었다. 말 마디마디에서 서운에 대한 그의 진심이 느껴져 다행이었다. 서운의 과거를 모두 알면서도 흔들리지 않은 남자라면 더 걱정할 필요가 없다.

"본부장님께 직접 듣고 나니 제 속이 다 후련하네요. 솔직히 요즘 방 과장님이 좀 예민하셔서 그 예민함을 서운이에게 푸는 바람에 서운이가 사무실에서도 마음고생이 좀 심했거든요. 물론 그냥 흘려들으셔도 됩니다."

"방 과장님이 왜요?"

"앗, 이런 말씀까지는 안 드리려고 했는데 방 과장님이 길기준 대리와 잘 아는 사이라 서운이를 좀 오해하신 듯합니다. 업무적인 일로 서운일 약간 질투하는 것도 같고요."

일전에 방 과장이 눈치를 준다는 소릴 잠깐 듣긴 했지만 이 정도일 줄은 몰랐기에 태영은 미간을 찌푸렸다.

미강이 슬쩍 그의 눈치를 봤다. 괜한 소리를 지껄였나 싶었지만 서운이 제 입으로 방 과장의 만행을 말할 리 없기에 이렇게라도 알려야 했다.

"알겠습니다, 유 대리. 그만 사무실로 가 보세요."

"예, 알겠습니다. 본부장님, 우리 서운이 잘 부탁드립니다."

미강이 꾸벅 고개를 숙이자 태영은 부드럽게 웃으며 화답했다. 미강이 서운의 살붙이처럼 가까운 두 명의 친구 중 하나임이 분명해 보였다.

그는 미강이 나간 후 바로 서운에게 전화를 걸었다. 하지만 서운은 전화를 받지 않았다. 그녀가 걱정이 되어 태영의 미간에 주름이 졌다. 그는 곧바로 수화기를 들었다.

-네! 본부장님.

방 과장이 초고속으로 전화를 받았다.

"잠시 제 방으로 좀 오시죠."

전화를 끊고 방 과장을 기다리는 동안 태영은 밖으로 시선을 돌렸다. 서운이 어떤 기분일지 생각하니 착잡하고 화가 났다.

제15장
벗겨진 가면

 다짜고짜 보자는 연락에 머뭇거리던 주현을 기어이 불러 놓고 기다리는 동안 서운은 열이 나는 속을 식히려 찬물을 마셨다.
 5분쯤 지나자 주현이 들어와 서운을 찾더니 건너편에 앉았다. 조금 긴장한 듯 보였다.
 "무슨 일로 저를 부르신 건가요?"
 "나에 대한 소문, 박주현 씨가 시작한 건가요?"
 얼굴을 마주 보고 있는 것도 천불이 나서 거두절미하고 용건부터 들이대자 주현이 크게 당황하는 것이 보였다.
 "무, 무슨 소린지 모르겠습니다. 이 대리님 소문을 제가 왜요?"
 "길 대리한테 나 때문에 길 대리가 일방적으로 헤어지자고 했단 말 들었어요."

기준에게 직접 들었다는 말에 주현의 동공이 흔들렸다. 조금 충격을 받은 것도 같았다.

"길 대리님이 그런 말까지 한 건가요?"

"길 대리와의 일은 두 사람이 알아서 풀고 내 질문에 대답이나 해요."

"아까도 말했지만 전 그런 소문 낸 적 없어요."

"정말이에요?"

"무슨 근거로 이러는지 모르겠지만 다짜고짜 불러서 몰아세우는 거 불쾌하네요."

순순히 인정할 거라고 예상하진 않았기에 서운은 찬 시선으로 주현을 쏘아봤다. 아무리 아니라고 해 봤자 그녀가 범인이라는 확신이 있었기에 좀 더 강하게 나갔다.

"나 박주현 씨보다 직장 생활 훨씬 오래 했어요. 누구 입에서 그런 소문이 시작됐는지 추적하는 거 어렵지 않아요. 그 정도 인맥과 정보력은 가지고 있단 말이죠."

표정 관리를 하고 있었지만 주현의 얼굴이 창백해지는 것이 보였다.

"누군지 찾아내면 명예 훼손으로 고소할 생각이에요. 근거도 없이 날 꽃뱀으로 만들었으니 그냥 넘어갈 순 없죠. 보이지 않는 곳에서 악의적인 소문이나 퍼뜨리는 사람 선처할 생각은 없어요. 회사에 공개적으로 망신을 주고 징계도 받게 할 거예요. 난 이미 소문이 났으니 무서울 것도 없죠."

서운은 눈에 띄게 불안해하면서도 입을 다물고 있는 주현에게 최후통첩을 날렸다.

"나 지금 박주현 씨한테 사과할 수 있는 마지막 기회를 주고 있는 거예요."

"꽃뱀이라는 말은 제가 한 말이 아니에요."

"그럼 소문을 낸 건 맞아요?"

"…죄송합니다."

너 버려 봤자 득이 없다고 판단했는지 주현이 인정하고 나오자 서운은 싸늘한 눈빛으로 그녀를 쏘아봤다. 아마 들킬 줄도 몰랐을 테고 자신이 이렇게 세게 나올 줄도 몰랐을 것이다.

"왜 그런 거예요?"

이유라도 물어보고 싶었다. 다른 일로도 머리가 아픈데 참 골고루 피곤하게도 한다.

주현이 고개를 숙이며 머뭇거리다 입을 열었다.

"저 길 대리님 많이 좋아했었어요. 처음에 길 대리님께 고백했을 때 이 대리님과 만나는 사이라고 거절하더라고요. 근데도 제가 마음 정리가 안 돼서 길 대리님께 계속 접근했어요. 그래서 가끔 차도 마시고 영화도 보고 술을 마시고 제 자취방에서 자고 가기도 했어요."

굳이 알고 싶지 않은 이야기에 서운은 살짝 미간을 찌푸렸다.

"이 대리님께는 미안하지만 길 대리님 마음이 저한테 기운다고 생각했어요. 더군다나 길 대리님이 이 대리님과 헤어지고 지점으로 나간다고 하기에 잘됐다고 생각했어요. 그런데 이 대리님이랑 다시 시작할 거라고, 일방적으로 헤어지자고 하더라고요."

"그래서 내가 미웠다는 말을 하고 싶은 건가요? 나랑 만나는 거 알면서 길 대리한테 수작을 건 건 박주현 씨잖아요. 화는 내가 내야 하는 거 아닌가요?"

서운이 신랄하게 따지고 들자 주현은 반박하지 못하고 입을 다물었다.

"죄송합니다. 이 대리님이 본부장님과 같이 있는 걸 우연히 몇 번 봤어요. 꽤 친해 보이더군요. 그러면 안 되는 걸 알지만 기분이 나빴어요. 길 대리님 때문에 질투도 났고요. 그래서 그냥 옆의 직원한테 하소연하듯 꺼낸 말인데 그게 그렇게까지 퍼질 줄은 몰랐어요. 정말 죄송합니다."

"그렇게 죄송하면 다시 주워 담아요."

"예?"

"똥은 싼 사람이 치워야 맞는 거 아닌가요? 소문도 낸 사람이 직접 지워야죠."

주현은 마른침을 꿀꺽 삼켰다. 먼발치에서 본 인상이나 사내 평판으로는 이렇게 매정해 보이지 않았는데 내뱉는 말 한마디, 한마디가 얼음장 같았다. 물론 그런 소문을 들었으니 눈에 보이는 것이 없기도 할 것이다.

하지만 미안하다고 싹싹 빌면 그냥 넘어가 줄 거라 생각했는데 직접 아니라고 해명하라니 당황스럽기 짝이 없었다.

"이틀 줄게요. 이틀 후에도 같은 소리가 들린다면 그땐 주현 씨가 길 대리 때문에 날 모함한 거라고 내가 소문을 낼 거예요. 당연히 나랑 만나고 있었던 길 대리에게 접근한 게 박주현 씨라는 사실도 알려지겠죠."

할 말을 마치고 서운은 자리에서 일어섰다.

"길 대리하고 나 다시 만날 일 없어요. 그러니 나 걸고넘어지지 말고 두 사람 일은 두 사람이 알아서 해요. 이딴 식으로 사람 뒤통수치는 일 다신 안 봐줄 거니까 앞으론 사람 봐 가면서 건드려요."

서운은 주현의 정수리를 노려보면서 커피숍에서 나갔다.

물렁하지 않고 세게 나간 것이 확실히 효과는 있었다. 좋은 게 좋은 거라고 사람이 좋게 대하면 한 번씩 왜 이렇게 뒤통수를 치는 걸까. 사회생활이 그래서 쉽지 않은 것이지만 썩 유쾌하지 않은 일을 직접 겪고 나니 기분이 생각보다 엿 같았다.

태영에게서 직접 연락을 받고 방 과장은 빛의 속도로 본부장실로 달려왔다.

"찾으셨습니까?"

"회사 내에 저에 대해 이상한 소문이 돈다고 들었습니다."

태영은 방 과장이 자리에 앉기 무섭게 본론부터 꺼냈다.

"아, 이런. 본부장님도 들으셨습니까? 많이 언짢으시겠습니다. 죄송합니다. 제가 직원 단속을 제대로 했어야 했는데, 다 제 불찰입니다."

"그 소문이 사실인 것처럼 말씀을 하시네요?"

"좀 부풀려졌을 수도 있지만 아니 땐 굴뚝에 연기가 나진 않겠지요. 이서운 대리가 길기준 대리와 만난 것도 사실이고 갑자기 길 대리가 지점으로 간 것도 사실이니까······."

"이서운 대리가 제게 꼬리를 친 것도 사실일 것이다. 이 논리시군요."

"꼬······. 이런 말씀까진 좀 그렇지만 이 대리가 좀 의외의 면이 있습니다. 지난번 회사로 본부장님 여자 친구분이 찾아온 걸 뻔히 알면서도 본부장님께 그럴 줄은 몰랐습니다."

서운을 보는 방 과장의 시각이 확실해지자 태영은 차가운 눈빛으로 방 과장을 쳐다봤다.

"다 틀렸습니다."

"예? 다 틀리다니요?"

"첫째, 이 대리와 길 대리가 헤어진 건 저랑은 상관없는 일이고, 길 대리가 이 대리에게 큰 실수를 저질러 지점으로 가게 된 겁니다. 그건 친하시다니 길기준 대리에게 직접 확인해 보시면 되겠군요. 둘째, 이 대리가 제게 꼬리를 친 적도 없습니다. 셋째, 지난번 회사로 온 친구도 제 여자 친구가 아닙니다. 됐습니까?"

조목조목 반박하는 소리에 방 과장의 눈빛이 방황하기 시작했다.

"본부장님이 어떻게 이 대리에 대해서 그리 잘 아십니까?"

"어떻게 아냐고요? 이서운 대리가 제가 사랑하는 사람이기 때문이죠."

"예에?"

태영의 선언에 방 과장의 단춧구멍만 한 눈이 왕방울만 해졌다. 길 가다 난데없이 뒤통수를 후려 맞아도 이보다 어이없진 않을 것이다.

"아, 아니, 그게 무슨 소립니까? 헉! 그럼 이 대리와 본부장님이!"

"맞습니다. 이 대리랑 저, 결혼을 전제로 만나고 있는 사입니다. 이 대리가 제게 꼬리를 친 게 아니라 제가 이 대리를 쫓아다녀서 말입니다. 이제야 사태 파악이 좀 되십니까?"

기함할 사실에 방 과장이 양 주먹으로 입을 틀어막았다. 서운이 본부장하고 사귀는 사이인 줄은 꿈에도 모르고 그녀를 갈구고 본부장 앞에서 험담까지 했으니 눈앞이 캄캄했다. 오매불망 바랐던 승진이 안드로메다로 날아가는 소리가 들렸다.

"방 과장님, 승진하고 싶으세요?"

태영이 무슨 말을 할지 몰라 방 과장은 그의 눈치를 보면서 솔직하게 대답했다.

"예, 본부장님. 제가 만년 과장으로 있어서 마지막 기회를 바라고 있습니다."

"그럼 눈치부터 챙기세요. 내 여자 까고 다니는 사람 제가 잘 봐줄 이유가 있습니까?"

청천벽력 같은 소리에 방 과장은 울상이 되어 고개를 저었다. 아무것도 모르고 저보다 본부장에게 더 점수를 따려는 서운을 견제하고 은근 못되게 굴었던 만행들을 떠올리니 죽고 싶었다. 기준 모의 말만 듣고 문제를 일으켜 그녀를 본부에서 쫓아내려고 했던 어리석은 짓들이 미치게 후회스러웠다.

본부장이 사랑하는 사람인 줄도 모르고 그 앞에서 흉을 봤으니 눈치 없는 주둥이를 패고 싶었다. 승진은 고사하고 본부에서도 쫓겨나게 생겼으니 이보다 낭패는 없었다. 이럴 땐 무조건 낮게 엎드리는 것이 상책이다.

"본부장님, 제가 보는 눈이 없어서 큰 실수를 저질렀습니다. 제발 한 번만 기회를 주십시오."

태영은 대답 없이 방 과장을 보기만 했다.

"그럼 회사 내에 도는 이상한 소문들이 더 퍼지지 않게 부탁드려도 되겠습니까?"

"무, 물론입니다! 제가 책임지고 소문들을 없애겠습니다."

"좋습니다. 그럼 방 과장님의 능력을 믿어 보겠습니다."

"가, 감사합니다!"

"어차피 이제 모두들 알게 되겠지만 이서운 대리 잘 부탁드립니다."

"아이고! 그럼요, 그럼요! 염려 마십시오."

방 과장이 굽실거리면서 본부장실을 떠나자 태영은 그가 나간 곳을 딱딱한 눈빛으로 쏘아봤다.

주현을 만나고 사무실로 들어오던 서운은 반대편에서 방 과장이 나타나자 난감한 표정이 되었다. 점심시간 이후로 죽 자리를 비운 것을 알면 그냥 넘어가지 않을 것임을 알기에 한 소리를 들을 각오를 했다.

"이 대리, 어딜 다녀오는 거야?"

"죄송합니다, 과장님. 급한 볼일이 있어서요."

"아유, 죄송은 무슨 죄송이야. 급한 일이 있으면 그럴 수도 있지."

불과 1시간 전만 해도 잡아먹을 듯하더니 갑자기 달라진 태도에 서운은 벙찐 얼굴이 되었다. 그때 본부장실에서 태영이 나오자 방 과장이 먼저 선수를 쳤다.

"나 먼저 들어갈 테니 볼일 보고 천천히 들어와."

방 과장이 어색하기 짝이 없는 얼굴로 웃으며 안으로 들어가자 서운은 인상을 찌푸렸다.

"왜 저래?"

그녀는 못 볼 걸 본 얼굴로 손짓으로 부르는 태영에게 걸어갔다. 태영이 걱정이 가득한 눈빛으로 서운의 기분을 살폈다.

"어디 갔었어?"

"잠깐 누굴 좀 만나느라 지하 커피숍에 다녀왔어요. 왜요?"

"이상한 소문 돈다는 말 들었어."

언제 그의 귀까지 들어갔을까. 발 없는 말이 참 빠르기도 하다.

"괜찮아?"

"괜찮아요. 좀 민망하긴 하지만 떳떳하지 않을 이유 없으니까 참아야죠. 진실도 아닌데 시간이 지나면 수그러들겠죠."

"씩씩해서 다행이네."

"이젠 그러기로 했거든요. 좋은 게 좋은 거다, 그런 거 안 하려고요. 건드리면 물 거예요."

"그래, 잘 생각했어."

생각보다 씩씩하게 대처하는 것이 마음에 들어 태영이 빙긋 웃었다.

"걱정했어요?"

"당연히. 방금 방 과장님 방으로 불러서 우리 사귄다고 얘기했어."

"아! 그래서 그랬구나."

"응?"

"방 과장님이 안 어울리게 너무 부드러워지셔서 닭살 돋을 뻔했거든요."

태영이 피식 웃었다.

"방 과장님이 그렇게 불편하게 했으면 진작 나한테 말했어야지. 지난번에 내가 좀 더 심각하게 들었더라면 좋았을 텐데."

"괜찮아요. 방 과장님이 속이 좁으셔서 그렇지 나쁜 분은 아니세요. 승진 때문에 매일 그날처럼 예민하시지만 못 참을 정도는 아니었어요."

"앞으론 네게 예민하게 구는 일은 없을 거야."

"힘 있는 애인 두니 좋네요. 이제 비밀 연애도 끝난 건가요?"

그에게 자신이 생긴 이상 모든 사람이 안다고 해도 상관이 없었기에 서운은 가볍게 웃었다.

"응. 넌 이제 꼼짝없이 나한테 잡혔어."

"나만 잡힌 건 아닐걸요?"

"좋았어. 그럼 기념으로 저녁에 찐하게 한잔할까?"

"물론 그 뒤가 더 찐하겠죠?"

태영이 대답 대신 진한 에스프레소 같은 눈빛으로 씨익 웃었다.

그의 눈빛만으로도 오늘 밤도 쉬이 잠을 잘 수 없을 거란 확신이 들었다. 새삼 연애에도 체력이 강해야 한다고 강조하던 미강의 잔소리가 떠올랐다.

※

커피잔을 내려놓고 혜연은 송 여사의 안색을 살폈다. 어쩐지 표정이 좋아 보이지 않았다.

"속 끓이는 일이라도 있어? 너 얼굴 상해 보여."

"태영이 놈 때문에 죽겠어, 아주."

"태영이가 왜? 그 여자애한테 무슨 문제라도 있어?"

"고아란다."

"고아?"

"그래, 아버지 안 계시고 어머니 식당 한다는 것까지 다 받아들일 생각이었는데 입양아라지 뭐니? 그것까지 어떻게 받아 주냐 이 말이야?"

송 여사가 하소연하듯 털어놓자 혜연도 같이 미간을 찌푸렸다.

"참, 태영이도 어려운 상대에게 빠졌네. 왜 하필 고아라니?"

"내 말이! 왜 하필 그런 애한테 빠져서 정신을 못 차리느냔 말이야. 정말 미치겠어."

"포기 안 한대?"

"끝까지 반대하면 걔 데리고 미국으로 나간다고 으름장을 놓더라. 망할 놈이."

너무 놀라 혜연의 입에서 헛바람이 새어 나왔다.

"아주 푹 빠진 모양이네. 그 여자애 어디가 그렇게 좋은 거지?"

"솔직히 애 자체만 놓고 보면 나쁘지 않아. 근데 이건 해도 너무하잖아."

"고아라는 게 그 애 잘못은 아니지만 쉽지 않은 문제긴 하네. 너 속상할 만도 하다 애. 그래서 지금 기 싸움 중이야?"

"뭐, 그런 셈이지. 나쁜 놈이 그 애 따로 만나서 설득시킬 생각 하지 말라고 협박부터 하더라고. 아, 어째서 태영이 놈은 연애도 제 형처럼 조용하게 하지 않는지 모르겠어. 골치 아파."

여진을 떠올리고 혜연이 아무것도 모르는 송 여사를 떠봤다.

"첫째 며느리는 마음에 들어?"

"잘해. 살가운 맛은 없지만 예의 바르고 나름 입도 무거워. 무엇보다 사고로 태환이 저렇게 됐는데도 딴생각 않고 잘하는 거 보면 짠하기도 하고 그래."

"그래?"

두 형제를 저울질하면서 한 결혼이지만 나름 결혼 생활에 충실하다는 말을 들으니 괜히 다른 말을 얹기가 그래서 혜연은 입을 다물었다.

"유성인 잘 지내?"

"실연을 당한 거나 마찬가진데 좋진 않지. 그래도 꿋꿋하게 이겨 내려고 하는 것 같아. 겉으로 보기엔."

"태영이 단념하라고 말하면서 나도 마음 안 좋았어."

"알아. 잘했어. 그나마 너한테 마지막 희망을 걸었는데 네가 안 된다고 하니까 그제야 현실을 보는 것 같더라. 정신을 딴 데 돌리려고 요즘 뭔가 해 보려는지 이것저것 알아보고 다니느라 좀 바빠 보여. 쉽진 않겠지만 조금씩 나아지겠지."

혼자 긴 시간의 사랑을 접으려 애쓰는 유성이 안쓰러워 송 여사의 마음도 편치 않았다.

"하여간 태영이 놈 눈이 고자인 게 문제야. 유성이랑 잘됐으면 좋잖아."

"그러게. 네 아들 눈 고자 맞아. 예쁜 내 딸을 마다하니 말이야."

"여진이가 딱 며느리 같은 데 비해 유성인 딸 같아서 더 마음에 들었는데 일이 이렇게 되어 나도 심란해."

"그래, 네 맘 알아. 네 앞에서 이런 말 좀 그렇지만 서운인가 하는 애도 좀 딱하다."

"솔직히 태어나자마자 버려진 것으로도 모자라 아이 때 한 번 입양됐다가 일 년 만에 파양당했다는 말을 들으니 안됐다는 생각이 들었어. 봉사 활동 많이 한다고 의인처럼 굴면서 그런 어린 아이를 파양하다니, 강 여사도 참 독하지 뭐니?"

강 여사라는 말에 혜연이 인상을 찌푸렸다.

"강 여사? 길 의원 와이프?"

"그래, 그 여자가 입양했다가 말도 안 되는 이유로 일 년 만에 파양해 놓고 나한테 서운이가 고아라고 일렀지 뭐야. 웃기지 않아?"

"미친. 누가 아니래? 진짜 양심도 없는 여자네. 그 여자 처음부터 마음에 안 들었어. 진짜 생각할수록 어이가 없네."

혜연이 인상을 쓰며 싫은 티를 팍팍 냈다.

"에휴, 안된 건 안된 거지만 결혼은 또 다른 문제니 참 어렵다."

송 여사의 표정에 편치 않음이 그대로 묻어났다. 부모를 선택해서 태어날 수 없고, 태어나자마자 버려진 것이 서운의 잘못이 아니란 걸 안다. 하지만 그녀의 처지를 이해하는 것과 며느리로 받아들이는 것은 다른 문제였다.

"내가 속상한 건 이렇게 속끓여 봤자 결국은 태영이 고집을 못 꺾을 거라는 거야. 그래서 더 짜증 나."

"그래, 요즘 자식을 어떻게 이기니? 어차피 질 싸움이면 너 너무 마음 다치지 않는 선에서 잘 해결 봐."

혜연이 송 여사를 다독이며 한숨을 내쉬었다. 자식들의 사랑이 다들 순탄하지 않으니 지켜보는 마음도 편치 않았다.

태영의 집에서 밤을 보내고 서운은 졸린 눈으로 출근했다. 사무실에 들어가자마자 커피부터 내렸다. 간밤에 다시 짐승이 강림하신 진태영 때문에 늦게 잠들었더니 눈꺼풀이 천근이었다.

조금 진하게 내린 원두커피를 코에 대며 향을 맡고 있는데 미강이 다가왔다.

"웬일로 이렇게 일찍 왔어?"

"너한테 해 줄 말이 있어서 왔지."

"말해."

서운이 커피를 한 모금 마시자 미강이 남은 커피를 잔에 따랐다.

"이건 좀 웃기는 소린데, 너한테 돌았던 소문 하루아침에 루머라고 밝혀졌대. 이 스피드 웃기지 않아?"

"하나도 안 웃겨."

서운이 자리로 가려고 움직이자 미강이 졸졸 따라갔다. 그때 방 과장이 막 출근했다. 일부러 서운의 앞으로 다가온 방 과장이 더할 나위 없이 친절하게 인사를 건넸다.

"이 대리, 좋은 아침이야."

"네, 안녕하세요, 과장님."

"매일 출근도 일찍 하고, 정말 부지런해."

"네? 네."

"어제 오해한 건 정말 미안해. 어떤 몹쓸 것들이 그런 소문을 냈는지 몰라도 내가 다 정리할 거니까 마음 쓰지 마. 자, 그럼 오늘도 파이팅하자고."

방 과장이 다다다 할 말을 쏟아 내고 콧노래를 부르며 자리로 갔다. 벙쪄 있는 서운의 옆에서 미강이 혀를 쯧쯧 찼다.

"우리 방 씨 가증스럽게 태세 전환 쩐다. 그러게 진작 눈치 좀 까시지. 피똥 싸고 이제 와서 너한테 점수 따려니 아주 똥줄이 타는 것이 보인다, 보여."

"갑자기 저러니까 더 무섭다."

"그냥 즐겨. 본부장님한테 혼나고 지금 제정신 아닐 거니까."

"그게 뭔 소리야?"

서운이 커피를 마시다 말고 미강을 쳐다봤다.

"사실은 내가 어제 본부장님한테 일렀거든. 방 씨가 너 괴롭힌다고."

"야! 넌 왜 쓸데없는 소릴 지껄여!"

"쓸데 있는 소리만 지껄였거든! 본부장님도 아셔야지."

어쩐지 어제 태영이 방 과장이 불편하게 한 사실을 어떻게 알고 있는지 좀 의아했는데 이런 사연이 있을 줄이야. 정말 유미강, 못 말린다.

"하여간 유미강 입 싼 거 알아줘야 해."

"다 널 위해서야."

"두 번 위했다간 온 동네 소문 다 나겠다."

"어차피 방 과장님이 아셨으니 전 직원들이 아는 건 시간문제지. 이젠 상관없잖아? 네 사연 다 알면서도 본부장님이 결혼하자고 했다면서?"

"아직 부모님 허락은 못 받았어."

"오오, 이서운! 장족의 발전이네. 너도 그럼 본부장님과 결혼까지 생각하는 거지?"

"당연하지. 저렇게 멋진 남자를 어떻게 놓치냐?"

"얼씨구? 늦게 배운 도둑질이 무섭다더니 이서운이 이렇게 변할 줄이야! 역시 남자 하기 나름이네."

태영에 대한 서운의 믿음과 사랑이 단단해진 것이 확연히 느껴져 미강은 제 일처럼 기뻤다.

"부모님 허락은 본부장님이 알아서 하게 둬. 정 안 통할 거 같으면 미리 사고를 치든지."

"무슨 사고를……. 야!"

"요즘은 다들 그렇게 시작하잖아. 당신 손주 가졌다는데 뭐 어쩌겠어?"

"비도 오는데 오늘 먼지 나게 좀 맞자. 이리 와."

서운이 잡으려 하자 미강이 부리나케 도망가면서 끝내 입을 나불거렸다.

"젤 확실한 방법이니까 잘 생각해 봐!"

"아오! 저놈의 주둥이."

미강이 씨익 웃으며 자리로 가 버리자 서운은 그녀의 뒤통수를 째려보며 고개를 흔들었다.

※

오랜만에 대학 동창과 만나 차를 마시고 헤어지는 길에 여진은 어떤 남자와 함께 일어서는 유성을 발견하고 흥미로운 미소를 지었다. 그냥 봐도 소개팅을 하는 것 같았다. 믿었던 어머님마저 포기하라고 하자 코가 죽 빠져 가더니 결국은 다른 남자를 만나기로 한 모양이다. 진즉에 그럴 것이지.

유성은 썩 즐겁지 않은 얼굴로 남자와 헤어지고 돌아서다 구경하고 서 있는 여진을 보고 인상을 찌푸렸다.

"이제 정신 차린 모양이지?"

"그래서 재밌어 죽겠어요?"

"꼭 그렇다기보다 다행이다 싶어서. 영 정신 못 차릴까 봐 보는 내가 안타까웠거든."

"당신 같은 여자한테 그런 소리 들을 일 없으니 정신은 그쪽이나 차리시죠?"

유성이 악에 받쳐 받아치자 여진의 눈에서 웃음기가 사라졌다.

"넌 어차피 평생 우리 집에 못 들어와. 내가 그렇게 놔두지도 않을 생각이었으니까. 뭐, 도련님이 쳐다보지도 않으니 그럴 필요도 없지만. 그렇게 믿었던 어머님도 포기하라고 하셨으니 이젠 비빌 곳도 없잖아?"

일부러 속을 긁는 소리에 부아가 났지만 여진이 일부러 건드리는 것을 알기에 유성은 그녀를 비웃었다.

"여전히 소름이네요. 어차피 당신은 나뿐 아니라 이서운이라는 여자도 못 들어오게 하는 게 목적이겠죠? 태환 오빠랑 결혼까지 한 주제에 태영 오빠가 평생 혼자 살기를 바랄 테니까. 진짜 구역질이 나네."

유성이 정곡을 찌르자 여진은 눈에 칼을 품고 유성을 찌를 듯이 노려봤다.

"말조심해."

"당신이야말로 나한테 입 함부로 놀리지 마. 내가 경고했지? 나 건드리지 말라고."

"웃기네. 그렇게 말하면 내가 겁이라도 먹을 줄 알아? 네까짓 게 뭔데?"

발끈하는 여진에게 유성이 코웃음을 쳤다.

"내 말이 웃기나 본데, 진짜 웃기는 일을 만들어 줄까? 그 집에서 쫓겨나게 만들어 줘?"

"무슨 소리를 지껄이는 거야!"

"죄질은 당신이 더 나쁜데 나 혼자만 떨어져 나가는 게 억울해서 말이야. 태환 오빠 생각해서 형수라는 이름으로라도 태영 오빠 보고 싶으면 입 닥치고 살라고 할 작정이었는데. 아직도 천지 분간을 못하는 것 같으니 갑자기 본전 생각이 나네."

"그래서 뭘 어쩌겠다는 거야? 너!"

"뭘 어쩌긴? 그 가증스런 가면을 벗겨 주겠다는 거지. 태영 오빠 뒤통수치고 태환 오빠 속이고 결혼한 주제에 아직도 태영 오빠한테 집적거리는 거 어머님이 아시면 어떻게 나오실지 벌써부터 재미가 쏠쏠하네."

여진의 눈에 살기가 번득거렸다.

"너 진짜 죽고 싶어?"

"그렇게 치켜뜬다고 내가 무서워할 줄 알아? 태영 오빠에 대한 마음 접은 이상 아쉬울 것도 무서울 것도 없어. 당신의 같잖은 비아냥을 참아 줄 이유도 없단 말이지."

"함부로 까불지 마."

"그렇게 나오니까 더 까불고 싶은데? 내일 어머님이 밥 사 주신다고 보자고 하셨는데 마침 잘 됐네. 과연 도여진이란 여자의 실체를 알고 나서도 어머님께서 지금처럼 예뻐해 주실까?"

"죽기 싫으면 함부로 입 놀리지 마. 가만 안 둬."

여진이 이를 악물고 협박했지만 유성은 오히려 여진을 싸늘하게 노려보며 맞불을 놨다.

"가만 안 두면 어쩔 건데? 어디 평생 지옥 속에서 한번 살아 봐."

경멸하는 눈빛으로 여진에게 쏘아붙이고 유성이 홱 돌아서서 멀어져 갔다.

유성의 뒤통수를 노려보며 입술을 실룩거리던 여진이 초조한 걸음으로 차가 있는 곳으로 걸어갔다.

차에 타자마자 그녀는 핸들을 손으로 치며 어쩔 줄 몰라 했다. 유성이 어머님에게 사실대로 이른다는 협박에 온몸이 떨렸다. 사실을 알면 아들들에 대한 애정과 자부심이 유난한 송 여사가 어찌 나올지는 불을 보듯 뻔했다. 이제야 유성을 그렇게까지 자극하지 말았어야 했다는 후회가 들었지만 이미 늦었다.

'어떻게든 어머님께 헛소리를 지껄이지 못하게 해야 해.'

그녀는 초조하게 입술을 뜯으며 유성을 막을 방법을 강구했다. 그러고는 다급하게 누군가에게 전화를 걸었다.

※

오랜만에 화신에게 연락이 와서 서운은 태영과 함께 약속 장소로 나갔다. 화신이 태영을 한번 만나 보고 싶다고 했었고 태영 역시 흔쾌히 그러자고 해서 성사된 자리였다.

그동안의 경과는 다 알고 있기에 화신은 서운의 옆에 앉는 태영을 여과 없이 쳐다봤다.

"어머님 문제는 서운이가 신경 쓰지 않아도 되는 거죠?"

초면에 돌직구를 날리는 화신에게 서운이 눈짓을 했다. 하지만 서운에게 화신의 성격을 들어 알고 있는 태영은 아무렇지 않다는 얼굴로 대답했다.

"그 문제는 내가 해결할 문제니까요."

"시원해서 마음에 드네요. 서운이가 가진 게 좀 없어서 그렇지, 애 자체는 어디다 내놔도 안 빠질 정도로 괜찮은 애예요. 태영 씨 절대 밑지는 장사 아닐 거라는 건 제가 장담해요."

"너 그거 칭찬이라고 하는 소리냐?"

"내가 좀 솔직하잖아."

화신이 살짝 도끼눈을 뜨는 서운에게 한쪽 눈을 반달로 접으며 찡긋해 주었다. 태영이 두 사람을 지켜보다 나지막이 정정했다.

"그 말은 좀 공감 가지 않는데."

"뭐가요?"

"서운이 가진 거 많거든."

"아, 네에."

화신이 질렸다는 표정으로 수긍해 주었다. 진태영이라는 남자가 이런 사람이었던가? 여자들한테 겨울바람 풀풀 날리는 남자라고 들었는데 이서운 한정으로 조금 달라 보이긴 한다.

"아무튼 우리 서운이 마음고생하지 않게 바리케이드 단단히 쳐 줄 거라 믿을게요."

"너 꼭 우리 엄마 같다."

"나 네 언니잖아."

"언니 같은 소리 하네."

화신과 투덕대다 서운은 태영과 눈이 마주치자 배시시 웃었다.

태영은 티격태격하면서도 서로를 챙기는 두 사람의 우정을 지켜보며 미소를 지었다. 미강도 그렇고 옆에 좋은 친구가 있어 다행이었다.

그는 이름처럼 화끈한 성격을 가진 화신을 편안한 시선으로 살폈다. 그녀와 함께하는 내내 즐거웠다. 적당히 허영기도 있고 푼수기도 가졌다. 표현은 솔직하다 못해 과할 정도로 직설적이다. 근데 그것이 밉지는 않다.

서운과는 정반대의 성격인데 이상할 정도로 잘 어울린다. 그녀가 남자로 태어나지 않은 것이 새삼 다행이라 여길 정도다.

서운과 이야기를 나누며 까르르 웃던 화신이 태영에게 눈을 가늘게 떴다.

"두 사람 이렇게 된 거, 내 공이 크다는 거 모르죠?"

"소개팅 대타 세운 거요?"

"알고 있었네요? 맞아요. 제가 그때 저 대신에 서운이 내보냈어요. 어쩐지 막 그 자리엔 꼭 서운이가 가야만 할 거 같았거든요. 아마 두 사람 만나게 하려고 그런 거였나 봐요."

"입에 침이나 바르고 구라를 쳐. 날 위해서가 아니라 잘난 응급실 오빠 때문에 나한테 나가 달라고 사정한 거잖아."

서운이 조용히 반박하고 나오자 화신이 눈을 삐딱하게 째려봤다.

"이게 또 면전에서 뼈 때리네. 어쨌든 이 언니 때문에 둘이 만난 건 사실이잖아. 인정 안 해?"

"그래, 해. 고마워, 됐지?"

"많이 성의 없어 보이긴 하지만 옆구리 찔러 절 받는 거니까 이쯤 봐줄게."

화신이 눈을 곱게 흘기며 자몽에이드를 시원하게 들이켰다. 붉은 빛깔의 자몽에이드가 그녀와 참 어울려 보였다. 화신이 잔을 내려놓고 태영에게 시원하게 제안했다.

"오늘은 밥 먹었으니까 언제 술 한번 마셔요."

"그러죠."

"쇠뿔도 단김에 빼라고 했으니 이번 주에 괜찮은 날 있으면 연락 주세요. 시간 빼 볼게요."

추진력 있게 밀어붙이는 화신에게 태영이 놀랄까 봐 서운이 웃으며 언질을 주었다.

"얘가 원래 번갯불에 콩을 서 말을 구워 먹을 애예요."

"그런 거 같네."

태영이 동의하며 웃었다.

화신은 오른손으로 머리카락을 튕기며 두 사람을 지켜봤다. 서운을 보는 태영의 눈빛보다는 그를 보는 서운의 눈빛에 더 주목했다. 그를 보는 서운의 눈에서 꿀이 뚝뚝 떨어졌다. 이서운이 제대로 짝을 만난 것 같았다. 꼭 노처녀 딸을 시집보내는 것처럼 묘한 감동이 일었다.

※

아침 일찍 출근 준비를 마친 서운은 빠르게 계단을 걸어 내려갔다. 차가 있는 쪽으로 가려다 갑자기 빵빵 소리에 무심코 돌아봤다. 뜻밖에도 태영이 기다리고 있었다.

"어? 언제 왔어요?"

"좀 전에. 타."

"같이 가게요?"

"응. 이제 같이 가도 되잖아? 회사에 소문 다 났는데."

"그래도 이건 너무 노골적인 거 아니에요?"

그러면서 몸은 조수석 문을 열고 들어가고 있었다.

"숨길 이유도 없으니 완전히 노골적으로 할 건데? 그동안 내가 조심하느라 얼마나 스트레스받았는데. 이젠 하고 싶은 거 다 할 거야. 이서운이 내 애인이라는 거 다 알리고 다닐 거라고."

"좀 참아 주면 안 될까요? 나도 입장이란 게 있는데."

"미안한데 그냥 즐겨. 나 같은 남자 애인으로 두기 쉽지 않으니까."

"허얼. 이 남자가. 아니라고 반박할 수도 없고."

태영이 피식 웃으며 오른손으로 서운의 손을 잡았다. 하지 마란다고 들을 사람도 아니기에 서운은 얌전히 손을 그에게 맡겼다.

"꼭 한집 사는 사람들 같다."

"미리 예행연습한다고 생각해."

"그래도 되겠죠?"

"물론이야. 나만 믿어."

그가 믿으라고 했으니 굳이 사서 걱정하지는 않기로 했다.

"방 과장님은 요새 어때?"

"불편해 죽겠어요."

태영이 운전하다 말고 돌아봤다.

"아직도 그대로야?"

"아니, 반대요. 갑자기 너무 이상하게 돌변해서 불편해 죽겠어요. 제발 하던 대로 좀 했으면 좋겠어요. 차라리 욕먹는 옛날이 더 편했어요. 아, 진짜 미강이 이것이 당신한테 왜 쓸데없는 소리를 지껄여서는."

태영이 쿡쿡 웃었다.

"그냥 즐겨."

"그러고 있긴 한데 직원들 앞에서 태도가 니무 달라지니까 민망해요."

서운이 태영을 돌아보며 물었다.

"방 과장님 승진 힘써 줄 거죠?"

"그러길 바라? 싫어하는 거 아니었어?"

"싫어해요. 그래서 내보내고 싶어요."

"다른 곳으로 인사 조치 할 수는 있는데."

"아뇨, 승진해서 내보내야죠. 승진할 때까지 여기서 뼈를 묻으려고 하실 텐데 그냥 내보내는 건 좀 아닌 것 같아요."

태영이 그녀를 돌아보며 피식 미소를 지었다.

"말은 싫다고 하면서 꽤 생각하네. 미운 정 들었어?"

"미울 때가 더 많지만 그래도 뼛속까지 나쁜 사람은 아니라는 거 알아요. 귀가 얇아서 남의 말에 많이 휘둘리고 고집도 세고 감정 기복도 심하지만 그래도 열심히 사시는 것 같아서 잘됐으면 싶어요."

"그럼 만인의 평화를 위해 방 과장님을 명예롭게 내보내는 방법을 찾아야겠군."

"힘 있는 애인 두니 좋네요."

태영이 서운의 손을 잡고 있는 손에 힘을 주었다.

"그걸 이제야 알았어? 밤마다 그렇게 증명을 했건만."

"운전이나 해요."

서운이 민망해서 손을 빼내려고 하자 태영이 아예 깍지를 껴 버렸다.

서운은 포기하고 편하게 시트에 등을 기댔다. 일어나지도 않은 일을 미리 걱정해서 기운 빼지 말고 현재나 잘 살자고 마음먹었더니 확실히 효과가 있었다. 회사에서 본부장의 애인이라는 감투 아닌 감투가 붙긴 했지만, 그 또한 신경 쓰지 않기로 했다. 그저 그와 함께 있는 지금을 즐기고 싶다.

※

송 여사와 만나기 위해 유성은 최대한 화사하게 화장을 하고 나갈 준비를 했다. 아래층으로 내려가자 차를 마시다 혜연이 고개를 들었다.

"엄마, 갔다 올게."

"엄마도 같이 갈까 했는데."

"아니야. 오늘은 둘만 데이트할게. 어머니한테 딸처럼 굴 건데 엄마가 보면 질투 날 거야."

"그래, 알았어. 맛있는 거 사 달래서 먹고 와."

"알았어. 전화할게."

유성이 환하게 웃으며 밖으로 나갔다. 오늘따라 기분이 좋아 보여서 혜연의 표정도 모처럼 편안했다.

그녀는 차를 마저 다 마시고 찻잔을 들고 자리에서 일어섰다. 그때 손에서 미끄러진 찻잔이 그대로 바닥에 떨어져 산산조각이 났다. 주방에서 일을 하던 도우미 아주머니가 소리를 듣고 달려 나와 파편들을 치우기 시작했다.

"손 안 다치게 조심해요."

아주머니가 치우는 동안 혜연은 창가로 가서 아래를 내려다봤다. 어쩐지 가슴이 두근거리고 기분이 좋지 않아 그녀는 미간을 찌푸렸다.

그 시각, 송 여사와 만나기 위해 차를 타고 약속 장소로 가던 유성은 차에서 들려오는 음악 소리에 맞춰 흥얼거리며 도로를 달리고 있었다. 다행히도 출퇴근 시간이 아니라 도로는 차 막힘도 없이 시원했다.

볼륨을 조금 키우고 기분 좋게 교차로를 지나던 그녀는 갑자기 옆에서 튀어나오는 화물 트럭을 피하지 못하고 그대로 충돌했다.

꽝! 거대한 굉음과 함께 엄청난 충격을 받은 차가 길가의 구조물에 부딪히면서 처참하게 일그러졌다. 종이처럼 찌그러진 차 안에서 유성은 피를 흘리며 그대로 의식을 잃었다.

약속 시각이 한참 지났는데도 유성이 나타나지 않자 송 여사는 이상한 생각이 들었다. 늦는다는 말도 없이 바람을 맞힐 아이가 아니었기에 그녀는 유성에게 전화를 걸었다. 하지만 전화 연결이 되지 않았다. 그녀는 곧바로 혜연에게 전화를 걸었다.

-여보세요?

"유성이가 아직 안 와서 전화했어. 무슨 일 있어?"

-아직 안 가다니? 너 만나러 나간 지가 언젠데 무슨 소리야?

혜연이 도리어 놀라서 묻자 송 여사는 난감한 얼굴로 대답했다.

"기다리고 있는데 아직 안 왔어. 전화도 안 받아서 너한테 전화한 거야."

-끊어 봐. 내가 전화해 볼게.

통화를 끊고 혜연은 유성의 단축 번호를 누르려고 했다. 불길한 예감과 함께 손이 사시나무처럼 떨리기 시작했다. 그때 유성에게 전화가 오자 그녀는 곧바로 통화 버튼을 그었다.

"너 어디야?"

-최유성 씨 집입니까?

"그런데 누구세요?"

-여기 병원인데요. 최유성 씨가 교통사고를 당해서 많이 위급한 상탭니다. 곧바로 병원으로 오셔야겠습니다.

"위급하다니요! 얼마나요!"

혜연이 바들바들 떨며 물었다. 심장이 터질 것 같았다.

-의식이 없습니다. 바로 수술을 해야 할 것 같은데 수혈이 필요할 수도 있으니 최대한 빨리 오십시오.

통화가 끊기자 혜연이 비틀거리며 바닥으로 쓰러졌다. 그때 막 아래층으로 내려온 해성이 놀라 달려왔다.

"엄마! 왜 그래요?"

"유성이, 유성이가 사고를 당해서 당장 수술을 해야 한대."

정신이 나갈 것 같았지만 혜연은 독하게 자신을 추슬렀다. 어떻게든 유성을 살려야 했기에 지금은 쓰러질 수 없었다.

"병원으로 가자. 네 누나 피가 부족할 수도 있대."

"빨리 가요."

해성이 백분을 바른 듯이 얼굴이 하얗게 질린 혜연을 부축하고 밖으로 나갔다.

병원으로 가는 도중 해성은 아버지에게 전화를 걸어 유성의 사고 소식을 알렸다. 깜짝 놀란 아버지의 목소리가 수화기 너머에서 건너왔다. 바로 출발하겠다는 말을 듣고 휴대폰을 내려놓고 해성은 옆에서 바들바들 떨고 있는 혜연의 손을 잡았다.

"괜찮을 거예요. 누나 성질 알잖아요. 수술 잘 받고 벌떡 일어날 거예요."

"그래, 그래야지. 네 누나 잘못되면 엄만 못 살아."

혜연은 끝내 울음을 터뜨리고 말았다. 얼마나 심각하게 다쳤기에 수술까지 해야 하는지 너무 무섭고 불안해 심장이 졸아붙는 것 같았다. 제발 유성이 무사하기를 그녀는 두 손을 모아 신에게 빌었다.

병원에 도착하기 무섭게 혜연은 해성과 함께 유성이 있는 곳으로 달려갔다. 하지만 급하게 수술실로 옮겨진 후라 유성을 만날 수는 없었다.

"최유성 씨 보호자 되시나요?"

두 사람을 알아본 간호사가 급하게 다가왔다.

"혹시 몰라 혈액을 확보해야 하는데 혈액형이 어떻게 되시나요?"

"내가 할게요. 내 혈액형이 A형이에요. 유성이도 A형이니 수혈이 가능할 거예요."

혜연이 나서자 해성이 그녀를 말렸다.

"엄마, 내가 할게요. 제 혈액형도 A형이에요."

"죄송한데 최유성 씨 혈액형이 B형이라 두 분 다 수혈이 안 되세요."

"그게 무슨 소리예요? 우리 유성이 혈액형이 B형이라뇨? 유성인 A형이에요."

혜연이 딱 부러지게 정정해 줬지만 차트를 본 간호사는 단호하게 고개를 저었다.

"따님 혈액형을 잘못 알고 계시네요. 최유성 씨 혈액형은 B형입니다. 더러 혈액형 검사 결과가 왜곡되는 경우가 있는데 그 케이스인가 보네요. 어쨌든 두 분은 수혈을 하실 수 없습니다. 그럼 잠시 기다리세요."

간호사가 바삐 다른 곳으로 가 버리자 해성이 이해가 되지 않는다는 얼굴로 혜연을 돌아봤다.

혜연의 뇌가 그대로 정지됐다. 간호사가 유성의 혈액형이 B형이라고 했던 말만 메아리쳤다.

"엄마, 이게 무슨 소리예요? 엄마가 A형이고 아빠가 O형인데 누나가 어떻게 B형이라는 거예요? B형은 나올 수가 없는 혈액형이잖아요."

아무리 생각해도 납득할 수 없는 현실에 해성의 얼굴에도 당황한 기색이 역력했다.

얼굴이 하얗게 질린 채 겨우 버티고 서 있는 혜연의 시야에 창백한 얼굴로 달려오는 영환이 보였다. 그를 보는 혜연의 눈빛에 얼음보다 싸늘한 한기가 서렸다.

"여보!"

자신을 발견하고 빠르게 다가오는 영환을 노려보다 혜연은 그대로 쓰러졌다.

"엄마!"

아득하게 들려오는 해성의 목소리가 점점 희미해지며 그녀는 완전히 의식을 잃었다.

유성의 소식을 기다리다가 뒤늦게 해성과 통화로 사정을 알게 된 송 여사는 곧바로 병원으로 달려갔다.

충격을 받은 혜연이 쓰러져 입원해 있는 병실에서 그녀는 해성을 다독이면서 근심 가득한 얼굴로 유성의 수술 결과를 기다렸다. 그리고 수술을 성공적으로 마쳐 유성이 고비를 넘겼다는 소식을 듣고서야 집으로 돌아왔다. 혜연이 깨어나는 것을 보고 오려고 했지만 시간이 늦어지자 영환과 해성이 등을 떠미는 통에 일어날 수밖에 없었다.

거실에서 책을 보고 있던 태환이 수심이 가득한 얼굴로 들어오는 송 여사를 맞았다.

"어머니, 무슨 일 있으셨어요? 안색이 창백해 보여요."

소파에 앉은 송 여사가 눈을 질끈 감았다 떴다.

"유성이가 교통사고를 당했어."

"유성이가요? 많이 다쳤어요?"

"갑자기 튀어나온 트럭에 받힌 채로 구조물을 들이받아서 더 피해가 컸나 봐. 이제 막 수술 끝나고 고비를 넘겼다는 소리를 듣고 온 참이야."

"유성 어머니 많이 놀라셨겠네요."

"말도 마. 혜연인 기절해서 나 올 때까지 깨나지도 못했어. 유성이라면 끔찍한데 얼마나 충격이 컸겠어. 사고 소식 듣고 나도 가슴이 철렁 내려앉았는데 걔는 더하지. 아우, 하필 나 만나러 나오다 사고를 당해서 더 미안해 죽겠지 뭐야."

송 여사가 가슴이 짓눌린 표정으로 안타까워했다.

"사고가 일어나지 않았으면 더 좋았겠지만 그래도 위기는 넘겼다니 불행 중 다행이네요."

"그러게 말이야. 얼마나 놀랐는지 아직도 심장이 벌렁거려. 제발 후유증이 없어야 할 텐데. 무슨 이런 일이 다 있나 몰라."

"괜찮을 거예요."

"제발 그래야지."

송 여사는 간절한 표정으로 유성의 쾌유를 빌었다.

"여진이는 방에 있는 거야?"

"그런가 보네요. 감기 기운이 있는지 오후부터 몸이 좀 안 좋다고 하더니 자는 모양이에요. 불러 드려요?"

"아니야. 쉬게 내버려 둬. 나도 아무것도 할 기운이 없어. 나 들어갈게."

"너무 마음 졸이지 마세요."

"그래, 알았어."

어깨가 축 처진 채로 송 여사가 안방으로 들어가자 태환은 방으로 휠체어 바퀴를 굴렸다. 여진이 어머니가 들어온 기척에도 나오지 않는 것으로 보아 컨디션이 많이 안 좋은가 싶어 걱정이 되었다.

오랫동안 태영만 바라보다 겨우 맘 접고 새 출발 하려던 유성이 그렇게 큰 사고를 당한 것이 남 일 같지 않아 마음이 좋지 않았다. 부디 자신처럼 날지도 못하는 가여운 새가 되지 않기를 바라며 그가 막 문을 열려고 손을 뻗었다. 그때였다.

"고비는 넘겼단 말이지?"

통화를 하는 목소리에 내용까지 심각해 보여 태환은 문을 열지 않고 안에서 흘러나오는 여진의 목소리에 집중했다.

"그러게 누가 주제넘게 까불래? 제까짓 게 뭔데 어머님한테 이르니 마니 하는 거야. 다 자업자득이야."

'누구? 유성이를 말하는 건가?'

"수고했어. 계좌로 치료비랑 수고비 보냈으니까 상처 치료 잘 받고, 사고는 끝까지 우발적인 거라 우겨야 해. 그리고 내가 시켰다는 사실은 죽을 때까지 가지고 가야 해. 알았지?"

여진이 통화를 끊고 코웃음을 치며 냉소했다.

"최유성, 내가 경고했지. 그러게 사람을 보고 까불었어야지."

혼자 구시렁거리다 갑자기 문이 벌컥 열리자 여진이 기절할 듯 놀라 돌아섰다. 그러나 늘 그렇듯이 얼른 표정 관리를 했다.

"놀랐잖아요. 그렇게 세게 문을 열면 어떡해요?"

부드러운 소리로 나무랐지만 태환의 귀에 곧이 들릴 리가 없었다. 그는 휠체어를 굴려 여진의 앞까지 갔다. 그의 눈에 믿을 수 없다는 놀라움과 환멸이 가득 담겼다.

"그렇게 경고했는데, 기어이 넘지 말아야 할 선을 넘고야 마는군."

"무슨 소리를 하는 거예요? 선이라니요?"

"창백한 얼굴로 아닌 척 시치미 뗄 필요 없어. 밖에서 통화하는 거 다 들었으니까."

다 들었다는 소리에 여진의 얼굴이 귀신을 본 듯 충격으로 굳었다.

"뭐, 뭘 들었다는 거예요?"

"꼭 내 입으로 당신이 한 더러운 짓거리를 얘길 해야겠어? 유성이 사고, 당신이 사주해서 벌인 일이라는 걸 꼭 내 입으로 말해야겠냐고!"

"아니에요! 생사람 잡지 말아요!"

다 들었다는 소리에도 바락바락 우기는 여진에게 태환은 환멸이 일었다. 그는 빙하보다 차가운 눈초리로 여진을 쏘아봤다.

"다리가 병신이지 귀까지 병신인 줄 알아? 그렇게 당당하면 경찰서 가서도 그렇게 우겨 봐. 난 그대로 넘어가 줄 생각 없으니까. 난 들은 대로만 증언할 테니 나머진 경찰에서 알아서 하겠지."

태환이 정말 휴대폰으로 경찰서에 전화를 걸려고 하자 여진이 화들짝 놀라서 그에게서 휴대폰을 뺏었다.

"왜 그렇게 당황해? 떳떳하다면서?"

"당신 정말 왜 이래요? 집안이 받을 타격은 생각 안 해요?"

좀 전과는 완전히 달라진 조급함이 보여 태환은 냉소했다.

"당신이 이 집에 있는 것이 제일 큰 타격이야."

"여보!"

"아무리 사람이 밉다고 어떻게 그런 짓을 해! 유성인 어머니 친구 딸이야. 당신이 무슨 짓을 했는지 알기나 하냔 말이야!"

"그 애가 날 먼저 협박했어요!"

여진은 격해진 감정으로 소리쳤다.

"그 애가 어머님께 도련님과 당신을 저울질하다 당신과 결혼한 걸 알리겠다고 협박했단 말이에요."

"없는 소리 지어낸 것도 아니잖아?"

싸늘하게 반문하는 얼굴에 여진의 얼굴에 당황함이 역력했다. 평소 온화하고 점잖던 태환의 표정과는 전혀 다른 남자의 눈빛이었다.

"당신이 태영이와 사귄 걸 속이고 내게 접근한 것도, 태영이가 아버지 사업을 물려받지 않겠다는 사실을 안 후로 내게 결혼하자고 한 것도, 그것 때문에 태영이가 미국으로 떠나 버린 것도 모두 사실이잖아. 아니야?"

"그, 그건 오해예요."

"오해라고? 그럼 태영이가 돌아온 후에도 당신이 태영이에 대한 미련을 버리지 못한 것도 오해라고 할 거야?"

"아니에요. 난 그런 적 없어요."

"끝내 정신 차릴 줄 기대하고 참아 주었더니 그동안 날 상 등신 취급하면서 꽤나 즐거웠던 모양이지?"

점잖은 그의 입에서 나오는 소리라고는 믿을 수 없는 과격한 소리가 비수가 되어 여진의 가슴에 박혔다. 진심으로 위기감을 느끼며 여진은 그와 눈높이를 맞춰 바닥에 주저앉아 그의 손을 잡았다.

"맹세해요. 지난번에 당신이 알고 있다는 사실을 안 후로 한 번도 다른 생각 한 적 없어요. 난 당신의 아내로만 충실하려고 했다고요. 그런데 유성이가 갑자기 그렇게 협박을 하는 바람에 너무 무서웠어요."

"그렇다고 당신이 한 무서운 짓이 정당화되진 않아."

"나도 알아요. 당신 눈에 내가 괴물처럼 보일 거라는 거. 하지만 이젠 정말 끝났어요. 당신이 한 번만 눈감아 주면 돼요. 우리 집안의 명예를 위해서도 당신은 그래야 해요. 당신, 나 없이 못 살잖아요?"

여진이 눈물을 보이며 매달렸지만 태환은 악어의 눈물을 보듯 감흥이 없었다. 그동안 최악의 선택을 하지 않기 위해 수백 번 그녀가 정신 차리기를 기다렸지만 결국 이 지경까지 와 버린 것이 허탈하기까지 했다.

"당분간 본가에 가 있는 것이 좋겠어. 서류는 나중에 그쪽으로 보내 줄게."

"서류라니요!"

"이렇게 바닥까지 봐 버렸는데 내가 당신 얼굴을 보면서 살 수 있을 거라 생각해?"

"아, 안 돼요, 여보. 나 당신 사랑해요. 당신도 나 사랑하잖아요!"

"그런 줄 알았는데 아니었어."

"당신이 나한테 이럴 수는 없어요."

여진의 말이 태환의 심기를 건드렸다.

"왜? 내가 병신이라 당신이 옆에 있어 준 것만으로도 감사해야 하는데 헤어지자니까 못 참겠어? 어차피 당신이 이 집에 있는 거 나 때문이 아니라 태영이 때문 아니었나?"

신랄하게 따지고 드는 소리 끝에 모두 비수가 달려 여진은 정신을 차릴 수가 없었다. 태환이 자신에게 이렇게 매몰차게 구는 현실이 도저히 믿기지 않았다.

"그동안 내가 당신 서운하게 한 거 살면서 다 갚을게요. 그러니 제발 이혼만은 안 돼요. 다시 생각해 줘요."

태환이 그녀의 손을 뿌리치려는 찰나 갑자기 방문이 벌컥 열렸다. 놀란 두 사람이 동시에 돌아보다 그대로 굳었다.

벼락을 맞은 듯이 부들부들 떨며 서 있는 송 여사를 발견하고 여진은 경악했다.

"어, 어머님!"

여진이 일어나자 송 여사가 성큼 걸어와 그대로 여진의 뺨을 후려쳤다.

짝! 소리와 함께 여진의 뺨이 제대로 돌아갔다. 여진이 믿을 수 없다는 눈으로 뺨을 감싸며 송 여사를 쳐다봤다.

"네가 감히 내 아들들을 가지고 놀아? 태영이를 미국으로 나가게 한 게 너였단 말이야! 그래 놓고 뻔뻔하게 이 집에 있었단 말이야!"

여진은 하늘이 무너져 내리는 절망을 느끼며 흐느꼈다. 마음이 끝까지 모질지 못한 태환을 어떻게든 달래서 상황을 반전시키려는 노력은 송 여사의 등장으로 물거품이 되어 버렸다.

송 여사가 사실을 알면 끝날 거라 생각했기에 제발 그녀가 아는 일만은 없기를 바랐건만 결국 이렇게 되어 버렸다. 그녀에게 알려지는 게 두려워 유성까지 사고로 위장해 해칠 생각까지 했는데 모든 것이 허사가 되어 버렸다.

"가증스럽게 그 사실을 숨기려고 유성이 사고까지 사주하다니. 네가 사람이니? 이렇게 끔찍한 애인 줄도 모르고 며느리라고 온갖 정을 쏟았다니 정말 소름이 끼친다."

여진은 송 여사의 앞에 무릎을 꿇고 빌었다.

"어머님, 죄송해요. 제발 용서해 주세요."

"용서? 우리 집안을 기만한 널 내가 왜 그래야 하는데? 살인 미수를 눈감아 주고 공범이라도 되자는 거야! 너 같은 건 더 이상 우리 집 며느리가 아니니 당장 이 집에서 나가!"

"어머님!"

"네 발로 경찰서에 갈 수 없다면 끌려가는 수밖에. 그 꼴을 당하고 싶은 거야!"

"어머님, 제발. 전 태환 씨를 사랑해요."

여진의 가증스러운 소리에 송 여사의 눈에 핏발이 섰다.

"닥쳐! 그 더러운 입으로 내 아들 이름 함부로 부르지 마. 그 시커먼 속도 모르고 그동안 다리 불편한 태환일 걱정해서 옆을 지켜 준 거라 고마워했던 것만 생각하면 치가 떨려. 내 입에서 더 험한 소리 나오기 전에 당장 나가. 당장!"

송 여사의 매몰찬 내침 속에 여진이 도움을 구하며 태환을 돌아봤다.

"어머니 쓰러지시기 전에 나가."

믿었던 태환마저 차갑게 밀어내자 여진은 눈물을 머금고 밖으로 나갔다. 쫓겨 나가는 심정이 이루 말할 수 없이 처참했지만 더 버틸 수도 없었다. 더 버텼다간 송 여사의 화만 돋울 뿐이라 일단 물러날 수밖에 없었다.

송 여사가 분을 참지 못하고 화장대에 있는 여진의 물건을 손으로 모조리 쓸어 버렸다. 와르르 쏟아진 화장품과 향수들이 바닥을 뒹굴었다.

"어머니, 진정하세요."

태환이 말렸지만 송 여사는 좀체 분노를 가라앉히지 못했다. 그동안 태영과 태환이 받았을 고통을 생각하니 화가 나서 참을 수 없었다. 그녀는 억장이 무너지는 심정으로 휠체어에 앉아 있는 태환을 내려다봤다. 어머니의 심정을 아는 태환이 그녀를 다독였다.

"저 괜찮아요. 걱정하지 마세요."

송 여사는 바닥에 앉아 그와 눈높이를 맞췄다.

"왜 말하지 않았어?"

"기다리면 좋아질 거라고 믿었어요. 어머니 이렇게 마음고생 하시는 거 보고 싶지 않았거든요."

"독하고 못된 것. 절대 용서하지 않을 거야."

제 속도 말이 아닐 거면서 자신을 걱정하는 태환이 더 아파 송 여사는 끝내 눈물을 보였다. 몸도 불편한데 혼자 살아가야 할 아들이 가여워 견딜 수 없었다. 그럴수록 여진에 대한 분노가 끓어올랐다.

태환은 송 여사의 손을 다독이며 복잡한 심경으로 눈을 감았다.

제16장
드러나는 진실

 힘겹게 눈꺼풀을 밀어 올린 혜연은 낯선 천장을 보며 눈을 감았다. 꿈이라고 생각했던 것들이 그대로 현실로 일깨워지는 순간이 고통과도 같았다.
 "엄마, 정신이 들어요?"
 걱정이 가득한 해성의 목소리가 마냥 회피하고만 있을 수 없게 만들었다. 혜연은 눈을 뜨고 저를 보고 있는 아들에게 고개를 돌렸다. 늘 여유가 넘치던 아들의 얼굴이 그새 많이 상해 보였다.
 "유성이는?"
 "누나 수술 잘돼서 지금 병실에 있어요. 경과를 지켜봐야 하지만 고비는 넘겼다고 했어요."
 혜연은 긴 숨을 내쉬며 눈을 감았다. 유성이 잘못될까 봐 속이 뒤집힐 정도로 스트레스를 받았는데 일단 고비를 넘겼다니 안심이었다.

"네 아빠 어디 갔니?"

"누나 병실 앞에 계세요."

혜연이 몸을 일으키려고 애쓰다 다시 누웠다. 극도로 심한 어지럼증에 천장이 빙빙 돌았다. 하지만 이대로 누워 있을 수는 없었다. 유성일 봐야 했다.

"괜찮으세요?"

"엄마 좀 부축해 줘."

혜연이 핏기 하나 없는 얼굴로 다시 몸을 일으키자 해성이 어쩔 줄 몰라 하며 혜연을 부축했다.

혜연은 눈앞이 빙빙 도는 고통 속에서도 눈에 힘을 바짝 주고 해성에게 의지한 채 유성이 누워 있는 중환자실로 걸어갔다.

밖에서 고개를 숙이며 앉아 있던 영환이 급히 일어나 혜연에게 다가왔다.

"몸도 성치 않은데 왜 나왔어?"

"어떻게 누워 있어요."

"면회 시간이 아니라 볼 수도 없어. 아직 의식이 돌아오지 않고 있지만 괜찮아질 거라 했으니 너무 걱정하지 마."

영환의 말을 듣는 둥 마는 둥 혜연은 중환자실 문 앞에서 병실 안에 누워 있는 유성을 찾았다. 의식도 없이 누워 있는 유성을 본 순간 다시 또 억장이 무너져 내렸다. 다녀오겠다며 아침에 밝게 인사하고 나간 아이가 저렇게 미동도 없이 누워 있다는 사실이 믿기지 않았다. 눈물을 흘리자 다시 어지럼증이 돌았다.

"당신 안 되겠어. 이러다 또 쓰러져. 병실로 가."

영환이 비틀거리는 혜연을 부축하려 했다. 하지만 혜연은 그의 손을 피하고 해성을 붙잡았다. 영환이 살짝 놀란 표정으로 봤지만 혜연은 그를 쳐다보지 않았다.

"엄마 좀 데려다줘."

"그래요. 저 꽉 잡으세요."

혜연이 돌아서다 영환을 쳐다봤다.

"당신은 여기 있어요. 유성이가 언제 깨어날지 모르니까."

"그래, 알았어."

혜연이 해성과 함께 멀어지자 영환은 위태로워 보이는 그녀의 뒷모습을 쳐다봤다. 그는 좀 전에 혜연이 자신을 밀어내는 것 같은 행동을 다시 떠올리며 고개를 갸웃거렸다.

그러다 이내 생각을 털어 버렸다. 유성이라면 끔찍했던 그녀였기에 충격이 커서 예민해진 상태일 거란 생각이 들었다.

병실로 돌아와서 혜연은 침대 헤드에 기대앉아 생각에 잠겼다. 의식을 잃기 전에 유성의 혈액형이 B형이라는 간호사의 말이 계속 귓가에 맴돌았다.

"해성아, 누나 혈액형 이야기 아빠한텐 하지 마. 아빠 걱정하실 거야."

"그럴게요. 아마 뭔가 착오가 있나 본데 나중에 정확히 알아보죠."

속 깊은 해성이 에둘러 대답하면서 혜연의 눈치를 살폈다. 유성의 혈액형이 다르다는 소리를 듣고 의식을 잃었기에 그녀가 무슨 생각을 하는지 짐작할 수 있었다. 좀 전에 중환자실 앞에서 아버지가 붙잡으려는 손을 피하는 모습을 봤기에 더 확신할 수 있었다. 어떻게 된 영문인지 알 수 없지만 부디 생각하는 최악의 상황은 아니기를 바랄 뿐이었다.

"태영 형 어머니께서 내내 계시다 저녁에 돌아가셨어요."

"그래?"

그제야 경황이 없어 정수에게 연락을 해 주지 않은 사실이 떠올라 혜연은 인상을 썼다.

"정수가 많이 기다렸을 텐데 연락을 못 했네."

"안 그래도 엄마 휴대폰으로 전화 왔더라고요. 누나 사고 났다는 소리에 크게 놀라셔서 바로 달려오셨어요. 가시면서도 걱정을 하도 많이 하셔서 누나 수술 결과 알려 드렸어요."

"잘했어."

"고비 넘겼다는 말에 다행이라고 좋아하시는 목소리 들으니 누나를 딸처럼 예뻐하시는 게 느껴지더라고요."

"맞아."

혜연이 엷게 미소를 지었다. 그러고는 다시 표정이 굳었다.

"조금 쉬고 계세요. 바람 좀 쐬고 올게요."

해성은 다시 생각에 잠겨 있는 혜연을 두고 조용히 밖으로 나갔다.

숨소리조차 들리지 않을 정도로 고요한 병실에서 혜연은 눈을 감고 깊은 생각에 잠겼다. 그리고 얼마 후 눈을 떴다. 허공을 노려보는 그녀의 눈동자에 서늘한 기운이 자리를 잡았다. 그녀는 옷장을 열어 옷을 바꿔 입고 조용히 병실을 빠져나갔다.

※

 퇴근 시간이 다가오자 서운은 미강에게 먼저 간다는 인사를 건네고 밖으로 나갔다. 태영과 주차장에서 만나기로 해서 마음이 급했다.
 "이 대리, 오늘도 수고 많았어. 푹 쉬고 내일 보자고."
 수양버들처럼 나긋한 목소리에 돌아보다 서운은 경기할 뻔했다. 방 과장이 생글거리며 웃고 있었다.
 "과장님, 제가 진짜 적응이 안 돼서 그러는데요 그냥 하시던 대로 하면 안 될까요?"
 "왜? 나 평소대로 하는 건데 어색해?"
 "네, 많이 어색해요."
 "에이, 왜 어색해하고 그래. 이 대리 뒤끝 있는 사람 아니잖아."
 뒤끝 작렬이라고 말하려다가 대화가 길어질까 봐 서운은 세상 어색한 얼굴로 웃었다.
 그때 본부장실에서 태영이 나오자 방 과장의 두 눈이 왕사탕만큼 커졌다.
 "본부장님 퇴근하십니까?"
 "네, 퇴근합니다."
 태영이 방 과장과 함께 있는 서운의 눈치를 살피더니 그녀의 옆에 섰다. 방 과장이 눈짓을 주고받는 두 사람을 보더니 실실 웃었다.

"두 분 참 어울리십니다."

엘리베이터가 도착하자 방 과장은 두 사람이 안으로 들어갈 때까지 기다렸다.

"안 타십니까?"

"먼저 가십시오. 저는 바로 옆에 온 거 타고 가겠습니다. 안녕히 가십시오, 본부장님. 이 대리, 내일 봐."

방 과장이 활짝 웃으며 공손하게 인사를 했다. 엘리베이터 문이 닫히자 서운의 입에서 한숨이 새어 나왔다.

"왜?"

"불편해서요. 차라리 재투성이처럼 구박받을 때가 더 편한 거 같아요."

태영이 쿡쿡 웃었다.

"좀 넘쳐 보이시긴 하네. 승진 인사 금방 있을 거니까 조금만 참아."

"이런 거 보면 정말 직장인들도 감정 노동자들이 맞는 거 같아요. 승진 때만 되면 몇 년 전부터 이렇게 살얼음판을 걸어야 하니 말이에요."

"직장 내에 계급이 존재하니 어쩔 수 없지."

"당신은 겪어 보지 않았으니까 모르는 일이잖아요?"

"이거 왜 이래? 내 위로도 줄줄이야."

"그래도 아버님이 회장님이신데 좀 다르겠죠."

"그 말 우리 아버지가 들으시면 뒤로 넘어지실걸? 자식들한테 가장 냉정한 양반이라고."

태영이 뚱한 얼굴로 결백을 주장하자 서운이 그를 달래며 피식 웃었다.

"알았으니까 삐치지 마요."

"또 애 다루듯 하지. 혼나려고."

"아마도 혼나는 데 재미 붙였나 봐요."

"그래? 그럼 실증 날 때까지 혼내 줄게. 이리 와."

때마침 엘리베이터 문이 열리자 서운은 태영의 손을 피해 얼른 차가 있는 곳으로 빠르게 걸었다. 그러나 이내 그에게 붙잡혔다. 그가 팔로 서운의 목을 감고 협박했다.

"이런 도발은 언제든 환영이야."

그가 잡아 놓은 사냥감처럼 조수석 문을 열고 그녀를 밀어 넣고 직접 안전벨트를 매 주었다.

운전석으로 돌아온 그에게 서운이 장난스럽게 물었다.

"이 묶인 기분 뭐죠? 도망갈까 봐 묶어 놓는 거예요?"

"도망가 봤자 금방 잡아 올 수 있어. 그냥 내 거라고 시위하는 거야."

"그런 거 안 해도 소문 다 나서 알걸요?"

속은 있는지 태영이 싱긋 웃었다. 막 시동을 걸려는 찰나 휴대폰이 울리자 그는 전화를 받았다. 태환이었다.

"어, 형."

-바쁘지 않으면 집으로 좀 와야겠다.

"무슨 일 있어?"

-어머니가 앓아누우셨어.

"어머니가? 왜?"

-여진이 일 아셨어.

"……."

태환의 입에서 너무 자연스럽게 흘러나온 소리에 태영의 표정이 딱딱하게 굳었다. 순간 잘못 들은 건가 싶었다.

"그게 무슨 소리야? 형… 설마?"

"그래, 네가 미국으로 떠난 이유 나 알고 있었어."

"도대체 언제부터……."

당연히 모를 거라 생각했는데 태환이 여진과의 일을 알고 있다는 사실에 태영은 머리를 한 대 얻어맞은 기분이었다. 그는 복잡한 표정으로 서운을 돌아봤다.

의아한 분위기를 눈치채고 서운이 그를 마주 봤다. 서운이 소리 없이 입술로 왜냐고 물을 때 다시 태환의 목소리가 건너왔다.

-지금 올 수 없어?

"서운이 데려다주고 갈게."

-그래, 알았어.

통화를 끝내고 태영은 시동을 걸었다.

"집에 가야 하면 바로 가요. 난 택시 타고 가면 돼요."

"데려다주고 가도 돼."

"어머니 편찮으신 거예요?"

"응. 형수 일로 문제가 생겼나 봐."

"형수님이요?"

"응, 다녀와서 이야기해 줄게. 미안."

"전혀 미안할 일 아니거든요."

서운은 표정이 별로 좋지 않은 그의 안색을 살폈다. 자신을 무시하듯 보던 여진의 눈초리를 떠올리며 서운의 시선이 살짝 가늘어졌다.

서운을 집에 내려 주고 태영은 곧바로 본가로 향했다. 집이 가까워질수록 마음은 착잡해졌다. 여진의 일을 부모님께서 끝까지 모르시길 바랐는데 어쩌다 일이 이렇게 됐는지 모를 일이다.

태환이 알고 있다는 사실 또한 충격이었다. 자존심이 강한 사람이라 받아들이기 쉽지 않았을 텐데 그동안 제 앞에서 내색도 않고 삭였을 것을 생각하니 착잡했다. 자신에 대한 미안함으로 자책했을 모습이 훤히 보여 기분이 더 가라앉았다.

바삐 거실로 들어가자 태환이 기다리고 있었다.

"어머니는?"

"방에 계셔. 안정제 드시고 잠깐 잠드신 것 같아."

태영이 소파에 앉자마자 물었다.

"어떻게 된 거야?"

"여진이가 대형 사고를 쳤어."

"사고라니?"

"유성이가 과거를 밝히겠다고 협박했다는 이유로 아는 사람을 사주해서 교통사고를 냈어."

"뭐라고!"

태영은 어이가 없어 입을 떡 벌렸다.

"큰일 날 뻔했는데 다행히 고비는 넘겼나 봐. 그 일로 여진이랑 크게 싸웠는데 어머니가 밖에서 들으셨어."

"이런 미친! 형수 제정신이야?"

"이젠 형수라 부를 일도 없을 거야."

자조적으로 내뱉는 소리에 태영의 눈이 커졌다.

"형, 어쩔 생각이야? 설마……."

"어머니께서 아셨으니 더 이상 같이 살 수는 없지 않겠어?"

"지금 어머니 의사가 중요한 게 아니잖아. 형이 먼저지. 형 생각을 말해."

"내가 먼저 헤어지자고 했어. 그것 때문에 싸운 거고."

"형, 형수 사랑하잖아. 형수 없이 정말 괜찮겠어?"

태환이 다시 냉소하며 대답했다.

"네 형수는 내가 사고당한 이후로 날 사랑하지 않았어. 내가 미련을 못 버리고 있었던 거지. 아니, 어쩌면 한 번도 날 사랑하지 않았던 건지도 모르지. 널 잊지 못했을 거니까."

상처를 고스란히 내보이는 태환의 직설적인 말에 태영은 명치를 틀어 잡힌 것처럼 답답해졌다.

"오해하지 마. 그런 거 아니니까."

태영의 부인에도 태환은 씁쓸하게 웃었다.

"근데 언제부터 알고 있었던 거야?"

"네가 미국으로 떠난 후 도진이한테 들었어. 여진이랑 너랑 만나는 사이였다는 말을 들었을 때 정신을 차렸어야 했어. 그때 되돌렸어야 했는데 어리석게 그녀를 사랑하는 마음이 더 커서 네 아픔을 보고도 모른 척 그 여자를 선택했어."

"난 형이 끝까지 모르길 바랐어."

그래서 지금까지 여진에 대한 이야기는 약속이나 한 듯이 서로에게 금기가 되었었다.

"사고가 나 두 다리를 못 쓰게 됐을 때 그 벌을 받는 거라 자책했어. 그러니까 평생 이 꼴로 사는 거 원망 안 해. 하지만 네겐 미안하다는 말을 꼭 하고 싶었어. 이런 식으로 하게 돼서 유감이지만 미안하다."

"나한테 미안할 거 없어. 내가 형수를 포기한 건 형을 위해서가 아니라 형수에 대한 내 마음이 그 정도밖에 안 되었기 때문이었어. 나 형수를 그렇게까지 사랑하지 않았어."

"날 위해서 그런 거짓말 할 필요 없어."

"아니, 거짓말이 아니야. 서운일 만나면서 확실하게 알았어. 만약 서운이였다면 난 죽어도 양보 안 했어."

태영의 단호한 대답에 태환은 입을 굳게 다물었다.

"그리고 형수가 지금 나한테 미련을 가지고 있는지는 몰라도, 형을 사랑하는 것도 사실이야. 그랬으니까 이 결혼이 깨질까 봐 그런 짓까지 벌인 거겠지."

"과연 그럴까?"

"내가 그때 미국으로 떠났던 건 두 사람이 서로 사랑하는 걸 알았기 때문이었어. 형수가 형이 회사를 물려받을 거라는 사실 때문에 형을 선택했을지는 몰라도 형을 사랑하는 마음도 진심이었어. 그러니까 너무 마음 다치지는 마."

끝까지 자신을 걱정해 주는 그에게 태환은 씁쓸한 표정을 지었다.

"그 여자가 날 사랑해서 선택했을지는 몰라도 내가 이 꼴이 된 후에도 날 사랑하진 않았을 거다. 내가 이 꼴이 되니 널 놓친 것이 미치게 후회가 됐을 거고 그게 제어가 안 돼서 해선 안 될 짓까지 저지르고 만 거지. 내 인생이 왜 이렇게 엉망이 됐는지 모르겠다."

"악몽을 꿨다 생각해. 이게 우리 인생의 끝은 아니잖아? 좌절만 하기엔 우리에게 남은 인생이 너무 많아. 그러니 자책하지 말고 조금만 괴로워하다 다시 털고 일어나. 그게 형을 위한 일이고, 또 어머니를 위하는 길이야."

"그래, 그래야겠지. 어머니를 위해서도 내가 이겨 내야겠지. 그냥 시간이 빨리 흘러 버렸으면 좋겠다."

"시간이 상처를 완전히 치유해 주진 않아. 결국은 형이 털어 내야 하는 일이야."

"알아. 시간이 상처를 완전히 치유할 수는 없다고 해도 통증을 가라앉혀 주기는 하잖아. 치료약이 아닌 진통제여도 좋아. 지금은 그마저도 절실하니까. 이 엉망이 된 상황을 건너뛰고 싶어."

크게 다친 그의 상처가 보여 태영의 미간에 골이 깊게 팼다.

"형이 두 다리를 못 쓴다고 해도 난 형 가엾게 생각하지 않아. 형은 강하고 모든 걸 가진 사람이니까 그런 장애쯤은 아무것도 아닐 거라 생각해. 진짜 무서운 장애는 신체적인 것이 아니라는 거 알잖아. 그러니까 나약한 모습 보이지 마."

그답게 적절히 독설이 섞인 소리에 자신에 대한 애정이 녹아 있어 태환은 위로받은 얼굴로 태영을 쳐다봤다.

"이렇게라도 너와 풀 수 있어서 다행이다."

"형은 혼자가 아니야. 그 사실만 잊지 마. 어머니에게 들어가 볼게."

태영이 일어나 송 여사의 침실로 걸어갔다. 태환은 그의 뒷모습을 지켜보다 쓸쓸하게 한숨을 내쉬었다.

태영은 침대에 미동도 없이 누워 있는 송 여사를 보며 미간을 모았다.

막 정신이 드는지 송 여사가 눈을 떴다. 그녀는 태영을 확인하고 무거운 몸을 일으켜 침대 헤드에 기댔다.

"좀 어떠세요?"

"보면 몰라? 몰골이 엉망이잖아. 속은 더 엉망진창이고."

"어머니답지 않으세요. 어머니 강한 분이시잖아요. 충격 좀 받았다고 이렇게 자리보전하는 거 어울리지 않아요."

"그게 충격 좀이야?"

송 여사가 나무라는 시선을 치켜떴다. 태영이 그녀와 눈높이를 맞추기 위해 의자를 가지고 와 침대 옆에 앉았다.

"왜 말 안 했어?"

"어머니 이러실까 봐요."

"네가 그 망할 것 때문에 미국으로 나간 것만 생각하면 피가 거꾸로 솟아. 가증스럽게 내 아들들을 가지고 논 주제에 버젓이 내 집안에 들어와 살다니. 정신이 제대로 박힌 애라면 그럴 수가 없어."

"오버하지 마세요. 형이랑 제가 바보예요? 누굴 가지고 놀아요? 그냥 시기와 감정이 좀 겹쳤을 뿐이에요. 생각해 보니 사랑이 아니어서 제가 포기한 거고요."

"지금 그 망할 것 편드는 거야?"

송 여사가 못마땅한 눈초리로 레이저를 쐈다.

"그냥 사실을 말씀드리는 거예요. 건강에 안 좋으니까 너무 흥분하지 마시라고요."

"아직도 심장이 벌렁거려 미치겠어. 따귀나 한 대 더 때릴 것을."

"그래서 이제 어쩌실 생각이세요?"

"뭘 어째? 당연히 이혼시켜야지. 태환이도 그렇게 하겠다고 했고 나도 소름 끼쳐서 하루도 그 애 얼굴을 볼 수 없으니 소송을 해서라도 잘라 내야지. 어차피 유성이 사고 건으로 죗값 치르게 될 거니까 버티지도 못할 거야. 독하고 못된 것!"

여진을 아끼고 믿었던 만큼 배신감이 더 크다는 걸 알기에 태영은 반박하지 않았다.

"유성인 좀 어때요?"

"겨우 고비를 넘긴 모양이야. 혜연이도 쓰러지고 난리도 아니었어. 그런데 그 짓을 저지른 장본인이 우리 집에 있었다니. 앞으로 혜연이랑 유성일 어떻게 봐야 할지 모르겠어."

"불행 중 다행이네요."

"왜 아니라니? 만약에 유성이 잘못되기라도 했다면 혜연이도 잘못됐을 거야. 좀 애지중지했어야지. 그렇게 어처구니없이 딸을 잃으면 나라도 미치지."

딱히 할 말이 없어 태영은 송 여사의 원망 서린 소리를 가만히 듣고만 있었다.

"우리 태환이 가여워서 어떡하니?"

"뭐가 가여워요? 이혼한다고 안 죽어요. 형 능력 있고 매력도 있으니 얼마든지 다시 좋은 사람 만날 수 있어요."

"그러겠지?"

"물론이죠. 형 지금 어머니 때문에 힘들어도 힘든 척도 못 하고 죽을힘 다해서 버티고 있어요. 그러니까 형 앞에서 그런 표정 짓지 마세요. 초상집 분위기 만들지 마시란 말이에요. 어머니 이럴수록 형은 더 자책할 거예요. 그리고 이혼은 온전히 형이 결정하도록 맡겨 주세요."

"그래, 알았어."

그렇게 대답하면서도 송 여사는 눈물을 훔쳤다.

"울지 마세요. 어머니 이러시면 형 정말 못 버텨요. 형이 얼마나 자존심이 센 사람인지 아시잖아요?"

"그래, 알아. 네 앞이니까 우는 거야. 하도 속이 상해서."

"얼른 추스르고 일어나세요. 이제 저 대신 형 좋은 사람 알아보셔야죠."

일부러 건드리는 소리에 송 여사가 울다 말고 도끼눈을 뜨며 째려봤다.

"그렇게 보셔도 소용없어요. 전 서운이랑 결혼할 거예요."

"너 때문에 눈물이 쏙 들어가잖아, 이 망할 놈아!"

"다 갖춘 며느리 들였어도 이렇게 뒤통수 맞으시잖아요. 서운인 그럴 일 없으니 어머니 뒤통수는 안전할 거예요. 제가 장담해요."

"퍽도 고맙다."

"서운이 입양아라는 사실 알기 전에는 마음에 들어 하셨잖아요. 아니에요?"

"그런 적 없거든?"

"거짓말하지 마세요. 거짓말도 서투시면서. 다 보여요."

도저히 말로는 이길 수가 없어 송 여사는 씩씩거리며 태영을 노려봤다. 태영이 피식 웃었다.

"이제야 어머니답네요. 그렇게 기운 내세요. 그래야 저랑 계속 싸우죠."

"얘, 너 가. 너 때문에 다시 머리가 아프려고 해."

"안 그래도 갑니다. 형 잘 챙겨 주세요. 강한 척 굴어도 상처가 클 거예요."

"왜 아니겠어."

"상처 건드리지 마시고 가만히 옆에서 지켜봐 주세요. 그것만으로도 힘이 될 거예요. 어머니 봐서라도 금방 털고 일어날 거예요. 형은 저랑 달리 효자잖아요."

"알긴 아는구나."

"그래도 어머니 사랑하는 마음은 형에게 지지 않아요."

송 여사가 눈을 가늘게 뜨고 노려봤다.

"어디서 약을 쳐? 서운이 잘 봐 달라고 지금 틈새 공략하는 거 내가 모를 줄 알아?"

"어머니 모르시나 본데 약발 이미 듣고 있거든요. 그러니 우아함 잃지 마시고 통 크게 서운이 받아들여 주세요. 저 잃으니 서운이까지 얻는 게 훨씬 이득이시잖아요."

"며느리 들이는 게 원 플러스 원 할인 행사하는 거냐? 이득은 무슨."

"어쨌든 잘 생각해 보세요. 저는 서운이 기다리니 이만 갑니다."

태영이 엷게 웃으며 일어나자 송 여사는 뚱한 얼굴로 그를 쏘아보다 말았다.

"당분간 자주 좀 와."

"같이 오라고 하면 더 자주 올게요."

"이놈이 진짜. 나가!"

송 여사가 씩씩거리며 베개를 들어 던지려고 하자 태영은 얼른 밖으로 나갔다.

거실에서 기다리고 있던 태환이 의아한 표정으로 쳐다보자 태영이 싱긋 웃었다.

"어머니 일어나셨어."

태환이 피식 웃었다. 어머니를 가장 잘 다룰 줄 아는 사람이 태영이었다. 그만의 방식으로 어머니를 위로하고 일어나게 만드는 것이 대단해 그는 웃으며 태영을 배웅했다.

서운은 아버지의 일을 어떻게 풀어야 할까 인상을 찌푸리며 생각에 잠기다 태영이 오는 소리에 벌떡 일어났다.
"일찍 왔네요? 어머님은 괜찮으세요?"
"일어나셨어."
"무슨 일인지 몰라도 크게 놀랐겠네요."
"나 물 한 잔만 줘."
서운이 얼른 컵에 물을 따라 주자 태영이 단숨에 들이켰다.
"유성이가 교통사고를 당했어. 생명이 위급했다가 고비를 넘긴 모양이야. 근데 그 교통사고를 사주한 사람이… 형수님이야."
인상을 쓰며 듣던 서운이 이해가 되지 않는다는 표정으로 물었다.
"예? 형수님이요? 왜요?"
"결혼 전에 형수가 나랑 만나다가 형이랑 결혼했거든. 유성이가 그 일을 어머니께 폭로한다고 해서 그런 일을 저질렀나 봐."
"당신이랑 만났다고요?"
좀 어이가 없어 서운은 잔뜩 인상을 찡그렸다.
태영은 서운이 기분 상하지 않게 여진과의 관계를 설명했다. 그러면서도 서운의 기분을 살폈다.
달갑지 않은 표정으로 이야기를 듣는 서운의 인상이 펴질 줄 몰랐다.
"어쩐지 그 형수라는 사람이 날 보는 인상이 이상하다 했는데.

역시 잘못 느낀 게 아니었네요."

"그래?"

"그냥 격이 맞지 않는 동서를 보는 눈빛이 아니라고 생각했어요. 그보다는 더 기분 나쁜 반감 같은 게 보였거든요. 이제야 이해가 되네요. 날 연적으로 보고 있었던 거예요."

서운이 추궁하듯 삐뚜름한 시선으로 보자 태영이 그녀의 뒤통수를 끌어당겨 재빨리 입을 맞췄다.

"이젠 그럴 일 없으니까 마음에 담아 두지 마."

"형님이 상심이 크시겠어요."

"형은 강한 사람이니까 이겨 낼 거야."

"그 여자도 한심하고 불쌍하네요. 자신이 쥐고 있는 복도 모르고 허황된 꿈을 좇다가 결국 다 잃게 된 거잖아요."

"자업자득이지. 동정할 가치도 없어."

태영이 차갑게 내뱉었다. 여진이 태환에게 한 짓만 생각하면 이가 갈릴 지경이었다.

"최유성 씨 잘 깨어났으면 좋겠네요. 그 어머니 여려 보이시던데 충격이 크시겠어요."

"걱정돼?"

"당연하죠. 뭐, 껄끄러운 관계긴 해도 아는 사람이잖아요. 또 누군가의 욕심으로 피해를 당한 거니까 얼른 털고 일어나야죠."

툭툭 던지는 말투지만 따뜻함이 배어 있어 태영은 서운의 머리를 끌어안고 이마에 키스를 했다.

"내가 세상에서 제일 잘한 건 널 잡은 거야."

"더 잘한 일이 생기지 말기를 바란다면 나 좀 못된 거죠?"
"아니, 전혀."
 태영이 서운의 입술에 키스를 하려고 하자 서운이 손바닥으로 그의 입술을 막았다. 태영이 불만스런 얼굴로 반발했다.
"왜?"
"잠깐 생각 좀 해 보고요. 당신, 그 형수라는 여자 정말 사랑한 거 아니었어요?"
"아니라니까."
"그래요? 흐음……."
 서운이 눈을 가늘게 뜨고 취조하듯 보자 태영이 억울해 죽는 표정을 지었다.
"솔직히 기분이 좀 그래요. 썩 유쾌하지 않아요."
"다 지난 일이야. 너 만나기 전의 일이고."
"누가 뭐래요? 그냥 그 여자 앞에 있으면 한 대 패 주고 싶다는 거죠."
"내가 아니고?"
"당신을 왜 패요? 뒤통수 맞은 죄밖에 없는데."
 서운이 피식 웃자 그제야 태영이 안도하며 웃었다.
"근데 나 어머님한텐 언제 인사시켜 줄 거야? 주말에 갈까?"
"이번 주말엔 갈 곳이 있어요."
"어디?"
"내 첫 번째 집이요."
"갑자기 거긴 왜 가려고?"

"실은 오늘 낮에 원장 수녀님이 편찮으시다는 연락을 받았어요. 한동안 찾지도 않고 살았는데 원장 수녀님은 내게 첫 엄마시거든요. 그래서 가 봐야 할 것 같아요."

그 이야기를 하는 서운의 표정이 침울해 보여서 태영은 조심스럽게 물었다.

"같이 갈까?"

"…봐서요."

"이런 말 좀 조심스럽지만 친부모가 누군지 찾고 싶지 않아?"

서운의 눈빛에 조금씩 그늘이 지는 것이 보였지만 태영은 그녀의 대답을 기다렸다.

"그러면 안 될 것 같아서 한 번도 찾을 생각 해 본 적 없어요."

"왜?"

"찾길 원했다면 버리지도 않았을 거니까요."

"피치 못할 사정이 있었을 수도 있잖아."

"나는요, 어떤 사정이 생겨도 내 아이를 버리지는 않아요."

대답하는 마디마디에 골수까지 밴 상처가 묻어 나와 태영은 마음이 아팠다.

"미안해. 괜히 속만 상하게 해서."

"괜찮아요. 이런 이야기를 당신하고 하고 있다는 것도 신기하니까. 언젠가 당신이 정신이 번쩍 들어 나 같은 애를 왜 사랑했지? 후회한다고 해도 난 안 물려 줄 거예요."

"부디 그래 줘."

"농담 아닌데? 나 놔두고 딴생각하면 죽일지도 몰라요."

"오래 살고 싶으니까 그런 간 큰 짓은 안 할 거야. 됐지? 그럼 이리 와."

태영이 서운에게 얼굴을 가져다 대자 서운이 쿡쿡거리며 웃다 그의 입술에 입술을 가져다 댔다. 따뜻하고 부드러운 두 개의 입술이 서로의 감촉을 느꼈다. 그러다 태영이 확 서운을 자신의 아래로 눕히고 아까 저지당한 한풀이를 하기 시작했다.

"다신 내 키스를 막지 못하게 혼을 내 주겠어."

"살살요."

"싫어."

서운이 뭐라 더 반박하려 하자 태영이 듣지 않겠다는 듯 입술을 막아 버렸다. 감질나게 입술만 탐하던 그의 혀가 바다로 나간 고래처럼 위풍당당하게 서운의 입 안을 점령하기 시작했다.

그는 제 키스를 막았던 서운에게 벌을 주듯 그녀의 혀를 붙잡아 이로 깨물며 고문했다. 서운이 달아나자 재빨리 잡아채 있는 힘껏 빨아 당겼다. 그리고 입 안 구석구석에 자신의 흔적을 남겼다.

서운은 그의 목을 붙잡고 매달리며 그를 건드린 값을 톡톡히 치렀다.

※

의식이 돌아와 맨 처음 보인 건 역시나 걱정이 가득한 눈으로 내려다보고 있는 엄마였다.

혜연이 감격한 눈으로 물었다.

"정신이 들어?"

"응."

"고맙다. 고마워, 내 딸!"

혜연이 유성의 손을 잡고 눈물을 쏟았다. 유성의 눈에서도 뜨거운 눈물이 흘러내렸다.

"죽을 줄 알았는데 용케 살았네."

"신께서 엄마 살라고 봐주신 거지. 이제 됐다. 깨어났으니 됐어."

"엄마, 나 혹시 잘못된 데 있어?"

"아니야. 부러진 곳도 없고 잘못된 곳도 없어."

"휴, 다행이다."

유성의 입에서 안도의 한숨이 흘러나왔다. 혹시 장애라도 생길까 봐 겁이 났었다.

"사고는 어떻게 된 거야?"

"트럭 운전자가 신호를 못 보고 급히 가려다 사고를 낸 거래. 정신 나간 놈이."

순식간에 꽝 소리와 함께 거센 충격이 온몸에 가해져 의식을 잃은 기억이 끔찍하게 떠올라 유성이 몸서리를 쳤다.

그때 해성과 영환이 병실로 들어오자 혜연이 살짝 뒤로 물러났다. 해성이 가까이 다가와서 유성의 상태를 살피며 씨익 웃었다.

"깨날 줄 알았어."

"그대로 갔으면 했지?"

"이거 왜 이러셔? 누나 깨나게 해 달라고 손금이 닳게 빌었는데."

"그래, 믿어 줄게."

"빨리 털고 일어나. 누나 이러고 있으니까 놀릴 사람 없어 심심하잖아."

여전한 너스레에 유성이 쿡쿡 웃다 통증에 인상을 찌푸렸다.

"좀 어떠냐? 아직도 많이 아프지?"

"견딜 만해요, 아빠. 이렇게 살았는걸요?"

"그래, 잘 버텨 줘서 고맙다. 장해, 내 딸."

영환이 애정이 가득한 눈빛으로 유성을 안쓰럽게 내려다봤다. 옆에서 두 사람을 지켜보던 혜연이 해성에게 조용히 일렀다.

"누나 옆에 있어. 엄마 집에 좀 다녀올게."

"그럴게요. 엄마, 집에서 좀 주무시고 오세요. 엄마가 더 환자 같아요."

"그래, 엄마. 나 괜찮으니까 쉬고 와."

"알았으니까 엄마 걱정하지 말고 너나 얼른 나아."

혜연이 이마로 흘러내린 유성의 머리카락을 뒤로 넘겨 주며 다정하게 웃었다. 그러고는 이내 병실을 빠져나갔다.

영환이 그늘진 표정으로 혜연의 뒷모습을 쳐다봤다. 요즘 들어 자신에게 거의 말을 하지 않는 것이 조금 걸렸다. 유성이 문제로 예민해져서 그러는 거라 이해하면서도 어딘지 거리를 두는 것 같은 이상한 기분이 들었다.

태영과 함께 오랜만에 찾은 은혜원은 크게 달라진 곳이 없었다. 다만 그곳에 있던 아이들이 달라졌을 뿐이었다. 아직까지 입양을 가지 못한 아이들이 훌쩍 자라 있었고 새로 들어온 아이들이 입양 간 아이들의 빈자리를 채우고 있었다. 참 한결같이 버려지는 아이들이 줄지 않은 현실에 가슴이 답답해졌다.

"이게 누구야? 서운이 아니니?"

반갑게 부르는 소리에 서운이 돌아봤다. 원장 수녀와 함께 은혜원을 지키고 있는 큰 수녀님이었다. 서운에게 원장 수녀의 소식을 전해 준 사람이기도 했다.

"잘 지내셨지요?"

"그래, 너무 예뻐져서 몰라보겠다."

"수녀님도 그대로이신걸요?"

"무슨 소리. 늙었지."

"원장 수녀님은 좀 어떠세요?"

"그만그만하셔. 연세가 많으시니 기력이 많이 달리시는 듯해. 한고비 넘기고 쉬시라고 해도 좀처럼 가만히 계시지를 않지 뭐니?"

"그러실 거예요."

서운과 담소를 나누다 큰 수녀님이 서운의 옆에 선 태영을 힐끗 쳐다봤다. 키가 훤칠하게 큰 잘생긴 남자에 대한 호기심이 일었다.

"누구시니?"

"제 남자 친구예요."

"안녕하세요. 진태영입니다."

"어머, 서운이에게 이렇게 멋진 남자 친구가 있다니 너무 잘됐다. 참, 내 정신 좀 봐. 하도 오랜만에 만나니 정신이 없었네. 얼른 들어가 봐. 원장 수녀님이 너 엄청 보고 싶어 하셨어."

"네, 들어가 볼게요."

서운이 태영과 함께 원장실로 들어가자 큰 수녀님은 뒤에서 두 사람을 보며 흐뭇하게 미소를 지었다. 서운의 얼굴에 그늘이 없어 보여 마음이 편했다.

원장실 문을 열고 들어가자 마른기침 소리가 들렸다. 따뜻한 보리차를 한 모금 마시던 원장 수녀가 막 들어오는 서운을 보고 환하게 웃으며 자리에서 일어섰다. 그녀는 가까이 다가오는 서운의 두 손을 따뜻하게 잡았다.

"정말 서운이구나."

"네, 서운이예요. 원장 수녀님, 그동안 잘 지내셨어요?"

많이 야위고 움직임이 느려진 원장 수녀를 보니 서운은 눈물이 날 것 같았다.

"보다시피 잘 지내고 있어. 이렇게 얼굴 보니 좋구나. 잘 지내는 거 맞지?"

"네, 잘 지내고 있어요."

원장 수녀의 눈이 서운의 곁에 든든하게 서 있는 태영에게 옮겨 갔다.

"진태영입니다. 서운이랑 결혼할 사람입니다."

"오오, 그래요? 이런 반가울 데가!"

원장 수녀가 활짝 웃는 얼굴로 태영을 살피더니 서운의 손을 다독였다.

"그 조그맣던 서운이가 벌써 결혼할 때가 됐구나."

"저 벌써 서른인걸요."

"그래, 세월이 참 느린 듯하면서도 빠르구나."

서운은 원장 수녀를 부축해 자리에 앉아 오랜만의 회포를 풀었다. 태영은 그녀의 옆에서 서운이 재잘재잘 떠드는 것을 좀 신기한 눈빛으로 지켜봤다. 이렇게 어린아이 같은 모습은 처음이라 신선하고 예뻤다.

"은혜원 운영하시기는 괜찮으세요?"

"후원이 줄긴 했지만 그래도 아직까지는 버틸 만해."

"저도 조금이지만 도움이 되어 드릴 수 있을 것 같아요."

"무리할 거 없어."

"아니에요. 제 마음이 시켜서 하는 거니까 괜찮아요. 참, 애들 선물을 사 왔는데 저 잠깐 애들 좀 보고 올게요."

"애들이 또 좋아서 방방 뛰겠구나."

서운이 나가려다 태영을 돌아봤다.

"같이 갈래요?"

"난 원장 수녀님과 있을게. 다녀와."

"알았어요."

서운이 밖으로 나가자 태영과 원장 수녀는 약속이나 한 듯 서로를 쳐다봤다. 서로에게 할 말이 있었다. 원장 수녀의 눈치를 살피고 태영이 그녀에게 우선권을 넘겼다.

"먼저 말씀하십시오."

"우리 서운이 받아 줘서 고마워요."

"서운이가 저를 받아 준 겁니다."

"이곳에 있는 아이들은 모두 그렇지만 부모에게 버려진 상처를 가지고 자랐어요. 그중 많은 아이들이 그 상처를 평생 극복하지 못하고 살아요."

"쉽지 않겠지요."

"서운이 심성이 착한 아이예요. 부디 저 아이가 다시 상처받지 않도록 잘 지켜 줘요."

"염려 마세요. 서운이보다 제가 더 많이 사랑합니다. 많이 아껴 주겠습니다."

태영의 단호한 대답에 원장 수녀는 고마움으로 눈시울이 젖었다.

"내게 하고 싶은 말이 있지요?"

"실은 서운이 친부모에 대해서 궁금해서 남았습니다. 서운이 어떻게 여기에 오게 된 건가요?"

원장 수녀는 희미하게 고개를 끄덕이며 과거를 회상했다.

"서운이는 태어나자마자 이곳에 맡겨졌어요."

"버린 겁니까?"

"미혼모였는데 키울 사정이 안 된다며 데리고 왔어요. 아이 아빠가 가정이 있는 사람이라 호적에 올릴 수도 없고 혼자 키우자니 감당이 안 됐던 거죠. 서운이가 이곳에 처음 온 날은 아직도 또렷이 기억이 나요."

"그럼 그렇게 맡기고 가서 그 후로 한 번도 서운일 찾아온 적이 없습니까?"

"없었어요, 단 한 번도."

무책임하고 이기적인 친부모에게 화가 끓어올라 태영의 표정이 거북이 등껍질처럼 딱딱하게 굳었다.

"그때 얼핏 듣기로는 상대가 꽤 잘나가는 집 남자였던 것 같은데, 서운일 낳았다는 말을 안 한 것 같았어요."

"그럼 친부는 서운이의 존재를 모르고 있겠네요."

"그럴 수도 있겠죠."

원장 수녀가 씁쓸한 표정으로 읊조렸다.

"사람이 제일 무서운 세상이에요."

그때 마침 서운이 들어오자 약속이나 한 듯 두 사람의 대화가 끊겼다. 태영은 애써 감정을 감추고 서운의 손을 잡았다.

"다 끝났어?"

"네. 애들도 보고 선물도 주고 다 했어요. 당신은요? 원장 수녀님과 데이트 잘했어요?"

"응, 데이트 잘했어."

"오오, 그래요?"

눈을 반달로 휘며 웃는 서운을 찬찬히 지켜보던 원장 수녀의 얼굴에 편안한 미소가 깃들었다. 그녀는 서운을 대하는 태영의 태도를 지그시 응시하면서 흐뭇하게 웃었다. 세월의 흔적이 묻어 있는 섬세한 주름 하나하나에 따사로운 미소가 스며들었다.

집으로 가는 차 안에서 서운이 궁금증이 가득한 얼굴로 물었다.
"원장 수녀님하고 무슨 얘기 했어요? 설마 내 흉본 거 아니죠?"
"음, 아니라곤 못 하겠는데? 어릴 적 엄청 말썽쟁이였다고 고개를 절레절레 흔드시더라고."
"에이, 설마요. 원장 수녀님이 날 배신할 리 없어요."
"말썽쟁이였던 건 맞나 보지?"
"뭐, 그건! 운전이나 해요."
서운이 딴청을 부리자 태영이 서운의 손을 잡아 입으로 가지고 가 쪽 입을 맞췄다.
"나랑 같이 와 줘서 고마워."
그 말에 담긴 함축적인 감정을 알기에 서운은 그와 눈을 마주치며 조용히 미소를 지었다.

유성의 퇴원을 하루 앞두고 영환은 퇴근하자마자 병원으로 향했다. 요즘은 퇴근하고 곧장 병원으로 가는 것이 일과가 되어 버렸다. 어쩐 일로 병실에는 해성이만 남아 있었다.
"엄마는?"
"낮에 집에 다녀오신다고 가셨는데 아직까지 소식이 없네요. 휴대폰도 안 받아요."

"그래?"

"누나 얼굴 봤으니 아빠 먼저 집에 가 보세요. 엄마 나오시려고 하면 좀 묶어 두세요. 그러다 누나 일어나면 엄마가 바통 이어받게 생겼어요."

"그래, 알았다."

"아빠, 내 걱정 말고 얼른 들어가 쉬세요."

유성도 등을 떠밀자 영환은 그대로 병원을 나와 집으로 향했다. 가는 도중에도 혜연에게 전화를 걸었지만 받지 않았다. 받지 않는 횟수가 늘어나자 조금씩 불길한 예감이 엄습했다.

집에 도착하자마자 그는 빠른 걸음으로 거실을 가로질러 안방으로 갔다. 그리고 문을 연 순간 크게 안도했다.

"당신, 여기 있었으면서 왜 전화를 안 받아? 걱정했잖아."

불만을 털어놓다 영환은 흠칫 놀랐다. 의자에 앉아 있는 혜연의 상태가 심상치 않았기 때문이었다. 그는 걱정이 되어 그녀의 어깨에 손을 뻗었다.

"당신, 괜찮아?"

"더러운 손 치워!"

칼날처럼 날카로운 소리와 함께 손이 어깨에서 치워졌다. 갑작스런 아내의 변화에 영환은 크게 당황했다. 벌레 털듯 털어 내는 손길에 기분도 상했다.

"당신, 왜 그래? 도대체 요즘 나한테 왜 이렇게 날카롭게 구는 거야!"

혜연이 분노가 가득한 눈빛으로 자리에서 일어섰다. 그녀의 눈빛에 가득한 적대감에 영환은 황당함을 넘어 화가 났다.

"대체 뭐가 문제냐고!"

그때 혜연이 탁자에 놓인 서류를 영환의 얼굴에 집어 던졌다. 얼굴을 치고 떨어진 서류들이 바닥에 나뒹굴었다.

"이게 대체……."

영환이 노기 가득한 눈빛으로 혜연을 노려보다 바닥에 떨어진 서류들을 집어 들었다. 그리고 눈으로 확인한 순간 그대로 굳었다. 그 서류는 놀랍게도 친자 확인 유전자 검사 결과였다.

두 장의 결과지에는 그와 유성의 친자 관계가 성립된다는 글과 혜연과 유성의 친자 관계가 성립되지 않는다는 글이 선명하게 적혀 있었다. 몇 번이나 다시 읽어도 같은 내용이었다. 기가 막힐 일이었다.

"대체 이게 무슨 소리야? 유성이가 당신 딸이 아니라니?"

"가증스럽게 어디서 모르는 척을 하는 거야!"

혜연이 매섭게 몰아붙였다. 유성의 혈액형이 도저히 잊히지 않아서 혹시나 하는 마음에 불편한 몸을 이끌고 집으로 와 친자 확인 유전자 검사를 의뢰했었다. 결과를 기다리는 내내 그냥 기우이기를, 우려한 바가 아니기를 간절히 바랐다.

그러나 돌아온 결과는 참혹했다. 유성이 자신의 친딸이 아니라는 결과에 그녀는 온몸을 부들부들 떨었다. 30년 전의 일이 악몽처럼 다시 떠오르면서 영환에 대한 분노가 치솟았다.

그녀는 충격을 받고 서 있는 영환에게 비틀거리며 다가가 그대로 뺨을 후려쳤다.

"여보!"

"내 딸 어디 있어!"

혜연의 비통한 외침이 방 안에 쩌렁쩌렁 울렸다.

어떻게 된 일인지 생각하느라 영환은 머리가 지끈거렸다. 어떻게 이런 일이 일어날 수 있는지 생각할 겨를도 없이 혜연이 금방이라도 쓰러질 것처럼 흥분해 있자 영환은 그녀를 진정시키려 했다.

"제발 진정하고 내 말 좀 들어. 하늘에 맹세코 나는 모르는 일이야."

"모른다고? 당신이 천박하게 그 여자랑 놀아났을 때 진심으로 사죄했기에 한 번은 용서해 줬어. 그런데 그 여자랑 애까지 낳은 것도 부족해 내 딸이랑 바꿔치기를 해 놓고 이제 와서 몰랐다고!"

"그게 아니야, 혜연아."

"닥쳐! 나랑 이혼하기 싫어 억지로 끊어 내려니 억장이 무너지든? 그래서 그 여자 딸을 내 딸로 둔갑시켜서 데리고 산 거야! 그 여자 딸인 줄도 모르고 애지중지 키우는 내 모습 보면서 퍽도 우스웠겠다. 사람의 탈을 쓰고 어떻게 그런 짓을 할 수가 있어! 그러고도 네가 사람이야!"

친딸을 잃어버렸다는 사실에 혜연은 정신이 나갈 것만 같았다. 분노가 용광로처럼 끓어올라 금방이라도 혈압이 터져 버릴 것 같았다. 주체할 수 없는 노기에 영환을 죽이고 싶은 충동이 일었다. 그녀는 숨을 거칠게 내뱉으며 가슴을 틀어쥐었다.

그녀가 발작이라도 일으킬까 봐 차마 만지지는 못하고 영환은 어쩔 줄 몰라 했다.

"제발 진정해. 그 여자가 아이를 가진 건 알았지만 낳은 줄은 몰랐어. 분명 지우겠다고 해서 그런 줄만 알았어. 어떻게 이런 일이 일어났는지 나도 지금 미치겠단 말이야. 제발 내 말 좀 믿어 줘."

영환이 사정했지만 극도의 흥분 상태인 혜연의 귀엔 들리지 않았다. 그녀의 머릿속엔 유성이 자신의 친딸이 아니라는 사실과 그보다 자신의 친딸이 어디 있는지, 살아 있는지 생사조차도 모른다는 사실이었다. 그것이 그녀를 미치게 했다.

"내 딸 찾아와."

"혜연아."

"당신이 하지 않았다면 그 여자 혼자 한 짓이잖아. 내 딸 어디로 빼돌렸는지 알아내서 당장 찾아오란 말이야."

"알았어. 알았으니까 제발 흥분하지 마. 그러다 당신 또 쓰러져."

"지금 내가 쓰러지는 게 문제야? 내 딸이 어떻게 됐는지도 모르고 삼십 년을 살아왔는데. 살아 있는지도 모르는 상황인데! 내가 지금 얼마나 죽고 싶은 줄 알아!"

"그래, 알아."

"당신이랑 그 여자 둘 다 죽여 버리고 싶어. 만일 내 딸이 잘못되기라도 했다면 나 당신도 그 여자도 절대 용서 안 해. 니들 다 죽여 버릴 거야!"

표독스럽게 노려보는 시선에 원망과 불신이 가득 담겨 영환은 괴로웠다. 하지만 뼛속 깊이 스미든 그녀의 배신감을 읽을 수 있기에 더 변명하지 못했다. 어쨌거나 그 빌미를 만든 건 자신이었으니 할 말이 없었다.

이렇게 뒤통수를 친 배주선에게도 화가 치밀었다. 자신의 불륜을 알고 혜연이 하마터면 유산을 할 뻔했기에 애를 지우겠다는 주선의 말을 믿고 확인하지 않은 것이 잘못이었다. 아무리 그렇다고 어떻게 애를 바꿔치기하는 무서운 짓까지 했는지 이해가 되지 않았다.

"우리 딸 내가 찾을 거야. 그러니까 흥분 가라앉히고 조금만 기다려 줘."

"당신은 아빠 소리 들을 자격도 없어."

"나도 지금 괴로워."

"괴로워? 이게 다 누구 때문에 일어난 일인데! 당신이 다른 여자랑 놀아난 일로 왜 내 딸이 그런 일을 당해야 하는데! 왜!"

혜연이 화를 못 누르고 다시 흥분하더니 그대로 의식을 잃었다.

"여보!"

영환이 다급하게 바닥에 쓰러진 혜연을 안아 올려 침대에 눕혔다. 그러고는 곧바로 김 박사에게 전화를 걸었다.

응급처치 후 김 박사를 돌려보내고 영환은 침대 맡에서 팔에 링거를 꽂고 잠들어 있는 혜연을 내려다봤다. 그제야 병원에서부터 이상하던 혜연의 태도가 이해가 됐다. 며칠 새 얼마나 스트레스를 받았는지 입술이 다 부르터 있었다. 그렇게까지 화를 내는 모습은 살면서 처음 봤다.

그는 조심스럽게 침실에서 나와 서재로 들어갔다. 그러고는 자신의 오래된 비서에게 전화를 걸었다.

"배주선 당장 수배해."

차갑게 명령을 내리고 휴대폰을 내려놓는 가슴이 크게 들썩거렸다. 그는 양손으로 옆구리를 짚으며 끓어오르는 분노를 삭였다.

제17장
가족을 찾아서

 토요일에 영선은 점심 영업이 끝나자 식당 문을 닫고 집으로 갔다. 사흘 전, 서운이 남자 친구와 함께 찾아온다는 이야기를 한 터라 아침부터 손에 일이 잡히지 않았다. 그동안 남자 친구라고 집에 데리고 온 적이 한 번도 없었기에 기대와 걱정이 컸다. 그녀는 정성스럽게 손맛이 담긴 음식을 해 놓고 서운이 오기만 기다렸다.

 오후 5시쯤 되자 밖에서 서운이 들어오는 소리가 났다. 영선은 한달음에 밖으로 나갔다.

 "엄마, 나 왔어."

 "어서 와!"

 막 거실로 들어온 서운에게 건성으로 인사를 건네고 영선은 서운의 뒤에 따라 들어오는 키가 큰 태영에게 시선을 고정했다.

"처음 뵙겠습니다. 진태영입니다."

"어서 와요. 기다리고 있었어요."

영선의 환대에 태영이 살짝 안도하며 웃었다. 초행길이라 속으로 꽤 긴장을 했던 터였다.

영선이 미리 준비해 둔 차와 과일을 가지고 나와 거실에 자리를 잡았다.

"어머님, 절부터 올리겠습니다."

영선이 놀라서 만류하려고 했지만 태영은 넙죽 큰절을 올렸다. 서운이 당황한 영선에게 두 눈을 찡긋해 줬다.

"서운이랑 결혼까지 생각하고 있습니다. 그래서 큰절로 인사드리고 싶었어요. 잘 봐주십시오."

서운은 태영이 알아서 엄마한테 점수를 따는 것이 믿음직스러워서 웃으며 보기만 했다. 아직 그의 집에 허락을 받은 것도 아니면서 너무 앞서가는 것 같지만 어차피 그를 말릴 수도 없었다. 그를 믿기로 했으니 믿고 따라가는 수밖에.

"서운이한테 얘기만 듣고 많이 궁금했는데 이렇게 보니 한결 마음이 놓이네."

"잘 골랐지?"

서운이 툭 치고 들어오는 소리에 영선이 슬쩍 고개를 끄덕여 주고 다시 태영에게 집중했다.

"저게 겉으론 야물어 보여도 속은 허당 기가 많아요."

"어머님, 말씀 편하게 하십시오."

"그, 그럴까? 아무튼 우리 서운이 부족한 점도 많지만 잘 아껴 주게. 형편이 넉넉지 못해 남부럽지 않게 키우진 못했어도 애 자체는 어디에 내놔도 부끄럽지 않을 정도로 명품이라네."
"알고 있습니다."
"저게 결혼할 생각이 없어 보여서 늙어서도 다 큰 딸 뒤치다꺼리할까 봐 걱정했는데 통으로 넘겨줄 수 있으니 너무 좋네."
가만히 듣고 있던 서운이 딴죽을 걸었다.
"뭐야? 한 짐 덜었다는 거야, 지금?"
"큰 짐 덜었지."
영선이 덥석 대답하자 서운은 입술을 비죽거렸다. 그러나 얼굴엔 서운한 티가 전혀 나지 않았다. 엄마가 무슨 뜻으로 하는 소린지 알기 때문이었다.
"엄마, 이 사람 배고파. 밥 줘요."
"아, 그래? 내 정신 좀 봐. 얼른 일어나게."
"괜찮습니다. 천천히 하세요."
태영의 만류에도 영선은 손 빠르게 식탁 위로 준비한 음식을 세팅했다. 사위가 될지도 모를 그를 맞이하기 위해 정성껏 준비한 갖가지 음식들이 식탁 위를 가득 채웠다.
"우와! 우리 엄마 솜씨 발휘 좀 하셨네."
"뭘 좋아할지 몰라서 이것저것 준비해 봤네. 차린 건 없지만 많이 들게."
"차린 게 없다니요. 이런 진수성찬 처음 받아 봅니다. 잘 먹겠습니다."

태영이 감동한 얼굴로 수저를 들었다. 귀한 대접을 받는 것 같아 마음이 따스했다. 아주 오랜만에 사람 사는 정을 느끼는 기분이었다.

언젠가 서운이 했던 말처럼 어머니의 손맛이 뛰어나서 음식은 하나같이 맛이 일품이었다. 그는 영선이 앞에서 흐뭇하게 지켜보는 시선을 느끼며 편안하게 골고루 음식을 즐겼다.

태영과 서운이 나란히 식사를 하며 웃는 모습을 지켜보며 영선은 눈시울이 시큰거렸다. 이런 모습을 혼자서 보는 것이 가슴 아팠다. 살아 있었다면 누구보다 좋아했을 사람인데…….

서운을 보는 태영의 눈빛에 사랑이 그대로 보여 영선은 그저 흐뭇했다. 자신 앞에서 내색은 하지 않았지만 상처가 있는 아이이기에 그 상처까지 보듬어 줄 수 있는 남자를 만나기를 바랐다. 태영이 서운에 대해서 모든 것을 알고도 선택해 준 것이 고맙고 든든했다.

서운이 수저 위에 올려 준 반찬을 맛있게 먹으며 웃는 두 사람을 지켜보며 영선은 부디 서로 사랑하는 마음이 변치 않기를 기도했다. 그녀는 서운과 눈이 마주치자 미소를 지으며 고개를 끄덕여 주었다.

집으로 돌아오는 차 안에서 서운은 운전을 하는 태영을 보며 피식 웃었다.

"왜 웃어?"

"오늘 조금 딴사람 같았던 거 알아요? 그렇게 넉살 좋은지 몰랐어요."

"나도 몰랐어."

"집에서 어머님께도 그렇게 살갑게 굴어요?"

"전혀 아닐걸?"

태영이 뚱하게 대답했다.

"울 엄마한테 하는 거 어머님이 아시면 서운해하시겠는데요?"

"그래도 하는 수 없어. 내가 점수 따야 할 쪽은 장모님이니까."

그의 입에서 자연스럽게 흘러나온 장모님이라는 소리가 듣기 좋았다.

"난 당신 어머니한테 그렇게 못 할 거 같은데 반성하게 되네요."

"우리 어머니 어려운 사람 아니야."

"그래도 묘하게 어려운 진입 장벽이 있어요. 시어머니 자리가 편한 며느리들은 아무도 없을걸요?"

"장모님보다는 그럴 수 있겠지. 그래도 우리 어머니랑 잘 지냈으면 좋겠어. 겉으론 이것저것 따지시는 것 같지만 모진 분 아니야. 자식 못 이기셔."

어차피 그와 결혼까지 생각한 마당이니 피할 수 없는 숙명과도 같았다. 식사를 할 때는 나름 화통하고 정도 많으신 분 같았다. 그날 그래도 점수를 꽤 땄다고 생각했는데 암초처럼 나타난 강명옥이라는 반갑지 않은 인물 때문에 점수를 다 잃은 것이 속상하고 화가 났다.

"집에 자주 가 봐요."

"걱정돼?"

"당연히 걱정되죠. 어머니도 충격이 크시겠지만 난 형님이 더 걱정이에요."

"힘들겠지만 잘 이겨 낼 거야. 형은 강한 사람이니까."

"강한 척하는 건지도 모르죠."

태영은 반박하지 않았다. 실제로 고비가 있을 때마다 좌절하고 낙망하기보다는 일을 어떻게 해결해야 할지부터 생각한 태환이 고도로 단련된 가면을 쓰고 있는지도 모를 일이다. 하지만 그렇다고 하더라도 이 일은 스스로 이겨 내고 털어 내야 할 일이니 그저 바라봐 주는 수밖에.

"진짜 그 형수라는 사람 생각할수록 어이없어요. 미치지 않고서야 어떻게 그런 짓을 할 수가 있어요?"

"그러게 말이야."

"그리고 당신, 최유성 씨한테 가 봐야 하는 거 아니에요?"

"왜 그런 소릴 해?"

"아니, 어머님 친한 친구 딸이 사경을 헤맨다는데 안 가 보는 것도 좀 그런 거 아닌가 싶어서요. 혹시 내가 걸려서 안 가는 거라면 신경 쓰지 말라고요."

마침 빨간 신호에 걸리자 태영이 서운을 돌아보며 웃었다.

"생각을 안 한 건 아니지만 그냥 안 가는 게 좋겠다 싶었어. 어머니한테 듣자니 유성이 마음 정리하고 있는 중이라는데 나 보면 괜히 더 힘들까 봐서. 다행히 회복이 빨라서 곧 퇴원할 거라 들었어."

"다행이네요. 최유성 씨 어머니 마음고생이 심하셨겠어요. 딸하고 엄청 사이가 좋아 보이던데."

"소식 듣고 충격으로 쓰러지셨다고 들었어."

"왜 안 그러셨겠어요. 딸이 그렇게 됐는데."

서운은 몇 번 스치듯 만났던 혜연을 떠올렸다. 짧은 순간이지만 볼 때마다 유성에 대한 사랑이 보였었다.

"좀 이상한데요. 최유성 씨가 사고를 당했다는 말을 들었을 때 이상하게 최유성 씨 어머니가 먼저 떠올랐어요."

"그래?"

"둘이 친구처럼 사이가 좋은 걸 봐서 그랬나 봐요. 어쨌든 무사히 퇴원한다니 다행이네요."

서운이 보스스 웃자 태영이 손으로 그녀의 뒤통수를 쓸어 주었다.

"착해."

"에이, 넣어 두시죠."

서운이 고개를 저으며 차창 밖으로 시선을 돌렸다.

태영은 그녀를 흘깃 보며 부드러운 미소를 지었다. 아니라고 해도 마음이 고운 사람이었다. 충분히 비뚤어질 수 있는 상황이었는데도 반듯하게 잘 자라 준 것이 고맙고 예뻤다. 그래서 그녀가 더 사랑스러웠다.

※

집으로 갈 준비를 마치고 유성은 혜연이 오기를 기다렸다. 하지만 병실 문을 열고 들어온 사람은 혜연이 아니라 영환이었다.

"엄마는요?"

"엄만 몸이 많이 안 좋아서 그냥 쉬라고 그랬어."

"많이 안 좋으신가요?"

"네 일로 충격이 커서 그렇지 뭐. 이제 다 끝났으니 가자. 해성아, 가방 좀 들어."

"예."

해성이 유성의 퇴원 가방을 들고 유성을 돌아봤다.

"퇴원 축하해. 다시는 오지 마라, 이런 데."

"말이라고 해? 여기 있는 내내 끔찍했어."

"그래도 살아 있다는 것에 감사하고 열심히 살아."

오빠처럼 구는 그에게 유성은 따질 기운도 없어 그만뒀다.

병실을 나서는 그녀의 안색이 초췌했다. 엄마에 대한 걱정 때문이었다. 어지간히 아파선 병원에 안 올 사람이 아니었다. 그래서 더 걱정이 됐다. 자신 때문에 그동안 마음 졸였을 것이 눈에 그려졌다.

집으로 가는 동안 그녀는 유유히 뒤로 흘러가는 바깥 풍경들을 쳐다봤다. 하마터면 다시 보지 못할 광경들이어서인지 감회가 새로웠다. 그녀는 멍하니 바깥을 쳐다보다 해성에게 물었다.

"혹시 나 의식 없을 때 태영 오빠 왔었어?"

"아니. 형 대신 어머니가 오셨었어."

"그래."

기대하지 않았다 치부했으면서 마지막 한 가닥 정도는 기대를 하고 있었는지 기분이 가라앉았다.

"태영 형 잊기로 한 거잖아. 힘들더라도 마음 접어. 아마 그래서 형도 오지 않았을 거야."

"그래, 누가 뭐래? 기대도 안 했어."

"그럼 실망하지도 마. 누나 얼굴에 다 티 나거든."

"그러고 있어. 근데 하루아침에 칼로 무 자르듯 그렇게 간단하게 되는 건 아니잖아. 나도 애쓰고 있는 중이야."

"총 맞은 셈 치고 말하자면 누나 예쁘고 인기 많잖아. 태영 형보다 더 좋은 남자 얼마든지 만날 수 있어."

"앞에 말만 빼고 말했으면 감격했겠다만 그러면 최해성이 아니지."

해성이랑 투덕대다 유성은 아무런 반응이 없는 영환을 힐끗 쳐다봤다. 기분 탓인가 아빠 역시 기분이 좋아 보이지 않았다. 오늘은 퇴원하는 날인데 공기가 무거운 것이 이상했다.

"아빠, 혹시 엄마랑 무슨 일 있었어요?"

"일은 무슨. 네 엄마랑 언제 문제 있었던 적 있었냐? 왜? 엄마가 안 와서 서운해?"

"아뇨. 아파서 못 오시는 건데요."

"그래, 그동안 너 병간호하느라 무리해서 병난 거니까 너무 서운해하지 마. 엄마 마음은 네가 가장 잘 알잖아."

"그럼요."

유성은 고개를 끄덕이며 슬며시 고개를 드는 의문들을 털어 버렸다.

집으로 들어가기 무섭게 유성은 혜연의 침실부터 찾았다.

"엄마."

화장대 앞에 앉아 두 손으로 머리를 싸매고 있던 혜연이 느릿하게 자리에서 일어났다. 그녀는 아무것도 모르고 자신을 보고 있는 유성을 복잡한 심경으로 쳐다봤다.

"엄마, 많이 아파? 미안해, 나 때문에."

"아니야. 병원에 못 가서 미안해."

"엄마 얼굴 너무 안 좋아."

유성의 표정이 일그러지며 금방이라도 울음을 터뜨릴 것처럼 보이자 혜연이 그녀를 다독였다.

"집에 오니까 좋지?"

"응, 너무 좋아. 나 솔직히 병원에 있을 땐 다시 집으로 올 수 있을까 싶었거든."

"그런 걱정을 왜 해? 바보같이. 피곤하겠다. 얼른 올라가 쉬어. 엄만 좀 누워야 할 거 같아."

"알았어. 엄마, 얼른 누워. 나 이제 집에 있으니까 걱정하지 말고."

"그래."

혜연이 침대에 앉는 것을 보고 유성이 밖으로 나갔다. 혜연은 닫힌 방문을 보며 눈을 질끈 감았다. 고운 미간에 주름이 깊게 팼다.

밖으로 나온 유성은 거실에서 기다리고 있는 해성에게 영환의 행방을 물었다.

"아빠는?"

"서재에 계셔. 통화할 일이 있으시대."
"그래?"

노파심인지 몰라도 엄마의 얼굴이 너무 안 좋은 것도 그렇고 두 분 사이에 무슨 문제가 있는지 다시 의문이 들었다.

"집안 분위기 좀 이상하지 않아?"
"뭐가? 아무렇지 않은데? 그만 올라가자. 누나 쉬어야지."

해성이 대수롭지 않게 대답하며 가방을 들고 앞장서자 유성은 고개를 갸웃거리며 그를 따라갔다. 앞장선 해성의 얼굴에 살짝 그늘이 졌다.

영환은 혜연의 화가 풀어지지 않아 침실로 가지 못하고 서재에 앉아 손가락으로 관자놀이를 꾹꾹 눌렀다. 요 며칠 머릿속이 터져 버릴 것처럼 부글부글 끓어올랐다.

그렇지 않아도 화성 건물 화재 사건으로 경찰 조사를 받느라 회사 일로도 골머리를 썩이는 중이었다.

화성 건물은 길갑수가 책임지고 진행한 일인데 어떻게 손을 썼는지 미꾸라지처럼 쏙 빠져나간 바람에 그 덤터기를 자신이 쓸 위기에 몰렸다. 당연히 길갑수에게 감정이 좋을 리 없었다.

엎친 데 덮친 격으로 유성이 사고에 이번 일까지 연이어 터지니 벼랑 끝에 몰린 기분이었다. 누군가 손가락으로 톡 건드리기만 해도 벼랑으로 떨어질 것 같았다.

자신도 전혀 모르는 사이에 일어난 일인데도 억울함을 주장할 수 없는 것이 화가 났다. 하지만 그렇게 아꼈던 딸이 친딸이 아니라는 사실에 혜연의 충격이 얼마나 클지 알기에 일방적으로 당하는 것이 서운해도 할 말이 없었다. 어쨌든 과거의 잘못으로 인해 일어난 일이니 그 대가를 치르는 수밖에.

다만 감쪽같이 자신을 속이고 아이를 바꿔치기한 주선의 행태는 도저히 용서할 수 없었다. 유성의 사고가 아니었다면 아이들이 바뀐 사실을 평생 모르고 지나갈 뻔했지 않은가.

유성이야 어차피 자신의 핏줄이니 그렇다 쳐도 혜연이 낳은 아이는 도대체 어디에 있단 말인가. 그 사실 때문에 초조하고 피가 말랐다. 아이를 찾지 못한다면 혜연이 어떻게 나올지 상상할 수도 없었다.

"배주선, 네가 감히 내 아이를 가지고 장난을 쳐?"

앞에 있다면 당장 목을 조르고 싶은 심정이었다.

눈치 빠른 해성은 부부간의 심상치 않은 기류를 이미 눈치채고 애써 모르는 척하고 있는 것 같은데 문제는 유성이었다. 혜연의 일이라면 자다가도 벌떡 일어나는 유성이 혜연의 변화를 눈치채지 못할 리 없을 것이다. 만일 자신이 혜연의 친딸이 아니란 사실을 안다면 유성이 받을 충격도 걱정이었다.

평화롭고 이상적인 가정에 한순간에 균열이 가 버렸다. 그 균열이 쫙 소리를 내며 조각조각 깨져 버릴까 봐 불안해 미칠 지경이었다.

그 전에 어떻게든 아이를 찾아야 한다. 자신이 저지른 한순간의 실수 때문에 태어나자마자 운명이 뒤바뀐 딸아이가 가여워 영환은 손으로 마른세수를 하며 괴로워했다.

그때 휴대폰이 울리자 그는 착잡한 얼굴로 액정을 확인했다.

비서의 이름을 확인하고 그는 소파에 무거운 머리를 기댄 채 눈을 감았다.

-사장님, 구 비서입니다.

"무슨 일이야?"

-배주선 씨 찾았습니다.

"어디야!"

눈을 감고 있던 영환의 몸이 용수철처럼 튕겨져 일어났다. 그는 금방이라도 뛰어나갈 기세로 구 비서의 보고에 집중했다.

다음 날, 은회색의 고급스런 외제차에서 내린 여자가 테에 명품 로고가 선명하게 박힌 선글라스를 손으로 한 번 만지더니 안으로 들어갔다. 도도한 걸음걸이로 직원이 안내한 밀실로 들어가자 영환이 기다리고 있었다.

"오랜만이네요."

영환은 차림과 분위기가 확 달라진 주선을 찬 시선으로 훑어내렸다. 화려한 과거를 숨기려고 용을 썼는지 겉으로 보기엔 점잖은 상류층 부인처럼 보였다. 하지만 그녀의 과거를 아는 그의 눈에는 과거의 본모습이 그대로 보일 뿐이었다.

직원에게 아무도 들어오지 말라 부탁을 하고 영환은 주선을 매섭게 노려봤다.

"당신이 날 찾을 줄은 몰랐네요. 갑자기 무슨 일이죠?"

"무슨 일인지 짐작이 갈 텐데?"

"무슨 소리를 하는 거예요? 알아듣게 설명해요. 기분 나쁘게 인상 쓰지 말고."

그런 짓을 저질러 놓고도 당당한 척하는 것이 역겨워 영환은 차게 비웃었다.

"삼십 년 전에 내게는 아이를 지우겠다고 해 놓고 아이를 낳았더군."

태연한 척하지만 순간 주선의 눈빛이 흔들리는 것을 영환은 분명히 봤다.

"무슨 헛소리를 하는지 모르겠네요. 난 그런 적 없어요."

"입만 열면 거짓말인 습관은 여전하군. 사람은 고쳐 쓰는 거 아니라더니 본모습이 달라졌다고 해도 배주선은 배주선이지."

"말조심해요. 지금 나 당신이 함부로 할 수 있는 옛날의 배주선이 아니에요."

"지금 네 목을 조르지 않는 것만으로도 충분히 대접해 주고 있으니 닥치고 묻는 말에 사실대로 대답이나 해. 네 딸하고 바꿔치기한 내 딸 어디 있어?"

"이게 도대체 무슨 억지예요!"

"너랑 유성이 유전자 대조라도 해야 실토할 거야!"

영환이 버럭 화를 내자 끝까지 시치미를 떼며 꼿꼿하게 나오던 주선이 크게 당황했다. 평생 아무도 모를 거라 생각했는데 그가 어떻게 알고 있는지 몰라 머릿속이 급하게 돌아갔다.

심장이 빠르게 뛰고 손발이 떨렸지만 영환이 금방이라도 위해를 가할 것처럼 노려보자 주선은 차갑게 그를 노려보며 맞섰다. 어차피 모든 사실을 알고 찾아온 것이 분명하니 더 거짓말을 해 봤자 소용이 없었다.

"어떻게 알았어요?"

"끝까지 속일 수 있을 거라 생각했나 보지? 나를 속이고 애를 낳은 것도 모자라 내 애랑 바꿔치기를 하다니. 네가 사람이야!"

"그 애도 당신 애예요."

차갑게 지적해 주는 소리에 영환의 얼굴이 분노로 일그러졌다.

"그걸 지금 말이라고 해? 노대체 왜! 그런 짓을 한 거야!"

"부럽고 질투 나서요."

"뭐가 어째?"

"당신의 그 고상한 와이프가 임신했다고 그렇게 좋아하더니 내가 임신했다고 하니까 흙탕물을 뒤집어쓴 표정으로 당장 지우라고 그랬잖아요."

"그건 당연한 거 아니야? 너도 내가 가정이 있는 사람인 거 알고 있었고 나한테 더 바라는 거 없었잖아. 그런데 갑자기 임신이라니. 내 뒤통수를 친 건 너였어."

그때나 지금이나 여전히 매몰찬 그에게 주선이 냉소했다.

"뭐, 그렇다고 해요. 그건 내 실수였으니까. 그리고 처음엔 당신 말대로 지우려고 했어요. 나한테도 혹은 필요 없으니까."

자식을 혹이라고 표현하는 그녀에게 영환은 환멸이 일었다.

"그런데 갑자기 날 고의로 임신을 해서 당신 등골이나 빼먹으려는 여자 대하듯 하는 게 참을 수 없었어요. 내 배에서 태어나는 핏줄을 자식으로 받아들일 수 없다는 말도 가슴을 후벼 팠어요. 그래서 갑자기 오기가 생기더군요. 그 아이를 꼭 낳아서 당신 와이프가 키우게 하고 싶었어요."

"아무리 그런다고 어떻게 그렇게 무서운 짓을 할 수가 있어? 도대체 어떻게 그런 일들이 가능할 수가 있는 거야?"

"내가 언젠가 얘기했을 거예요. 나는 비록 막살지만 내 동생은 번듯한 직장인으로 뒷바라지했다고요. 그 동생이 당신 와이프가 있었던 산부인과 신생아실 간호사였어요. 세상 참 좁죠?"

"허!"

들을수록 가관이라 영환은 기가 막혔다.

"당신 몰래 같은 산부인과에 들어가느라 애 좀 먹었어요. 당신 와이프와 출산일을 맞추느라 제왕절개를 했으니 같은 날 태어난 아이를 바꾸는 건 일도 아니죠."

"이런 미친!"

영환은 화를 누르느라 이를 악물었다. 그 모습을 똑바로 쳐다보며 주선은 그를 비웃듯 콧방귀를 뀌었다.

"아무것도 모르고 당한 당신 와이프와 아이가 불쌍하긴 했지만 내 속으로 낳은 아이만큼은 번듯한 집안에서 자라게 해 주고 싶었어요."

"네가 지금 제정신이야?"

"날 그렇게 만든 건 당신이었어요."

무서운 짓을 저질러 놓고도 반성하는 기미조차 없는 그녀에게 질려 영환은 기가 막혔다.

"그 아이는 어떻게 했어?"

"몰라요."

"모른다고? 그걸 말이라고 해!"

영환이 금방이라도 죽일 것처럼 위협했지만 주선은 끝내 아이의 행방에 대해서 입을 열지 않았다. 영환은 금방 터져 버릴 것 같은 분노를 누르고 얼음장 같은 시선으로 그녀를 쏘아봤다.

"기회를 줄 때 말하는 것이 좋을 거야."

"말하지 않으면 어쩔 건데요? 말했을 텐데요? 나 옛날의 배주선이 아니라고."

주선이 끝내 뻔뻔하게 나오자 영환이 싸늘하게 냉소했다.

"그러니까 말이야. 결혼을 했더라고? 그것도 꽤 이름 있는 사업가와 말이야."

갑자기 흥분을 가라앉히고 차분하게 나오는 말투가 더 위협적이라 주선은 긴장하며 마른침을 삼켰다.

"그 남자랑 어떻게 결혼해서 전혀 다른 사람처럼 살고 있는지 모르지만 네가 아이를 낳아서 바꿔치기한 사실까지 알고도 아무렇지 않을지 모르겠네."

주선의 얼굴이 차갑게 굳었다. 역시 무서운 남자였다. 주선은 그를 싸늘하게 쏘아보며 맞섰다.

"헛수고하지 말아요. 내 남편은 나를 신뢰해요. 내가 무슨 짓을 했든 날 이해해 줄 거란 말이에요."

"과연 그럴까? 찬물을 끼얹어서 미안한데 네 남편이 네가 한 짓을 알고도 묵인할 수는 없을 거야. 만약 그런다면 네 남편의 도덕성까지 싸잡아서 터뜨려 버릴 거니까. 내가 못 할 거 같아? 사업하는 사람에게 이미지가 얼마나 중요한지 너도 잘 알 텐데?"

"다, 당신은 내가 한 짓을 증명하지도 못할걸요?"

"굳이 내가 증명할 필요는 없지. 네가 다 불었으니까."

"지금 무슨 소리를······!"

영환이 탁자 밑에서 휴대폰을 꺼내 버튼을 누르자 지금까지 했던 대화들이 그대로 재생되어 흘러나왔다.

주선의 얼굴이 삽시간에 밀가루 반죽처럼 하얗게 변했다. 녹음을 하고 있을 줄은 꿈에도 몰랐다. 제대로 그가 쳐 놓은 덫에 빠진 기분이었다.

그녀의 멘탈을 충분히 흔들었음을 인지한 영환이 휴대폰을 쥐고 물었다.

"내가 참아 주는 건 여기까지야. 말해, 내 딸 어떻게 했어!"

"···고아원에 맡겼어요."

억장이 무너지는 기분에 영환이 눈을 질끈 감았다 떴다. 그래도 그때 아이가 잘못된 것은 아니라는 사실에 작게나마 안도했다.

"어디 고아원인지 말해."

살기가 느껴지는 그의 눈빛을 피해 주선은 지난 기억을 되짚었다.

"으, 은혜원이에요."

"은혜원? 확실해?"

"확실해요. 천주교에서 운영하는 곳이었어요."

당장 아이를 찾아야 한다는 생각에 영환이 더 볼 일 없다는 듯 자리를 털고 일어나자 주선이 다급하게 붙잡았다.

"그 녹음 파일 지워요."

"내가 왜 그래야 하지?"

영환이 차가운 눈빛으로 벌레 보듯 쳐다봤다.

"당신이 원하는 답을 줬잖아요!"

"고작 그걸로 네가 한 무지막지한 짓과 퉁치자는 거야?"

"그럼 어쩔 셈이에요?"

"내 딸을 무사히 찾도록 기도나 해. 만일 내 딸이 잘못되었다면 너도 끝장이야. 각오해. 진짜 지옥이 뭔지 보여 줄 거니까."

"그럼 딸을 찾으면 내가 한 짓은 덮어 주는 거예요?"

반성 없는 태도에 영환이 조소했다.

"끝까지 뻔뻔하고 이기적이군. 내가 왜 널 용서해 줘야 하지? 해선 안 될 짓으로 내 가정을 흔들고 내 딸의 인생을 송두리째 망가뜨린 주제에 편하게 살기를 도모하는 건 너무 양심 없는 짓이잖아?"

"그, 그럼 어쩔 거예요?"

"당연히 불쌍한 네 남편도 모든 사실을 알아야지. 네가 한 짓을 다 알고도 널 받아들일지는 내 알 바 아니야. 하지만 네가 뻔뻔하게 지금처럼 살게 두지도 않을 거야."

영환이 그대로 나가려고 하자 주선이 그를 붙잡고 애원했다.

"제발, 남편에게는 말하지 말아 줘요."

"더러운 손 치워!"

영환이 칼날 같은 시선을 치켜뜨자 주선이 움찔거리며 팔을 놓았다. 그가 금방이라도 죽일 것처럼 무서워 뒤로 물러났다.

"유성일 내쫓을 건 아니죠? 유성이도 당신 딸이에요."

속에서 역겨운 것이 올라와 영환은 매섭게 주선을 노려봤다.

"유성이 이름 그 더러운 입에 함부로 올리지 마. 입을 찢어 버리기 전에."

영환이 살벌하게 협박을 하고 밖으로 나갔다.

혼자 남은 주선은 벌벌 몸을 떨었다. 과거의 자신이 아닌 전혀 다른 자신을 보여 주고 싶었는데 그의 앞에서 완전히 발가벗겨진 기분이었다.

완전한 범죄라고 생각했는데 이제 와서 그 일이 자신의 목을 조를 줄 몰랐다. 지금의 남편은 자신의 과거를 전혀 모르고 있기에 영환의 말 한마디에 인생이 다시 구렁텅이로 추락하는 것은 시간문제였다. 그제야 옛날에 저질렀던 일이 얼마나 무서운 일인지 실감하고 그녀는 바닥에 주저앉아 눈물을 흘렸다.

※

유성이 퇴원했다는 전화를 받고 송 여사는 곧바로 유성을 찾아왔다. 그녀는 얼굴이 반쪽이 된 유성의 손을 잡았다.

"고생 많았어."

"많이 놀라셨죠? 저 이제 괜찮아요."

"후유증이 생길지 모르니 무리하지 말고 관리 잘해야 해."

"네, 조심할게요. 병원에도 오셨다고 들었어요. 어머니, 정말 감사드려요."

"당연히 가야지. 넌 나한테도 딸이야."

그때 혜연이 밖으로 나오자 송 여사는 그녀의 얼굴을 돌아보다 깜짝 놀랐다.

"어머, 애! 너 얼굴이 왜 그래? 금방이라도 쓰러질 것 같잖아."

"괜찮아. 기운이 없어서 그래."

"송장처럼 핏기가 하나도 없는데 괜찮긴. 얼른 안으로 들어가."

송 여사가 혜연을 부축해서 안방으로 들어가며 유성을 돌아봤다.

"올라가 쉬어. 네 엄마랑 놀다 갈게."

"그러세요. 엄마 기분 좀 풀어 주세요. 저 때문에 엄마가 쓰러지실까 봐 걱정이에요."

"왜 아니라니? 알았어."

송 여사는 방으로 들어가자마자 혜연을 침대로 데리고 갔다.

"얼른 누워. 내가 괜히 찾아왔나 보다."

"아니야."

그러면서 순순히 침대로 올라가 헤드에 등을 기댔다.

"병원에 다녀갔단 소리 들었어. 경황이 없어서 인사도 못 했네."

"우리 사이에 인사가 왜 필요해? 근데 너 정말 괜찮은 거야? 안색이 너무 안 좋아 보여. 유성이 이제 괜찮으니까 너도 몸을 추슬러야지. 너 이러니까 내가 정말 얼굴을 못 들겠어."

"네가 왜?"

"그게 사실은 말이야……."

차마 입이 안 떨어져서 송 여사는 뜸을 들이며 혜연의 눈치를 살폈다. 괜한 소리를 해서 다시 쓰러질까 봐 걱정이 된 탓이었다.

"할 말 있으면 해. 들을 기운 있어."

혜연의 차분한 재촉에 송 여사는 잠시 고민하다 마음을 굳혔다.

"유성이 사고 말이야. 단순한 교통사고가 아니야."

"그게 무슨 소리야? 단순한 교통사고가 아니라니? 그럼 누가 일부러 유성일 죽이려고 사고를 냈단 말이야?"

"응……."

"대체 누가 왜!"

"여진이 짓이야."

"뭐!"

혜연은 미간을 찌푸리며 잠시 말을 잇지 못했다. 그러다 차가운 시선으로 송 여사에게 물었다. 가슴이 떨려 진정이 되지 않았다.

"네 며느리가 우리 유성이한테 왜 그런 짓을 한 거니?"

"여진이가 태환이와 태영이를 저울질해 태환이와 결혼을 해 놓고도 태영이한테 미련을 못 버린 사실을 유성이가 나한테 이르겠다고 협박을 했다더라."

"말도 안 돼. 그런다고 사고를 낼 생각을 하다니 그 애 정말 미친 거 아니니? 유성일 죽일 셈이었던 거잖아!"

"그러니까 말이야. 유성이에겐 정말 뭐라 할 말이 없어. 그런 앨 며느리로 두고 있었다니 끔찍해."

극한 분노를 터뜨리다 혜연은 죄인처럼 구는 송 여사의 기분을 살폈다. 여진의 짓을 전혀 모르고 있었던 것을 알기에 그녀가 얼마나 충격을 받았을지도 알 수 있었다.

"넌 괜찮은 거야? 네 며느리가 그런 애라는 거 몰랐을 텐데. 너도 충격이 만만치 않았겠다."

"말해 뭐 해. 화나고 분통이 터져서 나도 며칠 앓아누웠었어. 문밖에서 태환이랑 얘기하는 거 듣고 얼마나 기가 막혔는지 몰라. 따귀를 한 대 올려붙이고 내쫓긴 했지만 아직도 분이 안 풀린다니까. 망할 것."

"사실 나… 여진이 일 알고 있었어."

"뭐? 알고 있었다고? 그런데 왜 나한테 얘기 안 했어?"

송 여사가 인상을 쓰며 묻자 혜연은 난감한 얼굴이 됐다.

"태영이가 유성일 말렸었나 봐. 형하고 문제없이 잘 지내면 된다고."

"그 바보 같은 자식이!"

"너한테 말해 주고 싶었는데 못했어. 미안해."

"아무리 그래도 좀 서운해, 얘. 말했어야지!"

"결혼했으니까 정신 차리고 며느리 노릇은 잘하고 있는 줄 알았지."

"그 빌어먹을 것이 태환이가 사고를 당했다고 태영이한테 다시 미련을 가진 것만 생각하면 머리카락을 죄다 뽑아 버리고 싶은 심정이야."

그녀의 분노가 너무 당연하여 혜연은 느리게 고개를 끄덕거렸다.

"이제 어떡할 거니? 우린 여진이 용서할 생각 없는데."

"당연하지. 여진이한테도 얘기했어. 제 발로 경찰서로 가서 자수하지 않으면 신고하겠다고 분명히 말했으니 자수하러 갈 거야. 우발적인 사고라고 우겨 봤자 현장 CCTV나 블랙박스 분석하면 우발적이 아닌 거 밝혀질 거고 우리도 범죄자를 감쌀 생각 없어. 그 앤 이제 우리 집 며느리 아니야. 태환이가 소송을 해서라도 이혼하겠다고 결심을 굳혔어."

여진의 잘못된 행동으로 두 집안이 모두 고통을 겪고 있는 현실이 답답해 두 사람은 약속이라도 한 듯 한숨을 내쉬었다.

"아휴, 태환이 마음 안 좋아서 어떡하니?"

"털고 이겨 내야지. 그러길 지켜봐 주는 수밖에 없고."

"자고로 집안에 사람이 잘 들어와야 하는데."

"왜 아니라니. 며느리라고 갖은 정 다 줬는데 그렇게 소름 끼치게 이중적인 얼굴을 하고 있었던 것만 생각하면 분통이 터져서 자다가도 벌떡 일어난다니까."

혜연이 조심스럽게 물었다.

"태영인 뭐래?"

"별말 안 해. 나나 제 형 기분 추스르게 하는 데만 신경 쓰지 뭐. 그놈이 그렇게 무뚝뚝하게 굴어도 속이 깊고 제 형을 끔찍이 사랑하거든."

"여진이가 한 짓은 용서할 생각이 없지만 그래도 걔가 한 짓이 밝혀져 네 집에서 쫓겨난 건 참 다행이라고 생각해."

"그래, 그렇게 생각해야지."

"그래도 태영이가 혼자가 아니라서 다행이다."

"…그런 것 같기도 해."

송 여사가 마지못해 대답했다.

"애 괜찮으면 그냥 허락해 줘. 여진이 보니 며느리 집안이니 스펙이 무슨 소용인가 싶다. 애 문제없고 태영이랑 가족들에게 잘하면 되는 거잖아."

"그래, 나도 요즘 생각이 좀 복잡하긴 해."

혜연은 많이 누그러진 송 여사의 변화를 살폈다. 아마도 이번 일로 꽤 충격을 받았기에 심경의 변화가 생긴 것 같기도 했다.

"태영이가 그 애 아니면 안 된다니까 내가 져야지, 별수 있어?"

"그게 꼭 지는 건 아니잖아. 마음을 좀 너그럽게 가져 봐."

"알았어. 얘, 근데 나한테만 그러지 말고 너도 이제 마음을 좀 편히 가져 봐. 그새 얼굴이 이게 뭐니? 아까 송장이 걸어 나오는 줄 알았어. 유성이 퇴원했으니 건강해질 일만 남았잖아."

혜연이 잠시 망설이더니 무겁게 입을 열었다.

"꼭 유성이 때문은 아니야."

"아니야? 그럼 다른 문제가 있어?"

"응."

"뭐야, 많이 심각한 거야? 얘기 좀 해 봐. 궁금해 죽겠어."

송 여사는 오랜 친구여서 옛날의 일을 알고 있고, 혼자 삭이기엔 가슴이 터질 것 같아 혜연은 송 여사에게 털어놓기로 했다.

"유성이 사고로 병원으로 실려 간 날 바로 수술 들어가야 한다고 해서 수혈을 하려는데 혈액형이 안 맞는 거야. 그동안 A형인 줄 알았는데 B형이라고 하더라. 내가 A형이고 남편이 O형인데 말이지."

송 여사가 이해가 되지 않는다는 표정으로 봤다.

"그게 무슨 소리니? 그게 가능한 거야?"

"아니, 그럴 수 없어. 그래서 손발이 떨리는 걸 참고 친자확인 검사를 의뢰했어."

"그래서 결과는 어떻게 됐어?"

"그이 딸은 맞는데 내 딸은 아니란다."

너무 놀라 송 여사의 입이 떡 벌어졌다.

"뭐라고! 그럼 유성이가 네 친딸이 아니란 말이야? 아니, 최 사장은 알고 있었던 거야?"

"전혀 몰랐던 일이라고 펄쩍 뛰는데 거짓은 아닌 것 같았어."

"그럼 뭐야? 너희들 몰래 누가 아이를 바꿔치기라도 한 거야? 대체 어떤 미친 인간이 그런 무서운 짓을 한 거야! 설마 그때 바람피웠던 여자 짓이야?"

"그렇겠지."

"마, 말도 안 돼! 어떻게 이런 일이 있을 수 있어? 그럼 네 친딸은 어떻게 된 거야?"

"그걸 모르니 미치겠어. 내 딸이 그렇게 된 것도 모르고 지금까지 살았다는 것만 생각하면 죽고 싶어. 혹시 잘못되기라도 했을까 봐 속이 문드러질 것 같아."

혜연이 끝내 눈물을 터뜨리자 송 여사는 그녀를 안아 주며 위로했다.

"이제라도 알았으니 찾을 수 있을 거야. 진짜 살다 살다 별일을 다 겪는구나. 사람보다 무서운 건 없다더니 진짜 진저리가 난다.

네 남편은 뭐 하고 있니!"

"그 여자 행방을 찾았다고 만나러 나갔어."

"찾았대? 제발 좋은 소식이 들려야 할 텐데."

송 여사는 떨고 있는 혜연의 손을 꽉 잡아 주며 힘을 실어 주었다.

그때 침대 밑에서 휴대폰이 울자 송 여사가 휴대폰을 들어 혜연에게 건넸다.

"최 사장이야. 받아 봐."

혜연이 마른침을 삼키며 통화 버튼을 그었다.

"여보세요."

-아이 행방 찾을 수 있을 것 같아.

금방이라도 쓰러질 것 같던 혜연이 상체를 일으키며 다급하게 물었다. 송 여사가 그녀를 부축했다.

"어떻게 된 거예요? 내 딸 어디 있는 거냐고!"

-신생아실에서 아이를 바꿔치기한 후 은혜원이란 고아원에 데려다줬다고 했어.

"고아원에 아이를 버렸단 말이에요!"

영환에게서 배주선이 한 짓을 듣고 혜연은 그 여자에게 살인 충동을 느꼈다.

-일단은 그곳에 가서 아이가 어떻게 됐는지 확인해 봐야겠어. 꼭 찾을 수 있을 거야.

"내가 가요."

-당신 몸도 성치 않은데 그러다 쓰러져. 내가 갔다 올게.

"내 딸이야. 내가 가서 찾을 거니까 당신은 나서지 마."

혜연이 얼음장보다 차갑게 선언하자 수화기 너머로 영환이 무겁게 한숨을 내쉬었다.

-그럼 그렇게 해. 대신 당신 혼자는 안 돼. 송 여사님께 연락해 둘 테니 같이 가.

"정수 지금 옆에 있어요. 그러니까 걱정하지 말아요."

혜연은 종료 버튼을 누르고 송 여사의 손을 잡았다.

"나랑 지금 같이 좀 가."

"그래, 그러자. 근데 어디로 가야 돼? 그 고아원이 어디래?"

"은혜원이라고 그랬어."

딸을 찾아야 된다는 일념에 혜연은 당장 일어나 나갈 준비를 했다. 기운이 없는 건 아무런 장애도 되지 못했다. 지금은 무조건 딸의 행방을 찾는 것이 우선이었다.

아픈 혜연이 외출복 차림으로 밖으로 나오자 거실에서 책을 보던 해성이 놀라서 일어났다.

"엄마! 그 몸으로 어디 가시게요?"

"응, 급히 다녀올 곳이 있어. 정수 이모랑 같이 가니까 걱정하지 마. 누나한테도 걱정 안 하게 말 잘하고."

"그래, 내가 옆에서 딱 붙들고 가는 거니까 염려 마. 안전하게 네 엄마 다시 컴백시켜 줄게."

"예, 잘 부탁드려요."

혜연이 송 여사와 함께 밖으로 나가자 해성은 움직임을 잃어버린 사람처럼 혜연이 나간 문을 보며 서 있었다.

"어째 예감이 좋지 않은데……."

금방이라도 큰 폭풍이 몰아칠 것만 같은 예감에 그는 근심이 가득한 얼굴로 2층을 올려다봤다.

저녁 시간인데 누군가 급한 용무로 찾아왔다는 큰 수녀의 말에 원장 수녀는 무거운 몸을 이끌고 원장실로 나갔다.

두 손을 꼭 맞잡고 간절한 눈빛으로 자리에서 일어서는 혜연과 송 여사가 거동이 힘들어 보이는 원장 수녀를 맞았다.

원장 수녀가 자리에 앉으며 두 사람을 번갈아 봤다. 차림으로 보아 꽤나 상류층 부인들 같은데 무슨 일로 찾아온 건지 궁금했다.

"이 시간에 무슨 일로 이곳을 찾아오신 건가요?"

"죄송합니다. 늦은 시간이라 결례인 줄 알지만 사정이 너무 급해서 이렇게 찾아올 수밖에 없었습니다. 실은 삼십 년 전에 이곳에 온 아이를 찾고 있습니다."

"삼십 년 전이라……."

혜연의 표정이 하도 절박해 보여 원장 수녀는 지난 기억을 되짚었다. 30년 전이라면 굳이 기록을 찾아보지 않아도 당장 떠오르는 아이들이 있기에 그녀는 대답 전에 조심스럽게 물었다.

"무슨 사연으로 아이를 찾으시는 건가요?"

"삼십 년 전 신생아실에서 누군가 제 아이를 바꿔치기해서 이곳에 데려다줬다고 들었습니다."

달갑지 않은 소리에 원장 수녀의 눈가에 주름이 더 깊어졌다.

"그런 일이 있다니, 참 무섭군요."

"제 딸이 바뀐지도 모르고 지금까지 살아온 제가 너무 부끄럽고 싫습니다. 이제라도 제 아이를 찾을 수 있게 제발 도와주십시오."

혜연이 눈물로 호소하자 송 여사는 혹시나 그녀가 충격을 받고 쓰러질까 봐 노심초사했다.

"삼십 년 전에 이곳으로 왔던 갓난아이는 세 명입니다. 그중에 여아는 둘이었으니 둘 중 하나가 찾으시는 아이겠군요."

"그 아이들 지금 어디 있는지 알 수 있을까요?"

다급하게 묻는 혜연의 눈에 간절함이 넘쳐흘렀다. 그녀를 보는 원장 수녀의 눈에 짙은 그늘이 드리워졌다.

"둘 다 미혼모가 낳은 아이들이었고, 비슷한 시기에 들어왔다가 다행히 좋은 가정으로 둘 다 입양을 갔습니다. 그런데 한 아이는 얼마 전에 사고로 죽었다는 소식을 들었습니다."

"죽었다고요!"

혜연이 크게 휘청거리자 송 여사가 얼른 그녀를 붙잡았다. 혜연의 몸의 떨림이 그대로 전해졌다.

"호, 혹시 아이를 이곳으로 데리고 온 사람이 누군지 알 수 있을까요?"

원장 수녀가 책상 서랍을 열어 맨 아래 칸에 있는 수첩을 꺼내 펼쳤다. 돋보기를 쓰고 수첩을 넘기던 주름진 손이 한 곳에서 멈췄다.

"여기 있군요. 한 명이 한보연이고 한 명은 아예 이름을 남기지 않았어요. 이 사람 기억이 나요. 언젠가 아이를 다시 찾으러 올

때를 위해 이름을 알려 달라고 했더니 아이를 찾으러 올 일은 없다고 딱 잘라 말하고 끝내 알려 주지 않았어요. 사고로 죽은 아이는 한보연 씨 딸입니다."

"그럼 남은 아이의 행방이라도 알 수 있을까요? 부탁드립니다."

묻는 입술이 바르르 떨렸다. 제발 사고로 잘못된 아이가 제 딸이 아니기를 그녀는 신에게 빌고 또 빌면서 원장 수녀의 대답을 기다렸다.

"남은 아이는 양부모 밑에서 잘 지내고 있습니다."

"그 아이에 대해서 자세히 들을 수 있을까요?"

원장 수녀는 잠시 뜸을 들이다 입을 열었다.

"선하고 속이 깊은 아입니다. 다섯 살에 입양이 됐다가 일 년 후 바로 파양이 되어 다시 이곳으로 왔고 그 후로 지금의 양부모에게 재입양되었습니다. 태어난 지 얼마 되지도 않아 이곳으로 왔고 어릴 적 파양의 상처도 있지만 반듯하게 잘 자라 지금은 큰 회사에 다니고 있지요."

"일 년 만에 파양이라니, 누가 애한테 그런 짓을……"

혹시라도 제 딸이 그런 일을 당했을까 봐 혜연은 억장이 무너졌다. 그러다 갑자기 벼락처럼 떠오른 생각에 그녀는 홱 송 여사를 돌아봤다.

같은 생각을 했는지 송 여사 역시 눈을 커다랗게 뜨고 혜연을 마주 봤다. 언젠가 비슷한 사연을 들은 기억이 났다.

'설마!'

충격을 받아 차마 묻지도 못하는 혜연을 대신해 송 여사가 원장 수녀에게 조심스럽게 물었다.

"호, 혹시… 그 아이 이름이 이서운인가요?"

"서운이를 아시나요?"

원장 수녀가 놀란 얼굴로 되물었다. 원장 수녀의 얼굴 표정으로 송 여사는 그녀가 말한 아이가 서운일 거라는 확신을 가졌다.

"잘 알다마다요. 제 아들이 만나고 있는 아이거든요."

"오, 맞습니다. 며칠 전에 남자 친구랑 함께 왔더군요. 그 아이가 이서운입니다. 하지만 찾으시는 아이가 맞는지는 모르겠군요."

"그건 저희가 확인해 보겠습니다. 늦은 시간 폐가 많았습니다. 정말 감사합니다. 혜연아, 일어나, 가자."

송 여사가 놀라서 반쯤 얼이 나가 있는 혜연을 부축해서 자리에서 일어났다. 두 사람은 공손하게 원장 수녀에게 인사를 건네고 밖으로 나갔다.

원장 수녀는 딱하다는 표정으로 혜연의 뒷모습을 지켜봤다. 부디 그녀가 찾는 아이가 서운이 맞기를 바라면서 오래된 수첩을 손으로 쓸었다.

차에 타기 무섭게 혜연은 송 여사를 붙잡고 거듭 확인했다. 서운이 딸일지도 모른다는 사실이 그녀를 흥분시켰다.

"서운이 그 아이가 정말 내가 찾는 아이가 맞을까?"

"확인해 보면 알겠지. 태영이 부를게."

"그 아이도 같이 부르면 안 돼?"

"아닐 수도 있잖아. 아니면 그 아이에게 큰 실례니까 신중하게 접근하는 게 좋아."

그녀는 혜연을 진정시키고 바로 태영에게 전화를 걸었다. 신호가 간 지 얼마 되지 않아 태영이 전화를 받았다.

-네, 어머니.

"묻고 싶은 게 있으니 당장 나 좀 만나."

-지금이요? 갑자기 무슨 일이에요? 형에게 무슨 일이라도 생겼어요?

"태환이 일이 아니야. 서운이에 대해서 확인하고 싶은 게 있어서 그래."

-서운이요?

당연히 이해하지 못하겠다는 반응이 수화기 너머에서 건너왔다.

"자세한 이야기는 와서 해. 바로 와. 급해."

-알았어요. 지금 갈게요.

통화가 끊기자 송 여사는 혜연과 함께 태영을 만나기로 한 장소로 이동했다. 생각지도 않게 인연이 엮이고 있는 것이 신기하고 드라마틱해 정신이 얼떨떨했다.

서운의 집에서 함께 TV를 보고 있다 송 여사의 전화를 받은 태영은 난데없는 호출에 살짝 고개를 갸웃거렸다.

"가 봐야 해요?"

"응, 어머니 호출이야. 형 일인 줄 알았는데 너에 대해서 물어

보실 게 있대."

"나요?"

서운이 놀란 눈으로 확인했다. 무슨 용건인지 모르니 당연히 긴장이 됐다.

"무슨 일인지는 말씀을 안 하셔. 급한 거 같으니 가 봐야겠어."

"그래요. 얼른 가 봐요. 나쁜 일은 아니었으면 좋겠네요."

"그럴 거야."

태영이 얼른 나갈 채비를 하자 서운은 그를 문 앞까지 배웅했다. 태영이 그녀의 양 볼을 붙잡고 이마에 뽀뽀를 했다.

"전화할게."

"운전 조심해요."

서운의 배웅을 받고 나와 송 여사가 일러 준 약속 장소로 가는 동안 계속 무슨 일일지 생각을 해 봤지만 이렇다 하게 짚이는 게 없었다.

송 여사가 평소 자주 찾는 전통 찻집으로 들어가자 기다리고 있던 직원이 송 여사가 늘 머무는 특실로 안내했다.

막 안으로 들어간 태영은 송 여사의 옆에 혜연이 앉아 있자 멈칫했다. 순간 유성의 일로 온 것인가 싶어 그의 미간에 골이 팼다.

"어서 와. 유성이 일로 부른 거 아니니까 안심하고 앉아."

"안녕하세요."

태영은 혜연에게 정중하게 인사를 건네고 자리에 앉았다. 유성의 사고로 충격이 컸는지 톡 건드리기만 해도 쓰러질 것 같은 얼굴로 혜연이 희미하게 인사를 받았다. 태영은 송 여사에게 용건을 물었다.

"서운이 일로 확인하고 싶은 게 뭔데요?"

"우리 지금 은혜원에서 오는 길이야."

태영의 눈빛이 놀람과 의심이 뒤섞여 날카롭게 빛났다.

"은혜원이요? 어머니가 거긴 왜 가신 거예요? 그리고 거긴 어떻게 아시는 거예요?"

"얘기하려면 좀 길어. 거길 찾아간 이유는 혜연이 친딸을 찾으러 간 거였어."

"친딸이라뇨? 지금 무슨 말씀을 하시는 거예요?"

도통 알 수 없는 소리만 하는 송 여사에게 태영이 미간을 모으며 재촉했다.

송 여사는 초조하게 앉아 있는 혜연을 대신해 그동안 있었던 일들을 태영에게 설명했다.

유성의 사고로 시작된 의문에서 친자 확인 결과로 그녀가 혜연의 친딸이 아니라 영환의 혼외자로 밝혀졌다는 사실에 태영은 1차로 놀랐다.

하지만 혜연의 친딸이 태어나자마자 신생아실에서 뒤바뀌어 은혜원에 버려졌다는 소리를 듣고는 그대로 굳었다.

"원장 수녀님 말로는 삼십 년 전에 고아원으로 온 갓난아이들 중 여자애가 둘이었고, 그중 하나가 최근에 사고로 죽었다고 하셨어. 남은 하나가 서운인데 그 아이가 혜연이 친딸이 맞는지 확인하고 싶어서 널 부른 거야."

송 여사의 설명에 태영이 깊게 미간을 찌푸리며 생각에 잠겼다. 너무 충격적이고 놀라운 사실이라 섣불리 어떤 반응을 보여야 할지 조심스러웠다. 그는 신중하게 생각을 거듭하다 혜연의 안색을 살핀 후에 대답했다.

"제 생각이 맞는다면 유성이랑 바뀌었다는 그 아이, 서운이가 맞을 거예요."

제18장
제자리로

혜연의 눈동자가 크게 흔들리며 다급하게 물었다.
"무슨 근거로 그렇게 생각했어?"
"서운이와 유성이 생일이 같아요. 그 사람이 제왕절개를 해서 같은 날 출산을 했다고 했으니까 서운이랑 유성이 생일이 같다는 게 그 증거죠."
"세상에. 정말이니? 정말 둘이 생일이 같아?"
송 여사가 거듭 물었다.
"유성이 생일날 서운이랑 같이 있었어요. 인사 기록부를 보고 제가 생일을 챙겨 줬기 때문에 정확하게 알아요."
"어떻게 이런 일이 있을 수 있다니? 세상에! 서운이가 혜연이 아이였다니 어떻게 이런 우연이 있을 수 있어?"

송 여사가 흥분해서 울음이 터져 아무 말도 못 하는 혜연의 손을 붙잡았다.

"그래도 이렇게 쉽게 찾다니, 하늘이 도왔어, 얘. 이제 서운이랑 너 친자 확인 유전자 검사만 하면 완벽하게 확인이 되는 거니까 얼마나 다행이니? 서운이가 네 딸이라니 정말 믿기지 않는다."

"그 아이, 어쩐지 처음부터 눈에 밟히더라니……."

혜연이 북받쳐 오르는 감정을 어쩌지 못하고 울음을 토해 냈다. 온몸의 수분을 모두 토해 내듯 서럽게 쏟아 내는 눈물에 금방이라도 그녀가 의식을 잃을 것 같아 송 여사는 조마조마한 심정으로 그녀를 다독였다.

"그래, 실컷 울어. 오늘은 그래도 돼."

두 사람을 지켜보며 태영도 뒤통수를 한 대 얻어맞은 기분으로 앉아 있었다. 폭풍우처럼 갑자기 휘몰아치는 사실에 얼떨떨한 감정이 점차 희열로 바뀌었다.

마음 같아서는 곧장 일어나 서운에게 달려가고 싶었다. 태어나자마자 버려졌다는 상처를 안고 살아온 그녀였기에 버려진 것이 아니라는 사실을 얼른 알려 주고 싶었다. 친부모를 찾은 사실을 알면 무슨 표정을 지을지 빨리 보고 싶기도 했다.

다른 한편으로는 충격을 받을 유성이 걱정되기도 했다. 유독 어머니와 사이가 좋았던 만큼 그 충격이 더 클 것이다. 큰 사고로 몸도 성치 않을 텐데 이렇게 엄청난 사실을 감당할 수 있을지 염려가 됐다.

겉으로만 센 척해도 속은 여린 아이였다. 자신과의 인연도 그렇고 어머니까지, 상대가 다른 이도 아니고 서운이니만큼 충격과 상실감이 더 클 것이다.

혜연이 겨우 진정되기 무섭게 태영에게 사정했다.

"서운이 좀 볼 수 있을까? 태영아, 그 애 좀 보게 해 줘."

"마음은 충분히 알겠습니다만 서운이에게 제가 먼저 이야기를 하는 게 좋을 것 같습니다."

"그래, 애. 오늘은 너무 늦었고 서운이도 받아들일 시간을 줘야지."

"그 애가 너무 보고 싶어. 그동안 얼마나 힘들었을까. 친부모에게 버려진 줄 알고 얼마나 원망했을까. 불쌍한 내 딸……."

애간장이 녹는 고통에 혜연이 다시 눈물을 터뜨리자 송 여사가 그녀의 등을 쓸어 주며 진정시켰다.

"서운이 찾았으니까 만나는 건 내일 해. 하루 사이에 서운이 어디 안 가."

"그래……."

혜연이 마지못해 고개를 끄덕였다. 송 여사는 태영을 보며 부드럽게 웃었다.

"너도 많이 놀랐지? 서운이도 많이 놀랄 거야. 가서 얘기 잘해."

"알았어요. 그만 일어나세요."

태영은 송 여사를 도와 혜연을 부축해 일으켰다. 혜연이 태영의 손을 다독였다.

"그 아이, 너무 놀라지 않게 얘기 잘해."

"그럴게요. 연락드리겠습니다."

"그래, 꼭 부탁해."

태영을 보는 혜연의 시선에 신뢰와 고마움이 담뿍 담겼다. 서운이 고아라는 사실을 알면서도 끝내 그녀를 포기하지 않고 사랑해 준 태영이 새삼 더 고마웠다.

마음 같아서는 당장 서운이 있는 곳으로 달려가고 싶지만 오늘은 참아야 하는 것이 아쉬웠다. 내일까지 살면서 가장 긴 하루가 될 것이다.

그래도 친딸을 찾았다는 것만으로도 신에게 감사했다. 아이가 잘못됐으면 살 수 없었을 것이기에 무사히 살아 있다는 것만으로도 바랄 것이 없었다.

집에서 나올 때만 해도 두려움과 불안함으로 절망적이었는데 이렇게 희망을 가지고 돌아갈 수 있으니 신에게 절이라도 올리고 싶은 심정이었다. 그녀는 송 여사와 함께 나가면서 조금이라도 빨리 서운을 만날 수 있기를 기도했다.

태영은 송 여사와 혜연이 차에 타고 떠나가는 것을 지켜본 후에 곧장 서운의 집으로 달려갔다. 서운에게 알려 줘야 할 진실 주머니가 너무 커 가슴이 터질 것만 같았다. 서운이 어떤 반응을 보일지도 너무 궁금했다.

주차를 하고 고개를 들어 보니 아직 자지 않았는지 창문에 불이 켜져 있었다. 그는 쉬지 않고 계단을 큰 보폭으로 올라가 서운의 집 문 앞에 섰다.

그녀가 놀랄까 봐 비밀번호를 누르지 않고 벨을 누르자 서운이 문을 열었다. 살짝 놀란 눈에 반가움이 방울방울 맺혀 있었다.

"집으로 간 거 아니었어요?"

"꼭 해야 할 말이 있어서 왔어."

"땀 좀 봐. 얼마나 뛰어온 거예요?"

서운이 태영의 얼굴로 손을 뻗었다.

"무슨 급한 일이라고 이렇게……."

태영이 갑자기 으스러지게 끌어안자 서운은 더 말하지 못했다. 두 손을 허공에 둔 채로 서운은 가만히 그에게 안겨 있었다.

오늘 그는 조금 이상했다. 자신의 일로 어머니를 만나러 갔다 온 길이기에 더 긴장이 됐다. 안 좋은 일은 아니었으면 좋겠는데.

잠시 후 태영이 놓아주자 서운은 그의 눈동자를 가만히 들여다봤다.

"무슨 일인데 그래요?"

조심스럽게 묻는 얼굴에 긴장감이 서려 있어 태영은 빨아들일 듯한 눈빛으로 서운의 눈동자를 붙잡았다.

"네 친부모 찾았어."

"무슨 소리를 하는 거예요? 갑자기 내 친부모를 찾다니요?"

서운이 살짝 미간을 찌푸리며 물었다. 갑자기 어머니 호출을 받고 나갔다 와서 뜬금없이 자신의 친부모를 찾았다니 별 감흥이 없었다.

"이리 와."

태영이 그녀의 손을 잡고 침대로 데리고 가서 앉았다.

"갑작스럽겠지만 사실이야."

"어머니를 만나러 나간 거 아니었어요?"

"맞아."

"거기서 내 친부모 얘기가 왜 나와요? 거기다 찾았다는 건 뭐고요?"

"어머니 호출받고 나간 자리에 유성이 어머니도 계셨어."

서운의 한쪽 눈썹이 슬며시 경사를 그렸다.

"최유성 때문에 당신 불려 나간 거였어요?"

"아니야. 너 때문이야. 그분이 널 너무 보고 싶어 하셨거든."

"잘 이해가 안 가네요. 최유성 씨 어머니가 날 왜 보고 싶어 해요? 별로 달가운 존재도 아닐 텐데."

"그분이 네 친어머니셔."

"뭐라고요?"

서운이 믿을 수 없다는 투로 물었다. 하도 어이가 없어 듣고도 무슨 소리를 들었는지 헷갈렸다.

"최유성 씨 어머니가 어떻게 내 친어머니가 돼요? 당신 무슨 소리를 듣고 온 거예요?"

태영이 혼란스러워하는 서운의 양손을 잡아 쥐며 천천히 이야기를 시작했다.

"이번에 유성이 사고 나면서 수혈받는 과정에서 유성이가 어머니 친딸이 아님이 밝혀졌대."

"최유성 씨가 친딸이 아니라고요?"

"응. 최 사장님 핏줄은 맞는데 어머니가 낳은 딸은 아닌가 봐."

"말도 안 돼. 어떻게 그런 일이 있을 수 있어요?"

"최 사장님과 만났던 여자가 앙심을 품고 산부인과에서 막 태어난 아이들을 바꿔치기한 거래. 자기가 낳은 딸과 유성이 어머니가 낳은 딸을 바꿔치기한 후에 그 아이를 은혜원에……. 그게 바로 너야."

"……."

너무 엄청난 사실을 맞닥뜨리니 오히려 말문이 막혔다. 서운은 의심이 가득한 눈초리로 확인을 구하듯 태영을 봤다.

"믿기지 않겠지만 사실이야. 그 못된 짓을 저지른 여자가 최 사장님께 사실대로 실토를 했고, 우리 어머니랑 유성이 어머니가 방금 은혜원에 다녀오셨어. 원장 수녀님께 확인하고 날 부르신 거였어."

"실감이 안 나요. 정말 내가 맞는 거예요? 다른 아이일 수도 있잖아요?"

"아니, 너 맞아."

"어떻게 그렇게 확신해요?"

서운은 끝까지 의심을 풀지 않았다. 지금은 아무 감정도 섣불리 풀고 싶지 않았다.

"너희 둘을 바꿔치기한 여자가 제왕절개를 하면서 어머니와 같은 날 출산을 했대."

"진짜 무서운 여자네요. 소름 끼쳐요."

"삼십 년 전에 은혜원에 들어온 두 명의 여아 중에서 유성이랑 생일이 같은 건 너야. 그러니까 네가 맞아."

"최유성과 내가 생일이 같다고요?"

"그래, 나도 몰랐는데 나중에 유성이가 서운하다고 투정하면서 알았어."

들을수록 현실이 되어 가는 이 상황을 어떻게 받아들여야 할지 몰라 서운은 그대로 굳었다.

갑자기 받아들여야 할 사실들이 홍수처럼 밀려오자 뇌가 과부하에 걸렸는지 아예 생각하기를 거부했다. 그 와중에도 한 가지 사실만은 또렷하게 뇌리를 맴돌았다.

"나 그럼… 날 낳아 주신 부모님께 버려진 건 아니네요."

"그래, 아니야."

금세 눈동자에 눈물이 차오르며 서운의 입가에 흐릿하게 미소가 감돌았다.

"다행이다."

그 한마디를 내뱉으며 복잡하게 끓어오르던 감정들이 터져 나오기 시작했다. 서운이 미간을 잔뜩 찌푸린 채 눈물을 훔치자 태영은 그녀를 품으로 끌어안았다.

어깨가 서운의 눈물로 따뜻하게 적셔지며 숨죽인 흐느낌으로 인한 몸의 떨림이 그대로 전해져 왔다. 친부모에게 버려졌다는 상처를 안고 30년을 살아온 그녀에게 이제야 밝혀진 진실이 어떤 의미인지 알기에 그녀를 따뜻하게 안으며 위로할 뿐이었다.

흐느낌이 조금 줄어들자 태영이 양 엄지로 눈물을 닦아 주었다. 붉어진 눈가로 보는 시선이 올곧아서 예뻤다.

"내일 어머니 만나자. 당장 만나러 오신다는 걸 내가 말렸어."

당연히 그러자고 할 줄 알았는데 서운이 대답을 하지 않고 시선을 내리자 태영은 그녀와 눈을 마주치려고 시선을 따라 내렸다.

"왜?"

"최유성 씨 충격이 크겠네요."

"아마 그렇겠지. 걱정돼?"

"왠지 내가 참 미울 것 같단 생각이 들어서요. 당신도 어머니도 다 뺏는 셈이잖아요. 아마 어머니 일이 더 충격일 거 같은데."

"어머니를 뺏는 게 아니지. 널 낳아 주신 네 어머니잖아. 원한 건 아니었겠지만 네게서 어머니를 뺏은 건 유성이가 맞지."

맞는 말이지만 그래도 유성이 받을 타격이 걸리는 건 사실이었다. 보지 않았으면 몰랐을 텐데 유독 다정한 모녀의 모습을 알고 있기에 마음이 더 무거웠다.

"내일 보자. 기다리고 계셔."

"…그래요."

머릿속이 터질 것만 같아 서운은 태영의 가슴에 머리를 기대고 눈을 감았다. 그의 커다란 손이 따스하게 등을 쓸어 주고 있었.

사랑하는 남자의 손길에 따뜻한 온기를 느끼며 서운은 평안을 찾으려 했다. 혜연과 영환을 만났던 일들이 주마등처럼 느릿하게 스쳐 지나갔다. 생각보다 가까운 곳에서 연이 얽히고 있었다는 사실이 놀랍기만 했다.

혜연을 만날 생각에 서운은 작게 심호흡을 했다. 친어머니를 만날 수 있다니 너무 비현실적이었다. 마치 꿈을 꾸는 것 같아 실감이 나지 않았다.

혜연이 돌아왔다는 소리에 영환은 서재에서 안방으로 건너갔다. 무척이나 지쳐 보이는 얼굴을 보니 결과를 짐작할 수 없었다.
"어떻게 됐어? 찾았어?"
"당신은 들을 자격 없어요."
혜연이 매정하게 자르자 영환은 화가 났다.
"내가 왜 들을 자격이 없어? 내가 옛날에 죽을죄를 저지른 건 알겠는데 아이 일은 정말 모르는 일이야. 나도 엄연히 그 애 아빠야!"
그동안 참았던 울분을 터뜨리는 그에게 혜연의 시선이 차갑게 꽂혔다.
"설마 했는데 정말 그 여자 짓이었다니. 대체 당신이 뭘 어떻게 했기에 그 여자가 아이를 바꿔치기해요!"
"아이를 지우라고 돈을 줬어. 당연히 그 여자도 제정신이면 아이를 낳지 않을 거라 확신했으니까 의심하지 않았어. 그런데 거기서 모멸감을 느꼈다고 하더군."
"흥, 모멸감이요? 처음부터 당신 돈을 보고 접근했던 여자 아니었어요? 설마 술집에 다닌 주제에 당신하고 정말 가정이라도 꾸릴 생각이었대요? 당신만큼은 진심이었다, 뭐 그런 거였어요?"
눈앞에 있으면 목이라도 조르고 싶은 충동을 느끼며 혜연이 분노를 터뜨렸다.
영환은 혜연이 또다시 흥분해서 쓰러질까 봐 조마조마한 심정으로 그녀를 지켜봤다.

"진정해."

"내가 지금 진정하게 생겼어요? 당신 얼굴만 봐도 속에서 구역질이 치밀어 올라. 당신 때문에 내 딸이 고아원에서 자란 것만 생각하면 당신이랑 그 여자 죽여 버리고 싶단 말이야!"

"아이부터 찾고 당신이 원하는 대로 해. 어차피 나도 그 여자 용서하지 않을 거니까. 우릴 이렇게 만든 만큼 지옥에서 살게 할 거야."

"당연히 그래야죠."

혜연이 차갑게 쏘아보며 침대에 앉았다. 기운을 너무 뺐더니 현기증이 났다. 하지만 서운을 찾았다는 안도감에 기분은 한결 달라졌다.

영환이 그녀의 눈치를 보며 다시 물었다.

"아이 행방 못 찾은 거야?"

"찾았어요."

"찾았어? 어디에 있대? 살아는 있는 거지?"

흥분해서 연거푸 묻는 그의 얼굴을 보며 혜연은 미간을 찌푸렸다. 그가 미우면서도 마음고생이 심했을 것이 짠하기도 했다. 과거의 짓은 밉지만 이번 일은 그도 피해자인 것은 맞다.

"뜻밖에도 우리랑 아주 가까운 곳에서 지내고 있었어요."

"그, 그래? 가까운 곳이라니, 그게 대체 어디야?"

"당신하고 나, 그 아이를 본 적도 있어요."

"뭐! 본 적이 있다고?"

"그래요. 지난번 당신 회사에 찾아왔던 태영이 여자 친구 기억해요?"

"태영이 여자 친구라면……. 이서운?"

"맞아요. 그 애가 삼십 년 전에 유성이랑 바뀐 우리 딸이에요."

어지간한 일에는 감정을 드러내지 않은 영환이 믿기지 않는 사실에 입을 떡 벌렸다.

"정말이야?"

"확실해요. 태영이 만나 확인했어요. 그 아이 유성이랑 생일이 같아요."

"이럴 수가. 어쩐지 눈길이 간다 했는데 정말 그 아이였다니!"

"나도 그 아이 볼 때 좀 이상한 기분이 들긴 했어요. 태영이랑 사귀는 아이라 당연히 곱게 보이지 않아야 하는데 이상하게 별로 밉지가 않았어요. 결국은 딸이었으니까 끌렸던 거죠."

혜연의 생각에 동조하며 영환도 고개를 끄덕였다.

"그래서 서운이는 만났어?"

"그러고 싶었는데 태영이가 먼저 말하겠다고 해서 내일 연락 주기로 했어요."

"그래서 당신 얼굴이 그나마 조금 나아 보인 거군."

"서운이가 맞다는 걸 확인하기까지 얼마나 불안하고 두려웠는지 몰라요. 혹시나 내 딸이 잘못되었으면 어쩌나 별생각이 다 들었어요. 자신을 버렸다고 생각해 날 원망하고 있더라도 제발 어딘가에 살아만 있어 달라고 얼마나 빌었는지 몰라요."

"왜 안 그랬겠어. 나도 미치는 줄 알았어."

영환의 상한 얼굴을 보니 그동안 충분히 고통스러웠을 것이 고스란히 읽혀 혜연의 눈빛이 조금 누그러졌다.

"내일 서운이 만날 때 나도 같이 가."

혜연이 대답을 하지 않고 가만히 보기만 하자 영환이 더 간절하게 재촉했다.

"나도 그 애 만날 자격 있잖아."

혜연은 마지못해 길게 한숨을 내쉬었다.

"그래요. 태영이에게 연락 오면 알려 줄게요."

"그래, 꼭이야."

영환은 그제야 크게 한숨을 내쉬었다. 어쩌면 아이를 못 찾게 될지도 모른다는 불안함에 괴로웠는데 생각보다 쉽게 서운을 찾은 일이 꿈만 같았다. 사무실로 찾아왔던 서운의 얼굴을 떠올리며 그는 신에게 감사를 올렸다.

문을 열려는 손이 허공에서 정지된 채 움직이지 않았다. 시공간이 멈춰 버린 것처럼 아무 소리도 들리지 않고 진공상태가 되어 버렸다.

"누나, 여기서 뭐 해?"

귓가를 파고드는 소리에 유성은 경기하듯 놀라 다가오는 해성을 돌아봤다. 유성의 얼빠진 표정에 해성이 더 놀랐다.

"왜 그렇게 놀라? 귀신이라도 본 것 같잖아? 안으로 들어가려는 거 아니었어?"

유성은 급히 도망가듯 해성의 팔을 끌고 안방에서 멀어져 갔다.

"왜 그래?"

"두 분 진지하게 얘기하시는 거 같으니 방해하지 말자고."

"알았으니까 이 팔 좀 놔줘. 죽었다 살아난 사람 맞아? 무슨 힘이 이렇게 세?"

유성이 팔을 놔주자 해성이 자신의 팔을 주무르며 투덜댔다. 그러다 유성이 다시 넋이 나간 얼굴로 서 있자 미간을 찌푸렸다.

"어디 안 좋아?"

"그런 것 같아. 나 올라갈게."

"그래, 얼른 가서 쉬어."

시야가 뿌옇게 흐려지자 유성은 난간을 붙잡고 계단을 올라갔다.

"부축해 줘?"

"됐어."

대답하는 목소리에서 가느다란 떨림이 느껴져 해성은 걱정스런 시선으로 유성이 완전히 올라갈 때까지 지켜봤다.

해성이 지켜보는 것을 알기에 유성은 최대한 침착하게 계단을 올라가 자신의 방으로 들어갔다. 하지만 방문을 닫는 순간 그녀는 그대로 바닥에 주저앉았다.

'내가 엄마 딸이 아니라니······.'

혜연이 아픈 몸을 이끌고 나갔다는 소리에 걱정이 되어 가슴 졸이며 기다렸다. 늦은 시각, 혜연이 돌아왔다는 소리에 그녀를 보려고 바로 아래층으로 내려간 참이었다. 그런데 막 문을 열려는 순간 들려오는 소리에 그녀는 그대로 얼어붙었다. 안에서 들려오는 소리는 가히 충격적이었다.

'이건 꿈일 거야. 꿈이어야 해.'

세상이 무너지는 충격적인 사실에 유성은 현실을 부정했다. 자신이 엄마의 친딸이 아니라니. 뭔가 잘못된 것이 틀림없었다.

자신과 바뀐 진짜 딸이 다른 이도 아닌 이서운이라는 사실도 설상가상의 충격으로 다가왔다. 모든 것이 있을 수 없는 일투성이였다.

방바닥에 후드득 눈물이 쏟아졌다. 온몸이 사시나무처럼 부들부들 떨려 그녀는 두 팔로 힘껏 웅크린 채 몸을 끌어안았다.

자신만을 아껴 준 가족들과 지금까지 당연하게 누려 온 것들이 모두 자신의 것이 아니라는 두려움이 그녀를 나락으로 끌어내리고 있었다. 이제 막 죽음의 문턱에서 살아왔는데 죽음보다 더한 지옥이 펼쳐지고 있었다.

"이럴 수는 없어."

그녀는 무릎에 얼굴을 묻으며 괴로움에 몸부림쳤다.

※

태영에게서 혜연과의 약속이 잡혔다는 문자를 받고 서운은 하루 종일 일이 손에 잡히지 않았다.

친부모를 찾았다는 이야기를 듣고 제 일처럼 기뻐했던 미강이 마음을 편하게 먹으라고 다독여 주었지만 막상 약속 시각이 가까워지자 심장이 비정상적으로 뛰었다.

서운은 퇴근 시간이 되자 살짝 긴장한 얼굴로 자리를 정리했다.
"이 대리, 뭐 해? 본부장님 기다리시잖아."
난데없는 방 과장 목소리가 바로 옆에서 들려 식겁하고 돌아봤더니 방 과장이 방긋 웃으며 태영이 문 앞에 있다는 걸 친히 알려 주었다. 진짜 적응 안 된다.
"먼저 가 보겠습니다."
"그래, 즐거운 시간 보내."
방 과장의 콧소리 작렬인 인사에 직원들이 못 볼 꼴을 봤다는 표정으로 죄다 인상을 찌푸리며 고개를 돌렸다.
방 과장의 넘치는 배웅을 받으며 서운은 괜히 사무실까지 온 태영을 타박했다.
"왜 여기까지 와서 시끄럽게 만들어요?"
"떨고 있을까 봐 에스코트하러 왔더니."
"얼른 가요."
서운이 말을 돌리며 먼저 앞서 걷자 그가 긴 다리로 성큼 옆으로 와 걸었다.
"괜찮지?"
"그런 것 같기도 하고, 아닌 것 같기도 하고……."
"그게 정상이겠지. 너무 긴장하지 마. 어느 때보다 좋은 일로 가는 거니까."
알고 있지만 역시나 긴장이 내려놔지지 않았다. 막상 보면 무슨 표정을 지어야 할지 무슨 말을 해야 할지 미리 준비하고 싶었지만 아무런 생각도 나지 않았다.

"어머님도 오세요?"

"아니, 오늘은 최 사장님 내외만 나오실 거야."

알았다는 듯이 서운이 고개를 끄덕거렸다.

태영이 미리 잡아 놓은 장소로 가기까지 오만 가지 생각들로 머릿속이 복잡했지만 막상 문 앞에 서자 오히려 단순해졌다.

"난 여기에 있을게."

"그래요."

문을 열기 전에 서운은 크게 심호흡을 했다.

조심스럽게 문을 열고 안으로 들어가자 미리 와서 기다리고 있던 혜연과 영환이 자리에서 벌떡 일어났다.

"안녕하세요."

서운이 인사를 하기 무섭게 혜연이 다가와 서운을 끌어안고 울었다.

"어흐흐흐흑!"

서운은 혜연에게 안긴 채 가만히 서 있었다. 그러다 아무런 말도 없이 서럽게 울기만 하는 혜연의 등을 조심스럽게 끌어안았다. 생각보다 가녀린 몸의 떨림이 그대로 전해졌다. 밑바닥부터 울컥하는 감정이 솟아올라 서운의 눈에서도 눈물이 흘러내렸다.

살면서 한 번도 느껴 보지 못한 감정이었다. 친부모라는 존재가 주는 특별함이 감정을 최대치로 끌어 올리고 있었다.

두 모녀의 눈물의 상봉을 지켜보며 영환도 눈물을 닦았다.

겨우 진정을 하고 세 사람은 서로를 보며 마주 앉았다. 그렇게 많은 눈물을 쏟아 냈음에도 혜연은 서운을 보며 다시 눈물을 훔쳤다.

"그동안 많이 힘들었지?"

"운이 좋게 좋은 부모님을 만나서 잘 지냈어요."

"우리 원망 많이 했지?"

서운은 눈물을 흘리며 묻는 혜연을 가만히 바라봤다. 자신의 잘못도 아니면서 죄책감을 갖고 있는 것이 마음 아팠다.

"생각 안 했어요. 기억이 없으니까 미워할 수도 없었어요. 그냥… 이 세상에서 나는 그냥 혼자구나, 라는 생각을 했어요."

"미안하다."

"모르셨잖아요. 미안해하지 마세요."

혜연의 눈물에 대답하는 서운의 눈에서도 눈물이 흘렀다. 하지만 자신이 울면 혜연이 더 울 것 같아 서운은 애써 감정을 추슬렀다.

영환이 혜연을 진정시키며 서운에게 이야기를 걸었다.

"이정태 씨 일로 나를 찾아왔을 때 이상하게 눈에 밟혔는데 네가 우리 딸이라니 참 세상 좁구나. 그래, 양아버지 일은 궁금증이 풀린 거냐?"

"길 의원님을 찾아갔었는데 아버지가 돌아가시기 전에 만난 적이 없다고 하셨어요."

"그래? 그럼 뭔가 착오가 있었던 거냐?"

"저도 잘 모르겠어요. 실은 아버지 사고가 그냥 단순한 사고가 아닐 수도 있어서 사고 전날 아버지가 만난 분을 찾고 있었던 거였어요."

뜻밖의 소리에 영환이 깜짝 놀라 혜연과 마주 봤다.

"뭐? 그럼 그 사고가 누군가 고의로 낸 것일 수도 있단 말이냐?"

"네, 정황상 충분히 의심이 가는 일이라 단서를 찾고 있는데 아직까지 진척이 없는 상황이에요."

"네 양아버지가 억울하게 돌아가셨다면 당연히 진실을 밝혀야지."

영환이 힘을 실어 주자 서운은 희미하게 미소를 지었다.

"그보다 요즘 화성 건물 화재로 힘드시죠?"

서운이 조심스럽게 물었다. 혜연이 두 사람만의 대화에 조용히 집중했다. 유성의 사고와 서운의 일로 정신이 없어서 영환이 그런 일을 겪고 있는 줄도 몰랐다.

"좀 그렇지만 괜찮다. 그런데 그걸 어떻게 아는 거냐?"

"그 공사 현장에서 아버지가 돌아가셨거든요."

"아, 그랬구나."

"그때 아버지께서 기준 미달의 불량 자재 사용 건으로 사장님에게 항의하러 가셨다고 들었어요."

"그래? 나는 전혀 모르는 일이다. 내가 그 사실을 알았다면 승인하지 않았을 거다. 그때 공사 수주가 동시에 들어와 화성 건물은 길갑수가 책임을 지고 처리했어. 그런데 어떻게 손을 썼는지 이번에 일 터지자마자 길갑수가 혼자만 쏙 빠져나가서 내가 곤욕을 치르고 있는 셈이지."

서운이 느릿하게 고개를 끄덕였다.

"이정태 씨가 분명 길 의원을 만났을 텐데 아니라고 하니 답답한 노릇이구나."

"길 의원이 거짓말을 하고 있는 거 아닐까요?"

혜연이 불쾌한 얼굴로 끼어들었다.

"그럴지도 모르지만 사실을 확인할 길이 없으니 확신하긴 그렇지."

"그 부부가 원래 불량한 사람들이잖아요. 뭔가 뒤가 구린 일이 있으니까 딱 잡아떼는 거겠죠."

"당신, 길 의원 부부에게 왜 그렇게 날카로워?"

"그 부부가 서운일 데려갔다가 도벽이 있다는 구실로 일 년 만에 파양했어요. 그게 정상적인 사고를 가진 사람들이 할 짓이에요?"

"뭐라고!"

영환이 깜짝 놀라 서운에게 확인했다.

"사실이냐?"

"예. 다섯 살에 그 집에 입양이 됐었어요. 여섯 살에 파양되어 은혜원으로 돌아갔고요."

"이런 미친! 길 의원 그놈이 제정신이야!"

"길 의원 부인이 보통 여자가 아니에요. 그런 무서운 짓을 저질러 놓고 고아원에 봉사 활동을 다니는 걸 보면 속이 뒤집힐 정도로 역겨워요."

"진짜 상식 밖의 사람들이군. 그 사실이 밝혀지면 길 의원의 정치생명에도 큰 타격일 텐데."

"그래서 서운이 존재가 눈엣가시겠죠. 정수에게 서운이가 고아원 출신이라고 이른 사람도 그 여자예요. 그 여자가 자기가 한 짓은 쏙 빼놓고 애 흉만 보고 끊었대요. 보통 상식적인 사람이라면 서운이한테 미안해서라도 잘되길 바라야 하는 거 아닌가요?"

"허허, 점입가경이군."

영환이 기가 막힌다는 표정으로 서운을 안쓰럽게 봤다.

서운을 보니 혜연은 강명옥에게 다시 깊은 분노가 치밀어 올랐다. 서운이 딸인 사실을 몰랐을 때도 정수에게 서운의 사연을 듣고 안됐다고 생각했었다. 그런데 자신의 친딸이 그런 일을 당했다고 생각하니 피가 거꾸로 솟았다.

"그 부부, 선한 척 가증스런 정치 쇼 하고 다니는 것에 시민들이 속지 않게 다 까발려서 망신을 줬으면 좋겠어요."

"당신 지금 너무 흥분했어. 그래도 한때 서운이한테 부모였던 사람들인데 서운이가 불편할 수도 있잖아. 좀 진정해."

영환이 이르는 소리에 혜연은 미간을 찌푸리며 입을 다물었다. 그래도 강명옥에 대한 화는 가라앉지 않았다. 언젠가 서운에게 한 짓을 그대로 되돌려주고 싶었다.

영환이 혜연의 손을 토닥토닥 치며 그녀를 진정시키고 서운을 보며 웃었다.

"널 찾아서 얼마나 좋은지 모르겠다."

"저도요. 가족이 늘어서 좋네요. 입양되기 전까지는 왜 나만 엄마, 아빠가 없을까 슬펐는데 지금은 부모님이 더 생겼으니 부자가 된 기분이에요."

"네 양어머니를 찾아뵙고 인사를 드려야겠다. 이렇게 반듯하게 키워 주시다니 엎드려 절을 해도 모자랄 거야."

"엄마도 좋아하실 거예요."

웃는 얼굴로 대답을 하다 서운이 조심스럽게 물었다.

"최유성 씨도 알고 있나요?"

"아니, 아직 얘기하지 않았어."

"많이 놀라겠네요. 어머니와 무척 사이가 좋아 보이던데."

"충격이 크겠지만 진실은 밝혀져야지. 널 찾았지만 유성이도 우리 딸임엔 변함이 없어."

"물론 그래야지요."

그러면서도 유성이 사실을 알면 어떻게 받아들일까 걱정이 됐다. 자신의 존재가 달가울 리 없을 것이다. 태영도 그렇고 부모님까지 그녀와는 불편하게 인연이 얽힌 것이 가시처럼 걸렸다.

혜연이 서운의 손을 잡고 손등을 쓸었다.

"태영이랑 결혼할 거지?"

"아직 허락을 못 받았어요."

"허락할 거야. 네가 내 딸이란 사실을 알기 전부터 정수가 널 받아들이려 하고 있었어."

"다행이네요."

서운의 표정이 한결 부드럽게 풀어지자 혜연은 그녀를 지그시 바라봤다. 그동안 마음고생을 한 것이 고스란히 보여 안쓰러웠다.

그녀의 얼굴을 들여다볼수록 젊었을 때 자신의 얼굴이 보였다. 그래서 유성의 연적으로 그녀를 만났을 때도 밉지 않았던 모양이다.

며칠 새에 지옥에서 살아 돌아온 기분이었다. 그녀는 서운을 찾았다는 사실을 거듭 확인이라도 하듯 서운의 손을 쓰다듬었다.

서운이 친부모와 회포를 풀고 있는 사이 태영은 바깥에 따로 자리를 잡고 휴대폰으로 인터넷 기사를 읽고 있었다.

화성 건물 화재 사건이 증거 불충분으로 조사가 제대로 이루어지지 않고 있는 데다 그 화재 사고로 최 사장에게 비난의 화살이 몰리고 있다는 기사에 그의 이마에 내 천 자가 그려졌다.

당시 공동대표 체제였다고 들었는데 길 의원이 혼자 빠져나가는 바람에 최 사장이 곤란한 지경에 처한 것이 마음에 들지 않았다. 평소 곧은 이미지인 최 사장에게 타격이 만만치 않을 텐데 어떻게 결론이 날지 신경이 쓰였다.

길 의원이나 최 사장이나 하필 서운에게는 한 사람은 양부였고 한 사람은 친부이기에 마음이 불편할 것이다. 운명이 장난질을 하듯 이렇게 얽힌 인연이 어이가 없어 한숨이 나왔다.

관련 기사를 검색하다 갑자기 전화가 들어오자 그는 통화 버튼을 그었다. 송 여사였다.

"예, 어머니."

-하도 궁금해서 전화했어. 서운이랑 혜연이 잘 만나고 있는 거니?

"네. 아직 얘기 중이에요."

-오죽 할 이야기가 많을까. 혜연이 얼굴 어때 보이든?
"괜찮아 보였어요."
-딸 찾아서 기운 차렸나 보네. 넌 뭐 해?
"방해하지 않으려고 밖에서 기다리는 중이에요."
-그래, 잘했어.

서운이 금방 나올 것 같아 태영은 서운이 있는 룸 쪽으로 시선을 주었다.

-서운이 한번 집으로 데리고 와. 밥이나 먹게.
"며느리로 부르시는 거 아니면 안 가요."
-며느리가 아니면 왜 집으로 부르겠어?

수화기 너머로 송 여사가 도끼눈을 뜨는 것이 그려졌다.

"많이 너그러워지셨네요. 서운이 친부모님이 최 사장님이라 마음이 바뀌신 거예요?"
-애가 왜 이렇게 꽈배기를 먹었어? 그런 거 아니거든?
"뭐가 아니에요? 서운이 친부모가 밝혀지니까 받아들이시는 거잖아요."
-아니라니까! 너 때문에 그전부터 이미 받아들이려고 하고 있었어, 이 자식아!

수화기 너머로 송 여사의 격한 소리가 건너와 귓가에 박혔다. 씩씩거리는 숨소리에 태영은 빙긋이 웃고 말았다.

"알았으니까 맛있는 거 많이 해 주세요."
-하여간 그 애보다 너 때문에 더 혈압 올라. 끊어!

매몰차게 끊긴 휴대폰을 보며 태영이 웃음을 삼켰다. 어쨌거나 가장 큰 고비였던 어머니께서 허락하셨으니 큰 산을 넘은 기분이었다.

마침 서운이 두 분과 함께 밖으로 나오자 태영은 자리에서 일어나 성큼 걸어갔다. 서운의 얼굴이 한층 밝아진 것이 확연히 보여 그의 눈가도 부드럽게 휘었다.

"말씀 다 나누셨습니까?"

태영의 물음에 혜연이 태영의 손을 덥석 잡았다.

"고마워. 우리 서운이 아껴 줘서."

"저도 감사합니다. 서운이 낳아 주시고 찾아 주셔서."

태영이 진심 어린 감사를 건네고 서운의 어깨를 끌어안았다. 두 사람의 다정한 모습을 보며 혜연과 영환도 마주 보며 미소를 지었다.

집으로 돌아오는 차 안에서 혜연은 유성의 얘기를 꺼냈다.

"유성이에겐 좀 몸을 회복한 후에 얘기하는 것이 좋겠어요."

"그러는 게 낫겠어. 몸도 성치 않은데 아무래도 지금은 받아들이기 쉽지 않을 거야."

영환이 혜연의 기분을 살피며 인사를 건넸다.

"당신, 유성이 미워하지 않는 거지?"

"유성이가 무슨 죄가 있어요? 유성인 내가 키운 내 딸이에요. 그 여잔 유성이 앞에 나타날 자격도 없어요."

"고마워, 그렇게 생각해 줘서."

혹여 그녀가 친딸이 아니라는 사실을 알고 유성을 홀대하고 멀리할까 봐 여간 걱정이 아니었다. 엄마라면 끔찍한 유성이 혜연의 냉대를 견디지 못할 것임을 알기에 걱정이 더 컸다.

하지만 역시 자신이 아는 나혜연은 모질고 독한 여자가 아니었다. 그리고 모성애 또한 강한 여자였다.

못된 짓을 저지른 유성의 친모는 철저히 미워할지언정 그 화를 유성에게는 돌리지 않는 분별력과 이성이 있었다. 그래서 더 그녀가 고마웠다.

현관문을 열고 거실로 들어가자 2층에서 해성이 급하게 달려 내려왔다. 얼굴색이 좋지 않았다.

"큰일 났어요."

"무슨 일인데 그래?"

"누나가 보이지 않아요."

"누나가 보이지 않는다니? 어디 나간 거야?"

"휴대폰도 꺼져 있어요. 아무래도 누나가 집을 나간 거 같아요."

"그게 무슨 소리야! 유성이가 집을 나가다니!"

해성의 소리에 혜연이 깜짝 놀라 소리쳤다.

"이게 책상 위에 있었어요."

얼굴이 하얗게 질린 혜연이 해성이 건넨 종이를 재빨리 낚아채서 펼쳤다.

유성이 남긴 간결한 메시지를 읽고 혜연이 비틀거리자 영환이 얼른 그녀를 부축했다.

혜연의 손에서 떨어진 종이가 힘없이 바닥에 떨어졌다. 하얀 종이에 짧게 적힌 글귀에 영환의 시선이 내려앉았다.

잠깐 여행 좀 다녀올게요. 찾지 마세요.

정신이 나갈 것 같았지만 혜연은 애써 추슬렀다. 딸이 없어졌는데 정신을 잃을 수는 없었다.

"누나 언제부터 안 보인 거야?"

"두 분 나가실 때만 해도 분명히 있었는데 그 이후로 나간 거 같아요."

좋지 않은 예감에 혜연은 영환과 시선을 주고받았다.

"누나한테 좀 이상한 기미 같은 거 안 보였어?"

"사실은 어제 누나가 좀 이상하긴 했어요. 엄마가 돌아왔다는 소리에 인사드리러 내려온 거 같은데 두 분이 말씀 중이신지 누나가 밖에서 기다리더라고요. 근데 얼굴색이 엄청 안 좋았어요."

"유성이가 밖에 있었단 말이야?"

"네, 그랬어요."

우려했던 일이 현실로 나타나자 혜연의 표정이 급격히 어두워졌다. 그녀는 영환에게 다급히 물었다.

"어떡하죠?"

"우리가 한 얘기를 들은 거라면 저도 마음을 추스를 시간이 필요하겠지. 지금으로선 우리가 할 수 있는 일이 없으니 무사히 돌아오기를 기다리는 수밖에."

"그러다 무슨 일이라도 생기면 어떡해요?"

"유성이 그렇게 약하고 무모한 애 아니잖아."

두 사람의 이야기를 가만히 듣고 있던 해성이 조심스럽게 물었다.

"결국은 누나가 엄마가 낳은 딸이 아닌 건가요?"

해성의 예리한 질문에 혜연의 눈이 놀라움으로 커졌다.

"갑자기 왜 그런 소리를 하는 거야?"

"병원에서 누나 혈액형이 안 맞을 때부터 엄마 얼굴 안 좋았잖아요. 혹시나 하는 합리적인 의심은 있었어요. 그런데 정말인가요? 그래서 누나가 갑자기 나간 거예요?"

평소 눈치가 빠르고 속이 깊은 아이인 줄은 알았지만 이렇게까지 꿰뚫고 있을 줄은 몰랐기에 혜연은 크게 당황했다. 하지만 언제든 알아야 할 일이기에 그녀는 침착하게 대답했다.

"네 추측이 다 맞아. 유성이는 엄마가 낳지 않았어. 하지만 여전히 엄마 딸이고 네 누나야."

내심 제 생각이 틀리길 바랐기에 해성의 표정이 크게 일그러졌다.

"도대체 어떻게 이런 일이 일어날 수 있죠? 어떻게 엄마가 낳지도 않았는데 엄마가 낳은 딸로 지금까지 살아올 수 있었던 거냐고요?"

"신생아실에서 누군가 아이들을 바꿔치기했어."

항상 이래도 흥 저래도 흥, 좀체 흥분하지 않던 해성이 제대로 흥분했다.

"뭐라고요! 대체 어떤 미친 인간이 그런 말도 안 되는 짓을……. 그럼 엄마가 낳은 딸은 어디로 간 거예요?"

"고아원에 버려졌는데 극적으로 다시 찾았어."

혜연은 거실 소파로 해성을 데리고 가서 그동안 있었던 일을 차근차근 설명해 주었다.

유성이 엄마의 친딸이 아니라는 1차 충격 외에도 해성은 어렵게 찾은 엄마의 친딸이 태영이 사랑하는 사람이라는 말에 더 큰 충격을 받았다.

"하필 인연이 그렇게 엮여서 누나가 더 충격이 컸겠네요. 태영형 애인이라니. 누나가 너무 불쌍해요."

같이 있을 땐 앙숙처럼 늘 못 잡아먹어 안달이어도 남매간의 정이 남다른 아이들이었다. 유성을 걱정하는 해성의 표정에 근심이 가득했다.

"누나 꼭 돌아올 거야. 걱정하지 마."

"그래야죠. 그 바보 같은 누나가 센 척해도 참 겁이 많거든요. 머릿속이 복잡해서 일단 나간 거 같은데 금방 정신 차리고 다시 돌아오겠죠."

그래도 엄마가 유성을 여전히 사랑하는 것에 안도했다. 유성의 잘못은 아니지만 오랫동안 자신을 속이고 딸을 바꿔치기한 여자의 딸이기에 곱게 보이지 않을 수도 있는 상황이었다. 하지만 조금의 흐트러짐도 없이 유성을 딸로 받아들이는 모습이 그저 고마울 뿐이었다. 새삼 엄마들은 정말 강한 존재라는 생각이 들었다.

혜연이 침착하게 영환을 돌아봤다.

"당신이 조용하게 유성이 갈 만한 곳을 찾아봐 줘요."

"나도 그럴 생각이었어."

"찾아도 억지로 데려오지 말고 지켜보기만 해요. 스스로 받아들이고 인정하면 돌아올 거예요. 그때까지 재촉하지 말고 그 애에게 시간을 줘요, 우리."

"그래, 그러는 게 좋겠어."

두 사람의 결정이 맞기에 해성은 고개를 끄덕였다.

"그 누나 나도 한번 보고 싶네요."

"곧 만나게 될 거야. 엄말 닮았어."

"그래요? 더 보고 싶네요. 누나가 둘이라니 나쁘진 않네요. 그래도 최유성 같은 누나가 둘이면 피곤한데."

"유성이랑은 다른 성격이야."

혜연이 부드럽게 웃으며 대답했다. 역시 해성은 상황을 인정하고 받아들이는 것도 빨랐다. 그러고 보니 속 깊고 이성적인 면은 서운과 닮은 것 같다.

유성이 사라져 불안하고 초조했지만 그녀를 믿기로 했다. 어차피 넘어야 할 고비였으니 홍역 치르듯 독하게 앓고 건강하게 일어서기를 응원하는 수밖에 없다. 머지않아 다섯 식구가 함께할 그날을 희망하며 혜연은 유성이 무사히 돌아오기를 간절히 빌었다.

※

일주일에 이틀은 회사에 나가 근무를 하기에 태환은 사무실에서 대면으로 처리해야 할 업무를 우선 처리했다.

잠시 휴식을 취하고 있는 사이에 양 비서가 조심스럽게 들어왔다.

"사모님께서 찾아오셨습니다."

"…들어오라고 해요."

"알겠습니다."

양 비서가 나가자 바로 여진이 들어왔다. 집으로는 찾아오지 못하고 출근할 날만 기다렸을 것이다.

"무슨 일이야?"

태환은 여진에게 시선도 주지 않은 채 차갑게 물었다.

"여보."

"우리 이제 그렇게 부를 사이 아닌 걸로 아는데."

예전이라면 상상도 할 수 없을 정도로 냉랭한 태도에 여진은 가슴에 멍울이 들었다.

"잘못했어요. 용서해 줘요."

"그런 말 들을 시기도 이미 늦은 것 같으니 그만 돌아가. 피곤해."

"당신이 어떻게 내게 이렇게 매몰찰 수 있어요?"

태환이 휠체어 바퀴를 돌려 여진을 똑바로 쳐다봤다.

"그 책임을 나한테 찾는 건 좀 억지 아닌가?"

"내 탓이라는 거 알아요. 그래서 이렇게 용서를 구하는 거잖아요. 제발 우리 좋았던 때를 생각해 줘요."

여진의 절절한 사정에도 태환은 묵묵부답으로 일관했다.

"당신 나 아직도 사랑하는 거 알아요. 우리 이렇게 갈라설 수 없어요. 당신에겐 내가 필요하잖아요."

"당신이 필요했을 때가 있었지. 하지만 지금은 아니야."

"거짓말하지 말아요."

태환은 자신만만해하는 여진을 똑바로 쳐다보며 냉소했다.

"이 최태환이 도여진 없이는 아무것도 못 할 사람으로 보여?"

"한 번만 용서해 줘요. 내가 잘못한 만큼 앞으로 더 잘할게요."

"당신이 당장 용서를 구할 사람은 내가 아닐 텐데."

"……."

"유성이네 집에서 당신이 한 짓인 거 알고 있어. 자수하지 않으면 그 집에서 살인 청부로 신고할 거야."

"살인이라뇨! 말도 안 돼요. 그냥 교통사고를 낸 거잖아요."

"유성이가 죽을 뻔했어! 그걸 바라고 그런 짓을 한 거 아니었어?"

태환이 질린 듯한 표정으로 차갑게 짚어 주자 여진의 얼굴이 파랗게 질렸다.

"아니에요! 절대 죽일 생각은 아니었어요. 그건 그냥 사고였다고요. 유성이네 집에 말할 필요까진 없었잖아요."

"정말 끝까지 이기적이군그래. 그럼 우리 집 식구들이 사실을 알면서도 네가 저지른 범죄의 공범이 되어야 한다는 거야? 아직까지 네가 무슨 짓을 저질렀는지 감이 안 오는 거야?"

막다른 길에 몰리자 여진은 결국 바닥으로 주저앉아 그에게 매달렸다.

"당신하고 이혼한다는 사실을 알면 아버지께서 날 가만두지 않으실 거예요. 거기다 유성이 일까지 터지면 죽이실지도 몰라요. 당신도 우리 아버지 성격 잘 알잖아요."

"그렇게 무서웠으면 그런 짓까지는 하지 말았어야지. 당신을 벼랑 끝으로 내몬 건 그 누구도 아닌 당신 자신이야. 그러니 그 뒷감당도 당신이 해. 자수를 하든지, 유성이한테 가서 무릎 꿇고 용서를 구하든지 알아서 하고 나랑 상관없이 당신 인생 살아. 피곤하니까 다신 찾아오지 마."

태환이 차갑게 돌아서서 밖으로 나가 버리자 여진은 좌절감에 폭풍 눈물을 쏟았다.

태환은 놀라서 보는 양 비서를 한 번 쳐다보다 최대한 여진의 울음소리가 들리지 않는 곳으로 멀어져 가며 인상을 찌푸렸다.

※

저녁 식사를 마치고 태영이 송 여사와 통화를 하는 동안 서운은 히비스커스 차를 타서 거실로 가지고 왔다. 막 통화를 끝낸 태영의 표정이 밝아 보이지 않아 차를 내려놓으며 물었다.

"왜요? 무슨 일 있어요?"

"유성이가 집을 나간 모양이야."

서운의 표정이 대번에 어두워졌다.

"두 분이 얘기하는 소리를 밖에서 듣고 나간 것 같대. 휴대폰도 꺼져 있고 어머님이 걱정이 이만저만이 아니신가 봐."

서운은 말없이 차를 한 모금 마셨다. 붉은 찻물의 열기가 몸을 따뜻하게 진정시켜 주었다.

"걱정돼?"

"당연히요. 유성 씨 입장에선 받아들이기 쉬운 일이 아니겠죠. 어디론가 숨어 버리고 싶은 마음 이해가 돼요. 큰 사고 직후라 더 심신도 약해진 상태였을 거니까 충격도 컸을 거예요."

"어차피 한 번은 겪어야 할 일이긴 하지만 유성이가 너무 힘들어하지 않고 사실을 받아들였으면 좋겠어."

서운은 유성과 한 번 만났던 때를 회상했다.

"다소 성격이 급해 보이긴 했지만 무모하게 일을 칠 것처럼 보이진 않았어요. 누구보다 어머니를 사랑하니까 어머니가 마음 아파하실 일을 하진 않을 거예요."

"그래, 그럴 거야."

"나 왠지 유성 씨한텐 본의 아니게 두 번이나 악역이네요."

태영이 기운 빠지게 한숨을 내쉬는 서운을 다독였다.

"두 번 다 아니야. 유성이한테 날 뺏은 것도 아니고 친어머니를 뺏은 것도 아니잖아. 어머니 일은 오히려 피해자였지."

"그게 또 유성 씨 잘못도 아니니까."

"어른들이 나빴을 뿐이야. 그 이기심에 결국 너나 유성이 피해를 본 거고."

"도대체 어떻게 생각을 하면 자신의 아이를 위한다고 남의 아이를 고아원에 버릴 생각을 할까요? 그 뇌 구조가 궁금해요. 살면서 양심에 찔리지도 않았을까요?"

"양심이란 게 있다면 그런 짓을 했을 리 없지."

"사람이 어디까지 추악해질 수 있는지 정말 화가 나요."

서운이 인상을 찌푸리자 태영이 어깨를 감싸 안았다.

"최 사장님이 가만히 두지 않으신다고 했으니 그 죗값 받게 될 거야."

"어떻게요?"

"최 사장님이 그 여자 가만히 안 두려고 뒷조사를 철저하게 했는데 지금 남편을 속이고 저지른 일들이 좀 있나 봐. 거기다 애를 낳았던 사실까지 밝혀지면 지금까지 운 좋게 누려 왔던 일들이 다 산산조각이 나는 거지."

"잘됐네요. 남의 눈에 피눈물 나게 해 놓고 잘 살면 안 되는 거죠."

서운의 입에서 신랄한 말투가 튀어나왔다. 어지간한 일이면 좋은 게 좋은 거라고 넘어가는 성격이지만 도를 넘은 짓에 관용을 베풀 이유는 없었다. 한 사람의 비뚤어진 이기심 때문에 30년이나 상처를 안고 살아온 걸 생각하면 멱살이라도 잡아 흔들고 싶었다.

유성을 위한 일이라고 면죄부를 받고 싶겠지만 결국 제 딸인 유성도 상처를 받고 사라져 버렸으니, 딸을 위한 모정이라고 면피할 수 없다. 부디 유성이 길게 방황하지 않고 돌아와 줬으면 싶었다.

※

사무실에서 해외 자료를 뒤지다 서운은 손가락으로 눈두덩을

꾹꾹 눌렀다.

"피곤해?"

언제 왔는지 미강이 옆에 서 있었다.

"잠을 좀 설쳤어."

"최유성 잘 있을 거야. 걱정하지 마."

유성이 사라진 후 시간이 지날수록 신경이 쓰였다. 그렇게 생각하지 말자 하면서도 어쩔 수 없이 유성이 집을 나간 이유에서 자유로워질 수 없었다.

"커피나 한잔해야겠다. 내 걱정 하지 말고 가서 일해."

"그래, 기운 내."

서운은 머그잔을 들고 탕비실로 가 믹스 커피를 탔다. 뜨거운 물에 갈색 알갱이와 하얀색 가루들이 사르르 녹아드는 모습을 물끄러미 바라봤다. 지금 해결되지 않은 채 머릿속에 남아 있는 일들이 이렇게 사르르 녹아 사라지면 얼마나 좋을까.

진한 커피 향을 음미하며 자리로 돌아와 막 한 모금을 마시려는 순간 휴대폰 액정이 밝아졌다. 액정에 뜬 전화번호를 보고 서운의 눈이 가늘어졌다. 모르는 번혼데 왠지 낯이 익은 느낌이었다. 그녀는 커피를 내려놓고 휴대폰을 받았다.

"여보세요."

-최유성이에요.

일단 그녀가 무사한 것을 확인하니 마음이 놓여 서운은 안도의 숨을 내쉬었다.

"어디예요?"

-나 지금 회사 지하 커피숍에 와 있어요.

"지금 내려갈게요."

통화를 마치자마자 서운은 미강에게 지하 커피숍에 다녀온다는 메신저를 넣고 바로 자리에서 일어섰다.

그사이에 어디로 사라지진 않았을까 걱정하며 급히 커피숍으로 들어가니 구석에서 유성이 기다리고 있었다. 서운은 빠른 걸음으로 다가가 앞에 앉았다.

"일하는데 미안해요."

"괜찮아요."

어색한 인사를 주고받고 두 사람은 말이 없었다. 둘 다 어떻게 시작을 해야 할지 모르는 사람들처럼 침묵만 주고받았다.

서운은 유성의 얼굴을 찬찬히 살폈다. 살이 내려 수척해진 데다 평소처럼 화려하게 꾸미지 않아서인지 전에 봤던 사람과 잘 매치가 되지 않았다. 서운은 먼저 그녀에게 말을 걸었다.

"그동안 어디 있었던 거예요?"

"호텔에 있었어요. 멀리 움직일 만한 몸 상태가 아니어서."

"부모님이 걱정 많이 하셨어요. 이제 좀 괜찮은 거예요?"

"…모르겠어요."

쉬이 정리가 될 일이 아님을 알기에 아직 현재 진행형인 유성의 고뇌가 이해가 됐다.

"날 왜 찾아온 거예요?"

"그냥… 봐야 할 거 같아서요."

그 말을 끝으로 유성은 또 침묵했다.

서운은 재촉하지 않았다. 그래도 자신을 먼저 찾아와 준 것이 고마웠다.

"나랑은 본의 아니게 이상하게 엮이네요. 나에 대한 감정은 미움과 미안함의 중간쯤이겠죠?"

유성이 담담하게 보는 서운을 빤히 쳐다봤다.

"이서운 씨는 처음에도 어렵더니 여전히 어렵네요. 솔직히 많이 미웠어요. 부럽기도 했고요. 하지만 얼굴도 모르는 내 친모 때문에 내가 당신의 삼십 년을 훔친 셈이 됐으니 미워할 자격도 없는 게 맞죠."

"최유성 씨한테 사과받을 일은 아닌 것 같네요. 유성 씨도 피해자니까."

어쩌면 서운이 자신을 경멸하고 크게 화를 낼지 모른다고 생각했다. 그런데 의외로 담담하고 건조한 대답에 유성은 처음으로 서운을 제대로 보려고 했다.

"그만 집에 들어가요. 아버지랑 어머니가 기다리시는 거 알잖아요."

"엄마도… 날 기다리실까요?"

묻는 음성이 조심스러웠다. 대답을 듣는 것이 두렵기도 했다.

"딸을 기다리지 않는 엄마도 있나요?"

"……."

"난 낳은 정보다 기른 정이 더 크다고 봐요. 그리고 유성 씨도 엄연히 아버지 자식이잖아요. 당연히 가족들 모두 기다리겠죠."

유성은 콧잔등이 시큰해져 인상을 찌푸렸다. 어쩌면 가장 듣고 싶었던 소리였는지 모르겠다.

 엄마의 친딸이 아니라는 소리를 들었을 때 차갑게 외면할까 봐 차마 묻지도 못하고 집을 나와 버렸었다. 앞으로 엄마라고 부르지 말라고 할까 봐 두렵고, 친모라는 여자가 죽이고 싶도록 미웠었다.

 그래서 기다리신다는 서운의 말에 불안하고 복잡했던 감정의 덩어리들이 비로소 잘게 부서지는 기분이 들었다.

 "들어갈 거죠?"

 거듭 확인하는 서운의 눈빛에서 걱정을 읽고 유성이 엷게 미소를 지었다.

 "태영 오빠가 왜 그쪽을 좋아하는지 이제 알 것 같네요. 미안해요. 그리고 또 고마워요."

 "다음에 볼 땐 조금 더 편하게 봤으면 좋겠네요."

 "노력할게요."

 "그래요. 그럼 바로 들어가요. 확인할 거예요."

 "꼭 언니처럼 구네요."

 "생일도 같은데 언니는 무슨. 친구로서 걱정하는 거라고 해두죠."

 유성은 처음으로 편안한 얼굴로 서운을 마주 봤다. 가만히 보니 서운의 얼굴에서 엄마의 모습이 보였다. 차분하고 정 있는 성격도 닮아 보였다. 고민 끝에 찾아온 무거운 걸음이었지만 돌아가는 걸음은 한결 가벼워졌다.

제19장
밝혀지는 거짓말

"엄마! 누나 왔어요!"

침대에 누워 있다 혜연은 해성이 부르는 소리에 서둘러 거실로 나갔다. 막 들어왔는지 유성이 쭈뼛거리며 서 있었다.

"엄마······."

기운 쪼가리 하나 없이 다 들어가는 목소리로 죄인처럼 서 있는 꼴을 보니 속에서 열불이 올랐다. 제가 무슨 죄를 지었다고 죄인 코스프레란 말인가.

"말도 없이 어딜 갔다 온 거야?"

"그냥 여기저기… 가려고 했는데 호텔에 박혀 있었어."

"그러게 집은 아무나 나가냐고!"

"곰곰이 생각해 보니 혼자 어디 간 적이 없더라고."

늘 엄마랑 함께였기에 막상 집을 나가니 갈 곳이 없었다.

"그래서 속은 완전히 정리된 거야? 또 나갈 건 아니지?"

유성이 가만히 혜연을 쳐다봤다.

"엄만 나 안 미워?"

"널 미워해야 할 이유가 없잖아."

"내 친엄마라는 여자가 엄마랑 서운 씨한테 용서받지 못할 짓 했잖아."

"친엄마 소리 집어치워! 너한테 엄만 나 하나야. 난 널 내 배로 낳진 않았지만 가슴으로 낳고 길렀어. 서운이도 너도 다 내 딸이란 말이야. 그 여자가 널 낳았다는 알량한 이유로 네 앞에 나타난다고 해도 인정하지 않을 거니까 그렇게 알아."

"엄마······."

유성의 눈에서 눈물이 그렁그렁 맺혔.

"물론 네가 친엄마가 궁금해 만나고 싶다면 말리진 않을 거야."

유성이 빠르게 고개를 저었다.

"아니, 그럴 일 없어. 나한테도 엄만 한 명뿐이야."

"앞으로 그렇게 집 나가지 마. 쓸데없는 생각 하지도 말고."

"알았어. 그럴게."

"그럼 이리 와."

혜연이 두 팔을 벌리자 유성이 울면서 그녀의 품에 안겼다. 늘 철부지 아이처럼 굴던 딸이 불과 며칠 새에 어른이 된 것 같았다. 혜연은 제 품에서 펑펑 눈물을 쏟는 유성의 등을 다정하게 다독거렸다.

"나이가 몇 갠데 가출씩이나 하고 그러냐? 속 좀 차려라, 누나야."

혜연의 품에서 실컷 울던 유성이 눈물 젖은 눈으로 해성을 홱 째려봤다.

"그렇지. 그렇게 나한테 살기가 뻗쳐야 최유성이지. 약한 척 구는 건 영 안 어울린다니까?"

"반갑다는 인사를 참 돌려서도 한다. 누가 남매 아니랄까 봐."

혜연이 유성을 대신해 해성을 나무라는 척했다.

"새로 생긴 누나는 최유성스럽지 않다니 얼마나 다행이에요?"

"야, 최해성! 이 자식이 보자 보자 하니까!"

"오, 그 표독스런 표정 좋아. 살아 있네, 최유성. 암튼 돌아온 걸 환영해. 집 나가 봤자 개고생인 거 확인했을 거니까 다음부턴 화나도 집은 나가지 마셔."

할 말을 다 하고 유유히 2층으로 올라가는 해성의 뒤통수를 노려보며 유성은 왼쪽 입술을 들어 올렸다.

그러면서도 피식 웃었다. 자신을 위해 일부러 아무 일도 없던 것처럼 대해 주는 해성의 마음을 알기에 그저 고마웠다.

"집에 오기 전에 이서운 씨 만났어."

혜연이 살짝 놀란 표정으로 유성의 다음 말을 기다렸다.

"왜 찾아갔는지는 나도 모르겠어. 그냥, 미운 것도 같은데 미안하기도 했어. 어쨌든 나 때문에 모든 걸 잃고 살았을 테니까."

"그래, 잘했어."

"이런 생각 우습지만 태영 오빠가 서운 씨 좋아한 걸 처음으로 다행이라 생각했어. 그게 내가 삼십 년간 엄마를 뺏은 것이랑 통칠 수는 없겠지만 그냥 그렇게라도 위안하고 싶었나 봐. 엄마 딸이 잘 살아 있어 줘서 고마웠어."

"그래……. 그래."

혜연은 유성을 안고 다독여 주었다. 확실히 큰일을 겪은 뒤라 많은 생각과 고민을 한 것이 보였다. 그래도 크게 방황하지 않고 돌아와 줘서 고맙고 감사했다.

그때 막 집으로 돌아온 영환이 유성을 보고 놀라 복잡한 표정을 지었다.

"유성이 너, 이놈의 자식!"

"아빠."

유성이 영환에게 걸어가자 영환이 힘껏 끌어안았다. 혜연은 다정하게 재회하는 부녀를 지그시 지켜봤다.

※

서운은 퇴근 후에 태영과 함께 마트에 들러 장을 본 후 집으로 돌아왔다.

"오늘은 내가 만들어 줄 거니까 가만히 쉬고 있어요."

"같이 하면 안 돼? 도와줄게."

"주방이 좁아서 걸리적거려요. 또 오늘은 다 내 손으로 만들어 주고 싶다고요. 그러니 방해하지 말고 얌전히 꺼져 줘요."

"알았어."

사뭇 비장한 각오에 태영은 쉽게 항복을 하고 침대 쪽으로 걸어갔다.

서운은 빠른 속도로 야채를 씻어 도마 위로 올리고 싱크대 밑에서 칼을 꺼냈다.

"참, 유성 씨 집에 들어갔다고 연락 왔어요."

"잘됐네. 갑자기 유성이랑 꽤 친해졌나 봐? 그런 보고까지 하는 걸 보니."

"둘이 통하는 게 있었던 거죠. 서로 미워해야 할 이유도 없고요. 우리가 잘 지내야 부모님들도 좋아하실 거니까 그냥 친구처럼 지내는 게 낫지 않을까 싶어요."

"유성이가 널 찾아올 줄 몰랐어."

"나도 몰랐어요. 그래서 놀랐고요."

"코흘리개 때부터 봐서 어리게만 생각했는데 의외인 면이 있었네."

파를 도마에 숭덩숭덩 자르면서 서운이 돌아봤다.

"알고 보면 나랑 동갑이란 말이죠. 확실히 어렸을 때부터 봐 온 것과 커서 만나는 건 인식의 차이가 큰 것 같아요."

"그러게. 난 유성일 여자로 본 적이 한 번도 없는데 넌 처음부터 여자로 봤거든."

"그럼 내가 유성 씨랑 바뀌지 않았다면 나도 그냥 아는 동생이었겠네요?"

"음… 아마 그건 아닐걸?"

"역시 사람의 차이군요. 심심하면 TV 보고 있어요."

"혼자서 잘 놀고 있을 테니까 요리에 집중해 주세요, 셰프님."

서운의 책상 위를 눈으로 훑던 태영이 작은 책장 끝에 놓인 낡은 상자를 발견하고 손을 뻗었다.

"이 상자는 뭐야?"

인덕션 불을 켜려다가 서운이 돌아봤다.

"아, 그거 내 보물 상자예요. 중요한 추억들만 모아 둔 거예요. 옛날 사진들도 있으니 봐요. 대신 흉보긴 없기예요."

자신이 모르는 서운의 과거의 모습을 볼 수 있다는 생각에 태영은 상자를 열었다. 아기자기한 물건들 사이에서 그는 서운의 어릴 적 사진들을 꺼냈다. 단발머리에 교복을 입은 어린 서운의 모습에 그의 눈빛이 부드럽게 휘었다.

"진짜 애였네."

"촌스럽죠?"

"아니, 예뻐. 지금하곤 또 다른 모습인데 이서운의 얼굴이 있어. 풋사과처럼 풋풋해 보여."

"싱싱했을 때죠."

"지금은 아니야?"

"벌써 서른이거든요. 당연히 그때완 다르죠. 뭐, 그래도 지금은 지금의 맛이 있을 테니까 그때로 돌아가고 싶진 않아요."

"지금이 더 예뻐."

"이런 다정한 애인이 있으니 지금이 더 좋다니까요."

서운이 기름을 두르고 고기를 볶은 후 썰어 둔 야채를 한꺼번에 부어 볶기 시작하자 맛있는 냄새가 원룸 안에 가득 퍼졌다. 침샘을 자극하는 냄새에 식욕이 확 당겼다.

상자 안의 아기자기한 물건들을 눈으로 확인하던 태영이 무언가를 들어 서운에게 흔들어 보였다.

"이 안엔 뭐가 들었어?"

인덕션 불을 끄고 서운이 태영에게 다가왔다. 그녀는 태영의 손에 들린 검정색 USB를 유심히 쳐다봤다.

"이게 뭐지? 난 이걸 넣은 적이 없는데 이상하네."

"기억 못 하는 거 아니야?"

"아니, 처음 보는 거예요. 누가 여기다 넣었지? 엄마가 넣었을 리는 없는데."

"무슨 내용인지 확인해 보자. 그럼 누가 넣은 건지도 알겠지."

"밥부터 먹고 봐요. 다 됐으니까."

"그래, 그럼."

서운은 태영의 손을 잡고 식탁으로 데리고 갔다. 조금은 긴장된 얼굴로 최선을 다해 만든 요리를 내놓자 태영이 주저 없이 시식을 했다.

"음……."

"별로예요?"

뜸을 들이던 태영이 긴장해서 보는 서운을 가늘게 보더니 이내 시원하게 미소를 지었다.

"합격이야. 맛있어."

"다행이다. 많이 먹어요. 다음엔 더 맛있게 해 줄게요."

"결혼 연습은 언제든 환영이야."

태영이 맛있게 먹는 것을 보며 서운은 수저를 들었다. 다행히 자신의 입맛에도 생각보다 나쁘진 않았다.

저녁 식사 후 설거지까지 끝내고 서운은 태영과 함께 노트북을 열었다. 출처를 알 수 없는 USB에 뭐가 들었을지 너무 궁금했다. 노트북이 부팅되고 USB를 연결하자 녹음 파일 하나가 들어 있었다.

"진짜 뭐지?"

태영과 나란히 머리를 맞대고 그녀는 녹음 파일을 클릭했다.

그리고 녹음된 내용을 확인한 두 사람의 얼굴이 동시에 굳었다. 크게 놀란 두 사람의 눈동자가 약속이나 한 듯 서로를 마주 봤다.

"도대체 이게 왜 여기에!"

서운의 눈동자가 충격으로 벌어졌다. 노트북에서 돌아가신 아버지와 길 의원의 목소리가 흘러나오고 있었다.

20분 정도 녹음된 파일을 듣는 동안 서운은 미동도 없이 숨을 죽였다.

-그 자재는 안 됩니다. 질이 너무 떨어져서 하자나 문제가 발생했을 시 자칫 큰 사고로 이어질 수 있습니다.

-그런 판단은 사장인 내가 해요. 쓸데없는 일에 나서지 말고 이정태 씨는 현장 일에나 신경 쓰세요.

길 의원의 단호한 거부에도 아버지는 포기하지 않았다. 거듭 말리는 목소리에서 다급함과 절박함이 느껴졌다.

하지만 길 의원은 끝까지 아버지의 건의를 받아들여 주지 않았다. 두 사람 사이에 흐르는 냉랭한 기류가 읽혔다.

-그쪽 회사에서 받은 것이 있어서 철회할 수가 없는 겁니까?

-이봐요, 이정태 씨. 당신 지금 무슨 소리를 하는 거야!

-그쪽 회사로부터 그 자재를 납품받는 조건으로 산삼이 든 상자를 받은 걸 알고 있습니다. 물론 산삼이 든 상자엔 다른 것도 들었다는 것도 압니다.

-당신 미쳤어? 감히 누굴 거짓말로 모함하는 거야!

-거짓말이 아니니 모함이 아니죠. 이 주 전, 토요일 두 시 삼십 분. 장원이라는 한정식당에서 은밀히 그 회사 사람들과 거래하셨잖습니까?

-그런 일 없으니 헛소리 지껄이지 마.

-사장님께 산삼이 든 상자를 건넨 자리에 있던 한 명에게 직접 들은 사실입니다. 그쪽 회사에서 억울하게 잘린 것에 대한 보복으로 그 얘기를 해 주더군요. 사장님이 뇌물을 받은 증거도 받았습니다. 아, 물론 그 사람은 저하고 과거의 연으로 친분이 있는 사람입니다. 이래도 모른다고 하실 겁니까?

어지간히 놀랐는지 잠시 침묵이 흘렀다.

-사장님께서 청탁을 받고 자재를 바꿔치기한 것을 최영환 사장님께서도 아시는지 모르겠습니다. 물론 지금이라도 원래대로 돌려놓으신다면 더 문제 삼지 않겠습니다.

그리고 다시 침묵이 흘렀다. 아마도 길 의원이 생각하는 중인 것 같았다.

-생각할 시간을 좀 주게.

-하루 드리겠습니다. 부디 좋은 판단 하시길 바랍니다.

그러고는 녹음 파일이 끝났다.

"아! 아버지."

서운이 괴로워하며 고개를 숙였다. 두 손으로 얼굴을 감싼 그녀의 어깨가 미세하게 떨렸다.

태영은 조심스럽게 서운의 어깨에 손을 얹었다. 자신도 충격적인 사실인데 그녀에겐 얼마나 충격일지 상상할 수도 없었다.

두 사람 모두 서운에겐 양부였던 사람들이기에 받아들이는 것이 더 힘들 것이다. 거기다 친부인 최영환 사장까지 얽혀 있으니 그야말로 운명의 장난이었다. 운명이 왜 이렇게 그녀에게 가혹한지 원망스러울 정도였다.

"아버님께서는 길 의원을 믿지 않으셨던 모양이군. 그래서 만일을 위해 네게 이 대화를 남기신 거겠지."

"성식 아저씨가 잘못 알고 계신 것이길 바랐는데……. 우리 아버지 불쌍해서 어떡해요?"

속상함에 서운의 눈에서 끝내 눈물이 터졌다.

태영은 그녀를 가만히 끌어안아 주었다. 지금은 그것밖에 달리 해 줄 것이 없었다. 서운의 울음소리가 커지자 그의 표정도 점점 어두워져 갔다.

한참을 울다 겨우 진정한 서운의 코끝이 빨갰다. 태영은 지긋하게 그녀를 보기만 했다.

서운이 노트북에서 USB를 꺼내 손에 쥐었다.

"이제 어떡할 거야?"

"바로잡아야죠. 아버지를 위해서도 그냥 넘어갈 수는 없잖아요."

대답하는 그녀의 붉은 눈에 많은 감정들이 보였다. 이대로 침묵하면 최영환 사장이 다치고, 사실을 밝히면 길갑수 의원이 다친다. 그녀에겐 둘 다 남이 아닌 사람들이기에 어떤 결정이든 쉽지 않을 것이다. 그럼에도 그녀다운 결정에 그는 조용히 고개를 끄덕이며 그녀를 위로했다.

"길갑수 의원 만날 거면 나랑 같이 가."

"혼자 가는 게 더 낫지 않을까요?"

"아니, 혼자는 못 보내. 길 의원이 네게 좋은 사람이었다고 해도 네 아버지를 돌아가시게 한 사람이라면 충분히 위험할 수 있어. 잃을 게 많은 사람들은 그만큼 예민해지기도 하거든. 그리고 네 옆에 내가 있다는 걸 알아야 그 집안에서 널 함부로 하지 못할 거야."

듣고 보니 그의 말이 일리가 있어 서운은 쉽게 수긍했다.

"알았어요. 같이 가요."

길 의원을 다시 만날 일에 서운의 얼굴에 그늘이 졌다. 어쨌거나 그에게 스스로 잘못을 바로잡을 기회를 주고 싶었다. 그것이 어린 시절 그나마 따스한 기억을 남겨 주었던 길 의원에 대한 마지막 배려였다.

※

오랜만에 가족들과 함께 거실에서 과일을 먹으면서 이야기를 나누는 유성의 얼굴에 생기가 돌았다. 집을 나갈 때만 해도 이 세상에서 사라져 버리고 싶을 정도로 절망적이었는데 지금은 무슨 일이 있었냐 싶게 평온했다. 태영 때문에 마음고생하고 가족들을 걱정시켰던 때에 비하면 말할 수 없이 홀가분했다.

긴 세월 그에 대한 마음을 쥐고 살아서 놓는 법을 배우지 못했다. 쥐고 있는 것을 놓치면 자신도 무너져 버릴 거라 생각했는데 막상 내려놓고 나니 의외로 담담해지는 것이 놀라울 정도였다. 그냥 혼자 죽어라 사랑했고 휘청거리게 거절도 당해 봤으니 지난 사랑에 여한이 없다는 것이 더 맞을 것이다.

"누나, 저번에 만난 형이 누나 사고당한 거 알고 걱정 엄청 했어."

"그래? 고맙다고 전해 줘. 멀쩡히 잘 살아 있으니 걱정 말라고도 해 주고."

"직접 하지 그래?"

"내가 직접?"

"응. 서로 안면도 텄으니 전화해도 되잖아?"

유성이 대답을 하지 않고 망설이자 해성이 계속 파고들었다.

"그 형 영 아니었어?"

"모르겠어. 기억이 안 나."

"우와, 이 누나 말하는 것 좀 보소. 너무 성의 없는 거 아냐?"

"솔직히 태영 오빠 잊으려고 억지로 등 떠밀려 나간 자리라 사람을 제대로 안 봤어. 뭐, 분위기는 썩 나쁘지 않았던 거 같은데 그것뿐이야."

"그럼 한 번 더 만나 봐. 그때와 달리 지금은 누나 마음이 완전히 비워졌으니 이젠 채울 수 있잖아."

"생각해 볼게."

"꼭 생각해 보는 거다."

혹시 마음이 변할까 봐 해성이 굳게 도장을 찍었다.

혜연과 영환은 일부러 아무 말도 하지 않고 두 아이들의 대화를 듣기만 했다. 유성의 변화에 두 사람은 흡족한 미소를 지었다.

스스로 서운을 인정하고 나니 태영에 대한 집착을 내려놓을 수 있었을 것이다. 혹시라도 두 아이들이 미워할까 봐 걱정이었는데 나름의 방법으로 공존의 길을 모색한 아이들이 기특하고 고마웠다.

그때 초인종 소리가 들리자 해성이 벌떡 자리에서 일어나 현관으로 걸어갔다.

"누구세요?"

-....도여진이라고 합니다. 유성 씨를 보러 왔어요.

인터폰을 확인한 해성이 목이 고장난 사람처럼 삐걱거리며 유성을 돌아봤다.

"누나, 손님이야."

"이 밤에 날? 누군데 그래?"

"도여진이라고 했어."

해성이 떨떠름한 표정으로 대답하자 유성의 얼굴에서 웃음이 빠른 속도로 사라졌다. 혜연의 표정 역시 심각하게 굳었다.

그때 현관문이 열리고 여진이 들어오자 혜연이 차갑게 쏘아붙였다.

"네가 여긴 무슨 낯으로 오는 거니?"

"죄송합니다, 어머니. 유성 씨에게 사죄하러 왔어요."

"흥! 이곳으로 오지 말고 경찰서로 갔어야지."

늘 조용하고 사람 좋던 혜연의 싸늘한 냉대에 여진은 물 먹은 수건으로 싸대기를 한 대 후려 맞은 것처럼 정신이 너덜너덜해졌다.

"난 사과 받아 줄 생각 없어요."

상종하기 싫어서 유성이 매몰차게 일어서서 가려고 하자 여진이 얼른 무릎을 꿇었다. 자존심이 하늘을 찌르는 도여진의 행동이라고는 믿을 수 없는 행동에 유성은 흠칫 놀랐다.

"미안해. 아슬아슬하게 지켜 온 것들이 무너질까 봐 잠시 제정신이 아니었어. 하지만 결단코 죽일 생각은 없었어."

"난 죽을 뻔했는데 죽일 생각이 없었다고요? 우습네요. 미안하다는 말로 용서하기엔 너무 해선 안 될 짓을 저질렀어요."

"나도 알아. 그래서 이렇게 용서를 빌러 왔어."

유성이 조소하듯 피식 웃었다.

"과연 그럴까요? 태환 오빠를 다시 붙잡으려고 찾아온 건 아니고요?"

여진은 입술 속살을 있는 힘껏 깨물었다. 속내를 꿰뚫어 보는 소리에 모멸감을 느꼈지만 지금은 그것이 중요한 게 아니었다.

"입이 열 개라도 할 말이 없어. 한 번만 용서해 줘."

"태환 오빠랑 이혼할 거라고 하던데 결국 그 집안에 나 못 들어가게 하려다 당신까지 쫓겨난 셈이네요. 이런 걸 자업자득이라고 하겠죠."

"……."

"불편하니까 그만 돌아가요. 이렇게 불편하게 받는 사과라니. 못 이기는 척 받아 줘야 할지 판단이 안 서네요. 어떻게 할 건지 생각해 볼게요. 일어나요. 우리 엄마 아빠 불편해하세요."

유성이 그대로 2층으로 올라가 버리자 여진은 치욕을 견디느라 아래턱이 덜덜 떨렸다.

혜연이 영환과 함께 안방으로 들어가 버리자 해성이 끝까지 남아 그녀를 배웅했다.

"누나 마음 안 풀릴 거니까 그만 가시죠."

만신창이가 된 정신을 부여잡고 여진은 비틀거리는 걸음으로 밖으로 나갔다. 현관문이 닫히자 내내 참았던 눈물이 폭포수처럼 쏟아졌다. 지독한 악몽을 꾸는 것 같은데 도무지 꿈에서 깰 방법을 모르겠다. 모든 것을 다 잃어버린 절망감에 처참한 기분을 안고 그녀는 모래주머니를 매단 것처럼 무거운 발걸음을 옮겼다.

❦

길 의원의 사무실을 다시 찾은 서운의 기분이 무겁게 가라앉았다. 태영이 같이 가자고 했지만 아무래도 혼자서 그를 만나는 것이 나을 것 같아 혼자 온 걸음이었다. 그것이 길 의원에 대한 마지막 배려라 생각했다.

문을 열고 들어가자 비서가 한눈에 서운을 알아보고 자리에서 일어섰다.

"이서운입니다. 길 의원님을 뵐 수 있을까요?"

"잠시만 기다려 주세요."

비서가 안으로 들어갔다가 곧바로 나오더니 의원실 문을 열어 주었다.

그녀에게 묵례로 답례를 하며 서운은 안으로 들어갔다.

무언가를 들여다보던 길 의원이 여전히 반가운 얼굴로 서운을 맞으며 자리에서 일어섰다.

"어서 와라. 이렇게 자주 얼굴 볼 수 있으니 좋구나."

서운은 대답 대신 알 수 없는 표정으로 자리에 앉았다. 비서가 커피를 내려놓고 나가자 길 의원이 서운의 얼굴을 살폈다.

"그래, 오늘은 무슨 일로 날 찾아온 거냐?"

"아버지 일로 왔어요."

길 의원의 표정에 미세하게 균열이 일었다. 하지만 그는 곧 표정 관리를 하며 커피 잔을 들었다.

"아직 묻고 싶은 게 있는 거냐?"

"아버지가 돌아가시기 전에 만난 적 없다고 하셨지요?"

"그랬었지."

"사실이 아니시잖아요."

길 의원이 커피를 마시다 말고 잔을 내려놨다. 그의 표정이 썩 좋지 않았다.

"왜 그런 소리를 하는 거냐?"

서운은 주머니에서 USB를 꺼내 탁자 위로 올렸다.

"이게 뭐냐?"

"아버지가 제게 남기신 마지막 유품이에요. 이 안에 돌아가시기 전에 의원님과 만나서 나눈 대화가 들어 있어요."

"……."

철저하게 표정 관리를 하던 길 의원의 가면이 바사삭 깨졌다. 길 의원이 놀란 눈으로 USB를 쳐다봤다.

"궁금하시면 직접 이 자리에서 틀어 보셔도 됩니다."

이런 걸로 서운이 거짓말을 할 리가 없기에 길 의원은 말문이 막혔다. 이정태가 자신과 만났을 때 증거로 남기기 위해 녹음을 하고 있었을 줄은 꿈에도 몰랐기에 너무 당황스러웠다.

이정태가 가지고 있던 증거를 없애기 위해 그의 휴대폰까지 찾아서 없앴는데 그날의 대화를 녹음했을 줄이야. 거짓말을 한다고 들어 줄 리도 없기에 그는 서늘한 눈빛으로 서운을 직시했다.

"그래, 이걸로 어쩔 생각이냐?"

"그 전에 먼저 묻고 싶습니다. 아버지가 추락하기 직전 누군가 같이 있었던 것을 목격한 사람이 있습니다. 제 아버지… 의원님께서 죽이신 건가요?"

묻는 것도 고통이라 서운의 표정이 일그러졌다.

길 의원은 잠시 침묵을 지켰다. 굳게 입을 다문 그의 표정이 딱딱하게 굳었다.

서운은 길 의원이 입을 열 때까지 그를 재촉하지 않았다.

"그날 아침 네 양아버지랑 같이 있던 사람은 내가 맞다."

알고 싶지 않았던 일이 기어이 사실로 밝혀지자 서운은 눈을 질끈 감았다.

"하지만 맹세코 난 네 아버지를 죽이지 않았다. 네 아버지가 가지고 있다는 증거를 달라고 했지만 자재 건을 해결하기 전까지는 주지 않겠다고 버텼다. 네 아버지의 휴대폰을 뺏으려고 실랑이를 벌였는데 물러서다 네 아버지가 발을 헛디뎌 아래로 추락하고 말았어. 난 네 아버지를 절대 죽이지 않았어. 그건 사고였어."

"사고였다면서 왜 그냥 가셨나요?"

"그, 그건… 너무 겁이 나서였다. 내가 네 아버지를 밀었다고 오해를 받을까 봐 그랬어. 나도 그때 너무 놀라 제정신이 아니었어."

"그래도 끝까지 남으셨어야죠! 그게 도리 아닌가요?"

울분을 토해 내는 서운에게 길 의원은 할 말이 없었다.

"아버지 휴대폰은 의원님이 가지고 가신 건가요?"

"그건… 나도 모른다."

"증거를 없애려고 가지고 가신 거 아닌가요? 그것 때문에 아버지를 위협하신 거잖아요."

길 의원은 더 말을 잇지 못했다. 아니라고 한들 믿어 줄 것 같지 않았기에 그는 차라리 침묵을 택했다.

"정말 너무하셨습니다."

"그래, 나도 내가 잘못한 것을 안다. 그 일이 늘 명치끝에 걸려 있었어. 이정태가 어쨌든 나 때문에 사고를 당한 것이기에 늘 마음이 편치 않았다."

길 의원은 착잡한 얼굴로 심경을 토로했다. 늘 가슴 언저리에 박혀 있던 가시를 이제야 뽑아낸 듯 후련하기도 했다.

"이제 날 어쩔 셈이냐?"

"아버지가 말렸던 불량 자재 때문에 얼마 전에 화재 사고가 난 것을 의원님께서도 아실 겁니다. 그 때문에 최영환 사장님이 곤란하시다는 것도요."

"물론 알고 있다. 그래서 내게 하고 싶은 말이 뭐냐?"

"그때의 일을 이제라도 의원님께서 책임을 지시는 것이 맞는 다고 생각합니다. 그것이 돌아가신 아버지께도 그리고 최 사장 님께도 도의라고 생각합니다."

결국은 자수를 하라는 말에 길 의원의 안색이 흙빛으로 변했다. 그는 서운에게 마지막으로 하소연했다.

"그렇게 되면 나는 시의원 자리를 내려놔야 한다. 네 아버지 일은 진심으로 사과하마. 한때 내가 네 아버지였던 정을 생각해서 한 번만 눈감아 주면 안 되겠냐?"

"죄송하지만 그럴 수 없어요. 의원님께서 나서지 않으시면 최 사장님이 그 죄를 덮어쓰는 거잖아요."

"알지도 못하는 최 사장을 위해서 왜 이렇게까지 하는 거냐?"

"그 최 사장님이 제 친부이시기 때문이에요."

"뭐! 방금 뭐라고 했느냐?"

"최영환 사장님이 저의 친아버지세요. 그래서 그냥 넘어갈 수가 없어요."

너무 놀라 길 의원은 입을 떡 벌렸다. 최영환의 딸이면 혜연의 딸이라는 말이다. 대학교 때부터 짝사랑했던 혜연을 잊지 못해 그녀를 떠올리게 하는 어린 서운을 데려왔었는데 서운이 정말로 혜연의 딸이었다니.

"어떻게 이런 일이!"

너무 큰 충격을 받아 길 의원은 이성을 상실한 것처럼 멍한 눈빛으로 서운을 보기만 했다.

서운은 착잡한 표정으로 그를 지켜봤다.

"어떻게 하실지 생각해 보시고 답 주셨으면 합니다. 먼저 일어나겠습니다."

서운이 공손하게 인사를 건네고 밖으로 나갈 때까지 길 의원은 정신을 차리지 못했다. 그녀가 최영환과 나혜연의 친딸이라는 사실만이 머릿속에서 빙빙 돌았다.

밖으로 나온 서운은 편치 않은 얼굴로 걸었다. 아버지가 돌아가신 일의 전모를 안 것도 고통스러웠고 길 의원을 몰아세우는 일도 착잡했다. 밑바닥부터 치고 올라온 울분에 감정이 바닥을 쳤다.

"이서운."

부르는 소리에 서운은 반사적으로 몸을 돌렸다. 태영이 걸어오고 있었다. 성큼 걸어온 태영이 서운의 안색을 살폈다.

서운은 자신이 걱정돼 찾아온 태영의 가슴에 살며시 머리를 기댔다.

대충 무슨 일인지 짐작이 돼 태영은 말없이 그녀를 끌어안아 주었다. 차라리 울기라도 하지. 가만히 혼자 삭이는 것이 마음 아팠다. 그녀에게는 모두 남이 아닌 사람들이기에 어떤 쪽으로든 상처가 될 수밖에 없는 현실이 안타까웠다.

※

송 여사의 부름을 받고 서운은 태영과 함께 태영의 본가로 갔다. 밖에서 본 적은 있지만 집으로 초대를 받은 것은 처음이기에 다시 긴장이 됐다. 거기다 오늘은 송 여사뿐 아니라 태영의 아버지와 형까지도 보는 날이라 더 떨렸다.

인터폰으로 태영을 확인한 송 여사가 친히 현관문을 열어 주었다.

"어서 오너라. 기다리고 있었다."

"안녕하세요."

서운이 얌전하게 인사를 건네자 송 여사가 부드러운 미소로 인사를 받았다. 송 여사를 따라 거실로 들어가자 진 회장과 태환이 앉아 있었다.

"아버지, 저희 왔어요."

"그래, 어서들 오너라."

"안녕하세요. 처음 뵙겠습니다. 이서운입니다."

서운이 공손하게 인사를 올리자 진 회장이 웃으며 고개를 끄덕였다.

"네가 서운이구나. 최 사장이 친딸을 찾아서 참 다행이다."

"그러게 말이에요. 어떻게 최 사장님의 친딸이 태영이와 연인이 됐네요. 참 인연입니다. 환영해요. 난 태영이 형 태환이라고 해요."

"네, 안녕하세요. 말씀 많이 들었습니다."

서운은 슬쩍 태환의 얼굴을 살폈다. 여진과의 일을 알기에 그가 조금 걱정되었지만 역시나 자존심이 강한 사람답게 겉으로는 전혀 티가 나지 않았다. 이성적이고 감정을 쉽게 밖으로 드러내지 않는 것이 태영과 닮아 보였다.

서운이 태영의 옆자리에 앉자 주방에서 아주머니가 차를 내왔다.

송 여사가 찻잔을 들며 살짝 긴장해 보이는 서운을 다독여 주었다.

"널 찾아서 혜연이가 얼마나 좋아하는지 몰라. 세상에 잃어버렸는지도 몰랐던 딸이 이렇게 가까이에 있었다니 얼마나 천운이니? 네가 태영이랑 만나지 않았다면 한참을 돌아갈 뻔했잖아. 그러고 보면 참 니들이 운명은 운명이야."

"어머니가 그리 말씀해 주시니 더 좋은데요?"

살짝 찍는 태영의 말에 송 여사가 눈에 힘을 주며 나무랐다.

"서운이가 혜연이 딸이라서 허락한 거 아니라니까. 얘가 사람 이상하게 만드네? 네가 얘 아니면 안 된다고 강짜를 놔서 그런 거잖아."

"어쨌든 그럼 서운이랑 저 결혼 허락하시는 거죠?"

"허락 안 하면 서운이 데리고 미국으로 튄다고 협박했잖아. 너 정말 그럴 생각이었어?"

"끝까지 허락 안 해 주시면 정말 튈 생각이었어요."
"나쁜 놈!"
"이렇게 허락해 주실 줄 알았죠."
넉살 좋게 웃는 그에게 송 여사가 눈을 흘겼다.

서운은 다정한 모자의 모습을 흐뭇하게 지켜봤다. 티격태격하면서도 서로를 생각하는 마음들이 보였다. 그가 참 좋은 가정에서 반듯하게 자란 것이 보였다. 진 회장님도 그렇고 송 여사도 모두 권위적이거나 오만함 같은 건 없어 보였다.

"앞으로 서운 씨가 가운데서 중재를 잘해야 할 거예요."
태환이 조용히 귀띔해 주는 소리에 서운이 돌아보며 웃었다.
"언제 어머님과 인사도 나눠야겠구나."
"괜찮은 날로 잡아 볼게요."

태영이 서운에게 양해를 구하듯 돌아보자 서운이 고개를 끄덕거려 주었다. 송 여사는 서운을 가만히 지켜봤다.

"확실히 혜연이 얼굴이 있어."
"그런가요?"
"그래, 혜연이 젊었을 때 얼굴이랑 비슷해. 널 처음 봤을 때 이상하게 누굴 닮았다는 생각을 잠깐 했었어. 엄마가 둘이나 생겼으니 부자가 됐네?"
"네."
"이젠 셋이죠."

태영이 정정해 주자 송 여사가 맞장구를 쳤다.
"그렇지. 이젠 나도 네 어머니니까. 시어머니라 생각하지 말고 네 엄마다 생각해."

"그게 되겠어요? 시어머니신데?"

태영이 또 딴죽을 걸고 나오자 송 여사는 그를 째려봤다.

"시어머니 노릇 안 하면 될 거 아니야! 너 지금 며느리가 아니라 딸처럼 대해 주라 이 말을 하고 싶은 거지?"

"네. 서운이 딸처럼 대해 주세요."

"알아들었어. 나도 딸이 생기면 더 좋지 뭐."

그때 주방에서 아주머니가 나오자 송 여사가 고개를 끄덕여 주었다.

"저녁 준비 다 됐으니 이제 밥 먹자. 내가 특별히 서운이 위해서 실력 발휘 좀 했으니 많이 먹어라?"

"네, 많이 먹을게요."

서운이 대답하는 것이 예뻐 송 여사는 흐뭇하게 미소를 지었다. 비록 집안이 기울었어도 아이 자체는 반듯하고 괜찮다 생각했던 판단은 틀리지 않았다. 모처럼 가족들이 화목하게 웃는 모습을 보니 태영의 선택을 믿은 것 역시 신의 한 수였다.

⁂

청소기를 돌리다 말고 명옥은 길 의원이 있는 서재를 쳐다봤다. 며칠 동안 출근을 안 하고 집에만 있는 것이 영 수상했다. 말을 잃어버린 사람처럼 집에서 한 마디도 하지 않는 것이 분명 큰 문제가 있어 보였다. 그녀는 결국 참지 못하고 서재의 문을 열었다.

인상을 찌푸리고 있던 길 의원이 돌아봤다.

"당신 무슨 일 있죠?"

"거기 좀 앉아."

명옥이 자리에 앉자 길 의원은 심란한 얼굴로 입을 열었다.

"의원직을 관둬야 할 거 같아."

"그게 무슨 소리예요? 왜요!"

명옥이 깜짝 놀라 소리쳤다. 그를 시의원으로 만들기 위해 얼마나 노력했는데, 임기도 다 채우지도 않고 물러난다니 말도 안 되는 소리였다.

"이유를 말해요. 갑자기 그런 결심을 한 이유가 있을 거 아니에요?"

"전에 서운이가 의원실로 찾아왔단 이야기 했었지?"

"여기서 그 애가 왜 튀어나와요!"

발작 버튼이 눌린 것처럼 명옥의 한쪽 눈썹이 신경질적으로 올라갔다.

"삼 년 전 그 애 양부가 공사 현장에서 떨어져 죽었는데 그 자리에 내가 있었어."

"뭐, 뭐라고요?"

파르르하던 명옥이 놀라서 말문이 막혔다.

"내가 뇌물을 받고 그 공사에 들어간 자재를 부실 자재로 바꾼 증거를 서운이 양부가 가지고 있어서 그걸 뺏다가 사고로 떨어진 거였어."

"그, 그럼 당신이 직접 죽인 것도 아니잖아요?"

"그 공사 현장에서 최근에 화재 사고가 일어났는데 그 불량 자재가 문제가 되어 경찰 수사를 받고 있고, 나 대신 최영환 사장이 곤혹을 치르고 있어."

"그게 뭐 어때서요? 그때 공동 대표였으니 지금 건설 일을 하는 최 사장이 책임을 지는 것이 당연하죠."

명옥은 기계적으로 길 의원의 편에 서서 대답했다.

"딱히 문제 될 것도 없잖아요? 서운이 양부야 사고로 그렇게 된 거니까 당신 책임도 아니고, 화재 건도 그냥 최 사장이 책임지게 모른 척하면 되죠."

"그렇게 간단하지가 않아."

"복잡할 거 뭐 있어요? 당신이 그랬다는 증거도 이젠 없잖아요."

어떻게든 자신과 가정을 지키려는 명옥의 이기적인 주장에 길 의원은 한숨을 내쉬었다.

"서운이가 증거를 가지고 있어."

"뭐라고요! 그 애 아버지한테 증거 뺏은 거 아니었어요?"

"내가 뇌물을 받고 자재를 바꿔치기한 증거는 뺏었는데 서운이 양부가 죽기 전에 나와 만나서 나눈 대화를 몰래 녹음했었던 모양이야. 그 파일을 서운이가 가지고 찾아왔어. 그러니 내가 없앤 증거는 아무런 소용이 없게 된 거지."

"어떻게 이런 일이 있을 수 있죠? 도대체 그 애는 우리랑 무슨 원수가 져서 이렇게 사사건건 발목을 잡는 거예요!"

명옥이 흥분해서 따졌다. 기준이랑 엮인 것만도 짜증이 나 죽을 지경인데 남편을 의원 자리에서 끌어내릴 증거를 서운이 가지고 있다는 사실에 분이 나 돌아 버릴 지경이었다.

"그래서 걔가 원하는 게 뭐예요?"

"자수하라고 하더군."

"자수요! 안 그러면 그 증거를 세상에 밝히겠대요? 걔 완전히 배은망덕한 애네요. 내 얼굴 똑바로 보면서 말대답할 때부터 싹수가 노란 게 보이더니. 아무리 그래도 한때 아버지였던 당신을 기어이 의원 자리에서 끌어내리겠다는 거예요?"

"그 애도 어쩔 수가 없는 상황이야."

"뭐가 어쩔 수 없는 상황이에요! 당신, 이 상황에서도 그 애를 두둔하고 싶어요?"

명옥은 서운에 대한 반감을 숨기지 않고 분노를 표출했다.

"최영환 사장이 서운이 친아버지라고 하더군."

"뭐, 뭐요!"

명옥이 뒤통수를 둔기로 얻어맞은 것처럼 그대로 굳었다.

"그러니 어쩔 수 없는 모양이야. 내가 자수하지 않으면 최 사장이 덮어쓰게 되었으니까."

"당신, 방금 뭐라고 했어요? 서운이 친아버지가 최영환 사장이라고 했어요?"

"그래."

"그, 그럼 그 애 친엄마가 나혜연 그 여자란 말이에요!"

"맞아."

명옥은 입을 떡 벌리고 길 의원을 쳐다봤다. 남편이 결혼해서도 잊지 못하는 여자를 닮은 아이라 서운을 그렇게 싫어하고 결국 파양까지 했었다. 그런데 정말 나혜연의 친딸이었다니. 이런 코미디가 또 있을까. 하도 기가 막히니 벙어리가 된 양 말문이 막혔다.

"서운인 제 친부를 위해서도 그 증거를 그냥 덮어 두지 않을 거야. 그러니 조용히 의원직을 사퇴하는 것이……."

"그건 절대 안 돼요."

명옥이 딱 잘라 말했다.

"방법이 없잖아. 어차피 그 증거가 세상에 알려지면 의원직은 잘리게 돼 있어."

"알려지지 못하게 하면 되죠."

"답답하네. 무슨 수로 못하게 한단 말이야?"

"무슨 수를 써서라도 서운이가 가지고 있는 증거를 뺏으면 되잖아요."

갑자기 명옥의 눈빛이 달라지자 위험 신호를 감지한 길 의원이 그녀를 말렸다.

"쓸데없는 짓 하지 마. 그러다 정말 패가망신 당하는 수가 있어."

"아뇨. 난 뭐든 해요. 내가 당신을 그 자리에 올리느라 얼마나 애썼는데 이렇게 내려오게 할 수는 없어요. 당신이 못 한다면 내가 해요. 내가 무슨 짓을 해서라도 그 증거 가져올 거예요."

명옥의 눈에 핏발이 서리자 길 의원은 불안한 눈빛으로 그녀를 쳐다봤다.

태영과 도진을 만나러 가는 길에 서운은 차 안에서 길 의원의 전화를 받았다.

"여보세요."

-나다.

"예, 안녕하세요."

-다음 주 안으로 의원직을 내려놓고 자수할 생각이다.

"…어려운 결정 하셨네요."

-달리 방법이 없으니 어쩔 수 없지. 네 뜻대로 할 테니까 조금만 기다려 다오.

"예, 알겠습니다."

휴대전화를 내려놓는 서운의 표정이 가라앉아 보여서 태영이 옆을 돌아봤다.

"길 의원이야?"

"예, 다음 주까지 자수하신대요. 시간을 좀 달라 하시네요."

"잘됐네. 이제 그럼 기다리면 되는 건가?"

"그렇긴 한데 역시 마음은 안 편하네요."

"모두에게 가장 최선의 길이니까 너무 불편해하지 마. 아무리 가까운 사람이라도 잘못을 했으면 대가를 치르는 게 맞는 거야. 애당초 길 의원이 잘못을 하지 않았다면 양아버지도 돌아가실 일 없었고 최 사장님도 곤혹을 치를 일 없었어."

서운은 느릿하게 고개를 끄덕였다.

"근데 길 의원 와이프가 그냥 넘어갈지 모르겠네. 성질이 보통이 아니어 보이던데."

"나도 그게 걱정이에요. 남편이 시의원인 것에 자부심이 엄청나 보였거든요."

"아무리 생각해도 파양은 가슴 아픈 일이지만 네가 그 집안에서 자라지 않은 건 그나마 다행인 거 같아."

서운은 지금은 기억조차도 희미한 어릴 적 기억을 더듬어 봤다.

"나도 그렇게 생각해요. 그래도 기준 씨한테는 좋은 어머니였나 보더라고요."

"그래?"

"예전에 기준 씨 만났을 때 기준 씨가 어머니 얘기를 자주 했었거든요. 참 아들을 사랑하는 분이라고 생각했어요. 그 정도가 좀 넘쳐 보일 때가 있긴 했지만 아들을 무척 아끼는 것이 느껴졌었어요."

그러다 문득 떠오르는 생각에 서운이 고개를 갸웃거렸다.

"저번에 그 사람이 내가 누구를 닮아서 파양했다고 했는데, 혹시 친엄마를 말하는 걸까요?"

"단정 지을 순 없지만 충분히 가능성이 있어. 그 여자와 어머님 사이에 안 좋은 일이 있었던 건지도 모르지."

"나중에 엄마한테 물어봐야겠어요."

기억하건대 만일 그 대상이 정말 친엄마가 맞다면 강명옥이 엄마에게 갖는 반감이 상당해 보였기에 사연이 궁금했다.

생각하고 있는 동안 차가 이탈리아 레스토랑 주차장으로 들어가 자리를 잡았다.

운전석에서 내린 태영이 성큼 조수석으로 돌아와 문을 열어 주자 서운이 싱긋 웃으며 밖으로 나왔다.

두 사람이 나란히 레스토랑 안으로 들어가자 미리 와서 기다리고 있던 도진이 자리에서 일어섰다. 그의 시선이 태영을 외면한 채 완벽하게 서운에게만 꽂혔다. 도진이 성큼 서운에게 손을 뻗었다.

"안녕하세요, 장도진이라고 합니다. 이제야 보는군요."

"안녕하세요, 이서운입니다."

서운이 손을 내밀어 도진의 손을 잡으려 하자 태영이 도진의 손을 툭 쳤다.

"치워."

"야박하기는. 악수도 안 되냐?"

"안 돼. 꿈도 꾸지 마."

"헐! 진태영 이런 모습 처음이네. 신선하긴 하지만 안 어울려. 서운 씨, 앉으세요."

도진이 매너 있게 자리를 청하자 서운이 엷게 웃으며 자리에 앉았다. 태영처럼 키도 크고 잘생긴 것이 사람들의 시선을 잡아끌기에 충분했다. 젊은 CEO라더니 여유와 자신감도 충만해 보였다.

"태영이가 한국 들어온 첫날 만났을 때 어떤 여자가 차를 받아 놓고 울었다고 하더니 그게 서운 씨였을 줄 몰랐어요. 두 사람이 그렇게 인연이 되다니, 그날 내가 태영이 불러내길 잘했죠? 그냥 차 접촉 사고가 아니라 운명의 접촉 사고였잖아요."

"네, 덕분입니다."

"별걸로 다 공치사를 하네. 그렇게 엮으면 좋냐?"

"왜 이래? 그날 나 보러 오다 만난 거 맞잖아? 두 사람 만나는 데 나름 다리 역할 한 건 사실이지. 안 그래요, 서운 씨?"

"네, 맞아요."

서운이 맞장구를 쳐 주자 도진의 표정이 활짝 밝아졌다. 그는 태영과 메뉴를 고르고 있는 서운을 가만히 살폈다. 조용하면서도 당당하고 차분해 보이는 이미지가 마음에 들었다.

늘 무심하고 건조한 태도로 여자들을 안달하게 했던 태영의 고개가 훨씬 서운 쪽으로 기운 것도 재밌는 광경이었다. 진태영이 제대로 임자를 만난 것은 분명해 보였다. 볼수록 그에게 잘 어울리는 여자였다.

직원에게 주문을 마치자 도진은 다시 서운에게 말을 걸었다.

"두 사람 결혼은 언제 할 거예요?"

결혼이라는 소리에 서운이 어색하게 웃으며 태영을 돌아봤다. 태영이 대신 대답했다.

"올해가 가기 전에 하고 싶긴 해."

"올해요?"

서운이 깜짝 놀라 확인하듯 돌아보자 태영이 그녀의 눈을 보며 대답했다.

"응. 난 하루라도 빨리 하고 싶은데, 싫어?"

"싫다기보다 올해는 너무 빠르지 않아요? 올해는 얼마 남지도

않았고…….″

″올해 아직 많이 남았잖아.″

생각보다 태영이 완강하게 나오자 서운은 살짝 난감한 표정이 되었다. 두 사람을 지켜보던 도진이 교통정리에 나섰다.

″진태영 완전 푹 빠졌구나? 결혼해 달라고 사정을 하고. 볼수록 새롭긴 한데 서운 씨 당황하니까 너무 밀어붙이진 마라. 그러다 도망간다.″

″어딜 도망가? 아무 데도 못 가.″

농담에도 어림도 없다는 표정으로 태영이 정색하며 자르자 도진은 고개를 절레절레 흔들며 서운을 봤다. 서운도 그냥 웃어 버렸다.

″이놈 완전 결혼에 진심인 거 같은데 아무래도 서운 씨가 적당히 조율해 주는 게 낫겠는데요?″

″그러게요. 저도 진지하게 생각해 봐야겠네요.″

서운이 적당한 선에서 합의를 하자 태영의 표정이 눈에 띄게 환해졌다.

″좋단다.″

도진은 태영의 달라진 모습이 믿기지 않는다는 표정으로 고개를 절레절레 흔들었다.

그는 상처받고 다시 여자를 만나지 않을 것처럼 굴던 태영을 이렇게 사랑에 빠진 남자로 만든 서운이 궁금해 많은 것을 물었다.

서운이 서두르지 않고 차분하게 자신의 물음에 답하는 모습을 지켜보며 태영이 왜 그녀에게 빠졌는지 알 수 있었다. 두말할 것도 없이 이서운은 진태영에게 완벽한 여자였다.

혜연의 부름을 받고 서운은 태영과 함께 저녁 식사 시간에 맞춰 그녀의 집으로 향했다.

막상 집 앞에 서자 기분이 이상했다. 신생아실에서 바뀌지 않았다면 자신이 자랐을 집이었다. 30년을 빙빙 돌아 찾아온 집이 낯설면서도 묘한 정감이 들었다.

초인종을 누르자 기다렸다는 듯이 혜연이 바로 현관으로 나왔다. 혜연은 서운을 보자마자 다정하게 끌어안았다.

"어서 와. 기다리고 있었어. 태영이도 어서 와."

"네, 초대해 주셔서 감사합니다."

혜연이 서운의 손을 잡고 안으로 들어가자 태영은 두 사람의 뒤를 따라갔다.

거실로 들어가자 유성과 해성이 서 있었다. 그리고 그 뒤에 영환이 기다리고 있었다.

유성이 서운의 뒤에 들어오는 태영을 보자마자 시비를 걸었다.

"오빠, 우리 집에 오면서 표정이 너무 해맑은 거 아니야?"

생각지도 않게 일격을 맞은 태영이 피식 웃으며 유성을 쳐다봤다. 그녀가 껄끄러워하면 어쩌나 내심 걱정했었는데 먼저 편하게 맞아 주니 한결 마음이 가벼웠다.

"몸은 괜찮아?"

"이제야 걱정이 돼? 병문안도 안 왔으면서. 진짜 너무한 거 아니야?"

"나 보면 너 더 아플까 봐 안 갔어."

"퍽도 고맙네. 나 아직 감정 정리 중이니까 내 앞에서 너무 다정한 꼴 보이지 말아 줘."

반은 농담조인 말을 알아듣고 서운이 태영과 피식 웃었다.

"누나, 진짜 없어 보이게 그러지 좀 마라. 쿨하게 좀 굴어."

천적인 해성이 또 딴죽을 걸고 나오자 유성이 도끼눈을 떴다. 그러거나 말거나 해성은 서운만 봤다.

"우리 드디어 보네요? 최해성이에요. 누나 동생."

"아, 안녕? 네가 해성이구나. 보고 싶었어."

"나도 누나 많이 보고 싶었어. 늘 빈 깡통처럼 시끄러운 누나만 보다 이렇게 조용한 누나 보니까 색다르고 좋네."

"뭐야? 이 자식이 누구보고 깡통이래?"

유성이 으르렁댔지만 해성은 넉살 좋게 웃을 뿐이었다.

"늦었지만 집으로 돌아온 걸 환영해."

"그래, 고마워."

"자, 이제 아빠한테도 인사할 기회를 줘야지?"

뒤에서 기다리다 지친 영환이 치고 나오자 유성과 해성이 자연스럽게 뒤로 빠졌다.

"어서 와라."

영환이 두 팔을 벌려 서운을 안아 주었다. 푸근한 아버지의 품에 안기니 괜스레 눈시울이 시큰거렸다.

"애들 배고플 테니까 밥부터 먹어요."

"그래, 밥부터 먹자."

서운은 태영과 함께 식탁에 앉았다. 식탁 위에는 혜연이 손수 정성껏 차린 음식들이 놓여 있었다. 딸에게 먹이는 첫 끼니라 식탁 다리가 휠 정도로 차려 놓고도 부족하게 느껴졌다. 서운이 깜짝 놀라 눈이 휘둥그레졌다.

"뭘 이렇게 많이 차리신 거예요?"

"뭘 좋아하는지 몰라서 이것저것 준비했어. 맛있게 먹어."

"누나 덕분에 우리도 포식할 거니까 많이 먹어."

"그래."

"태영이도 맛있게 먹어. 이제 진 서방이라고 불러도 되지?"

"그럼요, 어머니."

태영이 넉살 좋게 대답하자 유성이 물을 마시다 말고 뜨악한 표정으로 쳐다봤다. 자신이 알던 진태영이 아닌 것 같았다. 사랑에 빠진 그의 모습이 영 적응이 되지 않았다. 그런데 생각보다 그 모습에 거부 반응이 들지 않는 것이 이상할 정도였다.

수저를 들다 서운은 유성과 눈이 마주쳤다. 유성이 피식 웃자 서운도 같이 웃어 주었다.

함께 밥을 먹는 동안 서운은 따뜻한 울타리 안에 있다는 생각이 들었다. 아버지가 돌아가시고도 직장 생활 때문에 엄마와 떨어져 지내느라 함께할 시간이 많지 않았다.

모처럼 가족들도 북적거리고 웃음소리가 끊이지 않는 곳에 있으니 지금의 시간이 감사하면서 식당에 혼자 있을 엄마가 생각나기도 했다.

그녀의 생각을 읽기라도 한 듯 혜연이 용건을 꺼냈다.

"네 양어머니한테 나 인사시켜 줘."

"네, 그럴게요. 그렇지 않아도 엄마도 보고 싶어 하셨어요."

"널 이렇게 훌륭하게 키워 주셨으니 내가 절이라도 올리고 싶은 심정이야."

서운은 대답 대신 부드럽게 웃었다. 아직 꿈을 꾸는 것 같지만 잃어버린 가족을 찾은 실감은 조금씩 짙어지고 있었다.

제20장

모든 일은 순리대로

 식사를 끝내고 유성과 해성이 눈치껏 자리를 비켜 주자 네 사람은 거실에서 과일과 차를 마셨다.
 서운은 혜연이 직접 말린 꽃잎 차를 한 모금 마시고 영환에게 길 의원의 이야기를 꺼냈다.
 "화성 건물 화재 사건은 길 의원님이 경찰 조사를 받기로 하셨어요."
 "길 의원이? 빠져나갈 구멍을 다 만들어 놓고 쏙 빠졌던데 갑자기 왜 마음을 바꾼 거지?"
 "그럴 수밖에 없는 일이 생겼거든요."
 서운은 3년 전 길 의원이 뇌물을 받고 자재를 바꿔치기한 일과 그 일로 아버지와 길 의원이 대치하다 아버지가 사고로 돌아가셨다는 이야기를 차근차근 설명했다.

가만히 이야기를 듣고 있던 영환과 혜연이 크게 놀랐다.

"그럼 네 양아버지를 길 의원이 죽인 거냐?"

"그건 그냥 사고라고 하셨어요."

"그 말이 사실인지는 길 의원만 알고 있겠지. 네게 양부를 만난 적 없다고 딱 잡아떼더니 제대로 꼬리가 잡혔구나."

"네 양아버지께서 혹시나 하는 마음에 녹음 파일을 남기신 게 정말 신의 한 수였어. 그걸로 네 양아버지의 죽음의 진실을 밝힌 건 물론 이이까지 구했으니 말이야."

혜연이 이정태에게 감사를 표했다. 그동안 유성이 친딸이 아니라는 충격과 서운을 찾는 데에 온 신경을 쏟느라 영환이 힘든 일을 미처 살피지 못했었다. 자칫 회사 이미지에 큰 타격을 입고 그의 거취까지도 불투명한 시기였는데 길 의원의 발목을 잡을 결정적인 증거를 찾았으니 그보다 다행이 없었다.

문득 떠오른 생각에 서운이 혜연에게 물었다.

"혹시 길 의원 와이프와 무슨 일 있으셨어요?"

"아니, 전혀. 그냥 정수랑 함께 있는 봉사 활동 회원인데 서로 소 닭 보듯 하는 사이야. 묘하게 나를 보는 시선이 곱지 않은 것 같아서 나도 말 섞지 않았어. 그런데 그건 왜 묻는 거니?"

"실은 제가 다섯 살 때 그 집에 입양됐다가 일 년 후에 파양됐는데, 저를 파양한 이유가 제가 누굴 닮아서라고 그랬거든요. 그게 엄마였을 것 같단 생각이 들어서요."

"뭐? 그 여자 정말 미친 거 아니니? 고작 그런 이유로 파양을 했단 말이야?"

"분명 그렇게 대답했어요."

"정말 어이가 없어 말도 안 나오네."

혜연이 화를 내며 씩씩거리자 영환이 옆에서 인상을 찌푸렸다.

"만약 그 말이 사실이라면 길 의원 때문일 거야."

"그건 또 무슨 소리예요? 길 의원이 나랑 무슨 상관인데요? 난 그 사람이랑 밥 한번 먹은 적도 없는데."

"나도 나중에 길 의원이랑 같은 과였던 동창 놈한데 들었는데 길 의원이 대학교 때부터 당신을 짝사랑했었나 봐."

"뭐라고요! 말도 안 돼!"

혜연이 질겁하는 표정으로 거부 반응을 표출했다.

"지금 와이프와는 어머니 권유로 반정략으로 한 결혼인가 본데 결혼한 후에도 당신을 잊지 못했다고 하더군. 나한테 동업을 제안한 것도 순수한 뜻은 아니었을 거야. 미리 알았다면 길갑수랑 동업 따윈 하지 않았을 텐데."

생각해 보니 다시 열이 받는지 영환의 목소리 톤이 거칠어졌다.

"그걸 그 와이프가 알았다면 그냥 넘어가진 않았을걸. 아이를 못 낳은 죄책감에 입양한 아이가 당신을 닮았다니. 제정신이 아니었겠지."

"정말 소름이 끼치네요. 그런다고 죄 없는 아이를 파양을 해요? 그저 나랑 닮았다는 이유로? 그게 사람이 할 짓이에요? 부부가 쌍으로 정상이 아니에요."

이유를 듣고 나니 더 화가 난 혜연은 평소 그녀답지 않게 흥분했다. 영문도 모른 어린 딸이 그 여자의 사나운 눈초리를 받고 살다 파양당한 것만 생각하면 피가 거꾸로 솟았다.
 영환이 혜연의 팔을 잡았다.
 "좀 진정해. 어쨌든 서운이 네 덕분에 내가 위기를 모면하게 됐구나. 고맙다."
 "아니에요."
 "그런데 길 의원이 순순히 의원직을 그만둔다는 말이 썩 믿기지 않는구나. 내가 아는 길갑수는 그렇게 쉽게 가진 것을 포기할 사람이 아닌데."
 "설령 길 의원이 그런다고 해도 그 강명옥이라는 여자가 가만히 있지 않을 거예요. 서운아, 혹시 모르니 너 조심해."
 혜연이 근심 어린 눈빛으로 서운을 걱정했다.
 "서운이는 제가 지킬 겁니다. 걱정 마십시오."
 "그래, 태영이만 믿어. 내 딸 꼭 지켜 줘."
 혜연은 태영에게 무한한 신뢰를 보냈다. 그가 집안의 반대 속에서도 서운을 끝까지 선택해 주었기에 헤매지 않고 서운을 바로 찾을 수 있었다. 그래서 그가 더 고맙고 믿음이 갔다.
 그 오랜 세월을 잃어버린 줄도 모르고 살았던 딸인데 무슨 일이 생기게 둘 수는 없었다. 부디 모든 일들이 순리대로 마무리되고 서운이 하루라도 빨리 태영과 결혼해 편안하고 안전해지기를 바랐다.

아무도 없는 조용한 집 안에서 명옥은 안방으로 들어가 누군가에게 전화를 걸었다.

"진 본부장 없이 혼자 있을 때를 노리는 것이 좋아요. 납치를 하든 협박을 하든 알아서 하고 USB만 찾아와요. 대신 절대 내가 시킨 일이라는 일은 들키지 말아야 해요. 만약 들키게 되면 어떻게든 입막음도 해야 할 겁니다. 계약금은 이미 입금했고 USB를 가져오면 나머지도 바로 입금해 주겠어요."

통화를 끝내고 명옥은 찬 시선으로 허공을 노려봤다. 극구 자신의 반대를 물리치고 길 의원이 다음 주 내로 의원직을 내려놓는다는 말에 마음이 급했다.

'네 엄마부터 너까지, 나한테는 말 그대로 악연이야. 네가 이렇게 내 가정을 무너뜨리게 가만둘 수는 없어. 이렇게까지 하고 싶진 않았지만 끝내 우릴 궁지로 몰아넣은 건 너니까 네 스스로를 탓해.'

명옥이 허공을 노려보며 일어나서 문을 열었다. 그러다 기준이 장승처럼 서 있자 귀신을 본 듯 깜짝 놀라 비명을 질렀다.

"뭐야! 이 시간에 네가 집엔 어쩐 일이야?"

"출장이 빨리 끝날 거라고 말씀드렸잖아요. 근데 왜 그렇게 놀라세요?"

"이 시간에 있을 사람이 없는데 기척도 없이 서 있으니까 그러지."

대답을 하면서도 명옥은 기준의 눈치를 살폈다.

"언제 왔어?"

"좀 전에요. 엄마 통화하시는 거 같아서 일부러 방해하지 않았어요. 왜요?"

"응? 아, 아니, 그냥……."

괜히 얼버무리면서 명옥은 정수기에서 물을 내려 마셨다. 혹시 기준이 통화 내용을 들었나 싶어 눈치를 봤지만 별 이야기를 하지 않는 것으로 보아 듣지 않은 것 같았다.

"배고픈데 밥 좀 주세요."

"그래, 앉아."

명옥이 서둘러 인덕션을 켜 국을 끓이고 냉장고에서 반찬을 꺼냈다.

"두 시가 넘었는데 아직까지 굶고 있으면 어떡해?"

"하던 일을 마저 끝내고 먹는 게 속 편해서요. 얼른 집에 와서 쉬고 싶기도 했고."

건조하게 대답하고 기준은 수저를 들어 밥을 먹기 시작했다.

"아버지 요즘 얼굴이 좋지 않아 보이던데 무슨 일 있어요?"

"일은 무슨. 그냥 좀 피곤하셔서 며칠 쉬셨어."

"다행이네요."

더 꼬치꼬치 물으면 뭐라고 대답할까 머리를 굴렸지만 기준은 더 묻지 않고 밥만 먹었다.

식사를 마치고 물컵을 내려놓으며 기준이 그릇을 싱크대로 가져가려는 명옥을 쳐다봤다.

"지난번에 엄마가 만나 보라던 여자요."

"응, 왜?"

"한번 만나 볼게요. 약속 잡아 주세요."

명옥이 그릇을 싱크대에 내려놓고 다가와 앉았다. 기준을 보는 그녀의 표정이 확 부드러워졌다.

"절대 싫다더니 왜 마음이 바뀐 거야?"

"그냥요. 다른 사람이라도 만나면 기분 전환이 좀 될까 하고요."

"그래, 생각 잘했어. 다른 남자랑 결혼한다는 애 일른 잊어버리고 좋은 사람 만나야지."

"그렇게 좋아하시니 결심하길 잘한 거 같네요. 연락 잡히면 알려 주세요."

"알았어. 바로 전화해 볼게."

기준이 자리에서 일어나서 나가자 명옥이 그의 등에 대고 물었다.

"어디 가?"

"담배 한 대 피우러 가요."

기준이 밖으로 나가자 명옥은 피식 미소를 지으며 설거지를 했다. 한동안 다른 아이 같았던 기준이 다시 예전으로 돌아온 것 같아 기분이 좋았다.

밖으로 나온 기준은 담배에 불을 붙이다 말고 차가운 담에 등을 기댔다. 차가운 한기가 등골을 타고 올라왔지만 개의치 않았다. 그는 복잡한 심정으로 멍하니 흘러가는 구름을 쳐다봤다.

담배에 불을 붙이고 한 개비를 다 피울 때까지도 그의 표정은 펴지지 않았다. 연거푸 두 개비를 더 태울 때까지도 불편한 표정으로 생각에 잠겼다.

세 개비를 다 피우고 그는 주머니에서 휴대 전화를 꺼내 어디론가 전화를 걸었다.

"길기준입니다."

※

출근 후 혜연과 만날 날을 잡기 위해 영선에게 전화를 건 서운은 수화기 너머의 목소리가 좋지 않아 걱정이 됐다.

"엄마, 어디 아파? 목소리가 왜 그래?"

-괜찮아. 감기로 목소리가 갈라져서 그래. 약 먹었으니까 괜찮아질 거야.

"병원에 가지. 약으로 되겠어?"

-병원은 무슨. 그냥 감기라니까? 약 먹고 푹 쉬면 금방 좋아져.

그렇게 말했지만 워낙 아파도 아프단 소리를 한 적이 없기에 마음이 놓이지 않았다.

"오후에 조퇴하고 갈게."

-뭐 하러 와? 회사에서 눈치 보이게.

"본부장이 내 애인인데 누가 눈치를 줘? 할 일 다 해 놓고 가는 거니까 아무도 뭐라고 안 해. 엄마 목소리 너무 안 좋아서 안 되겠어. 내가 직접 봐야지."

-괜찮다니까 그런다.

"오늘은 식당 문 열지 말고 집에 있어. 응?"

-그래, 알았어.

원하는 대답을 듣기 전엔 전화를 안 끊을 기세여서 영선은 마지못해 그러겠다고 했다.

전화를 끊고 서운은 본부장실에 잠깐 들렀다. 일찍 나와 있던 조 비서가 반갑게 맞았다.

"계세요?"

"네, 안에 계세요. 들어가세요."

서운은 조 비서에게 살짝 웃어 주고 안으로 들어갔다. 조 비서가 부러운 눈으로 그녀를 쳐다봤다.

노크 소리와 함께 서운이 머리만 쏙 들이밀자 태영이 환하게 웃으며 그녀를 맞았다.

"내 방에 직접 찾아오다니 무슨 일이야?"

"오늘 조퇴하고 엄마한테 가야 할 거 같아요. 엄마가 아프세요."

"그래? 병원 가셔야 하는 거 아니야?"

"감기라는데 혼자서는 절대 병원에 가실 분이 아니니 내가 내려가서 병원에 모시고 가려고요."

오후 스케줄을 확인하더니 태영이 인상을 찌푸렸다.

"같이 가고 싶은데 오후에 회의가 있어."

"혼자 가도 돼요. 잘 다녀올 테니 걱정 말아요."

"늦겠네?"

"아마도 그렇겠죠? 도착하면 전화할게요."

"내가 수시로 확인할 거야."

"그래요, 그럼."

용건을 끝내고 서운이 나가려고 하자 태영이 그녀를 돌려세워 품으로 끌어안았다. 혼자 보내는 것이 내키지 않아 마음이 무거웠다.

"운전 조심해."

"알았어요."

서운은 발뒤꿈치를 들고 걱정이 한가득한 그의 입술에 쪼옥 소리가 나게 뽀뽀를 했다.

"나 갔다 올 동안 얌전히 기다려요."

서운이 밖으로 나가자 태영은 엄지로 입술을 만지며 웃었다.

방 과장의 과한 환송 인사를 받고 서운은 곧바로 엄마에게 내려갔다. 역시나 이마가 펄펄 끓는 채로 누워 있는 엄마를 보니 엷은 한숨이 나왔다.

"일어나. 병원에 가야 해."

그녀는 곧바로 엄마를 모시고 인근 병원으로 갔다. 진료를 받은 김에 괜찮다는 엄마를 설득해 비타민 주사도 맞게 했다.

집으로 다시 돌아왔을 때는 이미 저녁 시간이 되었지만 다행히 링거의 효과를 본 덕인지 엄마의 상태는 한결 나아졌다.

그 와중에도 뒷마당에서 엄마를 기다릴 고양이들을 걱정하는 통에 서운은 식당에 가서 아이들의 밥을 챙겨 주고 돌아와 간단하게 저녁상을 차려 엄마와 함께 밥을 먹었다.

"너 가 봐야 하는 거 아니야? 늦기 전에 얼른 가."

"조금 더 있다 가도 돼."

"태영이 기다리는 거 아니야?"

"통화했으니까 괜찮아."

서운의 곁에 든든한 사람이 있다는 사실에 영선은 편안한 미소를 지었다.

"엄마, 아빠 돌아가실 때 같이 있었던 사람 찾았어."

서운이 길 의원을 만났던 일을 듣고 영선의 표정이 확 굳었다.

"길갑수 의원이 거짓말을 했더라고. 아빠 돌아가시기 전에 건설 현장에 같이 있었고, 아빠가 사고로 돌아가신 거래."

"한 번 거짓말을 했던 사람 말을 어떻게 믿어?"

"길 의원 말이 사실이 아니라고 해도 증명할 길이 없어. 건설 현장 화재 건으로 경찰에 자수한다고 했으니 아빠 사건도 밝혀지길 바라야지. 다 잘될 거야."

서운은 엄마의 손을 다독이며 위로했다.

"그래도 네 아버지가 엄마보단 너를 더 믿었나 보다. 네가 언제 볼 줄도 모르는데 그 상자에다 증거를 넣어 뒀으니 말이야."

"언젠가는 볼 거라고 생각하셨겠지. 삼 년이란 세월이 흘러 버렸지만 그래도 더 늦지 않게 찾아서 다행이야."

"한 사람의 이기심 때문에 죄 없는 사람들만 피해를 봤으니 답답한 일이다."

"그러게. 그래도 아버지 덕분에 진실을 밝힐 수 있어서 다행이지."

"네 친아버지 문제가 잘 해결된다니 정말 다행이야."

생각할수록 기이한 인연의 얽힘에 서운은 느릿하게 고개를 끄덕였다.

"날 낳아 주신 엄마가 엄마 무척 보고 싶어 하셔. 그러니 얼른 나아."

"그래, 나도 네 친엄마 얼굴 보고 싶어. 너랑 얼마나 닮았는지도 보고 싶고."

"그러니까 얼른 낫기나 하셔."

서운은 엄마의 약을 챙겨 주고 오랜만에 긴 이야기를 나눴다. 혼자 힘들게 식당을 운영하면서 무리하는 것이 늘 마음에 걸렸지만 말릴 수도 없었다.

매달 보내 드린 생활비를 한 푼도 쓰지 않고 그대로 모으고 있는 것도 알고 있었다. 그 돈을 결국 당신 자신을 위해서는 쓰지 않을 거라는 것도. 엄마들은 왜 다들 주기만 하려는 건지 알 수가 없다. 나중에 아이를 낳고 엄마가 되면 그 심정을 이해할 수 있을까.

9시가 넘어가자 영선이 서운을 재촉했다.

"너 얼른 가. 아니면 자고 내일 가든지."

"그러고 싶은데 내일 아침 일찍 제출해야 할 보고서가 있어서 오늘 가야 해."

"그럼 얼른 일어서. 집에 도착하면 너무 늦겠다."

"알았어. 지금 갈 거니까 엄만 약이랑 밥 잘 챙겨 먹어."

"누가 보면 내가 딸인 줄 알겠다. 얼른 가기나 해."

엄마의 상태가 확실히 좋아진 것을 확인하고 서운은 밖으로 나갔다.

집으로 돌아오는 동안 여지없이 태영의 확인 전화가 왔다.

"와, 정말 수시로 확인하네요?"

-걱정되니까 그러지. 지금은 어디쯤이야?

"거의 다 왔어요. 덕분에 심심하지 않고 잘 왔네요. 고마워요."

-그 인사 말고 다른 걸로 해 줘.

"사랑해요."

-나도 사랑해.

집 앞에 도착하자 서운은 시동을 끄고 차에서 내렸다.

"집 앞이에요."

-끊지 말고 집까지 들어가.

"너무한 거 아니에요?"

그때 뒤에 주차된 차에서 누군가 내리는 소리가 들렸다.

"이서운 씨?"

부르는 소리에 서운이 반사적으로 돌아봤다. 처음 보는 남자였다.

"누구시죠?"

사태를 파악하기도 전에 뒤에서 다가온 남자가 순식간에 서운의 입을 틀어막았다. 서운이 반항하려 했으나 손수건으로 코와 입을 막자 곧 의식을 잃고 축 늘어졌다. 서운의 손에서 떨어진 휴대 전화가 땅바닥에 떨어졌다.

-이서운! 무슨 일이야! 대답해! 서운아!

휴대폰에서 태영이 다급하게 부르는 소리가 들렸지만 서운은 대답할 수 없었다. 주인을 잃은 휴대폰이 땅바닥에서 애처롭게 울고 있었다.

양팔에 문신을 한 남자가 의식을 잃은 서운을 들고 서 있는 동안 남은 남자가 바삐 뒷좌석의 문을 열었다. 그리고 서운을 뒷좌석의 안쪽으로 실었다. 그들은 바로 자리를 뜨기 위해 곧장 서운의 옆 좌석과 운전석으로 돌아갔다. 이런 일이 처음이 아닌 듯 손발이 척척 맞았다.

하지만 막 운전석 문을 열려는 순간 갑자기 뒤에서 누군가 다리를 가격하자 그대로 꺾이며 주저앉았다.

"어떤 새끼야!"

문신을 한 남자가 험악한 인상을 쓰며 욕설을 내뱉었다. 하지만 그 역시도 뒤에서 나타난 남자에게 얼굴을 주먹으로 얻어맞고 뒤로 나동그라졌다.

순식간에 당한 일에 두 사람이 놀라서 상대를 공격하려고 덤볐다. 하지만 상대들은 호락호락하지 않았다. 험한 바닥에서 잔뼈가 굵은 그들이라 싸움에는 누구에게도 지지 않을 자신이 있었지만 속도와 기술에는 역부족이었다. 전문적으로 특공 무술이라도 배웠는지 상대들은 조금의 허점도 보이지 않았다. 살다 살다 이런 상대들은 처음이었다. 둘 다 위아래로 검정색 옷을 입고 있어선지 저승사자처럼 보였다.

이미 상대가 안 될 것임을 온몸으로 느꼈지만 돈을 받은 이상 물러설 수는 없었다. 결국 문신을 한 남자가 최후의 발악으로 주머니에서 칼을 빼 들고 휘둘렀다. 하지만 상대의 정확한 발차기에 턱을 얻어맞고 의식을 잃은 채 나가떨어졌다.

순식간에 두 사람을 깔끔하게 해치운 남자들 중 한 명이 뒷좌석의 문을 열고 서운의 상태를 살폈다. 그는 의식이 없는 서운을 번쩍 안아서 자신의 차에 옮겨 실은 후 운전석으로 돌아가며 남은 일행에게 명령했다.

"먼저 갈 테니까 그것들 끌고 가서 누가 시킨 짓인지 자백받아."

"예, 알겠습니다."

남은 남자가 상관을 대하듯이 군기가 바짝 들어 깍듯하게 대답했다.

운전석에 탄 남자가 룸미러로 서운을 한 번 보고 휴대전화를 꺼냈다. 여러 통의 부재중 전화가 와 있었다. 그는 곧바로 어디론가 전화를 걸었다.

"정 실장입니다. 이서운 씨는 무사합니다. 지금 그쪽으로 가겠습니다."

통화가 끝나자 그는 곧바로 시동을 걸었다.

서운에게 무슨 일이 생긴 것을 직감하고 태영은 미친 사람처럼 자리를 박차고 일어났다. 그는 떨리는 가슴을 진정시키려 애쓰며 정 실장에게 전화를 걸었다. 하지만 통화가 연결되지 않자 잔뜩 인상을 찌푸렸다.

"제발, 제발!"

정 실장이 전화를 받지 않는다는 건 분명 뭔가 조치를 취하고 있기 때문일 것이라 희망 회로를 돌렸다.

하지만 여전히 가슴은 진정되지 않고 미칠 것 같았다. 서운을 부르는 낯선 남자의 목소리가 귓가에서 떠나지 않았다. 만약 서운이 잘못된다면 누구든 용서하지 않을 것이다.

그는 초조하게 정 실장의 연락을 기다렸다. 그러다 도저히 안 되겠서어 차 키를 들고 밖으로 나갔다.

막 엘리베이터에 타려는 순간 휴대폰이 울렸다. 액정에 뜬 정 실장의 이름을 본 순간 손이 반사적으로 통화 버튼을 긋고 있었다.

"여보세요! 서운이 어떻게 됐습니까?"

다급하게 묻는 소리에 수화기 너머에서 차분한 소리가 건너왔다. 서운이 무사하다는 소리를 듣는 순간 다리에서 힘이 풀렸다.

"기다리고 있겠습니다. 정말 고맙습니다, 정 실장님."

태영은 정 실장에게 진심으로 감사의 인사를 건넸다. 그리고 엘리베이터를 타고 내려가 밖에서 서운이 오기를 기다렸다.

10분쯤 후 정 실장의 차가 주차장으로 들어오자 태영은 곧바로 차로 뛰어갔다. 정 실장이 차에서 내려 뒷좌석의 문을 열었다.

"강제로 차에 실으려고 마취제를 흡입시킨 것 같습니다."

태영의 인상이 험악하게 변했다. 그는 축 늘어진 서운을 가볍게 안아 올렸다.

"그것들 지금 어딨습니까?"

"잡아 놨습니다. 누가 시킨 짓인지 금방 불 겁니다."

굳이 불지 않아도 누구의 짓인지 알고 있기에 서운을 납치하려고 한 자들을 반 죽여 놓고 싶은 심정이었다. 하지만 증거 확보를 위해 그들의 자백은 필수였기에 화를 눌러 참았다.

"정 실장님 덕을 크게 봤습니다. 감사합니다."

"아가씨를 무사히 구할 수 있어서 저도 다행입니다. 들어가십시오."

정 실장이 깍듯하게 인사를 하자 태영은 서운을 안고 집으로 올라갔다.

서운을 침대에 눕히고 그는 곧바로 김 박사에게 전화를 걸었다. 의식을 잃은 서운을 보니 기이이 일을 친 상대에게 살기가 치솟았다. 절대 용서하지 않을 것이다. 서운을 건드린 것을 처절하게 후회하게 만들고 말 것이라 그는 이를 갈았다.

1시간쯤 후에 서운은 미미한 두통에 인상을 찡그리며 눈을 떴다.

"괜찮아?"

걱정이 가득한 표정인 태영을 본 순간 서운은 약간 멍했다. 기억 어딘가가 지워진 듯한 기분이었다.

"어떻게 내가 여기 있어요?"

"납치당할 뻔했어."

"납치요?"

놀라다 서운은 태영과 통화 중에 누군가 이름을 불러 돌아본 것과 어떤 남자에게 입이 틀어 막힌 것을 떠올렸다. 그러고는 기억이 끊겼다. 그런데 납치라니.

"어떻게 된 거예요?"

"널 누가 납치하려고 했고 그걸 정 실장님이 막아서 이리로 데리고 온 거야."

"정 실장님이 누구예요?"

"정 실장님은 아버지 경호실장이야. 길 의원이 자기가 한 짓을 밝히기 전에 혹시라도 무슨 일이 생길지 몰라 네게 경호를 붙였었어. 아버지께서 친히 정 실장을 보내 주셨고."

"전혀 몰랐어요."

"네가 모르게 경호를 했으니까 알 수 없었겠지."

서운이 머리를 짚자 태영이 미간을 찌푸렸다.

"머리 아파?"

"뭔가 미미하게 불쾌한 기운이 있어요."

"널 납치하려는 것들이 마취약을 써서 그럴 거야."

"도대체 누가 이런 짓을……."

얘기를 하다 말고 서운이 믿어지지 않는다는 표정으로 봤다.

"설마 길 의원의 짓인가요?"

"길 의원이 연관된 건진 몰라도 널 납치하라고 시킨 건 다른 사람이야."

"대체 누가 이렇게 무서운 짓을."

마침 태영의 휴대폰에 문자가 들어오자 태영은 문자를 확인하고 내용을 서운에게 보여 주었다.

[정 실장입니다. 방금 자백받았습니다. 납치를 사주한 사람은 강명옥이라고 합니다.]

서운은 너무 기가 막혀 할 말을 잃었다. 강명옥이 자신을 싫어하는 줄은 알았지만 납치까지 사주할 줄은 몰랐다. 소름이 끼쳤다.

"아버지가 남기신 USB를 찾고 싶었던 거겠죠?"

"그랬을 거야."

"날 납치해서 어쩔 셈이었을까요? 끝내 안 내놓으면 죽이기라도 할 생각이었을까요? 진짜 무서운 사람이네요."

서운이 분통을 터뜨리자 태영이 그녀의 손을 잡아 위로했다.

"그 대가 치르게 할 거야."

"당신 아니었으면 나 정말 큰일 날 뻔했네요. 고마워요."

태영은 착잡한 표정으로 보는 서운의 눈을 가만히 들여다봤다.

"길기준 대리가 알려 줬어."

"무슨 소리예요?"

"며칠 전에 길 대리에게 전화가 왔었어. 아무래도 강명옥 그 여자가 네게 나쁜 짓을 할 거 같다고, 너 잘 지키라고 했어. 그래서 미리 대비를 한 거였어."

서운은 말을 잇지 못했다. 기준에게는 큰 결심이었을 텐데 자신을 위해 태영에게 전화까지 해 줄 줄은 몰랐다.

"길 대리가 널 생각하는 마음은 진심이었나 봐."

"내가 큰 신세를 졌네요."

"자, 이젠 우리 차례야. 강명옥이 한 짓을 잡았으니 칼자루는 네가 쥐고 있어. 마음 풀릴 때까지 휘둘러 봐."

서운은 가만히 생각에 잠겨 있다 태영을 보며 조용히 웃었다.

서재에 앉아 있던 길 의원은 휴대전화가 울리자 어두운 표정으로 전화를 받았다.

"여보세요."

-진태영입니다.

"진태영 본부장이 내게 무슨 용건인가?"

-어젯밤 서운이가 납치될 뻔했습니다. 알고 계십니까?

"납치라니! 서운일 누가 납치를 한단 말인가?"

-의원님은 모르는 일이십니까?

"자네 지금 날 의심하는 건가? 나는 전혀 모르는 일이네."

길 의원이 불쾌한 투로 대답했다.

-납치를 사주한 사람이 의원님의 부인입니다. 정말 모르셨습니까?

길 의원의 얼굴이 백지장처럼 창백해졌다.

"자네 지금 뭐라 했나? 집사람이 서운일 납치하려고 했단 말인가?"

-네, 맞습니다. 납치한 자들에게서 자백받은 사실입니다. 서운이를 협박해 USB를 뺏어 오라고 돈을 받았다고 하더군요. 그자들을 아직 데리고 있으니 믿기 어려우시면 직접 확인하셔도 됩니다.

"이, 이럴 수가. 이보게, 진 본부장. 나는 맹세코 모르는 일일세. 난 아직도 서운일 딸로 생각하고 있어. 그 애에게 그런 짓을 할 생각조차 해 본 적 없어!"

수화기 너머로 태영은 잠시 침묵을 지켰다.

-의원님의 말씀을 믿겠습니다. 의원님과 관련이 없다는 사실에 서운이도 안심할 겁니다. 서운이가 의원님 걱정을 많이 했거든요.

"진짜 그 애 얼굴을 볼 낯이 없네. 서운인 괜찮은가?"

-다행히 괜찮습니다.

"미안하다고 전해 주게. 내가 대신 사과한다고 말일세."

-사과는 전해 주겠습니다. 대신 의원님께 시간은 더 드릴 생각이 없습니다. 내일 바로 입장 표명을 해 주셨으면 합니다. 사실 화가 나서 제가 언론사에 직접 터뜨리려고 했지만 서운이가 말려서 참았습니다.

그의 기분이 어떨지 충분히 이해가 가 길 의원은 반박하지 못했다.

"알았네. 내일 모든 것을 다 되돌려 놓겠네."

-그럼 그렇게 알고 기다리고 있겠습니다. 그리고 의원님 부인이 한 짓은 그냥 넘어갈 생각이 없습니다. 서운이 이제 태진가의 사람입니다. 함부로 건드리시면 어떻게 되는지 힘으로 보여 드리겠습니다.

"정말 면목이 없네."

길 의원은 태영에게 거듭 사과를 했다. 태진가의 눈 밖에 나서 지금까지 이루어 놓은 모든 것들을 잃을 수는 없었다.

화가 머리끝까지 나서 통화가 끝나자마자 그는 곧장 서재를 나갔다. 그렇게 일을 만들지 말라고 했건만 기어이 용서받지 못할 죄를 저지른 명옥이 끔찍하고 소름 끼쳤다.

"야! 강명옥이!"

서재에서 나오자마자 버럭 고함을 지르는 소리에 거실에서 차를 마시던 명옥이 확 눈썹을 치켜떴다. 길 의원의 성난 소리에 놀란 기준도 밖으로 나왔다.

"너 미쳤어?"

"당신이야말로 미쳤어요? 왜 갑자기 소리는 지르고 난리예요?"

화가 난 명옥이 지지 않고 받아쳤다. 길 의원이 금방이라도 한 대 칠 것처럼 명옥의 앞으로 다가와 섰다.

"그렇게 가만히 있으라고 했는데 서운일 납치해? 네가 지금 제정신이야?"

꼿꼿하게 길 의원을 쏘아보던 명옥의 얼굴이 눈에 띄게 당황했다. 하지만 그녀는 뚝 시치미를 뗐다.

"지금 무슨 소리를 하는 거예요? 내가 왜 서운일 납치해요?"

"너 지금 내 앞에서 쇼하는 거야? 네가 돈 주고 시킨 놈들이 다 불었어. 네가 서운일 납치해서 협박해서라도 그 USB를 가져오라고 했다고. 이래도 시치미 뗄래!"

길 의원이 험한 인상을 치켜뜨고 성을 내자 명옥은 난감한 표정을 지었다.

"당신이 어떻게 그걸 알아요?"

"내가 지금 누구 전화를 받은 줄 알아? 태진가 진태영 본부장이 직접 전화했더라. 네가 한 짓 그냥 안 넘어간다고. 똥오줌을 못 가려도 유분수지. 상대를 봐 가며 까불어야지. 서운이가 아직도 옛날의 양이일 거라 생각했어? 태진가의 며느리가 될 아이야. 어? 네가 함부로 건드려도 되는 아이가 아니란 말이야, 이 멍청한 여자야!"

흥분한 길 의원의 독설에 명옥은 인상을 찌푸렸다. 겁을 주고 USB를 뺏어 오라고 했지만 자신이 시킨 일이라는 걸 절대 발설해선 안 된다고 못을 박았다. 그런데 가볍게 제가 시킨 일이라고 일러바친 놈들에게 화가 치밀었다.

서운이 태진가의 며느리가 될 사람이라는 사실도 계속 뒤통수를 후려쳤다. 일이 이렇게 틀어지다니 낭패가 따로 없었다. 그러면서도 길 의원에게 일방적으로 당한 것이 억울했다.

"다 당신을 위해서였어요."

"날 위해서라고! 내 스스로 양심 고백을 하고 의원직을 물러나는 것으로 조용히 훗날을 다시 기약하려고 했는데 그걸 다 망친 주제에 뭐, 날 위해서? 터진 주둥이라고 그걸 말이라고 하는 거야! 네가 증거를 없애려고 서운일 납치했다는 사실이 뉴스로 나가면 재기고 뭐고 다 영원히 물 건너가는 건데 뭐가 날 위해서야! 네가 뭔 짓을 했는지 감이 오기나 해!"

길 의원이 흥분해서 신랄하게 나무라자 명옥은 그제야 사태 파악이 되어 얼굴이 사색이 됐다. 엄청난 잘못을 저지른 것 같은데 수습할 방법이 보이지 않으니 덜컥 겁이 났다.

"그럼 이제 어떡해야 해요?"

"그걸 왜 나한테 물어! 그 멍청한 머리로 사고를 쳤으니 수습도 네가 해야 할 거 아니야! 진태영이 저렇게 완강하게 나오는데 서운이가 합의를 해 줄 리도 없으니 넌 감방 가서 죗값이나 치러야지 별수 있어!"

"가, 감방이라니요!"

"그럼 사람을 납치해 놓고 무사할 줄 알았어? 어리석은 여편네 같으니. 감방 가기 싫으면 서운이한테 무릎 꿇고 빌어나 봐."

길 의원이 성난 표정으로 노려보다 세게 문을 닫고 밖으로 나가 버렸다. 명옥은 소파에 주저앉아 어쩔 줄을 몰라 했다. 일이 이렇게까지 최악으로 치달을 줄 몰랐다. 태영과 떨어진 틈을 타 겁을 주고 증거를 뺏어 오려고 했던 건데 이렇게 실패할 줄이야.

"제가 본부장에게 전화했어요."

"뭐?"

명옥이 잠시 얼이 빠진 얼굴로 고개를 들었다.

"엄마가 서운이 납치하려고 한다는 거 제가 알려 줬다고요."

명옥의 눈썹이 하늘로 치켜 올라가고 눈에 쌍심지를 켰다. 그때 통화를 끝내고 밖으로 나왔을 때 기준이 서 있었던 일이 떠올랐다. 모른 척하더니 다 들었던 것이다. 배신감이 하늘을 찔렀다.

"너 미쳤어! 네가 그 계집 때문에 어떻게 날 배신할 수 있어!"

"엄마를 위해서였어요."

"위하다니! 날 위한다면 모른 척했어야지."

"그러다 정말 콩밥 드시게요?"

"뭐가 어째?"

명옥이 죽일 듯이 기준을 노려봤지만 기준은 눈 하나 깜빡하지 않았다.

"애당초 성공할 수 있을 거라 생각하신 것이 우스운 거죠. 진태영 본부장이 그렇게 호락호락한 사람 같아요? 이미 엄마가 무슨 짓을 할까 봐 다 대비하고 있었어요. 그리고 서운이 친부모도 가만히 있을 것 같아요? 어차피 제가 아니었더라도 엄마는 서운이 손끝 하나 건드리지 못했을 거란 말이에요."

"그럴 리 없어."

"아버지도 말씀하셨시만 서운이 이제 엄마가 함부로 할 수 있는 사람 아니에요. 아직도 분간이 안 되세요? 엄마 앞날 이제 서운이한테 달렸다고요. 그러니 제발 정신 차리세요. 엄마 혼자 만든 그 오해와 미움에서 빠져나오시라고요."

길 의원에게 폭언을 들은 것도 아물지 않았는데 기준이 벌어진 상처에 소금을 뿌리는 것이 고통스러워 명옥은 양손으로 머리를 쥐어뜯으며 괴로워했다.

기준은 그런 그녀를 착잡한 얼굴로 쳐다보며 한숨을 내쉬었다.

"서운이한테 진심으로 용서 비세요. 지금 엄마가 하실 수 있는 일은 그것밖엔 없어요."

할 말을 마치고 기준이 방으로 들어가 버리자 명옥은 주먹으로 가슴을 치며 서운을 납치하려 했던 일을 후회했다.

혜연과 길 의원이 아무 사이도 아닌 것을 알면서도 혜연을 질투해 서운을 파양했고 스스로 키운 망상에서 벗어나지 못하고 끝까지 서운을 미워했다. 그리고 결국 나락으로 곤두박질하게 생겼다.

이제야 자신의 어리석음과 무모함이 뼈저리게 후회가 되어 가슴을 쳤다. 결국 제 손으로 모든 것을 무너뜨리고 말았다는 것을 깨닫자 죽고 싶도록 괴로워 그녀는 주저앉아 눈물을 흘렸다.

태영의 집에서 쉬고 있던 서운은 다음 날 길 의원이 스스로 경찰서로 찾아가 3년 전 뇌물을 받고 자재를 바꿔치기한 사실을 실토했다는 소리를 들었다.
"결국 이렇게 되는군요."
"모두 제자리로 돌아가는 거지. 이게 맞는 거야."
"아빠가 좋아하시겠어요."
"아버님도 이제 마음고생 덜 하실 거야."
"잘됐네요."
서운은 태영이 건넨 커피를 받아 한 모금 마셨다. 비가 와서인지 커피 향이 유독 진하게 풍겼다.
"몸은 좀 어때? 머리는 더 안 아파?"
"괜찮아요."
"나쁜 기억은 잊어버려. 오래 담아 두지 마."
"그러려고 해요. 커피 맛있네요."
"내가 내렸으니까."
공치사를 하는 그에게 보스스 웃어 주고 서운은 비가 오는 창가에 서서 비에 젖은 도시를 감상했다. 태영이 다가와 뒤에서 허리를 끌어안았다.
"비 오는 거 싫은데."

"왜 싫은데?"

"젖잖아요. 꼭 마음도 젖는 기분이라 별로예요. 뽀송한 게 좋아요, 난. 당신은요?"

"난 네가 좋아."

단세포 같은 대답에 서운이 쿡쿡 웃었다.

"다른 사람이 그랬으면 닭살이었을 텐데 당신이니까 듣기 좋네요. 나도 어쩔 수 없나 봐요."

태영이 목덜미를 입술로 눌렀다.

"이서운 향 좋다."

서운이 편하게 뒤로 기대자 그의 손이 티셔츠 안으로 들어가 소담하게 부풀어 있는 가슴을 부드럽게 움켜쥐었다. 혀로 목덜미를 쓸다 이로 귓불을 깨물자 서운의 목이 뒤로 한껏 젖혀졌다.

양껏 가슴을 주무르며 애무하던 그의 손이 점점 아래로 내려갔다. 거침없는 손길이 단번에 속옷 안으로 쑤욱 들어가자 서운이 바짝 긴장하는 것이 느껴졌다. 그는 혀로 그녀를 달래며 열기를 토해 내는 곳을 조심스럽게 어루만졌다.

"으응."

서운이 앓는 소리를 하자 태영이 그녀를 돌려세우고 깊게 키스를 했다. 서로를 갈망하는 혀와 혀가 뜨겁게 얽혔다. 지지 않으려는 듯 저돌적으로 서로를 소유했다.

"안 되겠다."

태영이 서운을 번쩍 들어 올려 침실로 데리고 갔다.

"나쁜 기억은 내가 잊게 해 줄게."

"좋네요. 이리 와요."

서운이 양팔을 벌리자 태영이 웃으며 그녀에게 안겼다. 침실 안에 그의 웃음소리가 기분 좋게 울렸다.

그와 뜨거운 정사를 마치고 나른하게 누워 여운을 즐기고 있을 때 서운의 휴대폰이 울렸다. 별 감흥 없이 휴대폰을 보던 서운의 얼굴이 딱딱하게 굳었다.

"누군데 그래?"

"기준 씨 어머니예요."

태영이 인상 쓰는 것을 보며 서운은 액정을 그었다.

"여보세요."

-나 기준 엄마다. 할 이야기가 있어. 잠깐만 보자.

"전 별로 만나고 싶지 않은데요. 용건 있으면 전화로 하세요."

-얼굴을 보고 해야 할 말이야. 부탁이다. 시간 길게 빼앗지 않으마.

명옥이 쉽게 포기할 것 같지 않아 서운은 인상을 찌푸렸다.

"약속 장소를 말하세요."

휴대폰을 내려놓자 태영이 서운의 기분을 살폈다.

"잠깐 나갔다 와야 할 거 같아요."

"같이 가."

"아니, 혼자 가는 게 낫겠어요."

"일단 같이 가. 얘긴 둘이 하더라도 내가 가까운 곳에 있을게."

"그래요, 그럼."

걱정하는 마음을 알기에 서운은 빙긋 웃으며 침대에서 빠져나갔다.

명옥이 일러 준 장소로 나가자 직원이 서운을 명옥이 기다리고 있는 룸으로 안내했다.
"난 밖에 있을게. 무슨 일 있으면 바로 불러."
"알았어요."
태영에게 고개를 끄덕여 주고 안으로 들어가자 초췌한 얼굴로 명옥이 앉아 있었다. 서운은 무표정한 얼굴로 그녀와 마주 앉았다.
"길게 앉아 있을 시간 없어요. 용건 있으면 말하세요."
채근하는 말에 명옥이 크게 숨을 들이쉬었다.
"미안하다. 내가 제정신이 아니었어."
명옥의 사과에도 서운은 감흥 없이 그녀를 보기만 했다.
"신고가 무서워서 이러는 거라면 소용없어요. 그냥 넘어갈 생각 없으니까."
서운이 더 들을 필요 없다는 듯이 자리를 털고 일어났다. 다급해진 명옥이 자리에서 일어나더니 털썩 무릎을 꿇었.
돌발 행동에 서운이 깜짝 놀랐다.
"지금 뭐 하시는 거예요?"
"염치없지만 한 번만 용서해 줘. 내가 널 납치하려고 했다는 사실이 알려지면 기준 아버지는 영영 재기하지 못해. 기준이 앞날도 편치 않을 거야. 제발 부탁이야. 한 번만 용서해 줘."

"불편하니까 자리에 앉아서 얘기하세요."

서운이 다시 자리에 앉자 명옥이 마지못해 일어나 앉았다. 서운에게 무릎을 꿇는 것이 치욕스러웠지만 자신이 한 짓이 세상에 밝혀지는 일이 더 무서웠기에 얼마든지 참을 수 있었다.

서운은 짜증이 섞인 표정으로 명옥을 쏘아봤다.

"왜 그런 짓까지 하신 거예요?"

"내 가정을 지켜야 한다는 생각에 눈이 뒤집혀 제정신이 아니었다. 네가 그 증거를 가지고 기준 아버지를 협박한 것도 싫었어."

"협박한 적 없어요. 그리고 길 의원님과 제 친엄마는 제대로 마주 본 적도 없는 사이라고 하셨어요. 그런데도 혼자 오해하고 망상에 갇혀 절 미워하고 싫어한 건 그쪽 아닌가요? 제가 뭘 더 봐 드려야 하죠?"

화를 토해 내는 서운에게 명옥은 입이 열 개라도 할 말이 없었다.

"그래, 나도 내가 잘못됐다는 거 알아. 네가 아무 잘못 없다는 것도 알고. 아는데도 병처럼 안 고쳐지더라. 기준 아버지랑 싸우기만 해도 네 친엄마 때문인가 의심하게 되고 눈앞에 있는 널 탓하고 싶었어."

"참 편한 사고시네요."

서운은 차가운 눈빛으로 명옥을 쳐다봤다.

"미안하다. 네게 잘못한 걸 알면서도 인정하기 싫었어. 그래서 널 파양해 놓고도 그 책임을 계속 네게만 돌리려고 했어. 널 다시 만났을 때는 내가 한 짓이 다시 생각나 더 싫었었어."

"저나 제 친엄마는 그쪽의 피해망상에 아무런 책임이 없어요. 그러니 남 탓하지 말고 자신 스스로를 탓하세요. 생각을 조금만 달리하면 마음이 지옥에서 벗어날 테지만 계속 그대로면 결국 옆에 있는 가족들도 등을 돌리게 될 거예요."

"그래, 나도 알아. 그이도 기준이도 이런 날 더는 참아 주지 않을 거라는 걸. 이렇게 벼랑 끝까지 몰리니까 그동안 네게 한 짓이 얼마나 잘못됐는지 깨달았어. 그래서 이렇게 용서를 빌러 온 거야. 차마 용서받지 못할 짓을 저질렀지만 한 번만 용서해 줘. 부탁이다."

서운은 대꾸 없이 명옥을 가만히 쳐다보기만 했다. 제 앞에서 이렇게 무너진 강명옥의 모습은 상상해 본 적이 없다. 이렇게 속내를 드러내는 것도 처음일 것이다. 늘 뻔뻔하고 이기심으로 똘똘 뭉쳐 있는 에고덩어리였는데 지금은 그저 이빨이 다 빠진 늙은 노인 같았다.

"납치 일, 경찰에 신고는 하지 않을게요."

명옥이 금방이라도 눈물을 쏟을 것 같은 얼굴로 고개를 들었다.

"정말이니?"

"길 의원님과 기준 씨를 위해서예요. 기준 씨 어머니가 제게 한 일은 용서할 수 없지만 적어도 길 의원님과 기준 씨를 위하는 마음은 진심으로 보였으니까요."

"고맙다. 정말 고마워!"

"제가 이번 일을 그냥 넘어가는 건 그래도 절 일 년 동안 키워 주신 것에 대한 답례입니다. 다신 볼 일 없겠지만 저랑 저희 엄마는 잊으시고 가족들과 잘 사시길 바랄게요. 외람되지만 병원 치료도 받으시는 게 좋을 것 같네요. 먼저 일어나겠습니다."

서운이 할 말을 마치고 밖으로 나가자 명옥은 서운이 나간 곳을 쳐다봤다. 그녀에게 용서를 구걸한 것이 자존심 상하면서도 서운의 마지막 말들이 가슴을 울려 눈물이 핑 돌았다.

그렇게 모질게 굴고 괴롭혔는데 그런 자신을 어른스럽게 용서를 해 주는 것이 부끄러워 고개를 들 수 없었다. 꼿꼿하던 자존심 귀퉁이가 무너져 내리자 남은 부분들도 순식간에 와르르 붕괴되며 산산조각이 나 버렸다.

서운은 밖으로 나와 기다리고 있는 태영의 허리를 팔로 둘렀다.

"이야기 잘됐어?"

"네, 이제 다 끝났어요."

태영이 서운의 얼굴을 가만히 들여다봤다.

"정말인가 보네. 얼굴이 편안해 보여."

"홀가분한 거 맞아요. 가요, 맛있는 거 먹고 싶어요."

태영이 서운의 어깨에 팔을 두르며 걸었다.

"그냥 신고는 하지 않기로 했어요."

"난 싫은데."

태영이 물러서지 않을 표정으로 완강하게 나왔다.

"그냥 넘어가고 싶지 않아. 그동안 네게 한 짓 다 갚아 줘야지."

"나도 그러려고 했는데 생각이 바뀌었어요."

"길 의원도 그렇고 저 여자도 그냥 넘어가기엔 너무 용서받지 못할 짓을 저질렀어."

"길 의원님은 아마도 쉽게는 재기가 어려울 거고 그 사실만으로 저 사람도 마음이 이미 지옥일 거예요. 저 사람 혼자만 쳐 내는 거면 나도 고민 안 하는데 기준 씨가 걸려요. 부모 잘못으로 자식이 상처받는 거 별로 안 보고 싶거든요. 또, 그래야 저 사람들과 완전히 모든 고리를 끊고 홀가분해질 수 있을 것 같아요. 결국 나 편하자고 내린 결정이니까 봐줘요."

납득하고 싶지 않으면서도 끝내 독하지 못한 그녀의 마음을 알 것 같아 태영은 마지못해 수긍했다. 강명옥을 그대로 용서해 주고 싶지 않았지만 그녀와는 조그마한 연결 고리도 다 끊어 버리고 싶어 하는 서운의 결정을 존중해 주고 싶었다. 무엇보다 서운이 편안하고 행복한 게 가장 우선이니까.

그는 서운의 어깨를 감싸며 조용하게 이야기했다.

"운 좋게 너한테 용서는 받았는데, 어머님도 용서를 해 주실지는 모르겠네."

"그게 무슨 말이에요?"

서운이 놀라 묻자 태영은 조금 난감한 얼굴로 실토했다.

"그게 말이야……."

서운과 헤어지고 돌아오는 길에 명옥은 집 앞에 낯선 차가 서 있는 걸 보고 의아한 표정을 지었다. 그러나 이내 혜연이 차에서 내리자 놀라 굳었다. 한눈에도 혜연의 얼굴이 노기로 가득한 것이 보였다.

"나 여사가 여긴 어떻게……."

짝! 소리와 함께 뺨에서 불이 일었다.

"이게 무슨 짓이에요!"

"무슨 짓이냐고? 그런 짓을 저질러 놓고 한 대 맞으니까 억울해?"

평소의 점잖고 교양 있던 모습은 어디로 가고 악에 받친 모습에 명옥은 당황했다.

"그렇게 못되게 군 것도 모자라 애를 납치까지 해? 당신이 그러고도 사람이야!"

혜연의 화난 소리가 쩌렁쩌렁 울렸다. 태영에게 서운이 납치를 당할 뻔했다는 소리를 듣고 피가 거꾸로 솟아서 찾아온 길이었다.

혜연의 흥분한 소리에 행여 이웃들이 알기라도 할까 봐 명옥은 어쩔 줄 몰라 했다.

"방금 서운이 만나 용서받고 오는 길이에요. 서운이가 없었던 일로 해 주기로 했어요."

"없었던 일이라니 지나가던 개가 웃겠네요. 이봐요, 강명옥 씨! 납치는 엄연히 범죄예요. 그냥 말로만 용서한다고 되는 일이 아니란 말이죠. 당연히 당신이 한 짓에 대한 죗값을 치러야죠. 잘나신 시의원 와이프께서 그런 것도 모르진 않겠죠."

겨우 서운에게 용서를 받고 오는 길인데 바늘 하나 들어갈 틈이 없이 바위처럼 단단하게 버티는 혜연에게 명옥은 큰 위기감을 느꼈다.

"서운이가 당신을 용서했다고 하더라도 난 당신 용서할 생각이 전혀 없어요. 그동안 당신이 불쌍한 내 딸에게 함부로 한 짓 그대로 돌려줄 거니까 기대해요. 다신 얼굴을 들고 다닐 수 없게 만들어 줄 테니까 각오하는 게 좋을 거예요."

"이보세요, 나 여사님, 제발 내 얘기 좀 들어 줘요."

명옥이 혜연의 팔을 붙잡고 사정했지만 곧 두 명의 남자가 다가오자 얼굴이 하얗게 질렸다.

"강명옥 씨 되시죠? 서초경찰서에서 나왔습니다. 이서운 씨 납치 건으로 조사할 것이 있으니 서끼지 동행해 주셔야겠습니다."

"이, 이봐요, 잠깐만요!"

경찰차에 타면서 명옥이 지옥에 끌려가는 얼굴로 혜연을 돌아봤지만 혜연은 싸늘한 눈초리로 쏘아볼 뿐이었다.

절망에 가득 찬 얼굴의 명옥이 탄 차가 멀어지는 것을 지켜보며 혜연은 찬 시선을 거두지 않았다.

※

인사위원회가 열리는 동안 사무실 내에 긴장감이 감돌았다. 파티션 너머로 방 과장이 두 손을 모으며 간절하게 결과를 기다리고 있었다.

회의가 끝났다는 소식을 메신저로 전해 들은 직원들은 모두들 눈치를 보며 고요를 지켰다.

그때 방 과장의 자리로 전화가 울렸다. 방 과장이 초고속으로 전화를 받는 동안 직원들의 귀가 모두 한쪽으로 쏠렸다. 설마 이번에도 안 된 건가 싶었을 때 방 과장의 목소리가 과 내에 쩌렁쩌렁 울렸다.

"감사합니다, 본부장님. 정말 감사합니다!"

전화를 끊고 방 과장이 파티션 밖으로 나오자 직원들이 하나같이 일어서서 박수를 치며 축하 인사를 건넸다.

"과장님, 축하드립니다."

"고마워, 고마워!"

방 과장은 좋은 기분을 감추지 않고 맘껏 만끽했다. 얼굴에서 방실방실 웃음이 끊이지 않았다. 방 과장이 성큼 서운의 자리로 걸어왔다.

"이 대리, 고마워!"

"예? 과장님이 열심히 하셔서 승진하신 건데 왜 저한테."

"이 대리가 본부장님한테 나에 대해서 좋게 얘기해 준 거 다 알아. 고마워, 정말. 내 이 대리 은혜 꼭 잊지 않을게."

"딱히 해 드린 것도 없는데……."

직원들 보기 민망해 서운은 어색하게 웃기만 했다.

방 과장이 신나서 다른 곳으로 인사를 드리러 나가자 미강이 쪼르르 옆으로 왔다.

"잘했어. 과장님 좋은 자리 보내 드리고 우리도 이제 편히 좀 살아 보자."

"그러게 말이야. 이 대리, 아주 잘했어!"

직원들이 웃으며 인사를 건네자 서운은 멋쩍게 웃기만 했다. 실질적으로 한 일이 없어서 인사를 받기 무안했지만 어쨌든 방 과장이 승진을 해서 다행이었다. 좋아서 아이처럼 방방 뛰는 모습을 보니 괜히 숙연해지기도 했다.

오후에 화장실에 가려고 잠깐 복도로 나가다 서운은 막 엘리베이터에서 내리는 기준과 마주쳤다. 그렇지 않아도 할 말이 있었기에 서운은 먼저 그에게 다가갔다.
"회의 있어서 오는 길이야?"
"응, 궁금했는데 이렇게 얼굴 보게 돼서 다행이네."
두 사람 사이에 잠시 어색한 침묵이 흘렀다. 기준이 서운의 기분을 살피고 조심스럽게 사과했다.
"엄마 일은 정말 미안해. 뭐라고 할 말이 없어."
서운이 씁쓸하게 웃었다.
"태영 씨한테 연락해 줘서 고마워. 기준 씨 아니었으면 정말 큰일 날 뻔했어."
"별로 고민할 일이 아니었어. 어떻게든 엄마를 말려야 했으니까."
"기준 씨 어머니 일은 유감스럽게 됐어."
"서운 씨 어머니 마음 이해해. 용서하실 수 없었을 거야. 어쨌든 엄마가 해선 안 될 짓을 저질렀으니 대가를 치르고 나면 뭔가 달라지시겠지. 그러시길 기대하고 있어."
"그래, 그랬으면 좋겠다. 기준 씨도 마음 편히 잘 지냈으면 좋겠어. 그럼 볼일 보고 가."
서운이 할 말을 마치고 돌아서려 하자 기준이 그녀를 붙잡았다.

"잠깐만, 할 이야기 남았어."

"말해."

"내가 널 좋아한다는 이유로 저질렀던 부끄러운 짓들 정식으로 사과하고 싶어. 정말… 미안해."

그때의 끔찍했던 기억들이 떠올라 서운의 미간이 살짝 좁혀졌다. 그녀는 진심으로 사과하는 기준을 보며 낮게 한숨을 내쉬었다. 어쨌거나 그날의 폭력을 사과해 줘서 다행이었다.

"없던 일이 되진 않겠지만 시간이 지나면 점점 옅어지겠지. 사과 받아 줄게. 대신 다른 상대를 만나더라도 다시 그런 짓은 하지 마."

"그래, 알았어. 미안해. 그리고… 고마워."

기준이 풀이 죽은 얼굴로 고개를 끄덕였다.

"이제 정말 회의에 가야겠다. 갈게. 잘 지내, 이서운."

"그래. 기준 씨도 잘 지내."

덤덤한 인사를 끝내고 두 사람은 동시에 돌아섰다.

두세 걸음 가다 기준이 돌아서서 서운의 뒷모습을 바라봤다. 그는 멀어져 가는 서운의 모습을 한참 동안 보고 서 있다 체념하듯 걸음을 옮겼다.

※

영선을 만나기 위해 태영의 차로 서운과 함께 가는 도중에 혜연은 서운의 어깨를 다독였다.

"얼굴 편안해 보여서 좋다. 나쁜 기억들은 다 잊어버려."
"엄마가 든든하게 옆에 있으니 그래야죠."
"앞으로 내 딸에게 함부로 하는 것들은 내가 가만히 안 둘 거야. 강명옥이 같은 사람은 다신 없을 거야."
"걱정 안 해요."
 서운이 부드럽게 웃자 혜연이 인자한 미소로 고개를 끄덕였다.
"진 서방, 내 딸 잘 부탁해. 내가 못해 준 것까지 더 많이 아껴 줘."
"네, 어머니. 서운이 걱정 마세요."
 진 서방이라는 소리에 태영이 기분 좋게 웃었다. 서운이 그를 놀렸다.
"좋아요?"
"응, 좋아. 사위 사랑은 장모라는데 장모님이 두 분이나 생겼으니 얼마나 좋아."
"그건 나도 그래요."
 두 사람이 눈짓을 주고받으며 키득거리자 뒷좌석에서 혜연이 웃으며 지켜봤다. 무엇으로도 서운의 지난날을 보상할 수는 없겠지만 그대로 지금 행복해 보이니 감사할 따름이었다.
 서운과 함께 영선의 집으로 들어가기 무섭게 혜연은 마중 나온 영선의 두 손을 붙잡았다.
"서운이 이렇게 예쁘게 키워 주셔서 정말 고맙습니다."
"예쁘게 낳아 주셔서 잘 자란 거지요."
 영선이 혜연의 손을 다독이면서 그녀의 얼굴을 자세히 살폈다.
"확실히 서운이가 엄마를 닮았네요. 이렇게 찾아와 주셔서 감사합니다."

"당연히 와야지요. 제 아이의 엄만데."

혜연의 말투에서 서운과 비슷한 점을 발견하고 영선이 부드럽게 웃었다.

"식사 전이시지요? 시장하실까 봐 식사 준비를 했어요. 일단 식사부터 하세요."

"엄마 음식 솜씨가 최고라고 서운이가 엄청 자랑을 하더라고요. 맛있게 잘 먹고 오늘 늦게 가렵니다. 우리 서운이 자라 온 이야기 좀 원 없이 들려주세요."

"그럼요. 들으셔야지요."

두 엄마가 편안하게 웃으며 어울리는 모습을 보니 서운은 울컥한 기분이 들었다. 아버지가 계셨으면 참 좋아하셨을 거란 생각이 들었다.

태영이 서운의 허리를 팔로 감으며 귓가에 속삭였다.

"어머니들 꼭 소녀 같으시네."

"그러게요. 여고생들 같죠? 우린 이미 뒷전이잖아요."

"오죽 하시고 싶은 이야기들이 많으시겠어."

연배가 비슷하고 서운이라는 공통분모가 있어서인지 혜연과 영선은 쉽게 마음을 열고 서로를 받아들였.

식사를 하는 동안 혜연은 연신 영선의 음식 솜씨를 칭찬했다. 아무래도 곧 두 분이 친구처럼 지낼 것 같았다.

식사를 마치고 두 엄마들이 지난날을 회상하며 이야기를 나누는 동안 서운은 태영과 함께 밖으로 나갔다. 차로 10분 정도 지나 내린 산책로에서 두 사람은 손을 잡고 걸었다.

"여기 좋네."

"사람들이 많지 않아서 조용하게 생각할 일이 있으면 자주 오곤 했어요."

"생각할 일이 많았어?"

"음, 때때로요?"

"이젠 혼자 하지 말고 같이 해."

"당연하죠. 이젠 혼자가 아닌데."

서운의 씩씩한 대답이 마음에 들어 태영이 멈춰 서서 서운과 마주 봤다.

"사랑해, 이서운."

"나도 사랑해요."

"여기서 키스해도 되나?"

"아마도… 될걸요?"

서운이 피식 웃으며 대답하자 태영이 살짝 고개를 기울여 서운의 입술에 키스했다. 부드럽게 서로를 찾는 혀에서 달콤함이 느껴졌다.

두 사람을 축복해 주듯 밝은 햇살이 금빛 가루를 흠뻑 뿌려 주고 있었다.

에필로그

 오랜만의 나들이에 신이 난 서운은 미강이 기다리고 있는 카페로 서둘러 나갔다. 막 카페 문을 열고 들어가는데 먼저 서운을 발견한 미강이 손을 번쩍 들었다.
 "어?"
 서운이 미강의 옆에 앉아 있는 반가운 얼굴을 발견하고 환하게 웃었다.
 "남 대리는 어떻게 나온 거예요?"
 "서운 씨 보고 싶어서 내가 미강 씨 졸랐어요. 잘했죠?"
 "잘했어요. 나도 남 대리 보고 싶었어요."
 "아주 그리운 이들 상봉 납시셨네."
 미강이 두 사람을 돌아가면서 흘겨봤다.

"어때? 애들한테서 해방시켜 주니 고마워 죽겠지?"

"음, 조금?"

서운이 피식 웃자 미강이 다 안다면서 고개를 끄덕였다.

"그래도 얼굴은 좋아 보이네. 연년생 아이들 키우면서 비쩍 말랐을 줄 알았는데."

"나 엄마 부자잖아. 시어머님까지 많이 도와주셔서 별로 힘든 줄 몰랐어."

"새삼 부럽다. 난 낳아도 키워 줄 사람이 없어서 아직 딩크인데."

"남편이 애 갖자고 안 해?"

"가져 봤자 답이 없으니 안 해. 남편도 애를 썩 좋아하는 사람도 아니고. 그냥 둘이 살자야."

"우리나라 출산율 절벽이라는데 정말 큰일이긴 하다. 애 키우는 일이 보통이 아니라 강요할 일도 아니고."

"다 형편 되는 대로 사는 거지, 뭐. 애국은 네가 했잖아."

쿡쿡 웃으며 서운이 화살을 아이스 커피를 마시고 있는 남 대리에게 돌렸다.

"남 대리는 왜 결혼 안 해요? 비혼이에요?"

"노노, 미혼입니다. 안 하는 게 아니라 못 하는 거고요."

"왜 이리 겸손을 떠실까? 좋다는 사람 있어도 안 만나 주면서 못 하는 거라니요?"

뭔가를 안다는 듯이 미강이 정곡을 찌르자 남 대리가 멋쩍게 웃었다.

"뭐, 나랑은 인연이 아니라서요."

"서운이는 이미 두 아이 엄마니까 그만 잊어요. 본부장님 아시면 그 뒤는 말 안 해도 알죠?"

"아이고, 후덜덜합니다."

남 대리가 미강에게 맞장구를 쳐 주며 웃자 서운은 두 사람을 지켜보며 모처럼 크게 웃었다.

친부모를 찾고 얼마 지나지 않아 정식으로 결혼 허락을 받고 그해가 가기 전에 태영과 결혼했다. 그리고 선물처럼 찾아온 귀한 첫 아이를 낳자마자 바로 찾아온 둘째까지 낳느라 육아휴직만 2년째였다.

그래서 미강과 만난 것이 더 반가웠다. 틈틈이 전화로 회사 돌아가는 소식을 듣기는 했지만 직접 얼굴을 볼 기회가 많지 않았기에 오늘이 무척 기다려졌었다.

마음 편한 사람들과 오랜만에 실컷 수다를 떨고 나니 없다고 자부했지만 몸속 어딘가에 있었던 육아 스트레스가 날아간 것 같았다.

한참을 떠들다 보니 휴대폰 진동이 울렸다. 슬쩍 곁눈질로 보던 미강이 촉을 발동했다.

"낭군님이시냐?"

"어, 근처에 왔다고 하네."

"본부장님 정말 너무하시는 거 아니냐? 그새를 못 참고 데리러 오다니 말이야."

"마침 근처에 볼일이 있었대."

"이상하게 그놈의 볼일들은 꼭 근처에 있어요."

미강이 투덜대면서 자리를 정리했다. 마침 셋 다 일어나려던 참이었기에 타이밍이 맞았다.

세 사람이 카페 밖으로 나오자 태영이 차에서 내렸다. 그의 눈이 미강과 함께 나오는 남 대리에게 꽂혔다. 태영의 눈이 가늘어졌다.

미강이 씩씩하게 먼저 인사를 건넸다.

"안녕하세요, 본부장님! 서운이 무사하게 반납합니다."

"고맙습니다. 회사에서 봅시다."

미강과 남 대리에게 인사를 건네고 태영은 조수석 문을 열어 서운이 들어가게 했다.

운전석으로 돌아가는 태영을 보고 미강이 중얼거렸다.

"결혼한 지 삼 년인데 아직도 애지중지네. 서운이 저게 아주 복 받았다니까."

"부러우면 낭군님 오시라고 해요."

"우리 낭군은 처싸돌아다니느라 바빠서요."

"이런, 그럼 나랑 밥이나 먹고 들어갈래요?"

"나야 총각하고 데이트 마다할 이유가 없죠."

미강이 쿨하게 대답하자 남 대리가 웃으며 방향을 잡았.

운전하던 태영이 백미러로 두 사람을 확인하며 피식 웃었다.

"남 대리는 왜 나온 거야?"

"그냥 심심해서 나왔대요."

"당신 보러 온 건 아니고?"

"나 만난다고 했으니까 당연히 나 보러 온 거죠."

태영이 떨떠름한 표정을 짓자 서운이 이유를 물었다.

"왜요?"

"남 대리 당신 좋아했었잖아?"

"남 대리는 다 좋아해요. 다 고루 친했고요. 그러니 생사람 잡지 말아요."

"그래?"

"그럼요. 미강이랑 가는 거 봤잖아요?"

"알았어."

태영이 마지못해 대답하는 척하자 서운이 피식 웃었다.

"사실은 질투도 안 했으면서."

"조금 하려고 했어."

"엥? 말도 안 돼요. 농담이죠?"

"반반."

"무슨 반반 치킨도 아니고 하여간 못 말려. 이보세요, 본부장님. 나 애 둘인 당신 와이프거든요? 그거 모르는 사람 회사에 없어요."

"누가 뭐래? 그냥 그렇다는 거지."

태영이 쓰윽 치고 빠지자 서운이 못 말린다는 듯 고개를 저었다. 하지만 기분은 좋았다. 결혼하고 아이를 낳았지만 그가 여전히 자신을 뜨겁게 사랑한다는 증거니까. 그녀는 마침 돌아본 태영을 보며 보스스 미소를 지어 주었다.

※

은혜원에 가기로 한 날, 서운은 태영과 함께 아이들을 데리고 본가로 갔다. 하루 동안 송 여사가 아이들을 봐주기로 했기 때문이었다.

현관문이 열리기도 전에 밖으로 나온 송 여사가 서운의 품에 있는 아기를 대신 안았다. 이제 백일이 된 아기를 보며 송 여사가 활짝 웃었다.

"아이고, 유민이 이놈 고새 또 큰 거 같네."

"사내아이라 그런지 하루가 다른 것 같아요."

"함무이!"

"그래, 우리 수민이도 왔어?"

송 여사가 태영의 손을 잡고 인사를 하는 손녀를 보며 밝게 웃었다. 현관 안으로 들어가자 진 회장이 웃으며 기다리고 있었다.

"하부지!"

"아이고, 우리 수민이 공주 왔구나."

수민이 고사리 같은 손을 내밀자 진 회장이 작은 손을 잡고 덥석 안아 올렸다.

서운은 휠체어에 앉아 흐뭇하게 지켜보고 있는 태환에게 인사를 건넸다.

"아주버님, 저희 왔어요."

"네, 제수씨. 집에 아이들이 오니 확실히 사람 사는 것 같아서 좋네요."

"시끄러워서 쉬시는 데 방해되실 텐데 죄송해요."

"별말씀을요. 아이들 오는 날은 저도 쉬는 날이니 그런 말 마세요."

"얘, 어서 가 봐야 하는 거 아니니? 혜연이 기다리겠다."

"예, 어머님. 다녀올게요. 아이들 잘 부탁드려요."

"애들 걱정은 말고 네 엄마랑 데이트 잘하고 와. 네 엄마 아주 신났겠다."

그러다 송 여사가 태영에게 딴죽을 걸었다.

"모녀간에 오붓하게 데이트 좀 하게 넌 여기 있는 게 더 낫지 않아?"

"무슨 말씀이세요? 저도 장모님하고 데이트합니다."

송 여사가 입술을 비죽거리며 투덜거렸다.

"혜연이 말로는 선물도 자주 하고 밥도 자주 먹자고 그런다는데 너 왜 나랑 차별해?"

"어머니랑 장모님이랑 같으세요?"

"말하는 것 좀 봐. 내가 널 낳아 줬는데 당연히 나한테 더 잘해야지. 장모한테 점수 따려는 그 정성 이 엄마한테 반만 쏟아 봐. 내가 널 업고 다닌다, 아주."

"저보다 키도 작으시면서 절 어떻게 업어요? 어머니 허리 지켜 드려야죠."

"말이 그렇다는 거지! 왜 말귀도 못 알아먹는 척해?"

"대신 어머니한테는 서운이가 잘하잖아요. 장모님한테 질투는 좀 그렇죠."

서운의 앞이라 송 여사는 더 따지지 못하고 태영에게 눈을 흘겨 떴다. 태영이 혜연에게 잘하는 만큼 서운이 자신에게 잘하는 것이 사실이었기에 할 말이 없었다.

늘 투덕대는 두 사람을 지켜보던 가족들이 고개를 절레절레 흔들었다. 사이좋은 모자간 아니랄까 봐 만날 때마다 이런 식으로 애정 확인을 한다.

서운은 잠든 유민을 아빠 미소를 지으며 바라보는 태환을 지그시 바라보다 수민이를 챙겼다.

"할머니, 할아버지랑 잘 놀고 있어. 엄마 금방 다녀올게. 알았지?"

수민이 눈을 동그랗게 뜨고 보더니 울먹거리려고 하자 송 여사가 얼른 미리 사 둔 인형을 꺼내 수민의 주의를 돌렸다. 그사이에 서운은 태영과 함께 밖으로 나갔다.

차에 타자마자 서운은 혜연에게 전화를 걸었다.

"엄마, 우리 지금 시댁에서 출발해요."

-그래, 나도 출발할게. 거기서 보자.

통화를 끝내자 태영이 서운의 기분을 살폈다.

"좋아?"

"완전 좋죠."

"주말에 시골 어머님께도 다녀오자."

"그래요. 고마워요."

태영이 스윽 돌아보며 피식 웃었다.

"고맙긴. 어머님 보러 가는 건데."

"장모님이 두 분이라 두 배로 마음 써야 하잖아요."

"대신 두 분이 사위라고 예뻐해 주시니 더 좋지, 뭐."

"내가 남자 하난 정말 잘 만난 거 같아요."

"그걸 이제 알았어?"

"아니, 처음부터 알고 있었어요."

"그 말 평생 하도록 만들어 줄게."

태영이 장담하며 웃자 서운도 그에게 맞장구쳐 주며 미소를 지었다. 그를 만나고부터는 하루하루가 외롭고 상처받았던 어린 날에 대한 보상처럼 웃을 일이 많았다. 그래서 그가 더 고맙고 소중했다.

은혜원 앞에 도착해서 기다리니 곧 혜연의 차가 도착했다.

"엄마!"

서운이 문을 열어 주자 혜연이 나오기도 전에 서운의 손을 잡으며 웃었다. 그녀는 딸의 옆에 항상 든든하게 서 있는 태영에게도 애정 어린 시선으로 인사를 나눴다.

"원장 수녀님 기다리시겠다. 얼른 가자."

태영은 팔짱을 끼고 안으로 들어가는 모녀를 지켜보며 조용히 따라갔다.

그새 주름이 더 늘어난 얼굴로 원장 수녀가 두 사람을 맞았다.

"일어나지 마시고 앉아 계세요."

"조금 불편하긴 해도 거동은 할 수 있으니 괜찮아."

원장 수녀가 서운의 손을 두드려 주며 혜연과 태영에게 인사를 건넸다.

"이렇게 자주 찾아와 주시니 고맙습니다."

"당연히 와야지요. 제 딸을 받아 주고 키워 준 곳인데요."

"매달 넉넉하게 후원을 해 주신 덕에 이곳에 있는 아이들이 보다 좋은 환경에서 자랄 수 있으니 그저 고맙습니다."

"원장 수녀님께서 서운이를 지켜 주신 것에 비하면 미미합니다."

서운은 혜연과 눈이 마주치자 두 눈을 감으며 고마움을 전했다.

후원이 줄어 은혜원의 재정 상황이 좋지 않다는 사실을 안 후로 영환이 회사 차원에서 아예 결연을 맺어 은혜원을 후원하고 있었다. 그리고 매월 혜연이 아이들에게 필요한 물품을 구입해 직접 방문하고 있었다. 서운은 그런 두 분이 자랑스럽고 감사했다.

그 옛날 원장 수녀께서 자신을 받아 주지 않았다면 인생이 어떻게 풀렸을까 생각하면 식은땀이 났다. 그래서 더 은혜원에 대한 후원을 소홀히 할 수 없었다.

혜연 역시 같은 의미로 더 원장 수녀님의 은혜를 크게 생각해 은혜원에 지원과 봉사를 아끼지 않았다.

혜연은 은혜원뿐 아니라 서운의 또 다른 엄마인 영선에게도 자주 안부를 물으며 친분을 유지했다. 파양되어 움츠러든 서운을 재입양해서 밝고 반듯하게 키워 준 은혜를 생각하면 모든 것을 내어 주어도 아깝지 않다고 했다. 영선에게 식당을 그만두고 올라와 서운의 가까이에서 살라고 했지만 영선이 한사코 거절했다.

서운 역시 영선이 힘든 식당을 그만두고 가까이 오기를 바랐지만 쉬이 그만둘 수 없는 마음을 알기에 엄마의 결정을 존중할 수밖에 없었다. 그래도 두 엄마들이 자매처럼 사이좋게 지내는 것을 보면 그저 감사했다.

원장 수녀를 만나고 은혜원에서 봉사 활동까지 마무리하고 나

오니 기분 좋은 만족감이 일었다. 세 사람은 은혜원에서 나와 가까운 식당에 들어가 저녁을 먹기로 했다.

"엄마, 안 피곤해요?"

"괜찮아. 집에서 하는 일 없이 쉬는데, 뭐. 이렇게 너랑 진 서방 얼굴도 보고 맛있는 거 먹는 게 내 낙이야. 정수가 애 보느라 좀 힘들겠지."

"어머님이 애들을 워낙 좋아하셔요."

"아들만 둘 키워서 그런지 수민이가 그렇게 예쁜가 보더라. 예전부터 딸, 딸, 노래를 불렀었거든."

송 여사의 마음을 알 것 같기에 태영이 소리 없이 웃었다.

"수민이를 첫째로 낳기를 잘했네요."

"언제 애들 데리고 와. 손주들 보는 재미를 친할머니만 누리게 할 수는 없으니까."

"알았어요. 유성인 요즘도 바쁘죠?"

"생각보다 적성에 맞는지 요즘 일하느라 얼굴 보기도 힘들어."

"감각 있으니까 뷰티 쪽으로 성공할 것 같았어요."

"그러게 말이야. 사업 수완이 있는 줄은 몰랐는데 의외로 야물어서 놀랐어."

"자신감 있어 보여서 보기 좋았어요."

서운과 한창 떠들던 혜연이 태영을 쳐다봤다.

"우리끼리만 떠들어서 진 서방은 심심하지?"

"전혀 아닙니다. 두 분 이야기하시는 것만 지켜봐도 재밌어요."

"그렇게 생각해 주니 고마워. 아무리 생각해도 진 서방 안목은 알아줘야 해. 내 새끼지만 서운일 알아봤으니 말이야. 덕분에 딸을 쉽게 찾은 것만 생각하면 진 서방에게 절이라도 하고 싶은 심정이야. 정말 고마워!"

"아닙니다, 어머니."

태영이 어쩔 줄 몰라 하자 서운은 탁자 아래로 그의 손을 잡아 주며 웃었다. 눈이 마주치자 태영이 눈을 가늘게 뜨며 화답해 주었다.

혜연과 헤어지고 서운은 본가로 가는 도중 송 여사에게 전화를 걸었다.

"어머니. 저희 삼십 분쯤 후에 도착할 거 같아요."

-애들 막 잠들었으니까 오늘은 그냥 여기서 재울게. 너희들은 그냥 집으로 가고 내일 데리러 와.

"어머니 너무 힘드시잖아요."

-날마다 보는 것도 아닌데 하루 힘든 게 대수야? 괜히 자는 애들 깨워서 데리고 가지 말고 그렇게 해.

태영이 서운이 대답하기 전에 얼른 대답을 가로챘다.

"그럼 그렇게 할게요. 고생 좀 해 주세요."

태영의 목소리에 여지없이 송 여사의 목소리가 달라져서 넘어왔다.

-넌 신나 죽겠지?

"왜 이러실까요? 어머니가 먼저 제안하셨잖아요. 물론 저야 신나 죽죠. 오랜만에 둘만 있게 됐는데."

-좋아 죽겠는 건 알겠는데 엄마 앞에서 너무 티 내는 거 아니냐?

"뭐 어때요? 좋으니까 티 좀 내고 살죠."

수화기 너머로 못 말린다는 웃음이 건너왔다.

-그래, 날 잡았으니까 오늘 밤 둘이 연애 기분 한번 내 봐. 끊는다.

"네, 들어가세요, 어머니."

휴대폰을 가방에 넣고 서운이 막 집으로 방향을 트는 태영을 보며 웃었다.

"기분 좋아 보이네요?"

"말이라고 해?"

"어째 오늘 밤도 못 잘 거 같은 이 기분은 뭐죠?"

"뭘 상상하든 그 이상일 거니까 기대해도 좋아."

태영이 의미심장한 얼굴로 웃으며 휘파람을 불었다. 연년생인 아이들에게 서운을 뺏겨 제대로 처신도 못 한 것을 보상받을 수 있는 보너스 같은 하룻밤에 연신 신이 났다.

집에 도착하자 태영은 서운을 먼저 욕실로 들여보냈다. 그리고 서운이 씻는 동안 치즈와 과일로 안주를 만들고 와인 셀러에서 와인을 꺼내 침실로 가지고 갔다.

막 샤워를 마치고 나온 서운이 로맨틱한 방 분위기에 피식 웃었다.

"씻고 올게."

태영이 바로 샤워를 하러 들어가자 서운은 샤워 가운을 벗지 않고 태영이 나오기를 기다렸다.

하얀 샤워 가운을 걸치고 나온 태영이 붉은빛 와인을 따르고 있는 서운을 뜨거운 시선으로 바라봤다. 샤워 가운의 틈이 살짝 벌어지면서 그녀의 하얀 가슴골이 유혹적으로 드러나 보였다. 거기다 막 샤워를 하고 아직 마르지 않은 젖은 머리카락이 맹렬하게 사내의 정욕을 자극하고 있었다.

몸이 대번에 묵직하게 뭉쳐지는 것을 느끼며 그는 곧바로 서운의 턱을 들어 뜨거운 키스를 퍼부었다. 동시에 오른손이 샤워 가운 안으로 들어가 아까부터 만져 달라 유혹하는 서운의 가슴을 맘껏 잡아 줬다.

뜨거운 혀가 더 깊숙이 들어가고 손은 더 아래로 내려갔다. 그의 거침없는 손길에 샤워 가운의 매듭이 힘없이 풀어지며 벌어졌다. 앞섶이 활짝 열리자 그가 굶주린 어린아이처럼 곧바로 서운의 가슴을 물었다.

원래 생각은 그녀와 근사하게 와인을 한잔하면서 사랑을 나눌 생각이었는데 젖은 살에서 풍겨 오는 그녀만의 체취가 와인보다 훨씬 강하게 취하게 만들었다.

서운이 살짝 다리를 벌려 주자 그가 만족스러운 표정으로 따뜻한 열기가 나는 곳을 조심스럽게 어루만졌다.

"으응."

서운의 몸 어디를 만지면 어떻게 반응하는지를 속속들이 알기에 그녀를 흥분시키는 것은 어렵지 않았다. 철저하게 자신의 몸에 길들여진 그녀였기에 그녀가 기분 좋은 신음 소리를 내며 반응할 때마다 몸이 달아올랐다.

그는 의자에 앉아 있는 서운을 그대로 안아 올려 침대에 눕혔다. 그러고는 곧장 서운의 다리 사이로 얼굴을 묻었다.

"으흣!"

서운의 반응이 한층 격해지며 몸을 심하게 뒤틀자 그는 극한 자극에 달아나려는 다리를 꽉 붙잡고 집요하게 파고들었다. 서운이 버둥거릴수록 더 흥분이 돼 짐승의 본능이 터져 나왔다.

극한의 자극으로 서운의 눈빛이 나른하게 풀리자 그는 만족스럽게 샤워 가운을 던져 버리고 서운의 두 다리를 양 허리에 감았다. 그리고 아까부터 그녀에게 들어가고 싶어 아우성인 자신을 원 없이 그녀의 안에 풀어 놓았다.

한 마리 야생마가 푸른 초원을 맘껏 질주하듯 그는 서운을 소유하고 또 소유했다. 서운 역시 그의 등을 붙잡고 그와 하나가 되는 일치감을 느꼈다.

그동안 아이들 때문에 그와 맘껏 사랑을 나누지 못해 아쉬웠던 건 그녀 역시 마찬가지였기에 두 사람은 서로를 안고 또 안았다.

이윽고 땀에 흠뻑 젖은 태영이 서운의 가슴 위로 쓰러졌을 때 서운이 귓가에 속삭였다.

"와인은 물 건너갔군요."

"와인보다 더 취하게 하는 사람이 있으니 상관없어."

"그건 그래요."

쿡쿡거리며 웃는 귓가에 그의 웃음소리가 들렸다.

"오늘 밤은 온전히 내 거야."

"어째 잠자는 것도 물 건너간 거 같네요."

태영이 장난스럽게 서운의 귓불을 깨물더니 귓가에 은밀하게 속삭였다.

"응. 오늘은 포기해. 내 짐승 본능이 이제 눈을 떴거든."

※

까다로운 고객을 응대한 후에 피로감을 느껴 유성은 잠시 소파에 머리를 기대고 한숨을 쉬었다.

그때 휴대폰이 울리자 그녀는 시큰둥한 얼굴로 휴대폰을 집어 들었다. 액정에 뜬 이름을 확인하고 유성의 표정이 묘해졌다.

"여보세요."

-김재완입니다. 잘 지냈죠?

김재완은 3년 전에 태영을 잊기 위해 해성의 소개로 만났던 사람이었다. 그 후로도 몇 번 만났지만 마음의 정리가 완전히 된 상태에서 만난 것이 아니라 관계를 오래 유지할 수 없었다. 한 번씩 어떻게 지내는지 궁금하긴 했지만 그게 다였는데 갑자기 전화가 오니 의외이긴 했다.

"네. 오랜만이네요. 해성이한테 유럽으로 나가셨다고 들었는데, 잠시 들어온 건가요?"

-아주 들어왔습니다.

"아, 그러시군요. 근데 제겐 무슨 용건이시죠?"

-같이 저녁 먹고 싶어서 연락했어요.

"예? 저녁이요?"

-네. 나 유성 씨 때문에 유럽 생활 청산하고 들어왔으니 이번엔 진지하게 다시 만나 봐요.

"저기요, 김재완 씨. 우리 그때 끝난 거 아니었나요?"

-아니요. 그때 마음의 준비가 안 돼 보여서 유성 씨한테 시간을 준 거였는데 오해했나 보네요. 나 최유성 씨 아직 포기 안 했어요. 그러니까 나랑 만나는 거 다시 생각해 봐요.

다짜고짜 전화해서 다시 만나자는 것이 어이없었지만 어쩐지 막 싫지만은 않았다. 막무가내인 그에게 유성이 막 따지듯 물으려는데 그때 누군가 문을 열고 매장 안으로 들어왔다.

"손님이 오셨으니 끊을게요."

-대답 못 들었으니까 다시 연락할게요.

통화를 마치고 유성은 서성이는 여자 손님에게 다가갔다.

"뭘 찾으시는 건가요?"

"널 보러 왔어."

중년의 여자가 이상한 말만 던져 놓고 쳐다보기만 하자 유성의 표정이 확 굳었다.

"누구시죠?"

"네 엄마야."

유성의 고운 아미가 찌푸려지며 그녀는 차갑게 냉소했다.

"무슨 소리를 하시는지 모르겠네요. 저희 엄마는 집에 계시는데요."

각오하고 왔지만 역시나 차가운 외면에 주선은 절망을 느꼈다.

"그냥 한 번은 보고 싶어서 왔어. 그렇게 외면하지 마. 그래도 난 네 진짜 엄마야."

"진짜 엄마면 그렇게 버리지 않았겠죠."

"버린 게 아니라 더 좋은 집에서 살게 하려고 보낸 거였어. 널 위해서."

변명마저도 치졸해 유성은 더 차갑게 주선을 쏘아봤다.

"우습네요. 그건 버린 게 아닌가요? 더 좋은 집에 버린 거잖아요. 남의 딸 인생과 멋대로 바꿔치기까지 하면서."

"그건……."

"이제 와서 낳아 준 대가라도 받고 싶은 건가요?"

유성의 가시 박힌 말이 심장에 박혀 주선은 심한 통증을 느꼈다.

"다시 찾아오지 마세요. 내게 엄마는 한 분뿐이니까. 당신이 한 끔찍한 짓을 알고도 날 여전히 딸로 받아 주신 분이에요. 모정이란 그런 거죠. 그래야 엄마 소리를 듣는 거예요. 낳았다고 다 엄마는 아니란 말이에요."

한마디, 한마디가 다 가슴을 찌르는 소리라 주선은 서 있기조차도 힘들었다.

"영업에 방해되니까 그만 나가 주세요."

유성이 차갑게 외면하고 돌아서자 주선은 비참한 마음을 부여잡고 등을 돌린 유성의 뒷모습만 쳐다보다 쓸쓸히 밖으로 나갔다.

3년 전, 아이를 낳고 바꿔치기한 일을 남편이 알게 되고 6개월을 지옥 속에서 살다 결국 이혼당했다. 나이 들어 다시 철저하게 혼자가 되고 나니 유성이 어떻게 컸는지 너무 보고 싶어서 견딜 수가 없었다. 그래서 내내 훔쳐보다 용기를 내서 찾아온 걸음이었다.

자신을 남보다도 못하게 대하는 그녀의 매몰찬 외면이 서운하고 아팠지만 자신에 대한 미움이 이해가 되고도 남아 나무랄 수도 없었다.

만약 옛날에 아이를 바꿔치기하지 않고, 힘들더라도 유성과 함께 살았다면 지금은 혼자가 아닐 수 있었을까. 이제 와 그런 후회가 가슴을 짓눌렀지만 그 또한 부질없었다.

차라리 끝까지 외면하고 살 것을 괜히 찾아와 바닥만 확인한 것이 죽고 싶을 정도로 비참했다. 주선은 끝내 돌아보지 않는 유성의 뒷모습에 눈물을 흘리며 멀어져 갔다.

유성은 한동안 마네킹처럼 선 채로 꼼짝도 하지 않았다. 표정 역시 마네킹처럼 차가웠다. 그때 휴대폰이 다시 울리자 그녀는 주저 없이 전화를 받았다. 다시 김재완이었다.

-오늘 저녁 생각해 봤어요?

잠시 복잡한 표정으로 허공을 응시하던 유성이 흔쾌히 대답했다.

"그래요. 먹죠, 저녁."

※

생일날이 되자 서운은 전날 송 여사가 손수 끓여 준 미역국을 먹고 두 아이들과 정신없는 하루를 보냈다. 저녁엔 생일을 기념하여 가족들과 식사 약속이 잡혀 있어서 그녀는 아이들이 잠이 든 시간을 틈타 외출 준비를 서둘렀다.

퇴근 시간이 지나자 얼마 안 있어 태영이 서둘러 집으로 왔다.

"준비 다 했어?"

"보시다시피요. 엄마 출발하셨다고 했으니 서둘러요."

"오케이."

태영이 아직 잠이 덜 깬 수민을 품에 안자 서운이 유민을 안았다. 카시트에 수민을 앉히고 태영이 빨리 돌아와 서운을 도와 자리에 앉게 했다.

약속 시각에 늦지 않게 도착해 미리 예약된 룸으로 들어가자 가족들이 먼저 와서 기다리고 있었다. 손주들을 본 혜연과 영환이 두 아이들을 뺏어 안았다.

"아이고, 이쁜 것들. 고새 쑥쑥 컸네."

"누나, 어서 와. 매형, 어서 와요."

해성이 살갑게 두 사람을 맞았다.

"유성인 아직이에요?"

서운이 묻기 무섭게 유성이 문을 열고 들어왔다.

"나도 이제 왔어."

유성이 서운을 보자마자 먼저 인사를 건넸다.

"생일 축하해."

"너도 축하해."

서운이 웃으며 인사를 받았다. 자신이 좋아하는 일을 해서 그런지 유성의 얼굴이 한결 생기 있고 여유로워 보였다.

"누나들 생일이 같으니 좋네. 일타이피 칠 수 있잖아?"

유성이 도끼눈을 뜨고 째려봤지만 해성은 늘 그렇듯 넉살 좋게 웃기만 했다.

오랜만에 가족들끼리 보내는 저녁 시간은 화기애애했다. 생일을 핑계로 유성과 얼굴을 볼 수 있는 것도 좋았다. 서운은 편안하게 유성에게 일상을 물었다.

"일은 재밌어?"

"힘들긴 한데 나름 재미는 있어."

"결혼은? 아직 사귀는 사람 없어?"

"없어. 너무 오래 짝사랑에 데었더니 남자라면 징글징글해. 지금은 일이 재밌기도 하고."

노골적으로 들으라는 소리에 태영이 돌아보며 피식 웃었다.

"좋은 남자 만나."

"퍽도 고맙네요."

유성이 밉지 않게 태영을 흘겨봤다. 결혼한 지 벌써 3년이 지났는데도 여전히 갓 연애를 시작한 것처럼 두 사람을 보면 배가 아프면서도 부러웠다.

"누나, 재완이 형이랑 저녁 먹었다며? 재완이 형이 누나랑 사귈 거라는데 그만 튕기고 다시 시작해 봐. 그 형 정말 괜찮은 남자야. 놓치면 크게 후회할걸."

해성의 폭탄선언에 손주들에게 정신이 팔려 있던 혜연과 영환의 고개가 동시에 돌아왔다.

"저녁을 먹었어? 그래, 괜찮다는데 한번 만나 봐."

"아니, 그게 아직은……."

"뭘 버벅거리시나. 그냥 만나지. 보니까 누나도 싫지만은 않은 눈친데."

"너 좀 닥쳐 줄래?"

유성이 해성에게 눈을 부릅뜨고 으르렁댔지만 해성은 즐겁다는 듯이 웃기만 했다.

"그래, 만나 봐."

서운까지 거들자 유성은 한숨을 푹 쉬며 포기하듯 고개를 저었다.

저녁 식사가 끝나고 혜연이 서운과 태영을 위해 두 아이들을 데리고 먼저 집으로 가자 세 사람은 간단히 술을 한잔하기로 했다.

붉은 와인을 한 모금 음미하던 유성이 잠깐 망설이는 듯하더니 이내 털어놨다.

"며칠 전에 가게로 친엄마라는 사람이 찾아왔었어."

"그래? 어땠어?"

"별 감흥 없었어. 근데 기분은 엿 같았어."

서운은 조심스럽게 유성의 기분을 살폈다. 그런 이야기를 꺼내는 것이 쉽지 않았을 텐데 자신에게 털어놔 주는 것이 고마웠다.

"힘들었겠다."

"그냥 나타나지 말지, 뭐하러 와서 심란하게 만드는지 모르겠어. 나한테 무슨 좋은 소리를 들으려고."

유성의 복잡한 마음을 알 것도 같기에 서운은 아무 말 없이 그녀의 이야기를 들어 주기만 했다.

유성이 와인을 한 모금 마시더니 서운을 보며 웃었다.

"이런 이야기 털어놓을 수 있는 사람이 있으니 좋다. 속이 답답했는데 한결 나아졌어."

"필요하면 언제든 불러."

"네 남편한테 눈총받잖아."

"봐줄게."

태영이 인심 쓴다는 듯이 대답하자 유성이 어이가 없다는 표정으로 혀를 뗐었다.

"고마워서 눈물 나네요. 아, 진짜 이런 거 보면 배 아파서 연애하고 싶어진다니까."

"그럼 그 사람 진지하게 만나 봐. 인연일 수 있잖아."

"그럴까?"

유성이 털지 않고 선뜻 받자 서운은 태영과 눈길을 주고받으며 미소를 지었다. 어쩐지 유성에게 이제야 제대로 된 봄이 찾아온 듯했다.

※

점심시간이 되자 태환은 밖으로 나갔다. 아무도 없을 거라고 생각했는데 양 비서가 자리에서 일어났다.

"양 비서, 점심 먹으러 안 갔어요?"

"점심시간 직전에 약속이 깨져서요. 딱히 입맛도 없고."

"그래서 굶을 거예요?"

"제가 혼밥에 익숙지 않아서요. 이따 편의점에서 간단하게 해결할 생각입니다."

고개를 끄덕이며 태환이 그냥 나가려다 돌아봤다.

"나도 혼잔데 같이 가죠."

"예? 아, 저는 괜찮습니다."

"내가 안 괜찮아요. 나도 혼밥을 별로 좋아하지 않거든. 상부상조합시다. 와요."

태환이 먼저 나가자 양 비서는 머뭇거릴 새도 없이 그를 따라 나갔다. 엘리베이터 앞에 서서 양 비서는 흘깃 태환을 훔쳐봤다.

"상무님도 점심 약속이 취소되신 건가요?"

"비슷해요."

태환이 고개를 들어 양 비서에게 의향을 구했다.

"구내식당 괜찮아요?"

"네, 괜찮습니다. 그런데 상무님도 구내식당에 가십니까?"

"오늘 처음이에요."

양 비서는 크게 놀라지 않았다. 아무래도 다리 때문에 밖으로 나가는 것이 불편해서였을 것이다.

상사로 모시는 동안 한 번도 둘이 밥을 먹어 본 적이 없기에 어쩔 수 없이 긴장이 됐다. 밥은 편하게 먹자는 주의였지만 상대가 직속 상사다 보니 편하기가 쉽지 않았다. 그래도 이왕 이렇게 된 거 친구랑 먹는다 생각하기로 했다.

구내식당에 들어가자 밥을 먹던 직원들이 놀라서 보는 것이 느껴졌다. 평소엔 볼 수 없는 광경이니 다들 놀랄 만도 할 것이다.

하지만 정작 당사자인 태환은 자신에게 쏟아진 시선을 개의치 않는 것 같았다.

"이쪽으로 오십시오."

양 비서는 재빠르게 식당을 스캔한 후 직원들의 시선에서 최대한 벗어날 수 있는 자리로 태환을 안내했다.

"앉아 계십시오. 식사 가져오겠습니다."

양 비서가 뒤도 안 돌아보고 가 버리자 태환은 하는 수 없이 그녀가 올 때까지 자리를 지켰다. 양 비서가 빠른 속도로 두 사람분의 식사를 가지고 와 자리에 앉았다.

"밥 먹을 때까지도 비서 노릇 하게 해서 미안해요."

"아닙니다."

양 비서가 쿨하게 대답하고 식사를 시작했다. 태환은 자신을 크게 의식하지 않는 그녀를 보며 피식 웃었다.

"양 비서는 나랑 있는 게 불편하지 않은가 봐요?"

"불편한데 불편하지 않습니다."

"무슨 말이 그래요?"

"높은 분하고 있으니 불편하기도 한데 잘 아는 분이니 불편하지 않다는 말입니다."

"그렇게 말해 주니 좋네요. 날 불편해하는 사람들이 많아서 걱정했는데."

양 비서가 물을 한 모금 마시고 태환을 응시했다.

"외람되지만 불편해하시는 건 상무님이 아니실까요?"

태환이 살짝 미간을 찌푸렸지만 양 비서는 조용조용하게 할 말을 했다.
"제가 알기로는 아무도 상무님을 불편해하지 않습니다. 그러니 조금 자신에게 너그러워지시는 게 어떨까 싶습니다."
"나한테 너그러워져라?"
"주제 넘었다면 죄송합니다."
양 비서의 말을 곱씹으며 태환은 무언가 한 대 툭 머리를 치고 지나간 듯한 느낌을 받았다. 스스로에게 인색한 것은 맞았다. 다리가 불편하다 보니 사람들의 시선도 불편했고 자연스레 보이지 않는 담을 쌓았다.
새삼 어렴풋이 느끼면서도 겉으로 꺼내서 보기 싫었던 진실을 기어이 확인해 버린 것 같았지만 기분은 오히려 개운했다. 그는 조용히 밥을 먹고 있는 양 비서를 가만히 쳐다봤다.
"아무래도 양 비서는 오랫동안 내 옆에 있어야 할 것 같네요."
무언가 의미가 실린 소리에 양 비서가 밥을 먹다 말고 눈을 동그랗게 뜨고 쳐다보자 태환은 엷게 웃으며 수저를 들었다.

※

식당에서 홀서빙하는 이모가 급한 일이 생겨 못 나온다는 말에 서운은 아이들을 혜연에게 맡기고 엄마에게 내려갔다.
그렇지 않아도 서운이 주말에 태영과 함께 내려갈 것을 알고 있었기에 혜연이 영선을 위해 재워 놓은 갈비와 과일을 챙겨 주었다.

"진 서방은?"

"퇴근하고 바로 올 거예요. 엄마, 미안해요."

"미안하긴. 애들 걱정은 하지 말고 간 김에 며칠 푹 쉬고 와. 네 엄마한테 내 안부 전해 주고. 바빠도 연락 좀 자주 하라고 해."

"알았어요."

서운은 외할머니 옆에 붙어서 싱긋 웃는 아이들에게 인사를 건네고 밖으로 나갔다. 자칫 어색해질 수 있는 사이인데도 혜연이 엄청 노력해서 영선과 친자매처럼 지내는 것이 고마웠다.

덕분에 남에게 쉽게 마음을 잘 터놓는 성격이 아닌 영선도 혜연과는 편견 없이 가깝게 지냈다. 자연스레 사돈지간인 송 여사와도 가깝게 지내고 있으니 마음이 놓였다.

식당에 들어가자 영선이 여전히 혼자서 분주하게 손님들을 상대하고 있었다. 막 가장 바쁜 시간에 접어들었기에 두 사람은 인사를 나눌 정신도 없이 점심 손님들을 상대했다.

두 시간 정도 혼이 나가는 시간이 지나가자 그제야 점심을 먹으면서 안부를 물었다.

"이런 날은 좀 쉬지. 혼자 어떻게 하려고 그래?"

"대충 버텨 봐야지. 엄만 집에서 쉬면 더 병나는 사람인 거 몰라?"

"엄마도 이제 한창 젊은 나이 아니거든. 몸 챙겨야 해."

"아직 멀었어. 이제 환갑 지났는데 요즘 내 나이면 어디다 명함도 못 내밀어."

"아무튼 무리하지만 마. 그리고 이거."

서운이 그제야 갈비와 과일을 건넸다.

"상계동 엄마가 주셨어. 엄마 연락 좀 자주 하라고 하셨어."

"아유, 매번 뭘 이렇게 많이 챙겨 준대? 부자 엄마 둔 딸 있으니 내가 다 호강하네."

"시어머니께서 엄마 쉬는 날 엄마들끼리 놀러 가자고 하셨어."

영선이 기분 좋게 웃었다.

"나야 좋지. 네 시엄마나 엄마 같은 좋은 사람 만나서 정말 다행이야."

"나도 복이라고 생각하고 있어. 상계동 엄마가 엄마 식당 정리하고 서울로 올라오시면 안 되냐고 또 물어보셨어. 가까이에서 자주 보고 싶으시대."

물을 한 잔 마시던 영선이 입술 꼬리를 말아 올리며 웃었다.

"엄만 여기가 편하고 좋아."

"아빠가 여기 계셔서?"

"그렇기도 하고, 또 여기가 터전이잖아. 멀리서 일부러 찾아오는 단골들도 있고 오래 부대끼며 지낸 이웃들도 있고 또 엄마가 아니면 안 되는 아이들도 있으니까 엄만 이곳이 좋아. 이렇게 일하는 게 체질이라 식당 그만두면 아마 병날지도 몰라."

그 마음을 너무 잘 알기에 서운은 고개를 끄덕였다.

"대신 아프기 없기야."

"걱정 마. 엄마 아직 청춘이라고 했잖아."

"그럼 난 이제 엄마가 아니면 안 되는 아이들이나 보러 가야겠어."

서운이 주방 안에서 사료를 꺼내 가지고 뒷마당으로 나가자 영선이 따라갔다.

햇볕에서 대자로 늘어져 자던 아이들이 사료 냄새에 벌떡 일어나 다가왔다.

"어? 그새 두 마리가 늘었네? 이 치즈랑 고등어 애들은 어디서 온 거야?"

"지난번에 폭우 쏟아졌을 때 비를 쫄딱 맞고 덜덜 떨고 있기에 밥 먹이고 비 피하게 해 줬더니 눌러앉았어. 기존에 있던 놈들이 쫓아낼 줄 알았는데 아이들이라 봐주는지 다섯 마리가 잘 지내고 있어."

서운은 그릇에 사료를 부어 주고 조르르 모여앉아 오독오독 밥을 먹는 애들을 지켜봤다.

"이놈들, 니들 때문에 울 엄마가 꼼짝도 못 하잖아."

"얘들 덕분에 나도 심심하지 않고 좋아."

"어련하시겠어요. 니들은 어디 가지 말고 꼭 밥 엄마 옆에 있어야 해, 알았지?"

그때 휴대폰이 울리자 서운은 얼른 전화를 받았다.

"여보세요."

얼굴에 부드러운 미소가 번지는 것만 봐도 상대가 누구인지 짐작이 갔다.

"진 서방이야?"

"응, 퇴근하고 바로 온대."

"그렇게 좋아?"

"응, 좋아."

활짝 웃는 딸을 보니 덩달아 웃음이 지어졌다. 어린 시절 상처를 보상받듯 따사로움이 가득한 딸의 행복을 지켜보는 것도 큰 즐거움이었다.

영선의 집에서 하룻밤을 보내고 다음 날 저녁까지 먹고 서운은 태영과 함께 집으로 출발했다.

아이들을 데리러 가려고 혜연에게 전화했지만 아이들을 주말 동안 봐주신다며 둘이서 오붓한 시간을 보내라는 배려에 그냥 집으로 왔다.

늘 아이들 때문에 분주했던 시간이 한가해지자 그녀는 씻고 나와서 느긋하게 거실에 서서 야경을 구경했다.

수건으로 아래만 묶은 태영이 뒤에서 끌어안자 바디워시 냄새가 기분 좋게 넘어왔다.

"피곤하지 않아?"

"전혀요. 아이들이 없으니 딱히 할 일도 없는걸요."

"고만고만한 두 놈을 한꺼번에 키우려니 당신이 고생 많지."

"내 아이들인데요, 뭐. 힘들어도 하루가 다르게 아이들이 크는 거 보면 피로가 싹 풀려요. 요즘은 예쁜 짓도 얼마나 많이 하는지 진짜 나도 모르게 웃음이 나온다니까요."

연년생인 아이들 육아가 쉬울 리 없다는 것을 잘 알기에 서운이 그렇게 얘기해 주는 것도 예뻤다. 아무리 생각해도 여자 하나는 정말 잘 골랐다.

"와인 한잔할까?"

"좋아요."

서운이 돌아서자 그의 맨가슴이 시야에 가득 들어왔다.

"음, 너무 유혹적인데요? 와인을 마시자는 거 맞아요?"

"마음에 들어?"

"당연하죠. 내 건데."

그녀의 대답이 마음에 들어 태영이 양쪽 입술을 길게 늘이며 웃었다. 그가 짓궂게 서운의 손을 허리 아래에 묶여 있는 매듭에 가지고 갔다.

"당신이 선택해. 뭘 먼저 할 거야?"

"음, 이건 너무 쉬운 문젠데요?"

"그래서 대답은?"

"당연히 이거죠."

서운이 주저 없이 허리의 수건을 잡아당기자 수건이 아래로 흘러내렸다. 실오라기 하나 걸치지 않은 남자의 매끈한 나신이 조명을 받아 조각처럼 아름다워 보였다.

서운이 대범하게 스윽 전신을 훑어 내리다 슬쩍 시선을 돌리자 태영이 서운의 다리를 들어서 단숨에 안아 올렸다.

놀라 반사적으로 꽉 붙잡는 그녀의 입술에 뜨거운 입술을 누르며 그가 성큼 침실로 걸어갔다.

"나도 같은 선택이었어."

침대에 눕혀지자 서운은 양팔로 그의 목을 감아 끌어당겼다. 저항 없이 끌려온 입술에 자신의 입술을 포개며 혀로 그의 입술을 핥았다. 그리고 그의 귓가에 속삭였다.

"오늘도 와인은 안 되겠네요."

서운이 혀로 그의 귀를 스윽 핥자 태영이 크게 움찔거리며 그녀의 혀를 깨물었다. 그를 건드려 놓고 저돌적으로 변한 키스를 받으며 서운은 눈을 감았다.

여름밤은 뜨거웠고 두 사람의 밤은 더 뜨거웠다. 모든 것들이 거짓말처럼 서운함 없이 행복한 시간들이길 바라며 그녀는 사랑하는 남자를 힘껏 끌어안았다.

마침

작가 후기

 처음 현대물을 쓰려고 마음먹었을 때 사회적으로 큰 이슈가 되었던 아이의 가슴 아픈 사연을 알았습니다.
 무려 사람을 가족으로 들이면서 마음이 아닌 사익을 위해 쉽게 입양하고, 학대에, 말도 안 되는 이유로 쉽게 파양한다는 사실을 알았을 때 꽤나 충격이었습니다. 사람이 제일 무섭다는 말이 새삼 와닿는 것 같습니다.

 누군가를 가족으로 받아들인다는 건 많은 책임감과 희생이 필요한 일입니다. 그래서 더 충분한 마음의 준비가 선행되어야 하지 않을까 싶습니다.
 요즘 뉴스에 심심찮게 나오는 학대니 파양이니 하는 단어

들을 볼 때마다 화가 끓어오릅니다. 다시는 우리 사회에 이런 우울하고 상식적으로 이해하기 힘든 일들은 없었으면 합니다.

이 글은 서운과 태영의 사랑 이야기에 초점을 맞추면서 부모들 간에 얽힌 관계도 함께 다루고 있습니다.

한 사람의 비틀린 사랑과 이기적인 행동 때문에 큰 상처를 안고 불행한 어린 시절을 보낸 서운이 씩씩하고 꿋꿋하게 사랑도 찾고 잃어버렸던 자신의 자리도 찾는 이야기입니다.

현실에선 모든 일이 해피엔딩일 수 없지만 글에서나마 서운에게 모든 행복과 행운을 담아 주고 싶었습니다. 인과응보와 사필귀정이 현대에도 꼭 이루어지길 바라면서 말입니다.

서운이 처음 입양된 집에서의 이름은 길양이입니다. 그리고 저는 고양이 한 마리를 반려하고 있습니다.

고양이를 반려하면서 길고양이들에 대해서 알게 됐고, 그들 역시도 누군가의 보살핌 아래 편안하고 안전하기를 바랍니다. 반려동물들에 대한 학대와 파양, 유기가 없기를 바라며 사람이든 동물이든 함께, 라는 이름 아래 조화롭게 살 수 있기를 소망합니다.

녹록지 않은 시간 속에서 어느새 열아홉 번째 발자국을 찍습니다. 책장에 종이책을 끼워 넣을 때마다 조금 더 살이 오른 결실들에 웃음이 납니다.

여전히 고마운 분들이 많습니다. 소박한 정취 가득하게 느릿한 여유가 있는 카페 '첫눈 속을 걷다'의 가족분들과 작가님들 감사합니다.

코로나 시국이라 연락하기도 힘들지만 늘 마음 한편을 채워 주시는 최 작가님, 저의 오랜 파트너이신 마야마루출판사와 손도영 부장님, 아름다운 일러스트를 그려 주시는 페퍼 작가님, 그리고 조금씩 성장하는 저의 글과 항상 함께해 주시는 독자분들께도 깊은 감사를 드립니다.

하늘에 계시는 아빠와 자주 찾아뵙지도 못해서 늘 미안한 우리 가족들, 그리고 저를 늘 웃고 울게 만드는 절대적인 존재 준까지 모두 사랑하고 고맙습니다.

나이를 먹고 주름이 늘어 가는 만큼 재산과 행복도 늘었으면 좋겠습니다.

코로나가 모든 일상을 바꿔 버린 요즘, 답답하고 우울한 일들만 늘어 가는 실정이지만 그래도 기운 내시라는 말씀을 드리고 싶습니다.

언젠가는 이 또한 지나가겠지만 힘든 시간들은 좀 서둘러 갔으면 싶네요. 하루빨리 평범한 일들을 아무렇지 않게 할 수 있는 날들이 오기를 소망합니다.

〈서운한 거짓말〉과 함께해 주셔서 감사합니다.
늘 건강하시고 웃음이 가득한 날들이시길 바랍니다.

류재현 드림

내 손안의 달콤한 로맨스